诗赋词曲概论

民国诗学论著丛刊

叶嘉莹 主编
陈斐 执行主编

丘琼荪 著
萧晓阳 整理

文化藝術出版社
Culture and Art Publishing House

图书在版编目（CIP）数据

诗赋词曲概论/丘琼荪著；萧晓阳整理.—北京：
文化艺术出版社，2017.9
（民国诗学论著丛刊/叶嘉莹主编，陈斐执行主编）
ISBN 978-7-5039-6043-7

Ⅰ.①诗… Ⅱ.①丘…②萧… Ⅲ.①古典诗歌—诗歌
研究—中国 Ⅳ.①I207.22

中国版本图书馆CIP数据核字（2017）第236886号

诗赋词曲概论
（民国诗学论著丛刊）

主　　编	叶嘉莹
执行主编	陈　斐
著　　者	丘琼荪
整 理 者	萧晓阳
丛书统筹	陶　玮
责任编辑	胡　晋　韩路民
版式设计	顾　紫
出版发行	文化艺术出版社
地　　址	北京市东城区东四八条52号　（100700）
网　　址	www.caaph.com
电子邮箱	s@caaph.com
电　　话	（010）84057666（总编室）84057667（办公室） （010）84057696—84057699（发行部）
传　　真	（010）84057660（总编室）84057670（办公室） （010）84057690（发行部）
经　　销	新华书店
印　　刷	国英印务有限公司
版　　次	2018年8月第1版
印　　次	2018年8月第1次印刷
印　　张	13.125
字　　数	250千字
开　　本	880毫米×1230毫米　1/32
书　　号	ISBN 978-7-5039-6043-7
定　　价	48.00元

本丛刊个别作者未能取得联系，请相关人士尽快与我社联系办理版权事宜。

联系电话：（010）84057672　（010）84057604

整理说明

一、本丛刊抱着"发潜德之幽光，启来哲以通途"的宗旨，主要选刊民国时期（1912—1949）成书的、学术价值或普及价值较高的、与诗词曲等广义的古典诗歌相关的论著。少数与诗歌密切相关的文学理论、文学批评、文学史著作，或成书于晚清的有价值的此类著作，以及同时期相关的汉学著作，亦适当收录。诗话、词话及新诗研究论著等，因为已有相关大型文献资料集出版或列入出版计划，故暂且不予收录。

二、本丛刊秉持开放包容的态度，期望较为全面地呈现民国诗学研究的多元气象；按照撰著内容和体例，大致分为"史论编""法度编""选注编"等编，分辑滚动推出，每编每辑十种左右；优先选刊1949年以后没有整理出版过的著作，以节约出版资源。

三、每部拟刊论著，我们都约请相关专家进行整理，并在前面撰写一篇"导读"，介绍该著的作者生平、成书经过、学术背景、主要观点、诗学价值、社会影响等，以引导读者更好地理解原著。

四、整理时，以原著内容最全、文字最精的版本为底本，参校其他版本（如手稿本、期刊连载版等）和相关书籍，修订原版讹误，参照古籍整理规范出校勘记。校勘一般只校是非，不校异同。凡底本"误脱衍倒"者，皆据他本或他书订正，并出校记。引文与所引著作之通行本文字不同者，只要文意顺畅，亦读得通，一般不改动原文、不出校记。显著的版刻错误，如笔画讹误、不见字书者，或"日曰""末未""己已巳""戊戌戍"混同之类，如果根据上下文足以断定是非，一律径改，不出校记。注文中的魏妥玛注音，统一改为现代汉语拼音，但不出校记。为避烦琐，校记中征引他书，仅注明书名及页码，卷末另附"本次整理征引文献"，详列作者、书名、出版社、出版年等信息。

五、原版为繁体竖排，现统一改为简体横排，并参照最新版国标《标点符号用法》及古籍整理规范加以新式标点。繁体字、异体字一般改为规范的简体字；容易引起误解的人名、地名用字，通假字或民国时期特有的虚词（如"底"）等，则保留原貌。因版式改动，原版行文中提到的"右文""如左""左表"等，统改为"上文""如下""下表"等。

六、一些论著提到的外国人名、地名、书名等，译法与今日或有不同，为保存原貌，不作改动。个别论著的极少数提法，或有一定时代局限性，为保存原貌，亦不作删改，望读者鉴之。

七、我们的整理目标是争取形成可以传世的、雅俗共赏的"新定本"，但古人云："校书如扫落叶，旋扫旋生。"尽管我们僶勉从事，或疏漏在所难免，恳请方家赐正。

总序

1912年清帝逊位至1949年中华人民共和国成立，一般称为民国时期。这一时期，虽然政局不稳、战乱频仍、民生凋敝，但思想、学术、文化却自由活跃、异彩纷呈。主编过"中国现代学术经典"丛书的刘梦溪先生认为："中国现代学术在后'五四'时期所创造的实绩，使我们相信，那是清中叶乾嘉之后中国学术的又一个繁盛期和高峰期。而当时的一批大师巨子……得之于时代的赐予，在学术观念上有机会吸收西方的新方法，这是乾嘉诸老所不具备的，所以可说是空前。而在传统学问的累积方面，也就是家学渊源和国学根底，后来者怕是无法与他们相比肩了。"[1]

的确，民国学人撰写的学术论著，虽然限于物质条件和学科发展水平，有些知识需要更新，有些观点有待商榷，有些论述还要深化……但仍然接续、充盈着中国固有学术的人文脉和精魂，更具有为国家民族谋求出路、积极参与当前文化建设的现实关怀，更具有贯通古今、融会中西、打通文史哲、将创

---

[1] 刘梦溪:《中国现代学术要略》，生活·读书·新知三联书店2008年版，第123—124页。

作和研究相结合的开阔视野和博通气象,更具有"文章千古事,得失寸心知"(杜甫《偶题》)的传世期许和实事求是、惜墨如金的朴茂之风。这在人文学术研究显现出"技术化""边缘化""碎片化""泡沫化"等不良倾向的今天,颇有借鉴意义。而且,那时的不少论著奠定了后续研究的基本框架,不管就论析之精辟还是与史实之契合而言,都具有较高的学术价值。《中国诗学》主编蒋寅先生即深有感触地说:"最近为撰写关于本世纪中国诗学研究史的论文,我读了一批民国年间的学术著作。我很惊异,在半个世纪前,我们的前辈已将某些领域(比如汉魏六朝诗歌)的研究做到那么深的境地。虽然著作不太多,却很充实。相比之下,80年代以来的研究,实际的成果积累与文献的数量远不成比例。满目充斥的商业性写作和哗众取宠的、投机取巧的著作,就不必谈了,即使是真诚的研究——姑且称之研究吧,也存在着极其庸滥的情形。从浅的层次说,是无规则操作,无视他人的研究,自说自话,造成大量的低层次重复。从深层次说,是完全缺乏知识积累的基本学术理念……许多论著不是要研究问题,增加知识,而是没有问题,卖弄常识。"[1]

陈寅恪先生曾将佛学刺激、影响下新儒学之产生、传衍看作秦以后思想史上的一"大事因缘"[2]。近代以来的大事因缘,

---

[1] 蒋寅:《热闹过后的审视》,载《文学评论》1996年第5期。
[2] 参见陈寅恪《冯友兰中国哲学史下册审查报告》,《金明馆丛稿二编》,生活·读书·新知三联书店2015年版,第282页。

无疑是在西学的刺激、影响下发展本土学术。中国传统学术需要外来学说、理论的刺激与拓展，既是谁也阻挡不了的必然趋势，也是时代惠赐的绝佳良机。中华民族一向不善于推理思辨，更看重文学的实用价值、追求纵情直观的欣赏。中国语文亦单体独文、组词成句时颇富颠倒错综之美。而且，古代书写、版刻相对比较困难，文人往往集评论者、研究者、作者、读者等多重身份于一体，彼此间具有"共同的阅读背景、表达习惯、思维方式、感受联想"[1]等等。凡此种种，决定了"中国文学批评的特色乃是印象的而不是思辨的，是直觉的而不是理论的，是诗歌的而不是散文的，是重点式的而不是整体式的"[2]。反映在著述形态中，便是多从经验、印象出发，以诗话、序跋、评点、笔记、札记等相对零碎的形式呈现，带有笼统性和随意性，缺乏实证性和系统性。近代以来，不少有识之士如梁启超、王国维等先生，在西学的熏沐、刺激下憬然而醒，积极汲取西方理论和方法，为中国传统学术研究开辟出一片崭新的天地。胡适、傅斯年等民国学人沿着他们的足迹，在"救亡图存"的时代旋律鼓动下，掀起蓬蓬勃勃的"新文化运动"，更加全面地引入西方理论、观念、方法、话语等，按照各自的理解和方式应用在"整理国故"实践中，在西学的参照下重建起现代学术。此后中国学术的发展，大体是在他们奠定的基础上拓展、深化。

---

[1] 叶嘉莹：《王国维及其文学批评》，北京大学出版社2014年版，第118页。
[2] 同上书，第111页。

民国学人的开辟、奠基之功,可谓大矣!

中华民族素来以"承百代之流而会乎当今之变"(郭象注《庄子·天运》语)的观点看待历史和当下的关系。[1]我们生逢今日之世,接续传统、回应西学,实为需要承担的一体两面之重任,缺一不可:对自己的文化传统没有继承,就没有东西和别人交流,永远趴在地上拾人遗穗,甚或没有鉴别力,将"洋垃圾"当"珍宝"供奉;而故步自封、无视西学,又会错失时代赋予我们的创新良机,治学难以"预流"。[2]相对而言,经历了百余年欧风美雨的冲刷和众所周知的劫难之后,如何接续传统越来越成了问题。特别是改革开放以来,学术界和出版界携手,大量译介西方人文社会科学理论著作和海外汉学研究论著,如影响颇大的"汉译世界学术名著"和"海外中国研究"丛书等,皆有数百种之多。这些论著的译介,于本土人文学术研究开拓视域、更新方法等功不可没,但同时,学界也仿佛患了"失语症",出现一味模仿海外汉学风格的不良倾向。"只要西方思想

---

[1] 参见刘家和《史学在中国传统学术中的地位》,《史学、经学与思想:在世界史背景下对于中国古代历史文化的思考》,北京师范大学出版社2005年版,第88页。
[2] 这里借用陈寅恪先生的说法。陈先生治学,有强烈的"预流"意识,在《陈垣敦煌劫余录序》一文中他说:"一时代之学术,必有其新材料与新问题。取用此材料,以研求问题,则为此时代学术之新潮流。治学之士,得预于此潮流者,谓之预流(借用佛教初果之名)。其未得预者,谓之未入流。此古今学术史之通义,非彼闭门造车之徒,所能同喻者也。"(陈寅恪:《金明馆丛稿二编》,第266页。)

稍有风吹草动（主要还是从美国转贩的）",便有人"兴风作浪一番,而且立即用之于中国书的解读上面"[1]。这种模仿或套用,不仅体现在研究方法和论题选择上,有时甚或反映在价值取向和情感认同中。有学者将这称为"汉学心态",提到文化上的"自我殖民化"的高度予以批判。[2]在此背景下,自言"一生受的教育都是西方文化影响下的'新学'教育"的费孝通先生,晚年阅读陈寅恪、梁漱溟、钱穆等前辈的著作,敏锐思考和回应信息交流愈来愈便捷的全球化时代民族文化转型的挑战,提出了"文化自觉"这个获得广泛共鸣的议题,呼吁当下最紧迫的是培养"能够把有深厚中国文化根底的老一代学者的学术遗产继承下来的队伍"[3]。学术是文化的核心,"学术自觉"是"文化自觉"的应有之义和关键所在。近年哲学界"中国哲学合法性"、文学界"传统文论的现代转化"、美术界"构建中国美术观"等讨论颇热的话题,皆可看作本土"学术自觉"的表征,共同汇聚成"构建中国特色哲学社会科学"这一时代命题。[4]站在这样的角度考虑问题,民国学人的论著无疑可以给我们带来丰

---

[1] 余英时:《怎样读中国书》,《余英时文集》第8卷,广西师范大学出版社2014年版,第395页。
[2] 参见包伟民《走出"汉学心态":中国古代历史研究方法论刍议》（载《中国社会科学评价》2015年第3期）、顾明栋《汉学与汉学主义:中国研究之批判》（载《南京大学学报》2010年第1期）等文。
[3] 费孝通:《关于"文化自觉"的一些自白》,载《学术研究》2003年第7期。
[4] 参见习近平《在哲学社会科学工作座谈会上的讲话》,载《人民日报》2016年5月19日。

富的启示。

民国时期是中国社会从传统到现代的转型期，中西思想文化、旧学新知碰撞、交融发生的"化合"反应，远比我们想象的要复杂得多：既有固守传统观念、家数者，也有采用新观念、新方法者，还有似新却旧、似旧还新、新旧间杂者……只不过长期以来，在"西学东渐"的大背景下，我们对这段学术史的梳理、回顾往往彰显、肯定的是那些和西学类似的论著及面相。然而，在构建中国特色哲学社会科学、提升理论创新能力成为时代命题的崭新历史条件下，恰恰是那些被遮蔽的论著及面相，更具有参考价值。因为治学如积薪，以对西学的理解、借用而言，我们已后来居上，倒是这些论著在古今中西的通观视域中，坚守民族文化本位立场，汲取西方学术优长，进而促进优秀传统文化创造性转化和创新性发展的尝试和努力，长期以来被以"保守""落后"的判词给予了冷眼、否定，今天值得换一种眼光、花点工夫好好提炼、总结，因为这正是我们构建中华自身学术体系的可能萌蘖。诗学研究因为与创作体验、母语特性、民族心理、文化基因等关系更为密切，这方面的借鉴意义显得尤其迫切、突出。

我们欣喜地看到，最近几年，喜欢欣赏、创作诗词的朋友在逐渐增多，中小学加大了诗词教学比重，《中共中央关于繁荣发展社会主义文艺的意见（2015年10月3日）》亦强调"做好古籍整理、经典出版、义理阐释、社会普及工作"，加强对中华诗词出版物的扶持。[1] 全社会越来越意识到诗词之于陶冶情操、净化风气、传承中华优秀文化基因的重要性。不过，我们也要清醒地认识诗词传承面临的严峻形势。毋庸讳言，当下诗词氛围已十分稀薄，能够切理餍心、鞭辟入里地解说诗词或将诗词写得地道的人非常罕见。大多数从事诗学研究的学者已不再创作，现行评价、考核体系要求于他们的，不过是从外部审视、抽绎出种种文学史知识，这很难说能触及中华诗词的真血脉、真精魂。在此情势下，与其组织人马"炮制"一些隔靴搔痒、搬来搬去的"新著"，不如将传统文化氛围还很浓郁、诗词仍以"活态"传承着的民国时期诞生的有价值的论著重新整理出版：一方面，使饱含着先辈心血的精金美玉不至于湮没在历史的尘埃中；另一方面，也使当下喜欢诗词的朋友得识门径，由此解悟。这里特别需要说明的是，任何艺术都有一定的规则、法度，中华诗词的欣赏、创作亦然。初学者尤其需要通过深入浅出、简明扼要的入门书籍指引，掌握规则、法度。然而，又没有万能之法，"在丰富生动的创作实践中，任何'法'都会有失灵的时候；面对浩如烟海的作品，任何'法'都会有反例存在"[2]。由"法"达到对"法"的超越，进而"以无法为法"（纪昀《唐人试律说·序》），"行乎其所不得不行，止乎其所不得不止。

---
[1] 参见《中共中央关于繁荣发展社会主义文艺的意见（2015年10月3日）》，载《人民日报》2015年10月20日。
[2] 陈斐：《南宋唐诗选本与诗学考论》，大象出版社2013年版，第208页。

无用法之迹，而法自行乎其中"（李锳《诗法易简录》），才是中华诗词欣赏、创作的向上之路，希望大家于此措意焉。

近年来，随着逐渐升温的"国学热""民国热"，诸家出版社纷纷重版民国国学研究著作，陆续推出了不少丛书，如东方出版社的"民国学术经典文库"、江苏文艺出版社的"北斗丛书"、吉林人民出版社的"大师国学馆"、岳麓书社的"民国学术文化名著"、知识产权出版社的"民国文丛"、中国社会科学出版社的"民国学术经典丛书"等。这些丛书虽然也涉及了诗学论著，但往往是王国维《人间词话》、龙榆生《中国韵文史》、吴梅《词学通论》等少数几部。其实，还有很多具有较高学术价值或普及价值的民国诗学论著，1949年以后从来没有点校重版过。最近几年出版的"民国时期文学研究丛书""民国诗歌史著集成""民国诗词作法丛书""民国诗词学文献珍本整理与研究"等丛刊，虽然较为集中地收录了民国诗学研究某一体式或某一领域的论著，但或影印或繁体重排，都没有校勘记，且大多不零售，定价普遍较高，虽有功学界，然不便普及。有鉴于此，我们拟选编整理一套兼顾学术性和普及性的诗学专题文献库——"民国诗学论著丛刊"，以推动中华诗词的研究、创作和普及。

我们这次整理"民国诗学论著丛刊"，抱着"发潜德之幽光，启来哲以通途"的宗旨，在扎实、详细的书目调查的基础上，主要选刊民国时期成书的与诗、词、曲等广义的古典诗歌相关的论著。在理论、观念、方法、话语乃至撰著形态、体例等方面，则秉持开放包容的态度，古今中西兼收并蓄，以较为全面地呈现民国诗学研究的多元气象和立体景观。在实际操作中，大致按照撰著内容和体例，分为"史论编""法度编""选注编"等编，分辑滚动推出。"史论编"主要选刊诗学史论著作，如梁昆《宋诗派别论》、宛敏灏《二晏及其词》等；"法度编"主要选刊谈论、介绍诗词创作法度、门径的书籍，如顾佛影《填词百法》、顾实《诗法捷要》等；"选注编"重刊有价值的诗歌选本或注本，重要者加以校注、赏析。当然，这只是大致的分类。民国学人往往能够将创作和研究相结合，他们撰写的不少史论著作亦有介绍作法的内容，不少讲解法度的书籍亦会涉及史论，我们不过根据内容偏重及著作题名权宜区分罢了。诗话、词话及新诗研究论著等，因为已有"民国诗话丛编""中国新文学大系""民国文学珍稀文献集成"等大型文献资料集出版或列入出版计划，故暂且不予收录。

每部拟刊的论著，我们都约请在该领域有专门研究的功底扎实、学风谨严的中青年学者进行整理，并在前面撰写"导读"，以引导读者更好地理解原著。整理时，我们征询专家意见，制定了详密的工作细则，既改繁体竖排为简体横排，又参照古籍整理规范出严格的校勘记，争取形成可以传世的、雅俗共赏的"新定本"。版式、用纸、装帧等方面，则发扬讲究细节、精益求精的"工匠精神"，以提高阅读率为标的，处处流露着为读者考虑的温情。这些看似小事，实则关乎民族文化的传承和国民素养的提升。资深出版人、中华书局原副总编辑程毅中先生就曾指出，在商业利益的驱动下，现在很多出版社和书店都喜欢出版、销售大部头、豪华版的书，这些书定价高，消耗的纸浆和能源也多，但手里拿不动，不便于阅读和随身携带，对阅读率有负面影响。[1] 我们充分考虑到了读者朋友在节奏紧张、时间零碎的现代社会里的阅读需求，所收论著都是内容丰实、装帧便携的"贵金属"，人们在地铁上、候车时、临睡前、旅途之中、工作之余、休闲之刻……都可以顺手翻上几页，随时接受中华诗词的浸润，从而切切实实地提高国民的图书阅读率，为接续诗词命脉、传承中华优秀文化基因、营建"书香社会"略尽绵薄。

总之，精到稀见的选目、中肯解颐的导读、专业严谨的整理、美观大方的装帧，是我们的"民国诗学论著丛刊"为坊间类似丛书不可替代的鲜明特色及核心竞争力所在。感谢文化艺术出版社杨斌、郝庆军、陶玮等领导与编辑们的大力支持，让我们酝酿多年的设想从内容到形式都能得到近乎理想的实现。从会议结束后的偶遇交谈到正式签订出版合同，不到一周时间，这种一拍即合的灵犀相通亦堪称一段佳话。感谢众多专家、学者的耐心指导和辛勤耕耘！正是共同的发扬、传承中华诗词的

---

[1] 参见李小龙《丹铅绚烂焕文章——程毅中编审访谈录》，载《文艺研究》2017年第1期。

责任感和使命感让我们走到了一起，"正其谊不谋其利，明其道不计其功"（《汉书·董仲舒传》）。希望越来越多的读者喜欢这套丛刊，由此领略中华诗词之美；希望越来越多的学者为我们出谋划策或加入我们的整理团队，一起呵护好这项功德无量的出版工程，让千载不磨之诗心在我们和后辈的生命中得到生生不已的感发！

叶嘉莹　陈斐
2016 年 10 月 28 日草稿
2016 年 11 月 1 日修订

导读

一

丘琼荪（1897—1964），上海嘉定人，又名琪，号彊斋。著名音乐理论家。1919年毕业于江苏省立第一师范学校，早年在安徽省立第一师范、福建集美学校等处任教，业余研究古代韵文。1933至1945年，任上海《新闻报》馆编辑部国际电讯科主任，涉足古代乐律学。[1] 1945年9月至1946年3月，任嘉定县政府建设科长及嘉定县银行董事兼经理。1949年后，探研乐律。1957年任中央音乐学院通讯研究员。1962年4月进入上海文史馆，致力于燕乐与昆曲研究。1963年应邀至东北文史研究所讲授乐律。1964年在上海逝世。[2] 主要著述有《诗赋词曲概论》《白石道人歌曲通考》《燕乐探微》《乐律举要》《历代乐志律志校释》等。

丘琼荪自谓："无师无友，独是独非，暗中摸索，苦乐自

---

[1] 参见倪所安主编《嘉定县简志》，方志出版社2008年版，第305页。
[2] 吴义：《上海文史研究馆馆员中的嘉定人》，《嘉定文史资料》第23辑，上海市嘉定区政协《嘉定文史资料》编辑委员会2005年版，第82页。

知。"[1]然而在词曲领域取得的杰出成就足以与吴梅、夏承焘、杨荫浏等词曲理论家相提并论。丘琼荪慎于交友，"无师无友"之论当系早年治乐律时之情形。据胡昌治《我的父亲胡石予生平事略》，他与顾颉刚都是南社社员胡石予的学生。[2]据夏承焘《天风阁学词日记》一九五五年四月廿八日所记："得榆生片，谓丘琼荪年已六十，究心燕乐字谱，亦通昆曲，于《白石旁谱》致力尤深。"[3]可见他已开始与词坛名宿龙榆生、夏承焘互通声气。在此期间，丘琼荪还结识了杨荫浏、沈知白、任二北、缪天瑞等。[4]1955年农历闰三月三，龙榆生为之作《鹧鸪天》（闰重三之次日，喜嘉定丘琼荪见过），有"寂寞丹铅只自亲，窥园忽已过芳辰。春归与我干何事，客至难能是可人"[5]之句。1962年农历二月初一为南社社员徐邦达《练川六景图》题跋中有唱和绝句六首，其一为："水绿桥平杨柳津，李花如雪满园新。小桃应与东风约，独占江城一片春。"[6]可见丘琼荪在艺

---

[1] 隗芾：《他乡遇故知——潮汕文化综论》，汕头大学出版社2011年版，第323页。
[2] 胡昌治：《我的父亲胡石予生平事略》，《昆山文史》（7）1988年版，第90页。
[3] 夏承焘：《天风阁学词日记（三）》，《夏承焘集》第7册，浙江古籍出版社、浙江教育出版社1997年版，第456页。
[4] 参见隗芾《后记——六十年代学乐律》，《古艺拾粹》，时代文艺出版社1992年版，第288页；孙新财《简介〈燕乐探微〉作者丘琼荪的学术贡献》，载《乐府新声（沈阳音乐学院学报）》2005年第4期。
[5] 龙榆生：《忍寒诗词歌词集》，复旦大学出版社2012年版，第181页。
[6] 参见王琥《师古而不泥古的徐邦达——〈练川六景图〉的艺术风格》，载《艺术市场》2007年第12期。

林中不乏知音。又据夏承焘一九六四年八月廿五日日记："闻丘琼荪患癌症，不能进食，恐将不救。"[1]似可据此推定，丘琼荪卒于此年。[2]

丘琼荪在古代乐律学研究领域造诣精深。尝谓："隋唐燕乐，久已失传。法曲霓裳，徒成佳话。两宋之俗乐，自是唐代之遗。因时世推移，旧调已多陵替。"[3]遂以存亡继绝为己任，尽管不为普通读者所熟悉，丘琼荪在音乐理论研究中的贡献早已得到了学术界的认同，为一代词学大家。唐圭璋、金启华《历代词学研究述略》列举现代词乐研究者不过十余家，先论张炎《词源》音律及白石旁谱的研究者任二北、唐兰、夏承焘、丘琼荪、杨荫浏、阴法鲁六家。[4]丘琼荪去世时部分著作尚系手稿，后由弟子隗芾、任中杰等整理刊出。《历代乐志律志校释》订正乐律志，包含对二十六史中十七部乐志、八部律志的详细校注，第一次系统深入地整理了中国古代音乐史料。所作《燕乐探微》与清代凌廷堪《燕乐考原》、日人林谦三《隋唐燕乐调研究》合称"燕乐三书"，作者"经过多年摸索，才得出一柄钥匙，可以

---

[1] 夏承焘：《天风阁学词日记（三）》，《夏承焘集》第7册，第983页。
[2] 隗芾：《古艺拾粹》时代文艺出版社1992年版，第39页、第288页及李盛平《中国近现代人名大辞典》（中国国际广播出版社1989年版，第110页）所载卒年均作1965年。
[3] 丘琼荪著、隗芾补辑：《燕乐探微》，上海古籍出版社1989年版，第1页。
[4] 词学编辑委员会编辑：《词学》第1辑，华东师范大学出版社1981年版，第4页。

开启燕乐调之门"[1]，这就是隋唐代用下徵为基调。这一发现是词调研究上的重大突破。探讨燕乐时与印度乐、龟兹乐、日本乐等皆对照论列，显示出立论之精深。《白石道人歌曲通考》探讨的是姜夔乐曲十七首，"欲使七百五十年前之古音，复见于今日"[2]，通过破译姜夔乐谱，"把宋代俗字谱的研究推向一个更为成熟的境地"[3]。《乐律举要》言浅而意深，为乐律学启蒙读物。丘氏所作学术论文中，《楚调钩沉》指出楚辞是声乐文字，进而讨论楚文学的音乐化；《汉大曲管窥》乃承王国维《唐宋大曲考》而作，考述精深，另辟蹊径；《乐书订误二则》指出了宋代乐典《乐髓》"二十八调之误"[4]及沈括《梦溪笔谈》论"杀声"的错误；《法曲》考证了《霓裳羽衣曲》等法曲的由来与特征及所用乐器等，《柘枝考》则考述了柘枝舞的来源及柘枝词的基本内容。丘氏还在中央音乐学院内部资料发表过《黄钟律考信》。另有《古律质疑》一篇，作者论楚调时曾提及，未见刊发。

丘氏尚有一部文学史论著《诗赋词曲概论》，也是作者第一部学术著作，1934年3月由上海中华书局印行，以乐律释诗，

---

[1] 丘琼荪：《燕乐探微》，凌廷堪、林谦三、丘琼荪《燕乐三书》，黑龙江人民出版社1986年版，第605页。
[2] 丘琼荪：《白石道人歌曲通考》，音乐出版社1959年版，第10页。
[3] 陈应时：《中国乐律学探微：陈应时音乐文集》，上海音乐学院出版社2004年版，第338页。
[4] 丘琼荪：《乐书订误二则》，朱东润等主编《中华文史论丛》1980年第1辑，第297页。

述诗、赋、词、曲之源流。这里拟作详细论述。

二

《诗赋词曲概论》全篇分为四编，绪论以下依次为诗之部、赋之部、词之部、曲之部，编下分章，章下分节，构成了诗、赋、词、曲各编相对独立的文论体系。在结构布局上，全文四个部分依次排列，呈并列结构又相互关联，显得井然有序。每一编都分为起源、体制、声律、演进四章，共十六章。除赋之部前三章未分节外，各章从两节到八节不等。在论著体例上，全书文学史论与文学作品列举相结合。著作多从篇章入手深入阐发深意，各编第四章都论文体之演进，选出该文体式样在各个阶段的代表作品，接近当下古代文学教程与文学作品分述的形式。

在丘琼荪之前，中国诗歌研究领域已出版了奠基之作——1931年大江书铺印行的陆侃如、冯沅君《中国诗史》。此书依据时间先后将中国诗歌分为古代、中代、近代、现代四个时期，开拓之功自不可没，然而著作以诗人与诗体作为分期的标志，仍然难以看出文学演进过程。20世纪30年代初期，乐府文学研究的成就也令人瞩目，罗根泽1930年完成的《乐府文学史》论两汉至隋唐乐府，开乐府诗史研究之先河，囿于作者对乐府的见解，没有对宋元以后的乐府文学演进再作论述。丘琼荪《诗赋词曲概论》则第一次从乐律学的视角审视中国诗歌源流,起自先秦,迄于明清,是一部中国声律文学通论,而非按照年代顺序简单罗列作家的文学史。在乐府文学研究领域有深远影响的萧涤非《汉魏六朝乐府文学史》于1943年出版,比丘氏之作晚得多。作为兼论诗、赋、词、曲的著作,此书与罗根泽拟定的《中国文学史类编》体例有相近之处。罗根泽《类编》之作有歌谣、乐府、词、戏曲、小说、诗、赋、骈散文八类,然而各类分论,相对孤立。而《诗赋词曲概论》阐释诗、词、曲之源流,前后衔接,融为通史;同时,认定赋为古诗之流别,专列一编,与论诗之体并不抵牾。故此书虽名为《诗赋词曲概论》,而实为中国诗歌源流研究。其中论赋一编,作者考虑到近人多将赋归入散文,故仍以《诗赋词曲概论》命名。著作以源流论诗、以乐律释诗,涵融诗性,风貌独特。丘氏以为诗出于歌、词出于诗、曲出于词。诗词曲之微妙,学者至今难以尽窥其壶奥,故此书虽名概论,然至简之处有作者烛幽之见。

第一编《诗之部》考述诗之声调,以乐府演进为线索论述中国诗歌源流,上起商周,下至隋唐。作者认定"古歌谣之所可征信者,当在殷周以后了"(中华书局1934年版第9页,后引此书只标页码),又认为"唐后诗的发展的途径殆绝",对唐代以后的诗歌,也废而不论。第一章论诗歌的起源,指出诗源自古歌谣。论述《诗经》,指出不得以伦理观念对《诗经》篇什加以曲解,在风、雅、颂之外再别分一类的做法实为不伦,将内容与形式混同的"六义"说不伦不类。论《楚辞》，以为《楚辞》乃贵族手笔，仅屈宋之作是真楚辞。第二章论诗的体制，以为"古代的诗，皆可以歌"（第43页），古人之诗纯任自然，"古时只有平入二声，魏晋之际，四声始备"（第48页），古诗之格式，罕有定者，偏用仄声，以拗强为和谐。论诗以合乐为准则，将乐府与徒诗、徒歌、拟乐府三类截然分开，第二节"魏晋南北朝的诗"与第三节"汉魏晋南北朝的乐府"貌似相近而其实大相径庭，将文人所拟乐府如曹植的《美女篇》、陆机《短歌行》、鲍照《拟行路难》与《梅花落》以及没有被之管弦的《陇上歌》《杨白花》《勅勒歌》都排斥在乐府之外，并指出罗根泽将徒诗列入乐府之谬。论乐府则极为精密，如相和歌分为《相和曲》《平调曲》《清调曲》《瑟调曲》，说清商曲则分《吴声歌》《西曲歌》《神弦歌》。论文人诗，将隋诗附在魏晋南北朝讨论，体现了作者对隋代诗歌特征的深刻认识。至于唐代，"绝句差不多都可以歌唱的，诗与乐没有什么差别"（第107页）。此编论诗中声律，着重探讨上自《诗经》之句调与用韵、《楚辞》之歌吟，两汉乐府，下至唐代适于咏歌之律绝。对于文人诗来说，尤重声调，故对古诗平仄，论述至为详切。有学者谓："这个问题自近代以来一直无人研究，直到三十年代丘琼荪《诗赋词曲概论》（中华书局，1934）、洪为法《古诗论》（商务印书馆，1937）才有所涉及，迄王力先生《汉语诗律学》集其大成……

是现代诗学研究中不可忽略的一环。"[1] 可见此编论声律平仄对于中国诗学具有开拓意义。

第二编《赋之部》剖析赋之用韵，明辨声律宽严以论列四体之嬗变。论赋的起源，引用班固《两都赋序》所言："赋者，古诗之流也。"指出："赋是介于诗文之间的一种文学。"（第137页）原来也有音拍节族，"楚辞"是赋的真实源泉。作者依徐师曾《文体明辨》将赋分为四体，据其流变，分为古赋、俳赋、律赋、文赋。以为赋的声律比诗、歌、词、曲宽，而律赋较为严格，"用韵与近体诗同"（第147页）；其次为俳赋，"句必俳比，字必对偶"，与骈文相比，是有韵之文。但在具体论述赋体演进时，作者只分"战国两汉的赋（古赋时期）"与"魏晋南北朝的赋（俳赋时期）"。"魏晋南北朝的赋（俳赋时期）"一节之后，所录王粲《登楼赋》时没有段前标明，仅在题后加注为骚赋，反映了作者的困惑：加上"古赋"则与俳赋时期典型类型不合，不标明则显得此篇无处排列。特别令人费解的是，在此节举出的赋中，还有不属于这一时期的作品，其中有唐代律赋两篇：白居易的《赋赋》、王棨的《江南春赋》，宋代文赋一篇：苏轼《前赤壁赋》。将这三篇赋看作论赋体演进时缺失的两节的律赋时期、文赋时期列举的作品似乎更合情理。总览全

---

[1] 蒋寅：《铃木虎雄〈中国诗论史〉与中国文学批评史叙述框架的形成——尤以明清三大诗说为中心》，吴怀东主编：《文学研究的转型与创新：〈安徽大学学报〉文学研究论文精粹》，安徽文艺出版社2014年版，第276页。

书，论赋之文稍显单薄。然而此编对中国赋史的研究仍有其特殊的意义。有学者认为，现代新赋学的开启期"现代赋学界出现了最早的四部赋论著作：陈去病《辞赋学纲要》、丘琼荪《诗赋词曲概论》、金秬香《现代辞赋之发达》、陶秋英《汉赋之史的研究》"[1]，此编"提纲挈领，不蔓不枝，自成体系；且时有精彩之论，如论赋体特点，联系科举考试、复古风气以论唐宋律赋、文赋的兴起演变等。此书实已初具赋学史的特点"[2]。其实，此编以韵论赋，从乐律角度考察赋体的特征与演进，同样值得关注。

第三编《词之部》推究词律之壶奥，依据词体之新变将词分为四期。论词之起源，指出"词由乐府变来。近则托体于唐的近体乐府，远则导源于六朝的乐府歌辞；或更溯而上之，远及汉魏"（第171页），廓清了学术界争论不休的词的起源问题。[3] 论词的体制，祖述《词源》，缕述九类：令、引近、慢、三台、序子为散词，法曲、大曲、缠令、诸宫调为套数。论

---

[1] 何新文、苏瑞隆、彭安湘：《中国赋论史》，人民出版社2012年版，第369页。
[2] 同上书，第369页。
[3] 夏承焘于1936年在《词学季刊》第三卷第二号发表了《令词出于酒令考》一文，认为："尊前歌唱，为词之所由起。"（诸葛忆兵编《20世纪中国文学研究论文选·宋代卷》，社会科学文献出版社2010年版，第155页）1944年上海正中书局出版的余毅恒《词筌》也说词"推源溯流，当为乐府之变"（第10页）；1948年中国文化服务社出版的王易《词曲史》谓："今溯词曲之源，《雅》《颂》之外，不得不首援乐府。"（第25页）也认为词起源于乐府。《诗赋词曲概论》在1934年已指出了乐府、词与曲的关系，所见更为通达。

述了"韵拍"即拍节与词曲的关系。论四声(平仄)、音律(宫商)、词调(词牌)、词韵(押韵)、句法(断句)皆简约深微,论平仄,指出"词有时须严别四声"(第177页);说宫商,依次论五音、七音、七宫、十二律;论词牌,以为"调名起源,大概昉自乐府"(第180页);谈押韵,则涉及叠韵、转韵、平仄通叶、换韵、三声单押、"独木桥体"、拗句等现象;明句法,将四字句、五字句、六字句、七字句的断句法逐个分解。从词的套数到《雨霖铃》宜单押去声之说,甚至非词家所能尽知。在细审音律后,据词体之流变,以唐词为幼年期,五代十国为青年期,北宋为壮年期,南宋为老年期,亦不乏史家独到见识。弟子隗芾在《燕乐探微·后记》中称述先师之学术:"业余研究诗词学,有《词曲史》出版。"[1]细究其著述,似无此书,故《词曲史》当指《诗赋词曲概论》而言。

第四编《曲之部》以乐调论曲,使戏剧史呈现出了全新的风貌。此编第一句说:"曲即是歌。"(第249页)确立了所论戏剧文学的灵魂。论曲着意甄别南北之调,依次论述北小令、南小令、北散套、南散套、南北合套、诸宫调、杂剧、传奇;说曲的搬演与结构,尤其重在阐释歌唱在其中的作用;论曲的声律,先说用韵之严,"上、去二声须严行分别"(第287页);次说曲牌联套,不容颠倒;再论南北曲之宫调:北曲十七宫调、南曲

---

[1] 丘琼荪:《燕乐探微》,上海古籍出版社1989年版,第374页。

十三宫调。作者述曲之演进仅有二节：元代概述（杂剧为主）、明清概述（传奇为主）。这样，论明清戏剧主要论传奇，只偶及杂剧，并将乾嘉定为戏曲的绝灭期，似乎匪夷所思。当1931年郑振铎《清人杂剧初集》刊行之后，丘琼荪梳理戏剧史不专论明清杂剧，体现了对案头剧的批判及对曲调的关注。1935年赵景深所作《中国文学史新编》（北新书局，1936年）仍专列《清代杂剧》一讲，显然未从乐律的视角审视杂剧；周贻白1959年所作《中国戏剧史长编》（上海书店出版社，2004年）更重视剧场，论述明清戏剧五章中仅有"杂剧的南戏化"[1]一节命题涉及"杂剧"，当受到了丘琼荪《诗赋词曲概论》的影响。

可见，《诗赋词曲概论》虽分论诗、赋、词、曲，然全书以乐律为纽带，自成体系。在现代学术史上，罗根泽论两汉民歌，萧涤非剖析六朝乐府，王国维说宋元戏曲，各擅胜场，而吴梅、夏承焘、龙榆生、杨荫浏等于词曲皆别有所见，然丘琼荪以乐律论中国诗歌之源流，将词曲纳入其中，并论赋之声律，令人耳目一新。《诗赋词曲概论》之名虽似各体文学之合集，然以音律为宗，缕述文学之流变，为学术史上所仅见。作者以为诗可吟、赋可诵、词可歌、曲可唱，词源于诗，曲源于词，于是探究诗之声、赋之韵、词之律、曲之调，溯其源流，汇成一书，可称为声律文学史。

---

[1]周贻白：《中国戏剧史长编》，上海书店出版社2004年版，第331页。

三

《诗赋词曲概论》以音律为宗，体现了以乐律释诗的文论观。作者认为，文是情的流露，诗是文的精神，乐是诗的灵魂。在推崇音乐的丘琼荪看来，文学是诗性的，《诗赋词曲概论》在一定程度上就是对"乐为诗心"的阐释，并由此形成了独特的文艺观。

其一，认定"文"是情的流露，雅好缘情体物之作。丘氏以为，"缘情体物"是诗赋的精髓。这一点在绪论中已经借陆机之语表达出来："陆士衡说：'诗缘情而绮靡，赋体物而浏亮。'这'缘情体物'四字，便抉出了诗赋的精髓。"（绪论第4页）正如陈世骧所说："抒情精神（Lyricisim）造就了中国文学的荣耀，也造成了它的局限。汉代的两大类文学创作：乐府和赋，都延续并发扬了这一趋势。"[1] 而丘氏自言："诗、词、曲是抒情的文字。"（同上）由此看来，诗、赋、词、曲都是长于抒情的文体。丘琼荪为何以专论抒情之文？"如果说中国文学从总体而言就是一个抒情传统，这大抵不算夸张。"[2] 可以说，对诗赋词曲精神的把握在一定程度上就是对中国文学精髓的领悟。因而论述这四种文体显得尤为重要。同时，我们不能不考察作者

---

[1] 陈世骧：《论中国抒情传统》，陈国球、王德威编《抒情之现代性》，生活·读书·新知三联书店，2014年版，第47页。
[2] 同上书，第48页。

写作的背景,在1930年代,浪漫主义在"五四"时期形成的浩大的声势,产生了深远影响。梁启超曾对中国文学的浪漫之风予以批判:"现代中国文学,到处弥漫着抒情主义。"[1]从沈从文乡土抒情诗、废名抒情诗式的笔调、冰心以情取胜的散文诗,乃至稍后出现的朱自清《诗言志辨》,都可以看出这种风气在文坛的弥漫。因而《诗赋词曲概论》可以看作抒情文学史论。从另一个角度看,著作中没有论述散文、小说,同样可以从西方文学思潮中得到解释,那就是作者有意将叙事文学逐出诗国。在西方文化中,因为诗歌中蕴含着非理性因素,柏拉图要把诗人驱逐出理想国;在张扬抒情性的时代,丘琼荪将叙事与理性之作排斥在诗国之外,可以看作对东方文化的守护。

其二,诗是"文"的精神,"文"中当蕴蓄着诗意。《文选》是诗性之"文"的渊薮,《诗赋词曲概论》所论之诗、赋、词、曲皆为有韵之文体,与《文选》之"文"相近。以声律论文,沟通诗歌与乐曲,体现了作者对"文"的深刻认识。《文选》之文"事出于沉思,义归乎翰藻"[2],或"吟咏风谣,流连哀思"[3],重视文人内在气质的表达与个性的张扬。从形式上看,是有文采之文,体式涵盖诗、赋、书、表等文体近四十种。清代姚鼐《古

---

[1] 梁实秋:《现代中国文学之浪漫的趋势》,《浪漫的与古典的》,上海新月书店,1927年版,第16页。
[2] 萧统:《序》,萧统编、李善注《文选》,中华书局1977年版,第2页。
[3] 梁元帝:《金楼子·立言》,中华书局1985年版,第75页。

文辞类纂》立意显然与之不同。在扫荡"选学"、桐城文化的"五四"新文化运动时期,"选学"精神在文学史著述中仍然得到了体现。文学史论中列举抒情性作品与叙述的个性化乃至对"文"的推崇都充分体现了这一点,《诗赋词曲概论》正是如此。

一方面,《诗赋词曲概论》以"文"为旨归勾勒文学嬗变的脉络。诗、赋、词、曲皆为有韵之文,作者以文章的文采与诗性韵律作为探寻的线索。当代学者多将赋划入文,诗词列入诗,《诗赋词曲概论》与当代诗文分类不符,然而这正体现了作者独特的文学史论观。著作内涵颇似龙榆生《中国韵文史》,然而不限于散曲而涉及戏剧,且有赋论一编,专论有韵之辞。龙榆生《中国韵文史》为《国立音乐专科学校丛书》之一册,1934年商务印书馆出版,所论"韵文"并不包含与无韵散文对举的有韵之文,上篇为诗歌,下篇为词曲。在今天看来近于中国分体诗歌史,又将词曲作为宋元以来诗歌的重心加以论述,与丘琼荪以声律为线索的论述有很大差异。不过,在体现"文"的精神这一点上,又与丘氏之作相近。丘琼荪之作打破了散文与诗歌分论的局限,同时将散曲与剧曲合论,体现出非凡的胆识,克服了文体四分法的局限,将戏曲之曲纳入诗词曲的体系来考察,《诗赋词曲概论》四编似断还连,较龙氏之作更接近中国韵文史。

另一方面,《诗赋词曲概论》以"选"的体例呈现诗赋词曲的风貌。丘琼荪《诗赋词曲概论》与许多文学史论著不同,有意大量引征文献，列举经典作品，甚至通过甄选具有显著差异的系列作品来展现文学演进形态。如论赋的发展，全文依次胪列各个阶段、不同体式的赋若干篇。骚赋一篇：王粲《登楼赋》，俳赋三篇：鲍照《芜城赋》、江淹《别赋》、庾信《枯树赋》，律赋二篇：白居易《赋赋》、王棨《江南春赋》，文赋一篇：苏轼《前赤壁赋》。由于经典篇章的引入，复杂的文学发展过程因而显得简单明了。论曲的类别，依次举例：北小令、南小令、北散套、南散套、南北合套、诸宫调，使得枯燥难解的曲式更为直观可辨。这种体例于论述之后必引征作品，接近中国文史写作发轫期黄人所作《中国文学史》，通过作品呈现文学史。尽管作者精简了论述的篇幅，然而诗的直观呈现，使得文学发展的概貌已不言自明。

其三，认为"乐"是诗的灵魂，以"乐"的话语书写文学史论。从文学的角度来看，《文心雕龙》将诗置于比乐更高的地位："诗为乐心，声为乐体。"[1] 孔颖达《毛诗正义》申述了这一说法。然而在深受西方影响的现代，以理性为主导的传统观念受到了挑战，尼采《悲剧的诞生》说："抒情诗仍然依赖于音乐精神，正如音乐本身有完全的主权，不需要形象和概念，而只是在自己之旁容忍它们。"[2] 在中国古代，《通志》已对片面强调

---

[1] 刘勰：《文心雕龙·乐府》，中华书局1985年版，第10页。
[2] 尼采著：《悲剧的诞生：尼采美学文选》，周国平译，上海人民出版社2009年版，第109页。

义理进行了批判,斥之为腐儒之说:"奈义理之说既胜,则声歌之学日微。"[1]有识文人已经自有主见:"若夫宋元之诗,吾不谓之诗矣。非为其不唐也,为其不可歌也。"[2]丘琼荪对诗赋词曲中歌曲元素的看法从论述中可以看出:"古代的诗,皆可以歌"(第43页);"赋者,古诗之流也"(第137页);"词由乐府演变而来"(第171页);"曲即是歌,即是乐府"(第249页)。以为词律已亡,故不论宋以后词;明清杂剧已衰,故不专论明清杂剧。丘琼荪关于"乐"是诗的灵魂之说,将音乐精神视为文学的灵魂,与黄人所说文学"属于美之一部分"[3]相近,而更为切实可感。后来刘大杰称:"文学便是人类的灵魂。"[4]并以诗性的笔调描绘了中国文学发展过程,或受到丘氏的影响。而章培恒以为:"作者越是能体现出人类本性,也就越能与读者的感情相通。"[5]对人类的本性在作品中的体现当有了更深的理解,对音乐精神的把握,则难以逾越丘琼荪的论述。

此外,《诗赋词曲概论》著作文辞的口语化也是抒情格调的体现。作者以乐论文,雅好诗章,故所作《诗赋词曲概论》

---

[1] 郑樵:《通志·乐府总序》卷四九,中华书局1987年版,第625页。
[2] 王肯堂:《郁冈斋笔麈》卷四,《续修四库全书》第1130册,上海古籍出版社2002年版,第151页。
[3] 黄人著、杨旭辉点校:《中国文学史·总论》,苏州大学出版社2015年版,第2页。
[4] 刘大杰:《中国文学发展史》,中国古典文学出版社1957年版,第1页。
[5] 章培恒:《导论》,章培恒、骆玉明主编《中国文学史》上,复旦大学出版社1996年版,第26页。

出以抒情之笔。与一般文学史叙述的方式不同,《诗赋词曲概论》语言浅显易懂,句尾甚至使用语气词"呢""矣""耳""好了"。尤其是整个著作中饱含着诗性与激情,评述中多使用抒情的语调、赞叹的语句,偶尔也使用反问句,使著作看起来更像讲演的记录。加上论述中大量引征作品,浓郁的抒情性与鲜明的形象使得论述更为生色,唯刘大杰《中国文学发展史》与之相近。当然,这样的表达方式偶尔使得句子结构不完整。然而,行文的口语化、抒情化,甚至诗意化及音乐化的特征,与著作的精神相一致。从写作的方法看,作者无意将诗、赋、词、曲四个部分结合在一起论述,也没有称之为韵文史、诗歌史或音乐文学史,所作的"文学分析不是将某一时代的精神或感觉作为单位……而是将一部作品、一本书、一篇文章的结构作为单位"[1],与谱系学研究法不谋而合,避免了牵强附会的文学史书写。从口语化的笔调与注重对文学原初形态的客观分析来看,《诗赋词曲概论》无疑为学术著作的书写提供了一种新的范式。

四

《诗赋词曲概论》作为丘琼荪第一部论著,不足之处也很

---

[1] 福柯:《〈知识考古学〉引言》,杜小真编选《福柯集》,上海远东出版社2002年版,第132页。

明显。

  首先体现在著作的论述有时稍见粗疏。如赋之部第四章第二节论"魏晋南北朝的赋（俳赋时期）"却列举了魏晋至唐宋的各体赋，自六朝以下，纲目阙如，并未说明缘由；曲之部第四章论曲的演进时，第一节题为"元代概述"，所列戏曲却有明代朱有燉剧本《李亚仙花酒曲江池》。

  其次，著作时有详略失当之嫌。《诗赋词曲概论》各章详略不一致处甚多，多次出现极为简略的章节，一些篇章中有章无节，或语焉不详。如词之部第二章中，第二节为"字数上的分类"，第三节为"风格上的分类"，都仅有数十字，一笔带过。诚然，这是擅长音律的作者的短处，并不影响《诗赋词曲概论》本书成为一部研究文学的经典著作，从音乐尤其是乐律学的高度来探讨中国文学源流的著述至今仍然罕见。作为不以文学与音乐研究为专业的中学物理教员，却能写出如此精深的文学史论，无论是过去还是现在，都令人惊叹。

  丘琼荪并不为众人所熟知，所研究的乐律学古奥难解，很少有人问津。他早年只是默默无闻的物理教师，从事专职研究后也是个甘于寂寞的学者。迄今为止，除了学者偶尔引征其学术成果外，从一些名人字典与上海、嘉定地方志中尚可以找到相关条目。笔者所见介绍丘琼荪的文字仅有周关东主编《人文嘉定》（上海文化出版社，2006年）中《古音乐专家丘琼荪》、孙新财《简介〈燕乐探微〉作者丘琼荪的学术贡献》[《乐府新声（沈阳音乐学院学报）》2005年第4期]两篇，隗芾的著作与随笔中也偶尔提及，深入研究丘琼荪的学术论文与著作似尚未见。但这并不影响他成为一代乐律学理论家。1934年上海中华书局出版的《诗赋词曲概论》成为他学术事业的里程碑。在一定意义上，《诗赋词曲概论》将古代乐律学引入文学史的阐释，至今无人逾越。

总之，丘琼荪《诗赋词曲概论》以乐律释诗，以音韵论赋，以乐章论词，以乐调品曲，开辟了中国诗赋词曲与音乐文学研究的新境界。

《诗赋词曲概论》1934年3月由上海中华书局印行，北京市中国书店于1985年3月、台北市台湾中华书局于2015年11月分别影印出版了原书。本书以1934年3月上海中华书局本为底本，对明显脱文、讹误处加以订正，文中引用的著作篇目与文字，皆仍其旧。

萧晓阳
2017年6月于武昌

编辑大意

一、中国文学中之韵文，以诗、赋、词、曲四种为最重要。本书爰分为四编叙述之。

二、本书叙述方法，每编之体例相同。先述起源，详论其原始形式，与其成立之时代，及其所以成立之故；次述体制及其声律，详论体裁、结构、格律、声韵等等，是为内容的；次述演进，详论成立后之演变与进化，直至形式固定，不再演进为止，是为历史的。并附录名篇若干首，以示范例。

三、诗之叙述，上自皇古及三代之歌谣，下及《诗经》《楚辞》，两汉魏晋南北朝之诗篇、乐府，至唐代之古近体诗为止。

四、赋之叙述，上自屈、宋及荀卿之《赋篇》，下逮两汉之古赋、魏晋六朝之俳赋。唐代之律赋、宋代之文赋皆附列焉。

五、词之叙述，上自南朝之杂言乐府、唐五代之小令，下及两宋之作。

六、曲之叙述，上自宋大曲、杂戏、金院本、元杂剧，下及明清传奇，旁及小令、散套等。

七、本书可供高中程度国文科教学之用，并可供一般文学上之参考及浏览。

目录

绪论 | 1

第一编　诗之部
第一章
诗的起源 | 3

　第一节　古歌谣 | 3

　第二节　诗经 | 13

　第三节　楚辞 | 26

第二章
诗的体制 | 40

第三章
诗的声律 | 45

　第一节　诗的声韵 | 45

　第二节　诗的格律 | 46

　第三节　五律诗式 | 47

　第四节　七律诗式 | 48

第五节　五绝诗式 | 50

   第六节　七绝诗式 | 50

   第七节　五、七言古诗平仄论 | 51

   第八节　五七言古诗式 | 59

第四章
诗的演进 | 64

   第一节　两汉的诗 | 64

   第二节　魏晋南北朝的诗 | 70

   第三节　汉魏晋南北朝的乐府 | 79

   第四节　唐代的诗 | 98

第二编　赋之部
第一章
赋的起源 | 135

第二章
赋的体制 | 143

第三章
赋的声律 | 148

第四章
赋的演进 | 151

   第一节　战国两汉的赋（古赋时期） | 151

第二节　魏晋南北朝的赋（俳赋时期）| 162

第三编　词之部

第一章
词的起源 | 177

第二章
词的体制 | 180

第一节　韵拍上的分类 | 180

第二节　字数上的分类 | 183

第三节　风格上的分类 | 183

第三章
词的声律 | 185

第一节　四声 | 185

第二节　音律 | 186

第三节　词调 | 188

第四节　词韵 | 189

第五节　句法 | 190

第四章
词的演进 | 192

第一节　词的发生期 | 192

第二节　词的分期与演进 | 192

第四编 曲之部

第一章
曲的起源 | 257

第二章
曲的体制 | 260

　　第一节　曲的类别 | 260

　　第二节　曲的搬演 | 288

　　第三节　曲的结构 | 290

第三章
曲的声律 | 295

　　第一节　曲的声韵 | 295

　　第二节　曲的牌调 | 296

　　第三节　曲的宫调 | 297

第四章
曲的演进 | 300

　　第一节　元代概述（杂剧为主）| 300

　　第二节　明清概述（传奇为主）| 335

本次整理征引文献 | 372

绪论

中国文字中用韵，是很古的，如《尚书》《易经》中，很多叶韵的句子。中国诗歌的产生，并不较散文为迟。有整篇或整段散文的时候，即可找得出有韵的诗歌来。用韵这件事，好像很技巧、很雕饰的，实在很自然、很原始的。

中国文学中有韵的文字，大别为诗、赋、词、曲四类。这是一般中国文学者所公认的。兹编所论，即分诗、赋、词、曲四部。此外在宗教文字中亦颇有韵文存在，以非文学的范围，可不论。民间小曲，大都有韵，其中不乏有极美妙的抒情、极成熟的技巧，与散词散曲相较，决不多让。然而材料之收集较难，且多猥亵的作品，能俗不伤雅，好色不淫者，十不得一，故未为一般学者所注意。近来虽有稍稍搜讨之者，亦仅采辑而已，不遑深论。近年在敦煌石室中，发见俗曲数种，亦为有韵的声乐[1]文字。论其性质，实与今之宣卷同科，为含有宗教性的民间乐曲，可视为声乐文字之一支派。惟材料绝少，本编亦略而弗论。即如汉魏以下之乐府，繁衍亘九世纪，各家所作，

---

[1] 乐　底本作"学"，据下文酌改。

不下千万首，昔人亦目之为诗，认为诗之一体，本编即附入诗的部分，不另立焉。

诗、赋、词、曲四者之次第，是依其产生的时代排列的，其间不一定有连续的关系，他们繁衍的曲线，及其兴衰的时距，大有参差。

四者之中，诗的发生最早，几经变演，传嬗至今。其间可分先秦为一时期，以《诗经》及《楚辞》为代表。《诗经》多四言，《楚辞》则称"骚体"，此诗之二大派也，以四言诗为大宗。汉魏以降，演为五言，下逮六朝，厥体未变，所变者只在它的气局与风调，它的体式还是五言。这又是一时期，此五言诗之时期也。在这一时期中，别有所谓乐府诗者，与五言诗异趋，在当时也盛极一时的。虽现存的数量并不比五言诗为多，然而在当时是惟一的声乐文字，且是一种抒情文学。

到了唐代，诗体又起一大变化，有所谓近体诗者出，其托体虽在六朝，但是格律体式的完成，是在初唐。从此近体诗十分发达，且形成千古未有的昌盛局面，一直传到现在，有一千三百年之久。两宋以后的诗，都是唐人的旧面目，所有著作，仅能另翻新意，要未能轶出唐人的藩篱。故以李唐一代之诗，作以后一千年诗的代表，实无不可。这是诗的又一时期，此近体诗之时期也。

在唐代，诗的变化尚不止此。即近体诗成立后，民间歌曲，几有为近体诗独占之势。汉魏以来之乐府，虽一班文人仍有拟代之者，但已僵化而为徒诗。乐府诗的发展，到唐代便停止了。这也有原因的，其间自有线索可寻，决不是突变的。乐府诗的后期，《吴歌》及《西曲》很为发达，这《吴歌》与《西曲》，多五言四句，不能不说是与五言绝句很相近的东西，不过没有声律的限制罢了。进一步说，五言绝句的形成，不无受它的影响，或者竟于此变演而成，亦未可知。这五言绝句，时人称之为近体诗，不与五古或乐府相混，乐府诗便从此衰歇了，在声乐上的地位也被夺了。这样说来，在唐代似乎又声诗合一起来，好像《三百篇》的时期，这又不然。唐代的五、七绝，大概可歌的成分很多，但也决不能说是一齐可歌的。那律体诗可歌的便很少，拟乐府既成徒诗，五、七古本不能合乐声，唐代所创的七言长歌也不能歌唱合乐。所谓声诗合一的作品，只占唐诗中一小部分。况且唐代的乐声中，尚有所谓大曲、法曲，又有所谓教坊曲者。大曲、法曲的歌词，类为五、七绝，但又不能完全肯定；教坊曲词，今已无传，就其调名观之，似为乐府之遗，其中有不少与词调同名者，是否亦五、七绝，殊未可必也。且中唐以后，小词已渐发达，这不用说是唐代乐府之一。故唐代的诗，一部分与声乐合，为唐乐府的一部分，比了汉魏六朝之诗与乐府截然异趋者，已见融合。若竟谓为声诗合一，则又未也。

宋以后诗与乐便完全分离了。

赋非声乐文字，《楚辞》虽可以歌诵，但宋玉之《风赋》《高唐》《神女》等，不言可歌，这大概不可歌的。两汉的古赋，魏晋以后之俳赋，唐以后之律赋、文赋，自然是更不可歌了。赋虽是古诗之流，但是它一变而为非声乐文字，这是赋与诗、词、曲三者不同之点一。

诗、词、曲是抒情的文字，重在发抒内在的情感，或表达意志。它描写的对象，偏重在作者的内心。赋是体物的文字，多描写外界的事物，体察万物以形容之。它的对象，偏重在作者的外触。陆士衡说："诗缘情而绮靡，赋体物而浏亮。"这"缘情体物"四字，便抉出了诗赋的精髓，也辨明了诗赋的体制。这是赋与诗、词、曲三者不同之点二。

屈、宋为赋家二祖，《楚辞》中所著录的几篇，大都是抒情的声乐文字，与诗歌不相远，应认为诗歌中的一支派。宋玉的《风赋》《高唐》《神女》等赋，为赋之一大转变，由此演化而为汉赋，遂与诗歌大异，除用韵外，几不复包含诗歌中重要的因素，而另有其所托命者了。

赋的繁衍时期，不十分长。两汉以迄六朝，为赋的极盛时代。唐以赋取士，故律赋独发达，而古赋、俳赋微矣。但这并不是赋的自然发展的途径。一方有名利富贵在引诱他，一方又颁布规律以限制他。因有名利富贵的引诱，遂使天下之士竞入此途；因有规律的限制，而体格非常严整，雕饰非常精巧，遂蔚成一代的奇文。宋、元、明、清四代因之，律赋之传，独递嬗不绝。今科举既废，作者无人，古、俳二体，能者亦鲜。赋的创作,将从此停止了。

唐代中叶以后,小词已逐渐发达,到了晚唐,它已占声乐上重要的地位。由五代而至宋,它已成为唯一的声乐文字,宋代也有大曲、法曲等,皆由唐代沿袭而来,但其词句,已变为词的形式,不复为五七绝之旧。故两宋的乐府,几为词所独占,词之于两宋,乃特别昌盛。但词的这种地位,并不很久,前后不过三百多年。自其类似的曲兴起之后,其地位便被夺了。但此后六百多年间,词的创作,并不见得有如何的衰退,至今还是不绝若缕。若与诗相较,作词的数量,自然远不及诗。即就其最繁昌的两宋计之,也是如此,何况现在呢!此其故,诗在中国文学中据有一极高的地位,《三百篇》的诗,至尊为儒家经典之一,为国家教化所系,所以特别尊重它。固然诗在文学中自有它客观的高价。词所以不及诗的发达,尚有他种原因在。即此一端,诗已足当得起风雅二字,可凌驾乎一般文学之上。词乃目为小道,不为正人君子所喜了。

曲之于词,尤其变也。其间多杂胡元俗谚、坊曲俚辞,虽六百年来,歌场独步,然不为一般文人所重,仅视为诗文余事,类于游戏笔墨而已。明清的传奇,高华典丽得多了。比之于词,毫无逊色,然终目为优俳之事,非雅正之文。所谓雕虫末技,不是传统的文学者所尚的。此中有一事足资印证,即乾隆时有一次太后万寿节,大张庆典,廷臣中有不少人作曲进奉,备宫中采择,所以上寿而娱耳目。于此可见,皇皇大典也用它作乐章的。但乾隆纂修《四库全书》时，却以曲为俚俗，全不著录。这是一极矛盾的现象，而当时一班纂修的文人，也全都同意的，此其故，自不难想象得之。

乾嘉而后，作曲者渐少。皮黄的范围，逐渐推广，到现在皮黄已完全取而代之。能歌南北曲的人，既不数数觏；能作曲制谱的，真似凤毛麟角。数十年之后，此道将成绝学，与赋同为中国文学上的一种陈迹。但是赋，仅为文字方面的事，即数十百年之后，未尝不可摹拟旧文，效为新制，盖作赋并不是十分的难事，为后人所不可能。不过，它的时代早已过去，又无应用之处，或没有人去做它了。曲则不然，其法一经失传，将仅存徒词，后之人偶作曲以自娱，亦将限于散曲，与今之填词同。杂剧传奇，恐不复有人仿效，它的演唱的功用既失，谁耐烦去做这冗长的东西！即使去做，难免错误百出，文字之优劣还在其次呢。

第一编 诗之部

第一章
诗的起源

第一节 古歌谣

文学最古的产物是歌谣,歌谣即是诗。它的产生尚在有文字以前,人类语言成立之后。它从何而产生的呢?

司马迁说:"《诗》三百篇,大抵皆圣贤发愤之所为作也。"(《报任安书》)圣贤,不一定指具备最高道德标准的人如孔、孟、颜、曾;发愤,不一定是怒发冲冠或昼夜苦吟。我们应当解作:这三百篇的诗,大抵一班能诗的人有所感动、愤发而做的。《尚书》云:"诗言志。"《乐记》也云:"诗言其志也。"这类解释,太含混而不显豁,最好莫如《〈诗〉大序》:

诗者,志之所之也。在心为志,发言为诗。情动于中而形于言,言之不足,故嗟叹之;嗟叹之不足,故咏歌之;咏歌之不足,不知手之舞之,足之蹈之也。

这是最精详、切当的解释,不但阐明了诗的起原,差不多把歌曲、舞蹈、戏剧的成因也都说及了。她们原来是艺术之宫中的姊妹行，是一母同生的呵！朱熹也说：

> 人生而静，天之性也。感于物而动，性之欲也。夫既有欲矣，则不能无思；既有思矣，则不能无言；既有言矣，则言之所不能尽而发于咨嗟咏叹之余者，必有自然之音响节族而不能已焉。此诗之所以作也。（《诗集传[1]序》）

朱熹的话实没有什么发明，不过《诗大序》的诠注而已。

然则，中国诗的原始产物究竟是些什么？曰：古歌谣。这类歌谣，产生在文字以前，以口语传授，乃后人加以记载的。它的形式与实质，俱未能十分成熟，只是断句残篇，零金碎玉而已。其斐然成章，卓然可见者，乃有《诗经》与《楚辞》；这是中国诗的二元，也是中国一切文学的二元。——这当然指纯文学而言。

这里所称的古歌谣，乃指《三百篇》以上和以外的作品；至多与《三百篇》同时，而未被采入《三百篇》中的。然而皇古渺矣！黄、农、虞、夏的事迹，未可全据为信史，何况纪载这古歌谣的书籍，又多汉魏以后的伪作呢。

中华民族的文化，至殷始由新石器时代而进入铜器时代。

---

[1]《诗集传》 底本作"《诗经传》"，据该著书名改。

其经济社会，还在游牧时代。其生活情形，则"以肉为食兮酪为浆"。因为是游牧民族，在谋生之外颇有余暇以从[1]事创作；因为已入铜器时代，可于坚硬的龟甲或兽骨上雕刻原始形的文字（多象形，似图画）；因为他们信鬼，差不多事事都取决于鬼，便在许多甲骨上雕刻卜辞。故中国文字之所可征信者，始自殷代。殷之前，还没有真实的发见。诗歌的起原虽随语言以俱来，但是用文字去写定，至早在殷周之际。故古歌谣之所可征信者，当在殷周以后了。

固然，歌谣的保存和流传，尽有靠着口语的，何尝不可以口语传至汉魏才有人用文字写定呢？不过流传的时间愈长，传播的地域愈广，则其实质与形式，必经过几多变动，决难保持原始状态。但在未曾确定所有的古歌谣句句都是伪作、决无丝毫原始状态之前，我们正不妨随举几篇，藉以窥见数千年来理想中所虚构的黄、农、虞、夏时代，究竟怎样的一个情状。虽属虚构，谅必有所依托，安知没有真实的消息存乎其间呢？

伊耆氏《蜡辞》：

> 土反其宅，水归其壑。昆虫毋作，草木归其泽。（《礼记·郊特牲》）

---

[1] 从　底本作"重"，据文意酌改。

蜡者，为田报祭，行于年终，类于后世的秋社，此其祝辞也。故或以为伊耆即神农。中国至周初始入耕稼时代，其说恐不可靠。但"洪水横流，泛滥于中国。草木畅茂，禽兽繁殖。五谷不登，禽兽逼人"（《孟子》）的几句，与那种祝祷希望的话颇相合的。

《击壤歌》：

> 日出而作，日入而息；凿井而饮，耕田而食。帝力于我何有哉！

帝尧之世，天下太和，百姓无事，有老人击壤而歌（《帝王世纪》）。此歌从"凿井""耕田"二句看来，谓为尧时作品，自亦不可靠。但初民社会中无为而治的景象，表现得颇适切的，尚有它的姊妹篇《康衢谣》："立我蒸民，莫匪尔极。不识不知，顺帝之则"（《列子》）。据说尧微服游于康衢，闻儿童谣云云。它所表现的，与《击壤歌》同是一种狉榛浑噩之民的意识，两篇十分相肖。《列子》是伪书，此自不可靠。

《尚书大传》云：帝将禅禹，于是俊乂、百工相和而歌《卿云》。帝倡[1]之，八伯咸稽首而和，帝乃载歌。

---

[1] 倡　底本作"偈"，从《尚书大传》（P.24）改。

卿云烂兮，糺缦缦兮。日月光华，旦复旦兮。(《卿云歌》)

明明上天，烂然星陈。日月光华，弘予一人。(《八伯歌》)

帝载歌不录。这曾经充过中国国歌的《卿云》，应该靠得住了。不料《大传》系伪作，四句中三用"兮"字，又不像纯粹的北方文学。

关于舜的，尚有《孔子家语中》说："舜弹五弦之琴，歌《南风》之诗，其诗曰：南风之薰兮，可以解吾民之愠兮。南风之时兮，可以阜吾民之财兮。"(《南风歌》)《孔子家语》亦是伪书。其他《南风操》《思亲操》等都不可靠。

《荆州记》说："禹登南岳而祭之，获金简玉字之书曰：祝融司方发其英，沐日浴月百宝生。"(《禹玉牒辞》)《湘中记》也有类似的记载。禹之事迹，已多神话，金简玉字之书，又近怪异。惟其辞句颇奇横可喜。此外关于禹的，有《襄陵操》《涂山歌》等；其后有《五子之歌》《桀臣歌》等，都不足征信。

黄、农、虞、夏的诗歌，既不可信，殷代的又如何呢？汤之《盘铭》曰：

苟日新，日日新，又日新。(《礼记·大学》)

《礼记》一书已属可疑。铭辞虽质朴近古，其可信的程度甚浅。世传《商鼎铭》十六句，见《国语》。其文体与现存金文之实证不类，亦不无可疑之处。

《麦秀歌》：

> 麦秀渐渐兮，禾黍油油。彼狡童兮，不与我好兮！

"箕子朝周，过故殷墟，感宫室毁坏生禾黍，箕子伤之。欲哭则不可，欲泣为其近妇人。乃作麦秀之诗。"（《史记》）在古诗歌中，这是比较可信的最古的一篇。《郑风·狡童》之诗曰："彼狡童兮，不与我言兮。"又曰："彼狡童兮，不与我食兮。"《麦秀歌》中，仅差得一"好"字，此处似稍有疑窦。近人陆侃如作《中国诗史》，因此指为直抄《国风》，其诗不可靠。案箕子乃纣之诸父而佯狂为奴者。纣都朝歌（今淇县），周时其地属卫，箕子朝周，过此而歌《麦秀》。近今发现甲骨文字之安阳故墟，即在其北，亦卫地。郑卫为邻，国土皆褊小，其语言习俗，当差不远。郑之效卫，卫之效郑，这是极可能的。或者各不相效，"狡童"是当时极普通的一个名词，有如现在的"滑头""流氓"之类（《郑风·山有扶苏》亦有"不见子充，乃见狡童"之句。大概彼时所称"狡童"，颇相当于现称"滑头码子"）。当时的诗，即用当代的言语写成的，其有字句相同，这是不谋而合，实不足异。《三百篇》及汉魏古诗中，很有相同的句子，决不能一定指为抄袭（陆氏《中国诗史》中也这样说）。况且，写定此歌者系司马迁，在写定的时候，应不出四途：

一、全真。

二、半真半伪——即确有依据，曾经其窜易者。如被译为司马迁当时所习用的语文，或受到《郑诗》的影响之类。

三、虽真实伪——即司马迁所依据的亦完全靠不住。亦即陆氏的论断："显然司马迁误信了伪的传说。"

四、全伪——即全系司马迁所伪托的。

我人未能将其余三项确切否定，何能将这第三项独十分肯定呢？陆氏所持的理由，除"直抄《国风》"之外，尚有"骚体"一点（陆氏考证古诗歌时所常用的一种否定证据）。"骚"即《离骚》，楚屈平所作。诗歌中用"兮"字者都称骚体，这论断也有危险，于时间、空间的关系，容有未合。查《卫风》十篇，用"兮"字者五；《郑风》犹不止此。其他各风，几莫不用有"兮"字者。然则此十五国风，将谓为半属伪作，或采录的人"误信了伪的传说"耶？

《采薇歌》：

> 登彼西山兮，采其薇矣。以暴易暴兮，不知其非矣！神农虞夏，忽焉没兮，吾安适归矣？吁嗟徂兮！命之衰矣。（《史记》）

据《史记》说，"武王已平殷乱，天下宗周，伯夷、叔齐耻之，义不食周粟；隐于首阳山，采薇而食之，及饿且死，作歌"，云云。这件事实，不问它可信与否，终未免近于滑稽。不食周粟而采西山之薇，怪不得有人要问：西山是不是周之国土？不幸薇也采尽了，此外谅又别无可吃，乃不得不仍归饿死。这种富有骏气的办法，大约只有淳朴忠义的古人和清风亮节的夷、齐所做的。这故事的本身，已难置信，那相随而来的诗歌，又不知谁在他们"及饿且死"的时候，特为记下来的？想来他们不会很从容的杀青汗简，犹欲垂之久远吧？这自然很可疑的。

箕子、夷、齐，都是周初的殷遗民。那文、武、周公的创作，又怎样呢？除掉不甚可靠的琴操和铭词以外，纯粹的诗歌，实少概见。《三百篇》中《周颂》的几篇，很难确信是否有周公的作品。

《盥盘铭》：

> 与其溺于人也，宁溺于渊。溺于渊，犹可游也；溺于人，不可救也。(《大戴礼》)

《矛铭》：

> 造矛造矛，少间弗忍，终身之羞。余一人所闻，以戒后世子孙。(《大戴礼》)

武王所作的铭辞很多,这是其中的两篇。其语气都带有哲理和教训的意味,铭辞之体制是这样的。

春秋以后,歌谣渐繁,其可信者亦多。盖文字组织,已归完密,书写的工具,亦较简便;记录者又多当代的人,非后世追述者可比。惟材料太多,论列不便,我们只能择其华实相腴者,略示数篇,以见一斑。

《饭牛歌》：

(一)南山矸,白石烂。生不逢尧与舜禅。短布单衣适至骭,从昏饭牛薄夜半;长夜漫漫何时旦!

(二)沧浪之水白石粲,中有鲤鱼长尺半。弊布单衣裁至骭,清朝饭牛至夜半。黄犊上坂且休息,吾将舍汝相齐国。

(三)出东门兮厉石斑,上有松柏青且阑。粗布衣兮缊缕,时不遇兮尧舜主。牛兮努力食细草。大臣在尔侧,吾当与汝适楚国。(《淮南子》)

据说宁戚欲干齐桓公,困穷无以自达,任车以商于齐,暮宿郭门外。桓公夜迎郊客,戚饭牛车下,击牛角而歌,桓公闻之,因授以政。

《龟山操》：

予欲望鲁兮，龟山蔽之；手无斧柯，奈龟山何！（《琴操》）

季桓子受齐女乐，孔子欲谏不得，退而望鲁龟山，作歌。
《渔父歌》：

日月照照乎寖已驰。与子期乎芦之漪。日已夕兮，予心忧悲！月已驰兮，何不渡为？事寖急兮将奈何！芦中人，岂非穷士乎？（《吴越春秋》）

伍员奔吴，至江而遇渔父，渔父欲渡因歌云云，既渡，子胥疑其泄焉。渔者覆舟自沉于江。这故事恐不可靠。
《越人歌》：

今夕何夕兮？搴舟中流。今日何日兮？得与王子同舟！蒙羞被好兮，不訾诟耻。心几烦而不绝兮，得知王子。山有木兮木有枝，心说君兮君不知！（《说苑》）

鄂君子皙泛舟于新波之中，越人拥楫而歌。句中"枝"字，暗射"知"字，此类谐声双关的字，在吴歈中多用之，其详后述。
《渡易水歌》：

风萧萧兮易水寒，壮士一去兮不复还！

这是一个悲壮的易水送荆卿的故事，是荆卿歌的，作变徵之声，我们再读："易水萧萧西风冷，满座衣冠似雪；正壮士悲歌未彻"的词句，真有"天地英雄气，千秋尚凛然"之概。

古歌谣的叙述，即此为止。以下将论述《诗经》。实则《易水歌》已远在《三百篇》之后了。

第二节　诗经

上节所述的古歌谣，都是零碎的篇章，散见于各书中的。东周以后，始有整部的文学总集及长篇的优美的诗歌出现，一是《诗经》，一是《楚辞》。前者为北方文学的代表（间有产生在南方的），后者为南方文学的代表，即上节所称中国文学的二元。

我们先论《诗经》。但此处只能作简略的叙述。

孔子说："《诗三百》，一言以蔽之，曰：'思无邪。'"又曰："不学《诗》，无以言。"古时于《三百篇》单称曰"诗"，"经"乃后世的尊称。虽云三百，实三百十一篇，其中六篇笙诗，有声无辞，实得三百有五篇。

《诗经》的来历，有谓周太师所采的，其说似不可信。有谓原有三千余篇，经孔子删剩此数，其说也无确证。照孔子的语气，好似三百篇的诗，在孔子时代业已固定，为一部普通习见的书，决不像他新编的。我们还是相信这三百篇的诗系渐次积聚而成的，或由无名诗人纂录成功之后，曾经若干人的增删改订，始成这最后的形式。似不能相信是出自一人之手的。

《诗经》为一部文学总集，非一人所作，这是毫无异辞的。究属那几多人做的呢？这就众口纷纭了。在《雅》《颂》之中，或有可以考定作者姓名的可能，那十五国风，便万分困难了。或有人说：这是庄姜的，这是共姜的，这是后妃之德，这是文王之化。我们只可姑妄听之。要知这是儒生的谬说，他们的眼光总不放在文学的本质上，什么都加以伦理观念胡乱的去曲解，不独穿凿附会，迂腐得可笑，连文学本身的价值都被他们汩没尽了。这种雾雾我们应当加以廓清。

《诗经》的编次，分《风》《雅》《颂》三类。

> 风，风也，教也……是以一国之事，系一人之本，谓之风。言天下之事，形四方之风，谓之雅。雅者，正也，言王政之所由废兴也。政有小大，故有小雅焉，有大雅焉。颂者，美盛德之形容，以其成功告于神明者也。（《诗大叙》）

这是解释《风》《雅》《颂》的意义与其致用的。然终不外乎"诗教"的说法，《礼记》："温柔敦厚，诗教也。"孔子云："思无邪。"又曰："《诗》可以兴，可以观，可以群，可以怨，迩之事父,远之事君。"大都是这么一套,并不当作文学去欣赏它,而视为有关教化文物的经典。好似诗人为了教化世俗而作的,像国家社会间的礼法一样。

《风》有《周南》《召南》《邶》《鄘》《卫》《王》《郑》《齐》《魏》《唐》《秦》《陈》《桧》《曹》《豳》十五国风,《雅》有《小雅》《大雅》,《颂》有《周颂》《鲁颂》《商颂》。这个分类,尤其是诗中开首的《二南》,很引起了许多人的疑惑。有人以为应分四类:《南》《风》《雅》《颂》。把《二南》从《风》中独立出来,其理由是:

(一)周南、召南并非二国,列入《国风》中为不伦。

(二)南在《风》《雅》《颂》之外,是一种独特的声乐之名,应与《风》《雅》《颂》并立为四。

(三)当时因二南诗篇较少,故列在《国风》之前,未曾另立《南》之一类。

他们的理由很充足,似乎言之成理,但未能将"周""召"两个区别字阐明出来,其功夫都用在"南"字上,只可说解答了一半,或连一半都不可靠,犹未可以为定论。因为《风》之别郑、卫,《雅》之别小、大,《颂》之别周、鲁,都有他的取义所在,非漫然加上去的。

《诗经》时代的考定,又较为困难的事,从直觉上看来,《商颂》似乎商代的诗,然经近人证明,《商颂》实为宋诗,作在东迁以后。诗经最早的作品,为《周颂》与《大雅》,其中或有文、武时代的产物，次之为《小雅》，最后为风。其次序适与其编次相倒，其最后的时代当在周定王时，前后约五六百年（西历纪元前十二世纪至六世纪）。

《诗经》的产地是容易查考的，我们已知颂为宗庙乐章，雅为朝廷聘会燕飨之乐，则知周颂与《大、小雅》，当出自丰、镐之间，《鲁颂》出自曲阜，《商颂》出自商丘。十五国风中，惟《二南》无确切可指之地，大概在河南及湖北的北部。邶即燕，鄘为鲁地，皆有目无诗，其诗已亡，后人以卫诗独多，分隶于邶、鄘之下，实皆《卫风》也。于是仅存十一国，其中以齐为最东，今山东益都一带；秦为最西，今甘肃陇西一带；陈为最南，今河南淮阳一带；唐为最北，今山西阳曲一带。总之不出黄河流域的冀、晋、陕、甘、鲁、豫等省，所以称为北方文学的代表。楚居江汉间，为当时唯一的南国，在周夷王时业已强大，僭称王号（平王东迁前约一百二十年，西纪元前九世纪末）。厉王时，畏其伐楚，乃去王号，这时南北的交通已很频繁了（并不是说南北的交通在此时开始）。交通既启，自不免有多少楚声流入北国，《诗经》中有用"兮"字的地方，或即此故（当然先假设"兮"字为"楚声"——即陆氏所云"骚体"，"楚声"二字尚有别解——作大前提，否则二千年来所沿用的"楚声"二字的意义便将不稳固了）。

昔人以风、赋、比、兴、雅、颂为《诗》之"六义"，这是不伦不类的话。风、雅、颂原是诗的分类，关乎内容致用方面的；赋、比、兴是描写的方法，或用直陈，或用比喻，或借他物以兴起，关乎形式技术方面的，岂可混为一谈？

《诗经》的修辞，有可得而言者：

一、字句——一言至九言都有；

二、句调——多反复歌咏。前章与后章，有只换得一二字以反复咏叹之者；

三、用韵——其例甚繁，有连句者，有间句者，有用于句首者，有用于句中者，有连章者，有特变者。详析之，可得七十余种，亦云夥矣。

一、关关雎鸠，在河之洲。窈窕淑女，君子好逑。

二、参差荇菜，左右流之。窈窕淑女，寤寐求之。求之不得，寤寐思服，悠哉悠哉，辗转反侧。

三、参差荇菜，左右采之。窈窕淑女，琴瑟友之。参差荇菜，左右芼之，窈窕淑女，钟鼓乐之。（《周南·关雎》）

一、采采卷耳，不盈顷筐。嗟我怀人，置彼周行。

二、陟彼崔嵬，我马虺隤。我姑酌彼金罍，维以不永怀。

三、陟彼高冈，我马玄黄。我姑酌彼兕觥，维以不永伤。

四、陟彼砠矣，我马瘏矣。我仆痡矣，云何吁矣！（《周南·卷耳》）

一、野有死麕，白茅包之，有女怀春，吉士诱之。

二、林有朴樕，野有死鹿。白茅纯束，有女如玉。

三、舒而脱脱兮，无感我帨兮！无使尨也吠！（《召南·野有死麕》）

一、简兮简兮，方将万舞，日之方中，在前上处。

二、硕人俣俣，公庭万舞，有力如虎，执辔如组。

三、左手执籥，右手秉翟，赫如渥赭，公言锡爵。

四、山有榛，隰有苓。云谁之思？西方美人。彼美人兮，西方之人兮。（《邶风·简兮》）

一、静女其姝，俟我于城隅。爱而不见，搔首踟蹰。

二、静女其娈，贻我彤管。彤管有炜，说怿女美。

三、自牧归荑，洵美且异，匪女之为美，美人之贻。（《邶风·静女》）

一、泛彼柏舟，在彼中河。髧彼两髦，实维我仪。之死矢靡他！母也天只，不谅人只！

二、泛彼柏舟，在彼河侧。髧彼两髦，实维我特。之死矢靡慝！母也天只，不谅人只！（《鄘风·柏舟》）

一、墙有茨，不可扫也。中冓之言，不可道也；所可道也，言之丑也。

二、墙有茨，不可襄也。中冓之言，不可详也；所可详也，言之长也。

三、墙有茨，不可束也。中冓之言，不可读也；所可

读也,言之辱也。(《鄘风·墙有茨》)

一、硕人其颀,衣锦褧衣。齐侯之子,卫侯之妻,东宫之妹,邢侯之姨,谭公维私。

二、手如柔荑,肤如凝脂,领如蝤蛴,齿如瓠犀,螓首蛾眉;巧笑倩兮,美目盼兮。

三、硕人敖敖,说于农郊;四牡有骄,朱幩镳镳,翟茀以朝。大夫夙退,无使君劳。

四、河水洋洋,北流活活。施罛濊濊,鳣鲔发发。葭菼揭揭,庶姜孽孽,庶士有朅。(《卫风·硕人》)

一、氓之蚩蚩,抱布贸丝;匪来贸丝,来即我谋。送子涉淇,至于顿丘;匪我愆期,子无良媒;将子无怒,秋以为期。

二、乘彼垝垣,以望复关;不见复关,泣涕涟涟;既见复关,载笑载言。尔卜尔筮,体无咎言。以尔车来,以我贿迁。

三、桑之未落,其叶沃若。于嗟鸠兮,无食桑葚!于嗟女兮,无与士耽!士之耽兮,犹可说也;女之耽兮,不可说也。

四、桑之落矣,其黄而陨。自我徂尔,三岁食贫。淇水汤汤,渐车帷裳。女也不爽,士贰其行;士也罔极,二三其德。

五、三岁为妇,靡室劳矣;夙兴夜寐,靡有朝矣。言既遂矣，至于暴矣；兄弟不知，咥其笑矣；静言思之，躬自悼矣。

六、及尔偕老，老使我怨。淇则有岸，隰则有泮。总角之宴，言笑晏晏；信誓旦旦，不思其反；反是不思，亦已焉哉。(《卫风·氓》)

一、彼黍离离，彼稷之苗。行迈靡靡，中心摇摇。知我者，谓我心忧，不知我者，谓我何求。悠悠苍天！此何人哉？

二、彼黍离离，彼稷之穗。行迈靡靡，中心如醉。知我者，谓我心忧；不知我者，谓我何求。悠悠苍天！此何人哉？

三、彼黍离离，彼稷之实。行迈靡靡，中心如噎。知我者，谓我心忧；不知我者，谓我何求。悠悠苍天！此何人哉？(《王风·黍离》)

一、将仲子兮，无逾我里！无折我树杞！岂敢爱之，畏我父母！仲可怀也，父母之言，亦可畏也。

二、将仲子兮，无逾我墙！无折我树桑！岂敢爱之，畏我诸兄！仲可怀也，诸兄之言，亦可畏也。

三、将仲子兮，无逾我园！无折我树檀！岂敢爱之，畏人之多言！仲可怀也，人之多言，亦可畏也。(《郑风·将仲子》)

一、风雨凄凄，鸡鸣喈喈。既见君子，云胡不夷？

二、风雨潇潇，鸡鸣胶胶。既见君子，云胡不瘳？

三、风雨如晦，鸡鸣不已。既见君子，云胡不喜？(《郑风·风雨》)

一、青青子衿，悠悠我心。纵我不往，子宁不嗣音？

二、青青子佩，悠悠我思。纵我不住，子宁不来？

三、挑兮达兮，在城阙兮。一日不见，如三月兮！(《郑风·子衿》)

一、绸缪束薪，三星在天。今夕何夕？见此良人。子兮子兮，如此良人何！

二、绸缪束刍，三星在隅。今夕何夕？见此邂逅。子兮子兮，如此邂逅何！

三、绸缪束楚，三星在户。今夕何夕？见此粲者。子兮子兮，如此粲者何！(《唐风·绸缪》)

一、蒹葭苍苍，白露为霜。所谓伊人，在水一方。溯洄从之，道阻且长；溯游从之，宛在水中央。

二、蒹葭萋萋，白露未晞。所谓伊人，在水之湄。溯洄从之，道阻且跻；溯游从之，宛在水中坻。

三、蒹葭采采，白露未已。所谓伊人，在水之涘。溯洄从之，道阻且右；溯游从之，宛在水中沚。(《秦风·蒹葭》)

一、交交黄鸟，止于棘。谁从穆公？子车奄息。维此奄息，百夫之特；临其穴，惴惴其栗。彼苍者天！歼我良人；如可赎兮，人百其身！

二、交交黄鸟，止于桑。谁从穆公？子车仲行。维此仲行，百夫之防；临其穴，惴惴其栗。彼苍者天！歼我良人。如可赎兮，人百其身！

三、交交黄鸟，止于楚。谁从穆公？子车针虎。维此针虎，百夫之御；临其穴，惴惴其栗。彼苍者天！歼我良人；如可赎兮，人百其身！（《秦风·黄鸟》）

一、七月流火，九月授衣。一之日觱发，二之日栗烈。无衣无褐，何以卒岁？三之日于耜，四之日举趾。同我妇子，馌彼南亩，田畯至喜。

二、七月流火，九月授衣。春日载阳，有鸣仓庚。女执懿筐，遵彼微行，爰求柔桑。春日迟迟，采蘩祁祁，女心伤悲，殆及公子同归。

三、七月流火，八月萑苇。蚕月条桑，取彼斧斨。以伐远扬，猗彼女桑。七月鸣鵙，八月载绩。载玄载黄，我朱孔阳，为公子裳。

四、四月秀葽，五月鸣蜩；八月其获，十月陨萚。一之日于貉，取彼狐狸，为公子裘。二之日其同，载缵武功，言私其豵，献豜于公。

五、五月斯螽动股，六月莎鸡振羽；七月在野，八月在宇，九月在户；十月蟋蟀，入我床下。穹窒熏鼠，塞向墐户。嗟我妇子，曰为改岁，入此室处。

六、六月食郁及薁，七月亨葵及菽。八月剥枣，十月获稻；为此春酒，以介眉寿。七月食瓜，八月断壶，九月叔苴，采荼薪樗，食我农夫。

七、九月筑场圃，十月纳禾稼。黍稷重穋，禾麻菽麦。嗟我农夫！我稼既同，上入执宫功。昼尔于茅，宵尔索绹；亟其乘屋，其始播百谷。

八、二之日凿冰冲冲，三之日纳于凌阴，四之日其蚤，献羔祭韭。九月肃霜，十月涤场；朋酒斯飨，曰杀羔羊。跻彼公堂，称彼兕觥，万寿无疆！（《豳风·七月》）

一、呦呦鹿鸣，食野之苹。我有嘉宾，鼓瑟吹笙。吹笙鼓簧，承筐是将。人之好我，示我周行。

二、呦呦鹿鸣，食野之蒿。我有嘉宾，德音孔昭。视民不恌，君子是则是效。我有旨酒，嘉宾式燕以敖。

三、呦呦鹿鸣，食野之芩。我有嘉宾，鼓瑟鼓琴。鼓瑟鼓琴，和乐且湛。我有旨酒，以燕乐嘉宾之心。（《小雅·鹿鸣》）

一、采薇采薇，薇亦作止。曰归曰归，岁亦莫止。靡室靡家，猃狁之故；不遑启居，猃狁之故。

二、采薇采薇，薇亦柔止。曰归曰归，心亦忧止。忧心烈烈，载饥载渴；我戍未定，靡使归聘。

三、采薇采薇，薇亦刚止。曰归曰归，岁亦阳止。王事靡盬，不遑启处；忧心孔疚，我行不来。

四、彼尔维何？维常之华。彼路斯何？君子之车。戎车既驾，四牡业业。岂敢定居，一月三捷。

五、驾彼四牡，四牡骙骙。君子所依，小人所腓。四牡翼翼，象弭鱼服。岂不日戒，玁狁孔棘。

六、昔我往矣，杨柳依依；今我来思，雨雪霏霏。行道迟迟，载渴载饥；我心伤悲，莫知我哀。（《小雅·采薇》）

一、我出我车，于彼牧矣；自天子所，谓我来矣。召彼仆夫，谓之载矣。王事多难，维其棘矣。

二、我出我车，于彼郊矣。设此旐矣，建彼旄矣。彼旟旐斯，胡不旆旆？忧心悄悄，仆夫况瘁。

三、王命南仲，往城于方。出车彭彭，旂旐央央。天子命我，城彼朔方。赫赫南仲，玁狁于襄。

四、昔我往矣，黍稷方华；今我来思，雨雪载涂。王事多难，不遑启居。岂不怀归，畏此简书。

五、喓喓草虫，趯趯阜螽。未见君子，忧心忡忡；既见君子，我心则降。赫赫南仲，薄伐西戎。

六、春日迟迟，卉木萋萋，仓庚喈喈，采蘩祁祁。执讯获丑，薄言旋归，赫赫南仲，玁狁于夷。（《小雅·出车》）

一、蓼蓼者莪，匪莪伊蒿。哀哀父母！生我劬劳。

二、蓼蓼者莪，匪莪伊蔚。哀哀父母！生我劳瘁。

三、瓶之罄矣，维罍之耻。鲜民之生，不如死之久矣。无父何怙？无母何恃？出则衔恤，入则靡至。

四、父兮生我，母兮鞠我；拊我畜我，长我育我；顾我复我，出入腹我。欲报之德，昊天罔极！

五、南山烈烈，飘风发发。民莫不穀，我独何害。

六、南山律律，飘风弗弗。民莫不穀，我独不卒。(《小雅·蓼莪》)

一、绵绵瓜瓞，民之初生。自土沮漆，古公亶父。陶复陶穴，未有家室。

二、古公亶父，来朝走马，率西水浒，至于岐下。爰及姜女，聿来胥宇。

三、周原膴膴，堇荼如饴。爰始爰谋，爰契我龟。曰止曰时，筑室于兹。

四、迺慰迺止，迺左迺右，迺疆迺理，迺宣迺亩。自西徂东，周爰执事。

五、乃召司空，乃召司徒。俾立室家，其绳则直。缩版以载，作庙翼翼。

六、捄之陾陾，度之薨薨；筑之登登，削屡冯冯。百堵皆兴，鼛鼓弗胜。

七、迺立皋门，皋门有伉；迺立应门，应门将将。迺立冢土，戎丑攸行。

八、肆不殄厥愠，亦不陨厥问。柞棫拔矣，行道兑矣。混夷駾矣，维其喙矣。

九、虞芮质厥成，文王蹶厥生。予曰有疏附，予曰有

先后，予曰有奔奏，予曰有御侮。(《大雅·绵》)

一、於皇武王！无竞维烈。允文文王，克开厥后。嗣武受之，胜殷遏刘，耆定尔功。(《周颂·武》)

第三节　楚辞

北人性刚，南人性柔；北人的意识偏于现实，南人的思想近于浪漫。北方山川雄浑，南方山水清幽；北人生活较难而朴质，南人生活较易而奢靡。因南北地域之不同，文学上亦显然发生了差异。

《诗经》《楚辞》，同是代表一地方的文学作品，其中有一差异之点，即《诗经》为文学的总集，《楚辞》乃文学的专集；《诗经》为民族全体的，《楚辞》乃一二专家的；《诗经》的《国风》多出自民间，《楚辞》乃贵族的手笔。

《楚辞》的主要作者为屈平，其中十之七八都是他作的。其余大概宋玉、景差、唐勒之徒所作的，不过景差和唐勒的作品，今已无可考证，或者全部散佚了。

屈平，字原，楚之同姓，为楚怀王左徒，又做过三闾大夫，他是个忠愤忧国之士，他为人所谗不容于楚，眼见谄佞当道，国事日坏，故"忧愁幽思而作《离骚》"。

《楚辞》的结集，始于刘向，向裒集屈宋以下长沙、淮南诸赋及向所作《九叹》，为《楚辞》十七篇，后王逸为《楚辞章句》。

朱熹又櫽栝旧编，略加取舍，为《楚辞集注》八卷。删去其中《七谏》《九怀》《九叹》《九思》等篇，增入《吊屈原》《服鸟赋》及《离骚》三篇[1]。又以《大招》一篇断为景差作。其目如下：

卷一　《离骚》

卷二　《九歌》（十一篇）

卷三　《天问》

卷四　《九章》（九篇）

卷五　《远游》《卜居》《渔父》

以上《离骚》，凡七题二十五篇，皆屈原作。（朱注）

卷六　《九辩》（宋玉作）

卷七　《招魂》（宋玉作）、《大招》（景差作）

卷八　《惜誓》《吊屈原》《服鸟赋》（贾谊作）、《哀时命》（庄忌作）、《招隐士》（淮南小山作）

以上《续离骚》，凡八题十六篇。（朱注）

朱氏又刊补晁无咎集录的《续楚辞》《变离骚》五十二篇为《楚辞后语》六卷。屈、宋、景皆楚人，余皆拟楚声者，故通称之曰《楚辞》。本节所论，仅及屈宋的作品，是真正的《楚辞》。

据朱注，屈平所作凡二十五篇，依近人的考证，《离骚》《天

---

[1]《四库全书》《楚辞章句》提要谓："陈振孙《书录解题》载有《古文楚辞释文》一卷，其篇第首《离骚》。"《楚辞章句》开篇即列"离骚经章句第一"，亦未提及刘向辑录《楚辞》不载《离骚》，朱熹《楚辞集注》亦未提及增补《离骚》一篇，增入《离骚》之说或为作者笔误。

问》及《九章》中的《涉江》《哀郢》《抽思》《怀沙》《橘颂》是他作的;《九歌》作在《屈平》之前,或曾经屈平修改过;《卜居》《渔父》《远游》作在屈平之后,或汉人的伪托。宋玉所作的仅存《九辩》《招魂》,景差、唐勒的已失传,或不可考定。《大招》也许是汉人的拟作,非屈平或景差作的。

楚为南蛮之国,文化开发较迟。上述《诗经》时代至晚在西历纪元前六世纪;《楚辞》的产生,则在纪元前三世纪,后《诗经》有三百年。这三百年间,在南方兴起了光芒万丈的《楚辞》,而北方文学则突然消逝了。

《楚辞》的兴起,好像独特而毫无凭借的,其实不然。《楚辞》作于《诗经》后三百年,其时南北交通已繁,屈宋之徒,安知不受到《诗经》的影响? 不过没有迹象可寻罢了。即就南国文学而论,如优孟之歌《慨慷》,楚狂之歌《凤兮》,再前有祭公谋父之诗[1],及沧浪孺子之歌。所以《楚辞》决不是突然兴起的,其中自有线索可寻。惟其演进得如此迅速,成功又如此的伟大,这是很可惊异的。

《楚辞》和《诗经》不同的地方,我们分形式、内容两方面略述如下。

形式:《诗经》多四言整句,《楚辞》多长短句;《诗经》的章句多重复,《楚辞》无有;《诗经》短篇而分章,《楚辞》多长

---

[1]参见逯钦立辑《先秦汉魏晋南北朝诗》之《祈招诗》。

篇;《诗经》间用"兮"字,《楚辞》几两句中必有一"兮"字(独《天问》体裁截然不同,多四言问句而无"兮"字。《招魂》句末多用"些"字,故此后诗歌中用"兮"字、"些"字者,每称"骚体"或"楚声")。

内容:《楚辞》中多神话,其思想极为浪漫,又富于想象力且极活泼,其描写为唯美的,其情绪则伤感的。

这都是楚辞的特色。

帝子降兮北渚,目眇眇兮愁予。袅袅兮秋风,洞庭波兮木叶下。登白蘋兮骋望,与佳期兮夕张;鸟何萃兮蘋中?罾何为兮木上?沅有芷兮澧有兰,思公子兮未敢言。荒忽兮远望,观流水兮潺湲。麋何为兮庭中?蛟何为兮水裔?朝驰余马兮江皋,夕济兮西澨。闻佳人兮召予,将腾驾兮偕逝。筑室兮水中[1],葺之兮荷盖。荪壁兮紫坛,播芳椒兮成堂;桂栋兮兰橑,辛夷楣兮药房;罔薜荔兮为帷,擗蕙櫋兮既张;白玉兮为镇,疏石兰兮为芳;芷葺兮荷屋,缭之兮杜衡。合百草兮实庭,建芳馨兮庑门。九嶷缤兮并迎,灵之来兮如云。捐余袂兮江中,遗余褋兮澧浦;搴汀洲兮杜若,将以遗兮远者。时不可兮骤得,聊逍遥兮容与。(《九歌·湘夫人》)

---

[1] 中 底本脱,据《楚辞集注》(P.36)补。

秋兰兮麋芜，罗生兮堂下；绿叶兮素华，芳菲菲兮袭予。夫人兮自有美子，荪何以兮愁苦？秋兰兮青青，绿叶兮紫茎。满堂兮美人，忽独与余兮目成。入不言兮出不辞，乘回风兮载云旗。悲莫悲兮生别离，乐莫乐兮新相知！荷衣兮蕙带，儵而来兮忽而逝。夕宿兮帝郊，君谁须兮云之际。与女沐兮咸池，晞女发兮阳之阿。望美人兮未来，临风恍兮浩歌。孔盖兮[1]翠旍，登九天兮抚彗星。竦长剑兮拥幼艾，荪独宜兮为民正。（《九歌·少司命》）

朱熹《〈九歌〉序》说："沅湘之间，其俗信鬼而好祀，其祀必使巫觋作乐歌舞以娱神，蛮荆陋俗，词既鄙俚……原既放逐，见而感之，故颇为更定其词。"

帝高阳之苗裔兮，朕皇考曰伯庸。摄提贞于孟陬兮，惟庚寅吾以降。皇览揆余于初度兮，肇锡余以嘉名。名余曰正则兮，字余曰灵均。纷吾既有此内美兮，又重之以修能。扈江蓠与辟芷兮，纫秋兰以为佩。汨余若将不及兮，恐年岁之不吾与。朝搴阰之木兰兮，夕揽洲之宿莽。日月忽其不淹兮，春与秋其代序。惟草木之零落兮，恐美人之迟暮。不抚壮而弃秽兮，何不改乎此度。乘骐骥以驰骋兮，

---

[1] 兮 底本作"分"，据《楚辞集注》(P.40)改。

来吾导夫先路。昔三后之纯粹兮，固众芳之所在。杂申椒与菌桂兮，岂惟纫夫蕙茞。彼尧舜之耿介兮，既遵道而得路。何桀纣之昌披兮，夫唯捷径以窘步。惟党人之偷乐兮，路幽昧以险隘。岂余身之惮殃兮，恐皇舆之败绩。忽奔走以先后兮，及前王之踵武。荃不察余之中情兮，反信谗而齐怒。余固知謇謇之为患兮，忍而不能舍也。指九天以为正兮，夫惟灵修之故也。曰黄昏以为期兮，羌中道而改路。初既与余成言兮，后悔遁而有他。余既不难夫离别兮，伤灵修之数化。余既滋兰之九畹兮，又树蕙之百亩。畦留夷与揭车兮，杂杜蘅与芳芷。冀枝叶之峻茂兮，愿竢时乎吾将刈。虽萎绝其亦何伤兮，哀众芳之芜秽。

众皆竞进以贪婪兮，凭不厌乎求索。羌内恕己以量人兮，各兴心而嫉妒。忽驰骛以追逐兮，非余心之所急。老冉冉其将至兮，恐修名之不立。朝饮木兰之坠露兮，夕餐秋菊之落英。苟余情其信姱以练要兮，长顑颔亦何伤。擥木根以结茞兮，贯薜荔之落蕊。矫菌桂以纫蕙兮，索胡绳之纚纚。謇吾法夫前修兮，非时俗之所服。虽不周于今之人兮，愿依彭咸之遗则。长太息以掩涕兮，哀人生之多艰。余虽好修姱以鞿羁兮，謇朝谇而夕替。既替余以蕙纕兮，又申之以揽茞。亦余心之所善兮，虽九死其犹未悔。怨灵修之浩荡兮，终不察夫民心。众女嫉余之蛾眉兮，谣诼谓余以善淫。固时俗之工巧兮，偭规矩而改错。背绳墨以追曲兮，竟周容以为度。忳郁邑余侘傺兮，吾独穷困乎此时也。宁溘死以流亡兮，余不忍为此态也。鸷鸟之不群兮，自前世而固然。何方圆之能周兮，夫孰异道而相安。屈心而抑志兮，忍尤而攘诟。伏清白以死直兮，固前圣之所厚。悔相道之不察兮，延伫乎吾将返。回朕车以复路兮，及行迷之未远。步余马于兰皋兮，驰椒丘且焉止息。进不入以离尤兮，退将复修吾初服，制芰荷以为衣兮，集芙蓉以为裳。不吾知其亦已兮，苟余情其信芳。高余冠之岌岌兮，长余佩之陆离。芳与泽其杂糅兮，唯昭质其犹未亏。忽反顾以游目兮，将往观乎四荒。佩缤纷其繁饰兮，芳菲菲其弥章。民生各有所乐兮，余独好修以为常。虽体解吾犹未变兮，岂余心之可惩。

　　女媭之婵媛兮，申申其詈予。曰鲧婞直以亡身兮，终然殀乎羽之野。汝何博謇而好修兮，纷独有此姱节。薋菉葹以盈室兮，判独离而不服。众不可户说兮，孰云察余之中情。世并举而好朋兮，夫何茕独而不予听？

　　依前圣以节中兮，喟凭心而历兹。济沅湘以南征兮，就重华而陈辞。启《九辩》与《九歌》兮，夏康娱以自纵。不顾难以图后兮，五子用失乎家衖。羿淫游以佚田兮，又好射夫封狐。固乱流其鲜终兮，浞又贪夫厥家。浇身被服强圉兮，纵欲而不忍。日康娱而自忘兮，厥首用夫颠陨。夏桀之常违兮，乃遂焉而逢殃。后辛之菹醢兮，殷宗用之不长。汤禹严而祗敬兮,周论道而莫差。举贤才而授能兮,循绳墨而不颇。皇天无私阿兮,觉民德焉错辅。夫维圣哲之茂行兮,苟得用此下土。瞻前而顾后兮,相观民之计极。夫孰非义而可用兮,孰非善而可服。阽余身而危死兮,览余初其犹未悔。不量凿而正枘兮,固前修以菹醢。

曾歔欷余郁邑兮,哀朕时之不当。揽茹蕙以掩涕兮,沾余襟之浪浪。跪敷衽以陈辞兮,耿吾既得此中正。驷玉虬以乘鹥兮,溘埃风余上征。朝发轫于苍梧兮,夕余至乎县圃。欲少留此灵琐兮,日忽忽其将暮。吾令羲和弭节兮,望崦嵫而勿迫。路漫漫其修远兮,吾将上下而求索。饮余马于咸池兮,总余辔乎扶桑。折若木以拂日兮,聊逍遥以相羊。前望舒使先驱兮,后飞廉使奔属。鸾皇为余先戒兮,雷师告余以未具。吾令凤鸟飞腾兮,又继之以日夜。飘风屯其相离兮,帅云霓而来御。纷总总其离合兮,斑陆离其上下。吾令帝阍开关兮,倚阊阖而望予。时暧暧其将罢兮,结幽兰而延伫。世溷浊而不分兮,好蔽美而嫉妒。朝吾将济于白水兮,登阆风而绁马。忽反顾以流涕兮,哀高丘之无女。溘吾游此春宫兮,折琼枝以继佩。及荣华之未落兮,相下女之可诒。吾令丰隆乘云兮,求宓妃之所在。解佩纕以结言兮,吾令蹇修以为理。纷总总其离合兮,忽纬繣其难迁。夕归次于穷石兮,朝濯发乎洧盘。保厥美以骄傲兮,日康娱以淫游。虽信美而无礼兮,来违弃而改求。览相观于四极兮，周流乎天余乃下。望瑶台之偃蹇兮，见有娀之佚女。吾令鸩为媒兮，鸩告余以不好。雄鸠之鸣逝兮，余犹恶其佻巧。心犹豫而狐疑兮，欲自适而不可。凤皇既受诒兮，恐高辛之先我。欲远集而无所止兮，聊浮游以逍遥。及少康之未家兮，留有虞之二姚。理弱而媒拙兮，恐导言之不固。时溷浊而嫉贤兮，好蔽美而称恶。闺中既以邃远兮，哲王又不寤。怀朕情而不发兮，余焉能忍而与此终古。

索琼茅以筳篿兮，命灵氛为余占之。曰两美其必合兮，孰信修而慕之。思九州之博大兮，岂惟是其有女。曰勉远逝而无狐疑兮，孰求美而释汝。何所独无芳草兮，尔何怀乎故宇。世幽昧以眩曜兮，孰云察余之美恶。民好恶其不同兮，惟此党人其独异。户服艾以盈要兮，谓幽兰其不可佩。览察草木其犹未得兮，岂珵美之能当。苏粪壤以充帏兮，谓申椒其不芳。欲从灵氛之吉占兮，心犹豫而狐疑。

巫咸将夕降兮，怀椒糈而要之。百神翳其备降兮，九疑缤其并迎。皇剡剡其扬灵兮，告余以吉故。曰勉升降以上下兮，求矩矱之所同。汤禹俨而求合兮，挚咎繇而能调。苟中情其好修兮，又何必用夫行媒。说操筑于傅岩兮，武丁用而不疑。吕望之鼓刀兮，遭周文而得举。宁戚之讴歌兮，齐桓闻以该辅。及年岁之未晏兮，时亦犹其未央。恐鹈鴂之先鸣兮，使百草为之不芳。何琼佩之偃蹇兮，众薆然而蔽之。惟此党人之不亮兮，恐嫉妒而折之。时缤纷其变易兮，又何可以淹留。兰芷变而不芳兮，荃蕙化而为茅。何昔日之芳草兮，今直为此萧艾也。岂其有他故兮，莫好修之害也。余以兰为可恃兮，羌无实而容长。委厥美以从俗兮，苟得列乎众芳。椒专佞以慢慆兮，樧又欲充其佩帏。既干进而务入兮，又何芳之能祇。固时俗之从流兮，又孰能无变化。览椒兰其若兹兮，又况揭车与江离。

惟兹佩之可贵兮，委厥美而历兹。芳菲菲而难亏兮，芬至今犹未沫。和调度以自娱兮，聊浮游而求女。及余饰之方壮兮，周流观乎上下。灵氛既告余以吉占兮，历吉日乎吾将行。折琼枝以为羞兮，精琼爢以为粻。为余驾飞龙兮，杂瑶象以为车。何离心之可同兮，吾将远逝以自疏。遭吾道夫昆仑兮，路修远以周流。扬云霓之晻蔼兮，鸣玉鸾之啾啾。朝发轫于天津兮，夕余至乎西极。凤皇翼其承旗兮，高翱翔之翼翼。忽吾行此流沙兮，遵赤水而容与。麾蛟龙使梁津兮，诏西皇使涉予。路修远以多艰兮，腾众车使径待。路不周以左转兮，指西海以为期。屯余车其千乘兮，齐玉轪而并驰。驾八龙之婉婉兮，载云旗之委蛇。抑志而弭节兮，神高驰之邈邈。奏《九歌》而舞《韶》兮，聊假日以媮乐。陟升皇之赫戏兮，忽临睨夫旧乡。仆夫悲余马怀兮，蜷局顾而不行。

乱曰：已矣哉！国无人莫我知兮，又何怀乎故都？既莫足与为美政兮，吾将从彭咸之所居。（《离骚》）

《离骚》是屈平作品中最重要、最长的一篇，亦中国诗歌中最伟大的一篇，都二千四百九十字，不啻中国文学的宝库。万丈光芒照耀千古，古今无与伦比。

太史公说："离骚者，犹离忧也。"班固也说："离，犹遭也。"独王逸以为："离，别也；骚，愁也。"言原既放，离别楚国，乃作此诗以抒其忧愁也。王氏的解释，朱熹以为非是，实在最为直捷了当。

悲哉！秋之为气也。萧瑟兮草木摇落而变衰，憭栗兮若在远行，登山临水兮送将归。泬寥兮天高而气清，寂寥兮收潦而水清；憯悽增欷兮薄寒之中人，怆怳懭悢兮去故而就新。坎廪兮贫士失职而志不平，廓落兮羁旅而无友生，惆怅兮而私自怜。燕翩翩其辞归兮，蝉寂漠而无声；雁廱廱而南游兮，鹍鸡啁哳而悲鸣；独申旦而不寐兮，哀蟋蟀之宵征。时亹亹而过中兮，蹇淹留而无成。（《九辩》）

朕幼清以廉洁兮，身服义而未沫。主此盛德兮，牵于俗而芜秽。上无所考此盛德兮，长离殃而愁苦。帝告巫阳曰：有人在下，我欲辅之。魂魄离散，汝筮予之。巫阳对曰：掌梦，上帝其命难从！若必筮予之，恐后之谢，不能复用巫阳焉。乃下招曰：

魂兮归来！去君之恒干，何为四方些？舍君之乐处，而离彼不祥些。魂兮归来，东方不可以托些！长人千仞，惟魂是索些；十日代出，流金铄石些；彼皆习之，魂往必释些。归来归来，不可以托些！

魂兮归来，南方不可以止些！雕题黑齿，得人肉以祀，以其骨为醢些；蝮蛇蓁蓁，封狐千里些；雄虺九首，往来倏忽，吞人以益其心些。归来归来，不可以久淫些！

魂兮归来，西方之害，流沙千里些！旋入雷渊，麋散而不可止些；幸而得脱，其外旷宇些；赤蚁若象，玄蜂若壶些；五谷不生，藂菅是食些；其土烂人，求水无所得些；彷徉无所倚，广大无所极些。归来归来，恐自遗贼些！

魂兮归来，北方不可以止些！增冰峨峨，飞雪千里些！归来归来，不可以久些！

魂兮归来，君无上天些！虎豹九关，啄害下人些；一夫九首，拔木九千些；豺狼从目，往来侁侁些；悬人以嬉，投之深渊些；致命于帝，然后得瞑些。归来归来，往恐危身些！

魂兮归来，君无下此幽都些！土伯九约，其角觺觺些；敦脄血拇，逐人駓駓些；参目虎首，其身若牛些；此皆甘人，归来归来，恐自遗灾些！

魂兮归来，入修门些！工祝招君，背行先些；秦篝齐缕，郑绵络些；招具该备，永啸呼些！

魂兮归来，反故居些；天地四方，多贼奸些！像设君室，静闲安些；高堂邃宇，槛层轩些；层台累榭，临高山些；网户朱缀，刻方连些；冬有突厦，夏室寒些；川谷径复，流潺湲些；光风转蕙，氾崇兰些。经堂入奥，朱尘筵些；砥室翠翘，挂曲琼些；翡翠珠被，烂齐光些；蒻阿拂壁，罗帱张些；纂组绮缟，结琦璜些；室中之观，多珍怪些。兰膏明烛，华容备些；二八侍宿，射递代些；九侯淑女，多迅众些；盛鬋不同制，实满宫些；容态好，比顺弥代些；弱颜固植，謇其有意些；姱容修态，絙洞房些；蛾眉曼睩，目腾光些；靡颜腻理，遗视矊些；离榭修幕，侍君之闲些。翡帷翠帐，饰高堂些；红壁沙版，玄玉梁些；仰观刻桷，画龙蛇些；坐堂伏槛，临曲池些；芙蓉始发，杂芰荷些；紫茎屏风，文缘波些；文异豹饰，侍陂陁些；轩辌既低，步骑罗些；兰薄户树，琼木篱些。

魂兮归来，何远为些！室家遂宗，食多方些；稻粢穱麦，挐黄粱些；大苦醎酸，辛甘行些；肥牛之腱，臑若芳些；和酸若苦，陈吴羹些；胹鳖炮羔，有柘浆些；鹄酸臇凫，煎鸿鸧些；露鸡臛蠵，厉而不爽些；粔籹蜜饵，有餦餭些；瑶浆蜜勺，实羽觞些；挫糟冻饮，酎清凉些；华酌既陈，有琼浆些。归来反故室，敬而无妨些。肴羞未通，女乐罗些；陈钟按鼓，造新歌些；《涉江》《采菱》，发《扬荷》些；美人既醉，朱颜酡些；娭光眇视，目曾波些；被文服纤，丽而不奇些；长发曼鬋，艳陆离些；二八齐容，起郑舞些；衽若交竿，抚案下些；竽瑟狂会，搷鸣鼓些；宫庭震惊，发激楚些；吴歈蔡讴，奏大吕些；士女杂坐，乱而不分些；放陈组缨，班其相纷些；郑卫妖玩，来杂陈些；激楚之结，独秀先些；菎蔽象棋，有六博些；分曹并进，道相迫些；成枭而牟，呼五白些；晋制犀比，费白日些；铿钟摇簴，揳梓瑟些；娱酒不废，沉日夜些；兰膏明烛，华镫错些；结撰至思，兰芳假些；人有所极，同心赋些。酎饮尽欢，乐先故些。魂兮归来，反故居些！

乱曰：献岁发春兮，汨吾南征；菉蘋齐叶兮，白芷生；路贯庐江兮左长薄，倚沼畦瀛兮遥望博。青骊结驷兮齐千乘，悬火延起兮玄颜烝。步及骤处兮诱骋先，抑骛若通兮引车右还。与王趋梦兮课后先，君王亲发兮惮青兕。朱明承夜兮时不可以淹，皋兰被径兮斯路渐，湛湛江水兮上有枫。目极千里兮伤春心，魂兮归来哀江南！（《招魂》）

第二章
诗的体制

古代的诗，皆可以歌。《史记》有"《诗》三百篇，孔子皆弦歌之"之语。可见《三百篇》中，不但《雅》《颂》可以被之乐章，十五《国风》，也没有不可以歌的，诗之与歌，简直无所区别。到得汉代，古诗已不复可歌，诗与歌乃渐次分离。其可以歌者，仍称曰歌，如《安世房中歌》《瓠子歌》等；其不可歌者，则称之曰诗，如《讽谏诗》《诫子诗》等。但体制上实在没有什么差别，如《安世房中歌》，大都四言整句，厥体似《雅》；而《讽谏诗》亦四言整句，可称《变雅》。然而一则可歌，一则已为徒诗。

所以诗、乐的分离，始于汉代；徒诗的产生，也始于汉代。汉代徒诗中，尚有吟、行等名称，后人虽有种种解说要想区别它，但只有抽象、含浑之词，终究没有明白的说出来。两汉、六朝的乐府诗很盛，也因它没有一定的体制和格调，究属何者为歌，何者为诗，何者为乐府，在形式上还是区别不出来。及沈约"四声八病"之说起，作者渐渐斮于声律，加之骈俪之文正盛极一时，其末流亦泛滥入诗歌中。这样经过了多时的酝酿，至李唐遂有所谓"近体诗者"完成创立。而后诗的体制中，便有截然不同的两类：一称古体，一称近体。兹作一概表如下：

诗	古体	古诗	三言
			四言
			五言
			七言
		乐府——整句或长短句	
	近体	绝句	五言
			七言
		律诗	五言
			七言
			五言排律
			七言排律

古体者，对近体而言。近体乃唐人之称，现在已不近了。古体中复有古诗与乐府的区别。自汉武立乐府之后，凡当时可歌之诗，概称之曰乐府，其不可歌之徒诗，称之曰诗，后世称之曰古诗。乐府有整句，有长短句；古诗多整句，间有长短句。《诗经》多四言，汉魏六朝多五言，间有四言七言和三言。古诗与乐府的篇幅无定，少则十数字，多者有一千七百八十五字（《古诗为焦仲卿妻作》）。

近体诗，篇有定句，句有定字（排律无定句，故长短无定），短则二十字的五绝，长则五十六字的七律。近体诗不论律、绝、排律，皆为整句，不许长短的。或为五言，或为七言，间有六言，甚少。律诗为形式上有一定格律的诗。绝句二字无确解，或谓断章零句之义，或谓绝者截也，言截取律诗中的两联以成诗者。但绝句之制，昉于齐梁，至唐始为定体，然则他们所截的是什么呢？

三言诗例：

丰草蔓，女萝施。善何如？谁能回？大莫大，成教德；长莫长，被无极。(《安世房中歌》)

四言诗例：

鸿鹄高飞，一举千里；羽翼已就，横绝四海；横绝四海，又可奈何？虽有矰缴，将安所施？(《鸿鹄歌》)

五言诗例：

涉江采芙蓉，兰泽多芳草；采之欲遗谁？所思在远道。还顾望旧乡，长路漫浩浩！同心而离居，忧伤以终老。(《古诗十九首》)

七言诗例：

秋风萧瑟天气凉，草木摇落露为霜，群燕辞归雁南翔，念君客游思断肠。慊慊思归恋故乡，君何淹留寄他方？贱妾茕茕守空房，忧来思君不敢忘，不觉泪下沾衣裳。援琴鸣弦发清商，短歌微吟不能长。明月皎皎照我床，星汉西流夜未央。牵牛织女遥相望，尔独何辜限河梁？（《燕歌行》）

整言乐府例：

江南可采莲，莲叶何田田！鱼戏莲叶间：鱼戏莲叶东，鱼戏莲叶西，鱼戏莲叶南，鱼戏莲叶北。（《江南》）

杂言乐府例：

上邪，我欲与君相知，长命无绝衰！山无陵，江水为竭；冬雷震震，夏雨雪，天地合，乃敢与君绝！（《上邪》）

《诗经》以四言为正格；汉魏六朝古诗，以五言为正格；近体诗以五七言为正格。

四言诗源于古歌谣。

五言诗起于苏李赠答及十九首。据近人考证，苏李诗系伪托，十九首也不是枚乘、傅毅等作的。它的产生当在建安之际，或稍前些。故五言诗的起源,当在汉末。

七言诗或谓起于《柏梁台联句》,但为后人拟托,不可靠。可靠者惟魏文之《燕歌行》,当在建安之际。

第三章
诗的声律

第一节　诗的声韵

　　古人之诗，纯任自然，所谓天籁，没有声韵的制限。且古时只有平入二声，魏晋之际，四声始备。故古诗中平上去三声每多通叶。如《鲁颂·泮水》章云："思乐泮水，薄采其藻。鲁侯戾止，其马蹻蹻，其音昭昭。""藻"上声，"蹻"上声，"昭"平声。以平上二声通叶。迨沈约《四声谱》出，始应用在文学上。平、上、去、入，号为四声，区别至严，不可通借。然此仅指押韵而言。至若"若前有浮声，则后须切响。一简之内，音韵尽殊；两句之中，轻重悉异"，如此连句中都要讲求浮切，文字的格律益严。唐人近体，权舆于是。

　　古体诗有独韵，有转韵。独韵谓一韵到底，转韵为平仄互转也。

　　近体诗只用平声韵，五七绝间有押仄韵者。

第二节　诗的格律

浮切，即后人所称平仄，以平声为平，上去入三声为仄。"前有浮声，后须切响"者，即一句之中，奇偶之间，均须平仄相调；然后声韵铿锵，音节谐美。诗之格律，即指此也。

沈约在四声外，尚有八病之说。八病者：

（1）平头　第一第二字不得与第六第七字同声，如"今日良宴会，欢乐难具陈"，其中"今""欢"皆平声，"日""乐"皆入声。一说：句首二字并是平声为平头，如"朝云晦初景，丹池晚飞雪"。

（2）上尾　第五字不得与第十字同声，如"青青河畔草，郁郁园中柳"。

（3）蜂腰　第二字不得与第五字同声，如"闻君爱我甘，窃欲自修饰"。一说：第三字不得与第七字同声，如"徐步金门旦，言寻上苑春"。又一说：第三字不得与第八字同声，如前例中之"爱"与"自"皆去声。

（4）鹤膝　第五字不得与第十五字同声，如"客从远方来，遗我一书札。上言长相思，下言久离别"。一说：第四字不得与第九字同声，如上例中之"方"与"书"。

（5）大韵　五言两句中除韵外，余九字不得与韵同韵，如"胡姬年十五，春日独当垆"。

（6）小韵　五言两句中除韵外，余九字不得自相同韵，如

"薄帷鉴明月,清风吹我襟"。

(7)旁纽　五言两句内不得有双声,如"田夫亦知礼,寅宾延上坐"。

(8)正纽　五言两句中不得叠韵,如"我本汉家子,来嫁单于庭"。或人以为正纽即正双声,如"关关雎鸠","关""鸠"同为"见"纽;旁纽即准双声,如"君子好逑","君"为"见"纽,"逑"为"群"纽,同属浅喉音,故凡同属舌头、舌上、重唇、轻唇等等,都是旁纽,诗中不可犯。

王世贞说:"休文所载八病,以上尾、鹤膝为最忌。休文之拘滞,正与古体相反,惟与近体稍有关耳;然不免商君之酷……后四病尤无谓,不足道也。"

本来,诗没有一定的声调和格律的,我们读《三百篇》《离骚》及汉魏人乐府,都觉得音节谐畅,顺乎自然,何尝讲什么声律呢？诗即是歌,原是自然所发的一种天籁,不应当如此刻划的。自从休文倡了四声、八病之说,后又加上对偶的制限,到唐初沈佺期、宋之问出,便有五七言八句诗的程式,称为律诗,从此诗便有了格律。

第三节　五律诗式

(1)正格 —— 仄起
仄仄平平仄　平平仄仄平(韵) —— 起联

平平平仄仄　仄仄仄平平（韵）—— 颔联

仄仄平平仄　平平仄仄平（韵）—— 颈联

平平平仄仄　仄仄仄平平（韵）—— 尾联

（2）偏格 —— 平起

平平平仄仄　仄仄仄平平（韵）—— 起联

仄仄平平仄　平平仄仄平（韵）—— 颔联

平平平仄仄　仄仄仄平平（韵）—— 颈联

仄仄平平仄　平平仄仄平（韵）—— 尾联

于第一句的第二字用仄声，称作仄起；用平声，称平起。五律以仄起为正格，七律反是。

诗以四句为一周期，八句则两周期。试案上列二式，其后四句与前四句悉同，此周期之证也。若以平起与仄起相较，知平起之一、二两句同仄起之三、四两句，其三、四两句又同仄起之一、二两句，适颠倒之以成一周期。

颔联与颈联，须两句各自为对，起联尾联不必对，七律同。

第四节　七律诗式

（1）正格 —— 平起

平平仄仄仄平平（韵）　仄仄平平仄仄平（韵）

仄仄平平平仄仄　平平仄仄仄平平（韵）

平平仄仄平平仄　仄仄平平仄仄平（韵）

仄仄平平平仄仄　　平平仄仄仄平平（韵）
（2）偏格——仄起
仄仄平平仄仄平（韵）　平平仄仄仄平平（韵）
平平仄仄平平仄　　　仄仄平平仄仄平（韵）
仄仄平平平仄仄　　　平平仄仄仄平平（韵）
平平仄仄平平仄　　　仄仄平平仄仄平（韵）

　　七律以首句押韵为正格，落韵为变体。因此两周期之首句微有不同，实则为押韵故，仅将句中第五字与第七字对调耳。所以七律的程式，应以后一周期为准。其他关系，与五律同。

　　又同一周期中，将第二句的第五第七两字对调，即成第三句；又将第一句的第五第七两字对调，即成第四句。又因周期的复叠，故一四两句即同五八两句，二三两句即同六七两句。全首八句中，只有两句是不同的。故我们只要记任何一式的两句已足。——其实只要记任何一式的一句，因为一、二两句的平仄，恰完全相反故也。绝诗同。

　　又一句中的平仄，极为简单，不过"相间""叠用"而已。首二字平平，即为平起，仄仄即仄起。若句末一字平仄不合，五言可与第三字对调，七言与第五字对调即得。

　　如此分析之后，连一句死的程式都不必记，只要记得几个原则如五律以仄起为正格，七律反是，七律首句又须押韵，落韵为变体等等好了。所有格式都可依原则随时编排出来。

　　排律同律诗，惟多加周期而已，不备格。

第五节　五绝诗式

（1）平起顺黏格

平平仄仄平（韵）　　仄仄仄平平（韵）

仄仄平平仄　　　　平平仄仄平（韵）

（2）仄起顺黏格

仄仄仄平平（韵）　　平平仄仄平（韵）

平平平仄仄　　　　仄仄仄平平（韵）

（3）平起偏格

平平平仄仄　　　　仄仄仄平平（韵）

仄仄平平仄　　　　平平仄仄平（韵）

（4）仄起偏格

仄仄平平仄　　　　平平仄仄平（韵）

平平平仄仄　　　　仄仄仄平平（韵）

第六节　七绝诗式

（1）平起顺黏格

平平仄仄仄平平（韵）　仄仄平平仄仄平（韵）

仄仄平平平仄仄　　　平平仄仄仄平平（韵）

（2）仄起顺黏格

仄仄平平仄仄平（韵）　平平仄仄仄平平（韵）

平平仄仄平平仄　　仄仄平平仄仄平（韵）
（3）平起偏格
平平仄仄平平仄　　仄仄平平仄仄平（韵）
仄仄平平平仄仄　　平平仄仄仄平平（韵）
（4）仄起偏格
仄仄平平平仄仄　　平平仄仄仄平平（韵）
平平仄仄平平仄　　仄仄平平仄仄平（韵）

顺黏格犹正格，起句即押韵。押仄韵的五、七绝，作者甚少，非绝句正格，不备格。近体诗例用平韵，故句末用平必押韵，非押韵处必用仄。

俗有"一三五不论，二四六分明"之说。言七言中第一、第三、第五字之平仄可宽假，其二、四、六三字则不可不合；在五言中应为一、三不论，二、四分明，但七言之第五字与五言之第三字为近体诗声调重要处所，不可轻易也。即第一字与七言之第三字，有时亦不可假借，否则即成拗句，须视以下各字之平仄而酌定之。

近体诗中有拗体者，有一句拗，有二、三句拗⋯⋯有全拗者，其式颇多，以非近体之正格，不备格。

第七节　五七言古诗平仄论

古诗之格式，自来罕有定之者，盖句中若干字之平仄，虽有一定之法度可寻，然难能著为成法，以周纳千古诗家也。尤其是七古，其句法章法千变万化，往往莫测端倪。即以唐代而论，初唐古体，犹是六朝风格；盛唐自少陵崛起，创为苍劲之句调，由是古诗之声律一变；然其时王、孟、高、岑诸家，犹未尽脱初唐声响。中唐之昌黎，最为拗强，其横绝一世之生硬句调，直是前无古人。全平全仄之句，比比然也。与之同调者，有柳州、东野、长江、昌谷诸家。其同时之元、白，则务为圆熟流转之调，又别成一派者也。晚唐风调又变，每以律句作古体，此其诗格之卑也。

然窃有疑焉：何以律句之格调，如此之严整？而古体之变化无定，又若是其甚欤？曰：是亦有故。

1. 律句之篇章有限制，通常为四韵，多则六韵、八韵之排律——排律有多至一二百韵者，乃多加周期，与篇章之长短无关，惟将周期一再重叠而已。犹圬墁者筑三尺之鸡埘与千仞之宫墙，其材料同此甎砖一物，少垛则低仅三尺，多砌则高及千仞。古体则不然，少则二韵，多则数十百韵；有时似有周期，有时全无周期。在七古中更杂有三、四、五、六言及九言以上之长句，其句数或奇或偶，随意变化，不可捉摸，以此著谱，不其难哉？

2. 唐代以诗赋取士——诗用律诗，律诗既成为科试中物，其格律之严整而不容稍有轶出，自不待言。五言六韵或八韵，遂为后世科场中之定式。古体未经此种桎梏，故纵横驰骤，不可羁勒。欲定一普遍而有规律之法式以准绳之，殊不易得也。

然则古体果绝无格律乎？曰，是又未也。翁覃溪云："古诗平仄无一定，而实有至定者。"至定者何？

王渔洋《古诗平仄论》云（只论七言，未及五言）：

七言古自有平仄。若平韵到底者，断不可杂以律句。其要在第五字必平；第五字既平，第四字又必仄；第四第五字平仄既合，第二字可平可仄，然不如平之谐也，古人多用平。

至其出句（出句即奇句，偶句称落句，上段所云，皆落句之平仄）第五字多用仄，如间有用平者，则第六字多仄；至出句之第二字，又多用平。

总之出句第二字平，第五字仄，其余四仄五仄亦谐。

落句第五字平，第四字仄，上有三仄四仄，亦皆古句正式。

古大家亦有别律句者，然出句终以二五为凭，落句终以三平为式。间有杂律句者，行乎不得不行，究亦小疵也。

若仄韵到底，间似律句无妨；以用仄韵半非近体，其平仄抑扬，多以第二字第五字为关捩。

若换韵者，已非近体，用律句无妨。大约首、尾、腰、腹，须铢两匀称为正。

今将渔洋所论平仄各节，演为一图如下。

七言古体平韵到底主要平仄图：

出句：× ○ × × ●× ×
　　　　　　　 ○●
落句：× ⊙ × ● ○ ○ ○

（○：平，●：仄，⊙：可平可仄，×：未言平仄）

翁覃溪谓：渔洋所云落句第二字古人多用平之语失实，故图中采渔洋可平可仄说表之。

赵秋谷《声调谱》云：

前谱　五言古诗

间有[1]律句，即以古句救之（案：赵谱无此二语，翁氏著录之谱有之）。总之两句一联中[2]，断不得与律诗相乱也。

后谱　五言古诗

无一联是律者，平韵古体，以此为式（案：此指岑参《与高适薛据同登慈恩寺塔诗》）。

平平仄平仄，为拗律句，乃仄韵古诗下句正调也。

　七言古诗

此篇各种句法俱备（案：此指韩愈《陆浑山火和皇甫湜

---

[1] 有　底本作"以"，据《清诗话》（P.245）改。
[2] 中　底本脱，据《清诗话》（P.323）增。

用其韵》诗），然中有数句，虽是古体，止可用于柏梁，至于寻常古诗，断不可用；转韵尤不可用，用之则失调，当细辨之。如仄仄平平平平平、仄仄仄平平平平是也。又如平平平平仄平平，亦当酌用之，转韵中不宜，以其乖于音节耳。

《声调谱》中关于古体诗声调之原则方面者，略尽于此矣。其他多句中夹注，乃琐碎之评论，不甚与原则相关，故不录，亦不胜录也。

今将赵谱所云"平韵古体（五古）以此为式"之岑诗，单录其平仄，与律句之平仄比较研究之，以明古近体之分。

岑参《与高适薛据同登慈恩寺塔诗》平仄图

出句　　　　　　落句

1. ●●○●●　　2. ○○●○○
3. ○○●●●　　4. ●●○○○
5. ●●○●○○　　6. ○○○●○
7. ●●●●●　　8. ●○○○○
9. ●○●○●　　10. ●○○○○
11. ○○●○○　　12. ○○●○○
13. ○○●○●　　14. ○●○○○
15. ○●○○○　　16. ○○●●○

17. ●○●○●　　18. ●●○○○
19. ●●●●●　　20. ●○●●○
21. ●○●○●　　22. ●●○○○

渔洋云："出句第二字平，第五字必仄。"七古之第五字，相当于五古之第三字（秋谷云："七言不过于五言上加平平、仄仄耳，拗处总在五六字上。七言之五六字，即五言之三四字"），七古之第二字，五古无。今以岑诗观之，出句中第三字用仄者，凡十一分之九，与王说合。

渔洋又云："落句第五字必平，第四字必仄。"又云："落句终以三平为式。"覃溪亦云："渔洋先生论五七言诗，大约以对句（即落句）末三字叠峙三平，以见苍劲，是固然已。"案：岑诗十一句中，末三字用三平者凡七句，第三字（即七古之第五字）用平者凡八，与王说亦合。惟第二字用仄者仅五句，似与王说不符，但王氏指七古而言，其《平仄论》中所举欧阳永叔《啼鸟》一诗，合者固十之八九也。

若以王说之平仄与律诗比较之（见本章第三第四两节），乃知五言律出句之第三字，不论平起仄起，尽用平声；七律之第五字，则三平一仄（七律起句因押韵故，其末一字与第五字对调，本亦平也，说见第四节）。王氏所论古诗平仄，与律诗完全相反。

再阅五七律诗式中所列出句之平仄，除末一字当然用仄，及七律起句因押韵而将五七两字对调不计外，其他各字，莫不一平一仄（各句纵列[1]看去），独五律之第三字与七律之第五字，全用平声，此乃律诗声调之重要处，而古体诗于此偏用仄声，以拗强为和谐。此古体之所以为古体而不同于律句者一也。

又五律落句之第三字与七律落句之第五字全用仄声，此亦律诗声调之重要处，而古体诗于此偏用平声，其上一字又必用仄以再拗强之。案：五律诗式中落句之平仄，名为八句，实只仄仄仄平平、平平仄仄平二式，若将仄仄仄平平句之第三字易以平，即成末三平之式，已合古体之句法，可勿论；若将平平仄仄平句之第三字易以平，则成平平平仄平，并不拗强，故必将其前一字再易为仄以拗救之，如此成为平仄平仄平，乃拗强矣。

再阅七律之落句，亦只平平仄仄仄平平、仄仄平平仄仄平二式（即五律之前加平平、仄仄，说见前），若将第三字易为平，一成平平仄仄平平平之三平调，一成仄仄平平平仄平之句，再易第四字为仄，乃成仄仄平仄平仄平之拗句，合乎古体之声调矣。以拗强为和谐，此古体之所以为古体而不同于律体者二也。

又赵秋谷云："若平仄平仄仄，则古诗句矣。"（案：此指首句）又云："平平仄平仄，为拗律句，乃仄韵古诗下句之正调也。"细绎此二句及前段中所指为拗句者，其拗何在？曰：在

---

[1]纵列　底本作"横列"，据此次整理版式改。下文径改，不再出校记。

第二字与第四字上。盖五律之二四两字与七律之四六两字须一平一仄，如此方和谐，若两平两仄乃拗（参阅下节五七古诗式，每一式四句中，必有两平两仄之句一句或两句，而五古拗体式中凡八句尽作此式，在五七律诗式中一句也无），上列各句之所以拗者在此。试将其中二四或四六两字中之任何一字易之，使成一平一仄，则必和谐如律句矣。此又古律体之判也。他若全平、全仄以及四平、四仄之句，与夫王氏所云"若平韵到底者，断不可杂以律句"（因一杂律句，更近于排律声调也。他体何以可杂律句？曰仄韵到底与换韵体之诗，已非近体，故间用律句无妨。亦王氏说，见前）。又《声调谱》中所称拗律句、别律句、间有律句，即以古句救之云云，无一不使与律句异，以成其拗强之声调，以拗强为和谐。此古体之所以为古体而不同于律句者三也。

然则古体固拗强而不和谐乎？曰：否否！古体自有其和谐之音节，聚若干拗强不一之句，间以不拗者，而善为搭配之，使之纵横取协，奇正交错，以成古诗之特有声调，其不和谐者，正成其和谐也。譬如词中《瑞龙吟》《忆旧游》《凄凉犯》诸调，颇入拗句。初读之，每格格不上口；读之稍久，转觉非此不谐。以曲喻之，律句似南曲，主柔媚；古体似北曲，主刚劲。北曲中多用乙、凡二半音及其繁急之音节，听之何尝不谐？苟采一二句杂南曲中，未有不掩耳却走者。个中消息，有未易为口舌笔墨所可宣达者也。

总括上述各段，得一拗句之法则如下：

1. 全平全仄者拗。
2. 叠用六平六仄者拗。
3. 叠用五平五仄者拗。
4. 叠用四平四仄者拗。
5. 句末叠用三平者拗。
6. 七言末叠用三仄，上又叠用三平者拗。
7. 五言末叠用三仄，上不用二平者拗（赵谱论五律云：下有三仄，上必有二平）。
8. 五言之二、四两字与七言之四、六两字成二平二仄者拗。
9. 七言之二、四两字成二平二仄者拗。
10. 七言之二、六两字成一平一仄者拗。

第八节　五七言古诗式

王渔洋为诗律最有研究的人，其《律诗定体》《渔洋诗话》《然灯纪闻》《师友诗传录》《续录》《古诗平仄论》中，论格律之处颇多，惟不著图，多录举古人成作即于其旁注○●（即平仄之标识）以为式。其甥赵秋谷以古诗声调请教于渔洋不得，乃愤而作《声调谱》，厥体与渔洋《古诗平仄论》相若，亦无图表。其后翟仪仲、翁覃溪诸氏，虽有著作，然皆祖述王、赵，或稍有驳正。逮董研樵《声调四谱图说》出，而后于古体有图表可凭。惟古体诗变化万千，图表所示，亦仅一大概之原则，若以之与古人成作逐一相较，恐千百篇中难得一完全符合者，近体尚然，况古体乎？

五言古诗

平韵平起式（原用黑白圈图）

平·平·仄·平·仄　仄·仄·平·平·平（韵）
仄·仄·仄·平·仄　平·平·平·仄·平（韵）

平韵仄起式

仄·仄·仄·平·仄　平·平·平·仄·平（韵）
平·平·仄·平·仄　仄·仄·平·平·平（韵）

仄韵平起式

平·平·仄·仄·仄　仄·仄·平·平·仄（韵）
仄·仄·平·平·平　平·平·仄·平·仄（韵）

又一式

平·平·平·仄·平　仄·仄·仄·平·仄（韵）
仄·仄·平·平·仄　平·平·仄·平·仄（韵）

仄韵仄起式

仄·仄·平·平·平　平·平·仄·平·仄（韵）
平·平·仄·仄·仄　仄·仄·平·平·仄（韵）

又一式

仄·仄·平·平·仄　平·平·仄·平·仄（韵）

平平平仄平　　仄仄仄平仄（韵）

平韵拗体式

仄平平平仄　　平仄平 仄平　（韵）
　　　　　　　平仄仄
仄仄平仄仄　　仄平仄平平（韵）
　　　　　　　平

仄韵拗体式

平平仄平仄　　仄仄平仄仄（韵）
　　　　　平
平仄仄仄平　　仄平平平仄（韵）
　　　　　仄

七言古诗

平韵平起式

平平仄仄平平平　　仄仄平平仄平（韵）
仄仄平平仄平仄　　平平仄仄平平平（韵）

平韵仄起式

仄仄平平平仄平　　平平仄仄平平平（韵）
平平仄仄仄平仄　　仄仄平平仄平平（韵）

平韵平起拗体式

平平仄仄仄仄平　　仄仄平平仄平平（韵）
仄仄平仄平平仄　　平平仄平仄仄平（韵）

平韵仄起拗体式

仄仄仄仄平平平　　平平仄平仄平平（韵）
平平仄仄仄仄仄　　仄仄平平仄平平（韵）

仄韵平起式

平平仄仄仄平仄　　仄仄平平仄平仄（韵）

　　　　仄仄仄平平仄平　平平仄仄平平仄（韵）
　　仄韵仄起式
　　　　仄仄平平仄平仄　平平仄仄平平仄（韵）
　　　　平平仄仄平平平　仄仄平平仄平仄（韵）
　　仄韵平起拗体式
　　　　平平仄仄仄仄仄　仄仄平平仄平仄（韵）
　　　　仄仄平平平仄平　平平仄仄平平仄（韵）
　　仄韵仄起拗体式
　　　　仄仄仄仄平平仄　平平仄仄仄仄仄（韵）
　　　　平平仄仄仄仄平　仄仄仄平平平仄（韵）
　　平韵拗黏式（第三句之第二、第四字，与第二句之第二、第四字，成二平二仄者为黏，一平一仄者为拗黏）
　　　　平平仄仄平仄仄　仄仄仄仄平平平（韵）
　　　　平平仄仄仄仄仄　仄仄仄仄平平平（韵）
　　仄韵拗黏式
　　　　平平仄仄平平仄　仄仄平平仄平仄（韵）
　　　　平平仄仄平平平　仄仄平平仄平仄（韵）
　　句句用韵式
　　　　平平仄仄平平平（韵）　仄仄平平平仄平（韵）
　　　　仄仄仄平仄仄平（韵）　平平仄仄平平平（韵）
　　　　平平仄仄平平平（韵）　仄仄平平仄平平（韵）
　　　　仄仄平仄仄仄平（韵）　平平仄平仄仄平（韵）

董氏图谱中有谱无图者尚多,以不重要,均不备录。然以近体诗式较之,已不啻倍蓰矣。因古体变化多,不若近体之简单也。

第四章
诗的演进

第一节 两汉的诗

两汉历四百余年,而流传下来的诗很少。并且找不出一位作诗的专家,不要说李、杜,不要说陶、谢,像黄初诸子都举不出一个,这真是件怪事!何以两汉的诗这样的少,而又没有伟大的诗人呢?大概有两个原因:

(1)经学的专精　秦皇一炬,经籍散亡;字体又经了两度的变更,虽有古籍,识读者少。汉武崇奖儒术,置五经博士之官,所以两汉的文人,很多穷研经术,把这件事当为专业的。

(2)辞赋的发达　汉武也很奖掖文学词章之士,若枚乘、司马相如等,都很被看重。因枚乘年老,以安车蒲轮去征召他;司马相如尚有千金卖赋的故事,可见当时对于辞赋的贵重。钟嵘《诗品》说:"自王、扬、枚、马之徒,词赋竞爽,而吟咏靡闻。"既于词赋十分崇尚,作诗的自然很少。

两汉的诗,虽似那样消沉,乐府则颇为发达。这两者的隆替,于诗乐的分离,实有密切的关系。

汉武又设立乐府，采诗夜诵，以李延年为协律都尉，多举司马相如等造为诗赋，作十九章之歌。所谓乐府，即掌乐的官署。后人竟把这类的歌辞统称之为乐府，与原义已不甚相符。汉乐府篇名之可考者，几三百曲，存者约百曲。其中郊祀歌等纯为贵族文学，大部分则出自民间，是很可宝贵的。

综观两汉诗歌，开国之初多属楚声，之[1]后乐府歌辞很盛。其末叶，五七言诗始渐次兴起。

垓下歌　　项籍

力拔山兮气盖世，时不利兮骓不逝。骓不逝矣可奈何？虞兮虞兮奈若何？

秋风辞　　刘彻

秋风起兮白云飞，草木黄落兮雁南归。兰有秀兮菊有芳，怀佳人兮不能忘。泛楼船兮济汾河，横中流兮扬素波。箫鼓鸣兮发棹歌，欢乐极兮哀情多。少壮几时兮奈老何！

悲愁歌　　乌孙公主

吾家嫁我兮天一方，远托异国兮乌孙王。穹庐为室兮毡为墙，以肉为食兮酪为浆。居常土思兮心内伤，愿为黄鹄兮归故乡！

---

[1] 之　底本作"入"，据文意酌改。

别妻　　苏武

结发为夫妻，恩爱两不疑。欢娱在今夕，燕婉及良时。征夫怀往路，起视夜何其。参辰皆已没，去去从此辞。行役在战场，相见未有期。握手一长叹，泪为生别滋。努力爱春华，莫忘欢乐时。生当复来归，死当长相思。

与苏武诗　　李陵

良时不再至，离别在须臾。屏营衢路侧，执手野踟蹰。仰视浮云驰，奄忽互相逾。风波一失所，各在天一隅。长当从此别，且复立斯须！欲因晨风发，送子以贱躯。

佳人歌　　李延年

北方有佳人，绝世而独立。一顾倾人城，再顾倾人国。宁不知倾城与倾国，佳人难再得。

四愁诗　　张衡

我所思兮在太山，欲往从之梁父艰，侧身东望涕沾翰。美人赠我金错刀，何以报之英琼瑶。路远莫致倚逍遥，何为怀忧心烦劳？

我所思兮在桂林，欲往从之湘水深，侧身南望涕沾襟。美人赠我金琅玕，何以报之双玉盘。路远莫致倚惆怅，何为怀忧心烦伤？

我所思兮在汉阳，欲往从之陇阪长，侧身西望涕沾裳。美人赠我貂襜褕，何以报之明月珠。路远莫致倚踟蹰，何为怀忧心烦纡？

我所思兮在雁门，欲往从之雪雰雰，侧身北望涕沾巾。美人赠我锦绣段，何以报之青玉案。路远莫致倚增叹，何为怀忧心烦惋？

古诗十九首（录十首）

行行重行行，与君生别离。相去万余里，各在天一涯。道路阻且长，会面安可知。胡马依北风，越鸟巢南枝。相去日已远，衣带日已缓。浮云蔽白日，游子不顾返。思君令人老，岁月忽已晚。弃捐勿复道，努力加餐饭。

青青河畔草，郁郁园中柳。盈盈楼上女，皎皎当窗牖；娥娥红粉妆，纤纤出素手。昔为倡家女，今为荡子妇。荡子行不归，空床难独守。

西北有高楼，上与浮云齐。交疏结绮窗，阿阁三重阶。上有弦歌声，音响一何悲。谁能为此曲，无乃杞梁妻？清商随风发，中曲正徘徊。一弹再三叹，慷慨有余哀。不惜歌者苦，但伤知音稀。愿为双鸣鹤，奋翅起高飞。

涉江采芙蓉，兰泽多芳草。采之欲遗谁？所思在远道。还顾望旧乡，长路漫浩浩。同心而离居，忧伤以终老。

冉冉孤生竹，结根泰山阿。与君为新婚，兔丝附女萝。兔丝生有时，夫妇会有宜。千里远结婚，悠悠隔山陂。思君令人老，轩车来何迟。伤彼蕙兰花，含英扬光辉。过时而不采，将随秋草萎。君亮执高节，贱妾亦何为？

庭中有奇树，绿叶发华滋。攀条执其荣，将以遗所思。

馨香盈怀袖，路远莫致之。此物何足贵，但感别经时。

迢迢牵牛星，皎皎河汉女。纤纤擢素手，札札弄机杼。终日不成章，泣涕零如雨。河汉清且浅，相去复几许？盈盈一水间，脉脉不得语。

驱车上东门，遥望郭北墓。白杨何萧萧，松柏夹广路。下有陈死人，杳杳即长暮。潜寐黄泉下，千载永不寤。浩浩阴阳移，年命如朝露。人生忽如寄，寿无金石固。万岁更相送，贤圣莫能度。服食求神仙，多为药所误。不如饮美酒，被服纨与素。

去者日已疏，来者日已亲。出郭门直视，但见丘与坟。古墓犁为田，松柏摧为薪。白杨多悲风，萧萧愁杀人。思还故里闾，欲归道无因。

生年不满百，常怀千岁忧。昼短苦夜长，何不秉烛游？为乐当及时，何能待来兹。愚者爱惜费，但为后世嗤。仙人王子乔，难可与等期。

古诗

上山采蘼芜，下山逢故夫。长跪问故夫，新人复何如？新人虽言好，未若故人姝。颜色类相似，手爪不相如。新人从门入，故人从阁去。新人工织缣，故人工织素。织缣日一匹，织素五丈余。将缣来比素，新人不如故。

盘中诗　　苏伯玉妻

山树高，鸟鸣悲。泉水深，鲤鱼肥。空仓雀，常苦饥。

吏人妇,会夫希。出门望,见白衣。谓当是,而更非。还入门,中心悲。北上堂,西入阶。急机绞,杼声催。长叹息,当语谁?君有行,妾念之。出有日,还无期。结巾带,长相思。君忘妾,未知之。妾忘君,罪当治。妾有行,宜知之。黄者金,白者玉。高者山,下者谷。姓者苏,字伯玉。人才多,知谋足。家居长安身在蜀,何惜马蹄归不数?羊肉千斤酒百斛,令君马肥麦与粟。今时人,知四足。与其书,不能读。当从中央周四角。

悲愤诗　　蔡琰

汉季失权柄,董卓乱天常。志欲图篡弒,先害诸贤良。逼迫迁旧邦,拥王以自强。海内兴义师,欲共讨不祥。卓众来东下,金甲耀日光。平土人脆弱,来兵皆胡羌。猎野围城邑,所向悉破亡。斩截无孑遗,尸骸相撑拒。马边悬男头,马后载妇女。长驱西入关,迥路险且阻。还顾邈冥冥,肝脾为烂腐。所略有万计,不得令屯聚。或有骨肉俱,欲言不敢语。失意几微间,辄言毙降虏。要当以亭刃,我曹不活汝。岂敢惜性命?不堪其詈骂。或便加捶杖,毒痛参并下。旦则号泣行,夜则悲吟坐。欲死不能得,欲生无一可。彼苍者何辜,乃遭此厄祸?边荒与华异,人俗少义理。处所多霜雪,胡风春夏起。翩翩吹我衣,肃肃入我耳。感时念父母,哀叹无终已。有客从外来,闻之常欢喜。迎问其消息,辄复非乡里。邂逅徼时愿,骨肉来迎己。已得自解免，当复弃儿子。天属缀人心，念别无会期。存亡永乖隔，不忍与之辞。儿前抱我颈，问母欲何之？人言母当去，岂复有还时！阿母常仁恻，今何更不慈？我尚未成人，奈何不顾思？见此崩五内，恍惚生狂痴。号呼手抚摩，当发复回疑。兼有同时辈，相送告别离。慕我独得归，哀叫声摧裂。马为立踟蹰，车为不转辙。观者皆歔欷，行路亦呜咽。去去割情恋，遄征日遐迈。悠悠三千里，何时复交会？念我出腹子，胸臆为摧败。既至家人尽，又复无中外。城郭为山林，庭宇生荆艾。白骨不知谁，从横莫覆盖。出门无人声，豺狼嗥且吠。茕茕对孤景，怛咤糜肝肺。登高远眺望，魂神忽飞逝。奄若寿命尽，傍人相宽大，为复强视息，虽生何聊赖？托命于新人，竭心自勖励。流离成鄙贱，常恐复捐废。人生几何时？怀忧终年岁。

第二节　魏晋南北朝的诗

魏晋南北朝，为五言古诗极盛时代。建安七子，并为魏臣；曹氏父子，执当时牛耳；子建尤才高八斗，领袖骚坛。

两晋崇尚老庄，玄风很盛。其文学约可分为四时期：

（1）正始时期　此期以"竹林七贤"为代表，嵇康、阮籍为个中巨擘。

（2）太康时期　太康文学，为晋代极盛时期，二陆、三张、两潘、一左为此期代表。陆机、潘岳尤负盛名。

（3）永嘉时期　其时洛都沦陷，国势凌夷。郭璞、刘琨，丁此时会，故其诗感伤愤激，慨然有渡江击楫之思。景纯之游仙，允为诗中别调。

（4）义熙时期　义熙文学，陶、谢并称。渊明之诗，多歌咏田园，冲和恬澹，为千古一大诗人；灵运之诗，多赞美山林，而逸荡高博，自是一时豪士。

南朝文学，溯自元嘉，其时谢灵运犹还健在，与颜延年并称"颜谢"。此外有俊逸之鲍参军，是皆刘宋之雄。

齐梁之间，有所谓"永明体"者，沈约、谢朓为之冠。其时声律之讲求益密，诗体乃突起变化；唐人近体，权舆于是。

梁武长于文事，与沈、谢等同为"竟陵八友"；文帝元帝，尤崇尚浮华，好为轻艳；江左风流，于斯为盛。

陈、隋享国日浅，文士较少，孝穆、子山，并一时瑜亮，孝穆为萧梁旧臣，子山则留周不返。其主上亦酷好文艺，后主、炀帝并擅文词，然淫靡绮艳，自是亡国之音。

北朝文学，远逊南方。元魏时代，文风尤替。之推、令绰，并为齐周之雄，然皆长于文笔，非风骚之士。王褒、庾信，独赡博清新，最为杰出，然皆南朝人物，不得已而被留在北方的。即颜之推又何尝不是南人北去的呢？

魏晋南北朝的乐府，更盛极一时。文人所拟的汉乐府和自创的新辞，固然不少，民间的清商曲，更为绚烂。自永嘉渡江以后，下及梁陈，吴声歌曲，蕃衍江左。《子夜》《懊侬》《前溪》《读曲》等，都是民间的恋歌，流转轻柔，情辞朊挚，于歌曲中别具一种风调，现存者不下三百曲，其中很有不朽的佳构。

杂诗　　曹丕

西北有浮云，亭亭如车盖。惜哉时不遇，适与飘风会。吹我时南行，行行至吴会。吴会非我乡，安得久留滞？弃置勿复陈，客子常畏人。

美女篇　　曹植

美女妖且闲，采桑歧路间。柔条纷冉冉，落叶何翩翩。攘袖见素手，皓腕约金环。头上金爵钗，腰佩翠琅玕。明珠交玉体，珊瑚间木难。罗衣何飘飘，轻裾随风还。顾盼遗光彩，长啸气若兰。行使用息驾，休者以忘餐。借问女安在？乃在城南端。青楼临大路，高门结重关。容华耀朝月，谁不希令颜。媒氏何所营？玉帛不时安。佳人慕高义，求贤良独难。众人徒嗷嗷，安知彼所观？盛年处房室，中夜起长叹。

赠白马王彪　　曹植

心悲动我神，弃置莫复陈。丈夫志四海，万里犹比邻。恩爱苟不亏，在远分日亲。何必同衾帱，然后展殷勤。忧思成疾疢，无乃儿女仁？仓卒骨肉情，能不怀苦辛？

七哀诗　　王粲

西京乱无象，豺虎方遘患。复弃中国去，委身适荆蛮。亲戚对我悲，朋友相追攀。出门无所见，白骨蔽平原。路有饥妇人，抱子弃草间。顾闻号泣声，挥涕独不还。未知身死处，何能两相完？驱马弃之去，不忍听此言。南登霸陵岸，回首望长安。悟彼泉下人，喟然伤心肝！

饮马长城窟行　　陈琳

饮马长城窟，水寒伤马骨。往谓长城吏，慎莫稽留太原卒！官作自有程，举筑谐汝声。男儿宁当格斗死，何能怫郁筑长城？长城何连连，连连三千里。边城多健少，内舍多寡妇。作书与内舍，便嫁莫留住！善侍新姑嫜，时时念我故夫子！报书往边地，君今出语一何鄙！身在祸难中，何为稽留他家子？生男慎莫举，生女哺用脯。君独不见长城下，死人骸骨相撑拄？结发行事君，慊慊心意间。明知边地苦，贱妾何能久自全？

以上魏诗

咏怀　　阮籍

昔年十四五，志尚好诗书。被褐怀珠玉，颜闵相与期。开轩临四野，登高望所思。丘墓被山冈，万代同一时。千秋万岁后，荣名安所之？乃悟羡门子，噭噭今自嗤。

独坐空堂上，谁可与欢者？出门临永路，不见行车马。登高望九州，悠悠分旷野。孤鸟西北飞，离兽东南下。日暮思亲友，晤言用自写。

驾言发魏都，南向望吹台。[1]歌舞曲未终，秦兵已复来。夹林非吾有，朱宫生尘埃。军败华阳下，身竟为土灰。

赠秀才入军　　嵇康

息徒兰圃，秣马华山。流磻平皋，垂纶长川。目送归鸿，手挥五弦。俯仰自得，游心太玄。嘉彼钓叟，得鱼忘筌。郢人逝矣，谁与尽言？

短歌行　　陆机

置酒高堂，悲歌临觞。人寿几何？逝如朝霜。时无重至，华不再扬。苹以春晖，兰以秋芳。来日苦短，去日苦长。今我不乐，蟋蟀在房。乐以会兴，悲以别章。岂曰无感，忧为子忘。我酒既旨，我肴既臧。短歌有咏，长夜无荒。

咏史（录二首）　　左思

郁郁涧底松，离离山上苗。以彼径寸茎，荫此百尺条。世胄蹑高位，英俊沉下僚。地势使之然，由来非一朝。金张藉旧业，七叶珥汉貂。冯公岂不伟？白首不见招。

主父宦不达，骨肉还相薄。买臣困樵采，伉俪不安宅。陈平无产业，归来翳负郭。长卿还成都，壁立何寥廓。四

---

[1] 底本"南向望吹台"下脱四句："箫管有遗音，梁王安在哉？战士食糟糠，贤者处蒿莱。"参见沈德潜《古诗源》（P.23）。

贤岂不伟？遗烈光篇籍。当其未遇时，忧在填沟壑。英雄有迍邅，由来自古昔。何世无奇才？遗之在草泽。

游仙诗　郭璞

京华游侠窟，山林隐遁栖。朱门何足荣？未若托蓬莱，临源挹清波，陵冈掇丹荑。灵溪可潜盘，安事登云梯？漆园有傲吏，莱氏有逸妻。进则保龙见，退为触藩羝。高蹈风尘外，长揖谢夷齐。

青溪千余仞，中有一道士。云生梁栋间，风出窗户里。借问此何谁？云是鬼谷子。翘迹企颍阳，临河思洗耳。阊阖西南来，潜波涣鳞起。灵妃顾我笑，粲然启玉齿。蹇修时不存，要之将谁使？

移居　　陶潜

昔欲居南村，非为卜其宅。闻多素心人，乐与数晨夕。怀此颇有年，今日从兹役。弊庐何必广，取足蔽床席。邻曲时时来，抗言谈在昔。奇文共欣赏，疑义相与析。

春秋多佳日，登高赋新诗。过门更相呼，有酒斟酌之。农务各自归，闲暇辄相思。相思则披衣，言笑无厌时。此理将不胜，无为忽去兹。衣食当须纪，力耕不吾欺。

饮酒　　陶潜

结庐在人境，而无车马喧。问君何能尔？心远地自偏。采菊东篱下，悠然见南山。山气日夕佳，飞鸟相与还。此中有真味，欲辨已忘言。

秋菊有佳色，裛露掇其英。泛此忘忧物，远我遗世情。一觞虽独进，杯尽壶自倾。日入群动息，归鸟趋林鸣。啸傲东轩下，聊复得此生。

故人赏我趣，挈壶相与至。班荆坐松下，数斟已复醉。父老杂乱言，觞酌失行次。不觉知有我，安知物为贵。悠悠迷所留，酒中有深味。

以上晋诗

夜宿石门诗　　谢灵运

朝搴苑中兰，畏彼霜下歇。暝还云际宿，弄此石上月。鸟鸣识夜栖，木落知风发。异音同至听，殊响俱清越。妙物莫为赏，芳醑谁与伐。美人竟不来，阳阿徒晞发。

拟行路难　　鲍照

泻水置平地，各自东西南北流。人生亦有命，安能行叹复坐愁？酌酒以自宽，举杯断绝歌路难。心非木石岂无感？吞声踯躅不敢言。

对案不能食，拔剑击柱长叹息。丈夫生世会几时，安能蹀躞垂羽翼？弃置罢官去，还家自休息。朝出与亲辞，暮还在亲侧。弄儿床前戏，看妇机中织。自古圣贤尽贫贱，何况我辈孤且直！

中庭五株桃，一株先作花。阳春妖冶二三月，从风簌荡落西家。西家思妇见悲惋，零泪沾衣抚心叹。初我送君出户时，何言淹留节回换。床席生尘明镜垢，纤腰瘦削发蓬乱。人生不得恒称意，惆怅徙倚至夜半。

梅花落　　鲍照

中庭杂树多，偏为梅咨嗟。问君何独然？念其霜中能作花，露中能作实，摇荡春风媚春日。念尔零落逐寒风，徒有霜华无霜质。

和王中丞闻琴　　谢朓

凉风吹月露，圆景动清阴。蕙风入怀抱，闻君此夜琴。萧瑟满林听，轻鸣响涧音。无为澹容与，蹉跎江海心。

别范安仁　　沈约

生平少年日，分手易前期。及尔同衰暮，非复别离时。勿言一樽酒，明日难重持。梦中不识路，何以慰相思？

古别离　　江淹

远与君别者，乃至雁门关。黄云蔽千里，游子何时还？送君如昨日，檐前露已团。不惜蕙草晚，所悲道里寒。君在天一涯，妾身长别离。愿一见颜色，不异琼树枝。兔丝及水萍，所寄终不移。

以上南朝

陇上歌　无名氏

陇上壮士有陈安，躯干虽小腹中宽，爱养将士同心肝。骕骦文马铁镀鞍，七尺大刀奋如湍。丈八蛇矛左右盘，十荡十决无当前。百骑俱出如云浮，追者千万骑悠悠，战始三交失蛇矛。弃我骕骦窜岩幽，为我外援而悬头。西流之水东流河，一去不还奈子何！

杨白花　胡太后

阳春二三月，杨柳齐作花。春风一夜入闺闼，杨花飘荡落南家？含情出户脚无力，拾得杨花泪沾臆。春去秋来双燕子，愿衔杨花入窠里。

敕勒歌　斛律金

敕勒川，阴山下。天似穹庐，笼盖四野。天苍苍，野茫茫，风吹草低见牛羊。

梅花　庾信

当年腊月半，已觉梅花阑。不信今春晚，俱来雪里看。树动悬冰落，枝高出手寒。早知觅不见，真悔着衣单！

重别周尚书　庾信

阳关万里道，不见一人归。唯有河边雁，秋来南向飞。

以上北朝

送别诗　　无名氏

杨柳青青着地垂,杨花漫漫搅天飞。柳条折尽花飞尽,借问行人归不归?

以上隋诗

第三节　汉魏晋南北朝的乐府

汉后乐府歌辞的采录,宋郭茂倩所编的《乐府诗集》为最完备,他一总分为十二类:

(1)郊庙歌辞　　(2)燕射歌辞　(3)鼓吹曲辞

(4)横吹曲辞　　(5)相和歌辞　(6)清商曲辞

(7)舞曲歌辞　　(8)琴曲歌辞　(9)杂曲歌辞

(10)近代曲辞　(11)杂歌谣舞　(12)新乐府辞

近人陆侃如著《乐府古辞考》和《中国诗史》,则将郭氏的分类,稍加删并,并颠倒其次第,为下列八类:

(1)郊庙歌 (2)燕射歌 (3)舞曲 (4)鼓吹曲

(5)横吹曲 (6)相和歌 (7)清商曲 (8)杂曲

他的理由是:"琴曲本有声无辞,其辞大都为后人所假托。杂歌谣及新乐府皆为杂诗,并不入乐,故当删去。近代曲则与杂曲相同(郭茂倩自己说)。"又因舞曲的性质与郊庙歌及燕射歌相近些,所以又移前了。

他又"依其性质合这八类为三组。郊庙歌、燕射歌及舞曲为第一组,都是贵族特制的乐府。鼓吹曲及横吹曲为第二组,都是外国输入的乐府。相和歌、清商曲及杂曲为第三组,都是民间采来的乐府"。

郊庙歌　祀天地、太庙、明堂、社稷的乐歌,"所以用于郊庙朝廷以接人神之欢者"。

燕射歌　有三类:(1)燕飨乐,天子享宴之乐。(2)大射乐,大射辟雍之乐。(3)食举乐,天子食饮之乐,有宗庙、上陵、殿中御饭、太乐等分别,所奏的乐歌,颇有增减。燕射歌中汉魏的古辞均亡,仅存两晋和南北朝的作品。

鼓吹曲　鼓吹,一名短箫铙歌,军乐也,建威扬德用之。汉世有黄门鼓吹者,有列于殿庭,有用于从行卤簿。《古今注》曰:"汉乐府有黄门鼓吹,天子所以宴乐群臣也。短箫铙歌,鼓吹之一章尔……然则黄门鼓吹、短箫铙歌与横吹曲,得通名鼓吹,但所用异耳。"

横吹曲　《乐府诗集》云:"横吹曲其始亦谓之鼓吹,马上吹之,盖军中之乐也。北狄诸国皆马上作乐,故自汉以来,北狄乐总归鼓吹署。其后分为二部:有箫笳者为鼓吹,用之朝会道路,亦以给赐……有鼓角者为横吹,用之军中,马上所奏者是也。"据此,横吹即骑吹,原为鼓吹之一部,本胡乐,惟不用箫笳而用鼓角。然铙歌亦名骑吹,两者的分别,在铙歌用箫笳,横吹用鼓角,其器数较铙歌为简易,故横吹专用于军中马上，铙歌等列于殿庭卤簿，所谓"得通名鼓吹，但所用异耳"。

相和歌 《宋书》："相和，汉旧曲也，丝竹更相和，执节者歌……世谓之清商三调。"《唐书》："平调、清调、瑟调，皆周房中曲之遗声，汉世谓之三调。又有楚调、侧调。楚调者，汉房中乐也。高帝乐楚声，故房中乐皆楚声也。侧调者，生于楚调，与前三调总谓之相和调。"《晋书》："凡乐章古辞之存者，并汉世街陌讴谣……其后渐被于弦管。"

清商曲 《乐府诗集》："清商乐一曰清乐，清乐者，九代（似指汉、魏、晋、宋、齐、凉、前秦、后秦、北魏九代）之遗声，其始即相和三调是也。并汉魏以来旧曲……自时以后，南朝文物，号为最盛，民谣国俗，亦世有新声……后魏孝文讨淮汉，宣武定寿春，收其声伎，得江左所传中原旧曲……及江南吴歌，荆楚西声，总谓之清商乐，至于殿庭飨宴则兼奏之。"

舞曲 载歌载舞之曲，曲之合乎舞者。有雅舞，有杂舞。雅舞郊庙朝飨用之，杂舞始皆出自方俗，后寖陈于殿庭，所以宴飨朝会亦兼奏之。

琴曲 皆琴歌，然亦不一定，如《垓下》《大风》《胡笳十八拍》等，都不是琴曲。

杂曲 《乐府诗集》："汉魏之世，歌咏杂兴，而诗之流乃有八名：曰行、曰引、曰歌、曰谣、曰吟、曰咏、曰怨、曰叹，皆诗人六义之余也。至其协声律、播金石，而总谓之曲。"实则什九都是徒诗，并不能协声律、播金石的，所以算不得乐府。

近代曲　《乐府诗集》："近代曲者，亦杂曲也，以其出于隋唐之世，故曰近代曲。"此类当废，陆氏之言是也。

新歌谣　录皇古以还的歌谣，自为一类，因为都是徒歌，性质杂出，故名。也不是乐府。

新乐府　《乐府诗集》："新乐府者，皆唐世之新歌也。以其辞实乐府，而未常被于声，故曰新乐府也。"既"未常被于声"，便算不得乐府，徒诗徒歌之类耳。

凡不入乐的徒诗、徒歌、拟乐府等，均略见前节诗选中，兹不录。既称乐府，自当以曾被管弦者为限，未可援郭氏《乐府诗集》之例也。

房中乐[1]

汉安世房中歌（录一首）　　汉高祖唐山夫人

大海荡荡水所归，高贤愉愉民初怀。大山崔，百卉殖。民何贵？贵有德。

《仪礼》："与四方之宾燕，有房中之乐。"注："弦歌《周南》《召南》，而不用钟磬之节，谓之房中者，后夫人之所讽诵，以事其君子。"照《仪礼》所说，则房中之乐，似为燕射歌。依注

---

[1] 房中乐　底本脱，据文意酌补。

及歌辞看来，又近于颂，故郭氏列入郊庙歌。歌凡十六章，皆高祖姬唐山夫人作，为汉房中祠乐。孝惠时改名《安世乐》。高祖乐楚声，故房中乐楚声也。

鼓吹曲

汉鼓吹铙歌（录二首）

战城南，死郭北，野死不葬乌可食。为我谓乌，且为客豪。野死谅不葬，腐肉安能去子逃？水深激激，蒲苇冥冥。枭骑战斗死，驽马徘徊鸣。梁筑室，何以南？何以北？禾黍不获君何食？愿为忠臣安可得？思子良臣，良臣诚可思。朝行出攻，暮不夜归。（《战城南》）

有所思，乃在大海南。何用问遗君，双珠玳瑁簪，用玉绍缭之。闻君有他心，拉杂摧烧之，摧烧之，当风扬其灰；从今以往，勿复相思。相思与君绝，鸡鸣狗吠，兄嫂当知之。妃呼豨！秋风肃肃晨风飔，东方须臾高知之。（《有所思》）

汉铙歌凡二十二曲，亡其四曲，今存十八曲，此其第六、第十二曲也。字多讹误，且声辞合写，不甚可读。其辞原为民间歌曲，被采入鼓吹中者。词意率直肫挚，无粉饰夸妄之气，可爱也。

横吹曲

陇头歌

陇头流水，流离山下。念吾一身，飘然旷野。朝发欣城，暮宿陇头。寒不能语，舌卷入喉。陇头流水，鸣声幽咽。遥望秦川，心肝断绝。

木兰辞

唧唧复唧唧，木兰当户织。不闻机杼声，惟闻女叹息。问女何所思？问女何所忆？女亦无所思，女亦无所忆。昨夜见军帖，可汗大点兵。军书十二卷，卷卷有爷名。阿爷无大儿，木兰无长兄。愿为市鞍马，从此替爷征。东市买骏马，西市买鞍鞯，南市买辔头，北市买长鞭。朝辞爷娘去，暮宿黄河边。不闻爷娘唤女声，但闻黄河流水鸣溅溅。旦辞黄河去，暮至黑水头。不闻爷娘唤女声，但闻燕山胡骑声啾啾。万里赴戎机，关山度若飞，朔气传金柝，寒光照铁衣。将军百战死，壮士十年归。归来见天子，天子坐明堂。策勋十二转，赏赐百千强。可汗问所欲，木兰不用尚书郎。愿借明驼千里足，送儿还故乡。爷娘闻女来，出郭相扶将；阿姊闻妹来，当户理红妆；小弟闻姊来，磨刀霍霍向猪羊。开我东阁门，坐我西阁床，脱我战时袍，着我旧时裳。当窗理云鬓，对镜帖花黄。出门看火伴，火伴始惊惶；同行十二年，不知木兰是女郎。雄兔脚扑朔，雌兔眼迷离，两兔傍地走，安能辨我是雄雌？

汉横吹曲均亡。此梁鼓角横吹曲也。亦民间乐歌，非廊庙之作，似皆出自北方。

相和歌

相和曲

薤上露，何易晞？露晞明朝更复落，人死一去何时归？（《薤露》）

蒿里谁家地？聚敛魂魄无贤愚。鬼伯一何相催促，人命不得少踟蹰。（《蒿里》）

《薤露》《蒿里》，并丧歌也。本出田横门人，横自杀，门人伤之，为作悲歌。汉武时，李延年分为二曲，《薤露》送王公贵人，《蒿里》送士大夫庶人，使挽柩者歌之，亦谓之挽歌。为现存挽歌之最古者。

日出东南隅，照我秦氏楼。秦氏有好女，自名为罗敷。罗敷喜蚕桑，采桑城南隅。青丝为笼系，桂枝为笼钩。头上倭堕髻，耳中明月珠。缃绮为下裙，紫绮为上襦。行者见罗敷，下担捋髭须；少年见罗敷，脱帽着帩头。耕者忘其犁，锄者忘其锄。来归相怨怒，但坐观罗敷。一解

使君从南来，五马立踟蹰。使君遣吏往，问是谁家姝。秦氏有好女，自名为罗敷。罗敷年几何？二十尚不足，

十五颇有余。使君谢罗敷：宁可共载不？罗敷前致词：使君一何愚！使君自有妇，罗敷自有夫。二解

东方千余骑，夫婿居上头。何用识夫婿？白马从骊驹。青丝系马尾，黄金络马头；腰中鹿卢剑，可直千万余。十五府小吏，二十朝大夫，三十侍中郎，四十专城居。为人洁白晳，鬑鬑颇有须。盈盈公府步，冉冉府中趋。坐中数千人，皆言夫婿殊。三解（《陌上桑》）

《陌上桑》，一曰《罗敷艳歌行》。《古今注》谓：罗敷邯郸人，邑人千乘王仁妻，王后为赵王家令。罗敷出采桑陌上，赵王登台，见而悦之，欲夺焉。罗敷巧弹筝，乃作《陌上桑》以自明，赵王乃止。此说恐不可靠，以其与古辞中语多有不合。或另有一罗敷亦未可知。此辞十分生动，与《古诗为焦仲卿妻作》有异曲同工之妙，惟篇幅较短，以叙事有繁简也。

平调曲

青青园中葵，朝露待日晞。阳春布德泽，万物生光辉。常恐秋节至，焜黄华叶衰。百川东到海，何时复西归？少壮不努力，老大徒伤悲[1]。（《长歌行》）

对酒当歌，人生几何？譬如朝露，去日苦多！慨当

---

[1] 伤悲　底本作"悲伤"，据《先秦汉魏晋南北朝诗》（P.262）改。

以慷，忧思难忘；何以解忧？惟有杜康。青青子衿，悠悠我心。但为君故，沉吟至今。呦呦鹿鸣，食野之苹。我有嘉宾，鼓瑟吹笙。明明如月，何时可掇？忧从中来，不可断绝！越陌度阡，枉用相存。契阔谈䜩，心念旧恩。月明星稀，乌鹊南飞，绕树三匝，何枝可依？山不厌高，水不厌深。周公吐哺，天下归心。（《短歌行》，曹操作）

秋风萧瑟天气凉，草木摇落露为霜[1]。群燕辞归雁南翔，念吾客游思断肠。慊慊思归恋故乡。君何淹留寄他方？贱妾茕茕守空房。忧来思君不敢忘，不觉泪下沾衣裳。援琴鸣弦发清商，短歌微吟不能长。明月皎皎照我床，星汉西流夜未央。牵牛织女遥相望，尔独何辜限河梁？（《燕歌行》，曹丕作）

清调曲

相逢狭路间，路隘不容车。不知何年少？夹毂问君家。君家诚易知，易知复难忘。黄金为君门，白玉为君堂。堂上置樽酒，作使邯郸倡。中庭生桂树，华灯何煌煌！兄弟两三人，中子为侍郎。五日一来归，道上自生光。黄金络马头，观者盈道旁。入门时左顾，但见双鸳鸯，鸳鸯

---

[1] 霜　底本作"露"，据《先秦汉魏晋南北朝诗》（P.394）改。

七十二，罗列自成行。音声何噰噰，鹤鸣东西厢。大妇织绮罗，中妇织流黄。小妇无所为，挟瑟上高堂。丈人且安坐，调丝方未央。(《相逢行》)

瑟调曲

　　出西门，步念之，今日不作乐，当待何时？逮为乐，逮为乐，当及时！何能愁怫郁？当复待来兹。酿美酒，炙肥牛，请呼心所欢，可用解忧愁。人生不满百，常怀千岁忧。昼短苦夜长，何不秉烛游？游行去去如云除，弊车羸马为自储。(《西门行》)

试将此辞与上录《古诗十九首》中"生年不满百"首对看，知有许多辞句相同的。在汉代古诗及乐府中，很多这种例子。大概先有古诗，然后采入乐府而被之管弦的。不过乐府中也有互相雷同的，非把两篇产生的时代加以考订，一时不易断定。我们再看下一首晋乐所奏的《西门行》，更知这三篇的关系如何，又古诗入乐府的迹象，大略是怎样的。

　　出西门，步念之。今日不作乐，当待何时？——一解
　　夫为乐，为乐当及时！何能坐愁怫郁，当复待来兹？——二解

饮醇酒，炙肥牛。请呼心所欢，可用解愁忧。——三解

人生不满百，常怀千岁忧。昼短而夜长，何不秉烛游？——四解

自非仙人王子乔，计会寿命难与期。——五解

人寿非金石，年命安可期？贪财爱惜费，但为后世嗤。六解（《西门行》，晋乐所奏）

青青河畔草，绵绵思远道。远道不可思，宿昔梦见之。梦见在我傍，忽觉在他乡。他乡各异县，展转不可见。枯桑知天风，海水知天寒。入门各自媚，谁肯相为言。客从远方来，遗我双鲤鱼。呼儿烹鲤鱼，中有尺素书。长跪读素书，书中竟何如？上言加餐饭，下言长相忆。（《饮马长城窟行》）

或以此诗为蔡邕作。全篇前后不甚相贯，"客从远方来"起，似另为一段。

孤儿生，孤子遇生，命独当苦！父母在时，乘坚车，驾驷马。父母已去，兄嫂令我行贾。南到九江，东到齐与鲁。腊月来归，不敢自言苦，头多虮虱，面目多尘。大兄言办饭，大嫂言视马。上高堂，行取殿下堂，孤儿泪下如雨。使我朝行汲，暮得水来归。手为错，足下无菲。怆怆

霜履,中多蒺藜;扳断蒺藜肠肉中,怆欲悲。泪下渫渫,清涕累累。冬无复襦,夏无单衣。居生不乐,不如早去,下从地下黄泉。春气动,草萌芽。三月蚕桑,六月收瓜。将是瓜车,来到还家。瓜车反覆,助我者少,啖瓜者多。愿还我蒂!兄与嫂严,独且急归,当兴校计。乱曰:里中一何诡诡!愿欲寄尺书,将与地下父母,兄嫂难与久居。(《孤儿行》)

句、韵参差错落,极古奥朴质。字字从至情至性中得来,毫无雕琢粉饰的痕迹。天地间有数之血泪文字。

《乐府诗集》:"诸曲调皆有辞、有声,而大曲又有艳、有趋、有乱。辞者,其歌诗也;声者若'羊吾夷''伊那何'之类也。艳在曲之前,趋与乱在曲之后,亦犹吴声、西曲,前有和后有送也。"

  置酒高殿上,亲交从我游。中厨办丰膳,烹羊宰肥牛。秦筝何慷慨?齐瑟和且柔。——一解
  阳阿奏奇舞,京洛出名讴。乐饮过三爵,缓带倾庶羞。主称千金寿,宾奉万年酬。——二解
  久要不可忘,薄终义所尤。谦谦君子德,磬折欲何求?盛时不再来,百年忽我遒。——三解
  惊风飘白日,光景驰西流。生存华屋处,零落归山丘。

先民谁不死？知命复何忧！——四解（《野田黄雀行》）

此诗曹植作，晋乐所奏"《箜篌行》亦用此曲"（《乐府诗集》），亦称《箜篌引》。汉相和歌《相和六引》中一《箜篌引》，其辞已亡，汉鼓吹铙歌二十二曲其二十一曲《黄爵》亦亡。不知曹氏此诗所拟者究为《箜篌引》抑《黄雀行》？《曹子建集》作《箜篌行》，《乐府诗集》作《野田黄雀行》。汉《黄雀行》属鼓吹曲，《箜篌引》属相和歌，郭氏虽名为《野田黄雀行》，然列入相和歌瑟调曲中。又《野田黄雀行》是否即《黄雀行》？两者有没有差别？亦一疑问。

清商曲

吴声歌

宿昔不梳头，丝发披两肩。婉伸郎膝上，何处不可怜。（《子夜歌》）

欢愁侬亦惨，郎笑我便喜。不见连理树？异根同条起。（《子夜歌》）

春林花多媚，春鸟意多哀。春风复多情，吹我罗裳开。（《子夜四时歌·春歌》）

青荷盖渌水，芙蓉葩红鲜。郎见欲采我，我心欲怀莲。（《夏歌》）

吴声歌曲中很多用谐声双关的字，以影射其他一字或一义，如前首之"莲"即影射"怜"字。其用法有二：

一、两字谐声，用甲射乙。如：

"桑蚕不作茧，昼夜长悬丝。"以"丝"射"思"。

"月没星不亮，持底明侬绪。"以"星"射"心"。

"不爱独枝莲，只惜同心藕。"以"藕"射"偶"。

"果得一莲时，流离婴辛苦。"以"莲"射"怜"。

"朝看暮牛迹，知是宿蹄痕。"以"蹄"射"啼"。

"石阙生口中，衔碑不得语。"以"碑"射"悲"。

"愿为卜者策，长与千岁龟。"以"龟"射"归"。

"顿书千丈阙，题碑无罢时。"以"题碑"射"啼悲"。

"桐树生门前，出入见梧子。"以"梧子"射"吾子"。

也有两字谐声而即用本意者，如：

"梳头入黄泉，分作两死计。""计"应作"髻"，此处即用本意"计"字。

"余光照已藩，坐见离日尽。""离"应作"篱"，此处即用本意"离"字。

"双灯俱时尽，奈何两无由。""由"应作"油"，此处即用本意"由"字。

二、一字两义，用此喻彼。如：

"理丝入残机，何悟不成匹。"以"丈匹"之"匹"，喻"匹偶"之"匹"。

"摘门不安横,无复相关意。"以"关闭"之"关",喻"关怀"之"关"。

"月没星不亮,持底明侬绪。"以"光亮"之"亮"喻"愿亮"之"亮"。

"葵藿生谷底,倾心不蒙照。"以"光照"之"照"喻"照顾"之"照"。

此外因物取譬之处很多,略举一二如后:

"黄檗郁成林,当奈苦心多。"以"黄檗"喻苦。

"合散无黄莲,此事复何苦。"以"黄莲"喻苦。

"三唤不一应,有何比松柏。"以"松柏"喻坚。

这种谐声双关的例子,在吴声歌中还多着呢。也有很疑心他是谐声或双关的,然因空间时间之不同,语言音声之变异,一时未能十分断定。如:"湖燥芙蓉委,莲汝藕欲死。"其中"藕"字颇似"我"字之谐声,虽今之读音颇有相似之处(如常州一带),终不能如前举诸例之切合,有待于声韵学者之考定耳。这谐声双关之法,尚很多的保存在现今的民歌中。

  凉秋开窗寝,斜月垂光照。中宵无人语,罗幌有双笑。
(《秋歌》)

  寒鸟依高树,枯林鸣悲风。为欢憔悴尽,那得好颜容?
(《冬歌》)

  黄葛生烂熳,谁能断葛根? 宁断娇儿乳,不断郎殷勤。

(《前溪歌》)

团扇复团扇,持许自遮面。憔悴无复理,羞与郎相见。(《团扇郎》)

碧玉破瓜时,相为情颠倒。感郎不羞郎,回身就郎抱。(《碧玉歌》)

桃叶复桃叶,渡江不用楫。但渡无所苦!我自来迎接。(《桃叶歌》)

我与欢相怜,约誓底言者?常叹负情人,郎今果成诈。(《懊侬歌》)

怜欢敢唤名,念欢不呼字。连唤欢复欢,两誓不相弃。(《读曲歌》)

种莲长江边,藕生黄蘖浦。必得莲子时,流离经辛苦。(《读曲歌》)

莫江平不动,春花满正开。流波将月去,潮水带星来。(《春江花月夜》,隋炀帝作)

神弦歌

开门白水,侧近桥梁,小姑所居,独处无郎。(《青溪小姑曲》)

西曲歌

郎作十里行,侬作九里送。拔侬头上钗,与郎资路用。

(《估客乐》释宝月作）

朝发襄阳城，暮至大堤宿。大堤诸女儿，花艳惊郎目。（《襄阳乐》）

草树非一香，花叶百种色。寄语故情人，知我心相忆。（《襄阳蹋铜蹄》）

阳春二三月，草与水同色。道逢游冶郎，恨不早相识！（《孟珠》）

春蚕不应老，昼夜常怀丝。何惜微躯尽！缠绵自有时。（《作蚕丝》）

游戏五湖采莲归，发花田叶芳袭衣。为君侬歌世所希。世所希，有如玉。江南弄，采莲曲。（《采莲曲》，梁武帝作）

桂楫兰桡浮碧水，江花玉面两相似。莲疏藕折香风起。香风起，白日低。采莲曲，使君迷。（《采莲曲》，梁昭明太子作）

舞曲

杂舞

独禄独禄，水深泥浊。泥浊尚可，水深杀我。（《独禄》，晋辞齐乐所奏）

琴曲

胡笳十八拍

戎羯逼我兮为室家，将我行兮向天涯。云山万重兮归路遐，疾风千里兮扬尘沙。人多暴猛兮如虫蛇，控弦被甲兮为骄奢。两拍张悬兮弦欲绝，志摧心折兮自悲嗟！（第二拍）

天无涯兮地无边，我心愁兮亦复然！人生倏忽兮如白驹之过隙，然不得欢乐兮当我之盛年！怨兮欲问天，天苍苍兮上无缘。举头仰望兮空云烟，九拍怀情兮谁为传？（第九拍）

城头烽火不曾灭，疆场征战何时歇？杀气朝朝冲塞门，胡风夜夜吹边月。故乡隔兮音尘绝，哭无声兮气将咽。一生辛苦兮缘离别，十拍悲深兮泪成血。（第十拍）

十六拍兮思茫茫，我与儿兮各一方。日东月西兮徒相望，不得相随兮空断肠！对萱草兮徒想忧忘，弹鸣琴兮情何伤！今别子兮归故乡，旧怨平兮新怨长！泣血仰头兮诉苍苍，生我兮独罹此殃？（第十六拍）

此《胡笳十八拍》传称蔡琰作，殊不可靠。可靠者有《悲愤诗》，已见前录。此十八拍恐即演化《悲愤》而成者。惟文词甚佳，音节颇悲劲，故录之，犹前编录《苏李赠答》之例也。

杂曲

昔有霍家奴，姓冯名子都。依倚将军势，调笑酒家胡。胡姬年十五，春日独当垆。长裾连理带，广袖合欢襦；头上蓝田玉，耳后大秦珠。两鬟何窈窕！一世良所无。一鬟五百万，两鬟千万余。不意金吾子，娉婷过我庐。银鞍何煜爚，翠盖空踟蹰。就我求清酒，丝绳提玉壶；就我求珍肴，金盘鲙鲤鱼。贻我清铜镜，结我红罗裾。不惜红罗裂，何论轻贱躯。男儿爱后妇，女子重前夫。人生有新故，贵贱不相踰。多谢金吾子，私爱徒区区！（《羽林郎》，辛延年作）

悲歌可以当泣，远望可以当归，思念故乡，郁郁累累。欲归家无人，欲渡河无船。心思不能言，肠中车轮转。（《悲歌行》）

东飞伯劳西飞燕，黄姑织女时相见。谁家儿女对门居？开颜发艳照里闾。南窗北牖挂明光，罗帏绮帐脂粉香。女儿年纪十五六，窈窕无双颜如玉。三春已暮花从风，空留可怜谁与同？（《东飞伯劳歌》，或云梁武帝作）

忆梅下西洲，折梅寄江北。单衫杏子红，双鬓雅雏色。西洲在何处？两桨桥头渡。日暮伯劳飞，风吹乌桕树。树下即门前，门中露翠钿。开门郎不至，出门采红莲。采莲南塘秋，莲花过人头；低头弄莲子，莲子清如水。置莲怀袖中，莲心彻底红。忆郎郎不至，仰首望飞鸿。飞鸿满西洲，望郎上青楼。楼高望不见，尽日阑干头。阑干十二曲，

垂手明如玉；卷帘天自高，海水摇空绿。海水梦悠悠，君愁我亦愁。南风知我意，吹梦到西洲。(《西洲曲》，或云梁武帝作)

河中之水向东流，洛阳女儿名莫愁。莫愁十三能织绮，十四采桑南陌头，十五嫁为卢家妇，十六生儿字阿侯。卢家兰室桂为梁，中有郁金苏合香。头上金钗十二行，足下丝履五文章。珊瑚挂镜烂生光，平头奴子擎履霜。人生富贵何可望？恨不早嫁东家王！(《河中之水歌》，梁武帝作)

秋风萧萧愁杀人！出亦愁，入亦愁！座中何人，谁不怀忧？令我白头！胡地多飙风，树木何修修！离家日趋远，衣带日趋缓！心思不能言，肠中车轮转。(《古歌》)

第四节　唐代的诗

李唐是诗的极盛时代，其时近体初兴，作者尤众。同时古体诗和拟乐府依旧很盛，且多很长的篇幅，并不为近体诗的新兴势力减灭它旧有的光辉。《全唐诗》所著录的，有二千余家，不可谓非盛极一时了。宋、清两代的诗决不少于唐代，然其内容很少新机，无非唐音的复奏而已。尽你去学盛唐，学晚唐，学李、杜，学元、白，学其他的一切，学来学去，终跳不出唐人的圈子。说得广泛一点，跳不出前人的圈子。无论古体、近体、乐府，都是前人——尤其是唐人已有的定型，再不能有所变化（除非词曲，已在诗之外另成一体，屹然与诗齐肩，又当别论）。所以唐代为诗的黄金时代，唐代最贵重的文学也就是诗。

唐诗的分期，通常分为初、盛、中、晚四期，有时虽觉牵强，但论述还算便利，故沿用之。

（1）初唐，高祖元年至武后末年（公元618—712），约九十五年。

（2）盛唐，玄宗元年至代宗永泰末年（公元713—765），约五十三年。

（3）中唐，代宗大历元年至武宗末年（公元766—846），约八十一年。

（4）晚唐，宣宗元年至唐亡（公元847—906），约六十年。

初唐的诗很是绮丽，犹有齐梁的遗风，而声调更为谐协，对偶更为工整，近体诗的格调，已正式成立。其时诗家，以上官、沈、宋、四杰为首。上官仪很注意于对偶，辞甚秾艳，称为"上官体"。沈佺期、宋之问乃确立律诗的格式，而被称为律诗之祖者。王勃、杨炯、卢照邻、骆宾王，也是齐梁派的诗人，得名甚盛，称为"初唐四杰"。

盛唐为唐诗的极盛时期。崔颢、储光羲、王昌龄、王之涣、高适、王维、李颀、岑参、孟浩然辈，都是此期的能手。李白、杜甫成就更大，至被称为"诗仙""诗圣"，为中国诗史上两颗最大的明星。"李杜文章在，光焰万丈长"是的确的批评，决非过誉，大概千数百年来再没有人能掩盖得过这万丈的光焰，非但明星，几同月日了。那末谁是日，谁是月呢？这李杜优劣之论，亦已辩论了千数百年，然而没有一确当的结论，因为他俩是两个典型的人，一个是天才，一个是学力，各有他独特的风格与长处，各踞每一个典型的最高峰。因为太高了，没有可充测量用的准确器械，所以断不定究竟孰高孰低，只觉得巍巍乎仰止罢了。很有许多人据其窥测所得，发为优劣之论，终类于用熏烟的或深色的玻璃看太阳一样，常为自己所用的颜色所蔽，不是原有的光彩。不过，李得之于天，杜得之于人；得天者不可学，得人者尚可以一己的功力去追蹑他，所以左李右杜的人比较多些。我以为不必强定优劣，扬此抑彼，尽管仁者乐山、智者乐水是了。

从内容上说，杜诗多贴近社会，李多超脱人生。一则近于写实，一则迹近浪漫，有神仙和颓废的色彩。李诗高旷飘逸，秉有南人的气质；杜诗雄浑阔大，具有北人的魄力。这与产生的地域不无关系的。

此外，储光羲为一位伟大的田园诗人。王维、孟浩然长于山水诗，岑参、高适工边塞之作。高适又与王昌龄、王之涣并为旗亭画壁的诗人，在当代已很负盛名的。

中唐的诗，在气象、魄力方面已没有盛唐时的阔大与雄厚，盖有李杜在前，实在难乎为继。此期的诗人很多，不乏杰出的作家。大历时有"十才子"并称,"十才子"的列名不一,若韦应物、刘长卿、钱起、卢纶、韩翃、李端、李益都是其中佼佼者(韦应物不在"十子"之列)。

大历之后,数到元和。其时韩孟并称。韩愈本古文家,亦工诗,他的诗倔强生硬,另有一种风格,那启发韩诗的便是孟郊。孟为韩愈极倾倒誉扬的人,也是一位寒苦孤凄的诗人,境遇的惨苦,达于极点,所以人家称之为"郊寒"。同时有位"岛瘦",岛即贾岛,他的诗刻苦而瘦硬,与孟郊之奇险,又是不同。张籍亦韩门诗人,他的乐府尤为著名,另成清雅的一派。此外有一位聪敏的短命诗人李贺,因为他的诗极幽细,人称之为"鬼才"。王建则以宫词百首出名的。

元和后便是长庆,始则元白齐称;元死,并称"刘白"。元稹、白居易的交谊极笃,诗的风格是相同的。两人间作赠答的排律,每每数十韵百韵,都是贪长好奇的朋友。他们的诗句,都平淡无奇,一反元和时奇险艰涩的格调。元和的诗,好似惟恐人懂,长庆的诗则又惟恐人不懂。故白诗有老妪都解的话。所以他们的诗是平民化的,不单在形式上是如此,像乐天的《新乐府》《秦中吟》等,都替阶级社会写照,为被压迫阶级鸣不平。他的诗的对象多外缘而少内感,他的诗笔多议论、讽刺、怜悯与同情;他可算是位平民诗人。他在当代得名之盛,流传之广,亘古未有。老杜也有此等笔墨,如《三吏》《三别》等,都把恶毒社会作背景。在他描写自己身世的时候,也很多映带着那种纷乱的社会，所以有"诗史"之目，但不如白氏的专力于此而写得那么多，且各种被压迫阶级都被他写到，并不单取平民阶级作题材。他真是千古伟大的诗人，元微之亦有所不逮。微之与白齐名，不幸他五十多岁便死了。他的成就，似乎不及乐天的大。乐天有七十多岁的高寿，晚年与刘禹锡友善，并称"刘白"。刘工古文又长于诗，白誉之为"诗豪"。他的《竹枝》《杨柳枝》新词做得很好，在诗国中另开了一条新路。

元、白二人的诗，有一事不可不论的便是长歌，这是一种纪事诗，都用七言，多转韵，于叙事中杂以议论及感慨。其叙事则颠倒错落，声调则跌宕摇曳，后人很多学它，如白之《长恨歌》《琵琶行》，元之《连昌宫词》等，都可于其所咏的一人或一件事物上，得见家国的兴亡，世事的沧桑，人生的变幻，实在也是一种诗史，在后世的诗篇中，很占一部分势力。

晚唐诗人，杜牧、温庭筠、李商隐为大家，其风格颇与中唐为近。杜牧人称"小杜"，其诗华腴，以词采胜，七绝尤多佳著。温庭筠、李商隐并称"温李"，而温不如李。二人之诗，风华尤茂，为宫体之大宗。义山以无题诗见称，其遣词使事，殊幽晦僻涩，读之不易了解，而藻采很盛，后世很有猜哑谜而学他的人。据说他是学老杜的，但看不出学杜的迹象来。韩偓的《香奁集》是学"温李"的，比"温李"更为香艳。此外有皮日休、陆龟蒙，是学元和诸公笔法的。司空图亦以诗名，他的《诗品》更为人传诵。他如杜荀鹤、"三罗"，亦皆晚唐之健者。

"三罗"指罗隐、罗虬、罗邺。隐、邺并余杭人,虬台州人。三人中隐名最重,虬以《比红儿诗》百首著称。

唐代乐府,多律诗绝句[1],绝句差不多都可以歌唱的,诗与乐没有什么差别,这也是唐诗发达的原因。虽有许多人还很高兴的作乐府,或是拟古,或是新制,但都不能入乐,与徒诗无二。盛唐以后,词体兴起,它就替代了近体诗在乐府中的地位。其详俟下编另及,故唐乐府此编便不述了。

唐后诗的发展的途径殆绝,词、曲乃起而代之,故诗的论述,即于唐为止。

五言古诗

月下独酌　　李白

花间一壶酒,独酌无相亲。举杯邀明月,对影成三人。月既不解饮,影徒随我身。暂伴月将影,行乐须及春。我歌月徘徊,我舞影零乱。醒时同交欢,醉后各分散。永结无情游,相期邈云汉。

长干行　　李白

妾发初覆额,折花门前剧。郎骑竹马来,绕床弄青梅。同居长干里,两小无嫌猜。十四为君妇,羞颜未尝开;低头向暗壁,千唤不一回。十五始展眉,愿同尘与灰;常存

---

[1] 律诗绝句　底本作"律绝句诗",据文意酌改。

抱柱信，岂上望夫台。十六君远行，瞿塘滟滪堆；五月不可触，猿声天上哀。门前迟行迹，一一生绿苔。苔深不能扫，落叶秋风早。八月蝴蝶黄，双飞西园草。感此伤妾心，坐愁红颜老！早晚下三巴，预将书报家。相迎不道远，直至长风沙。

前出塞　　杜甫

挽弓当挽强，用箭当用长。射人先射马，擒贼先擒王。杀人亦有限，立国自有疆。苟能制侵陵，岂在多杀伤！

后出塞　　杜甫

朝进东门营，暮上河阳桥。落日照大旗，马鸣风萧萧。平沙列万幕，部伍各见招。中天悬明月，令严夜寂寥。悲笳数声动，壮士惨不骄。借问大将谁？恐是霍嫖姚。

石壕吏　　杜甫

暮投石壕村，有吏夜捉人。老翁逾墙走，老妇出看门。吏呼一何怒？妇啼一何苦？听妇前致辞，三男邺城戍：一男附书至，二男新战死；存者且偷生，死者长已矣。室中更无人，惟有乳下孙。孙有母未去，出入无完裙。老妪力虽衰，请从吏夜归！急应河阳役，犹得备晨炊。夜久语声绝，如闻泣幽咽。天明登前途，独与老翁别。

田家杂兴（录一首）　　储光羲

种桑百余树，种黍三十亩。衣食既有余，时时会宾友。夏来菰米饭，秋至菊花酒。孺人喜逢迎，稚子解趋走。日暮闲园里，团团荫榆柳。酩酊乘夜归，凉风吹户牖。清浅望河汉，低昂看北斗。数瓮犹未开，来朝能饮否。

买花　　白居易

帝城春欲暮，喧喧车马度。共道牡丹时，相随买花去。贵贱无常价，酬值看花数。灼灼百朵红，戋戋五束素。上张帐幄庇，旁织笆篱护。水洒复泥封，迁来色如故。家家习为俗，人人迷不悟。有一田舍翁，偶来买花处。低头独长叹，此叹无人喻。一丛深色花，十户中人赋。

议婚　　白居易

天下无正声，悦耳即为娱。人间无正色，悦目即为姝。颜色非相远，贫富则有殊。贫为时所弃，富为时所趋。红楼富家女，金缕绣罗襦。见人不敛手，娇痴二八初。母兄未开口，已嫁不须臾。绿窗贫家女，寂寞二十余。荆钗不值钱，衣上无真珠。几回人欲聘，临日又踟蹰。主人会良媒，置酒满玉壶。四座且勿饮，听吾歌两途。富家女易嫁，嫁早轻其夫。贫家女难嫁，嫁晚孝于姑。闻君欲娶妇，娶妇意何如？

七言古诗

春江花月夜　　张若虚

春江潮水连海平，海上明月共潮生。滟滟随波千万里，何处春江无月明？江流宛转绕芳甸，月照花林皆如霰。空里流霜不觉飞，汀上白沙看不见。江天一色无纤尘，皎皎空中孤月轮。江畔何人初见月？江月何年初照人？人生代代无穷已，江月年年望相似。不知江月照何人？但见长江送流水。白云一片去悠悠，青枫浦上不胜愁。谁家今夜扁舟子？何处相思明月楼？可怜楼上月徘徊，应照离人妆镜台；玉户帘中卷不去，捣衣砧上拂还来。此时相望不相闻，愿逐月华流照君；鸿雁长飞光不度，鱼龙潜跃水成文。昨夜闲潭梦落花，可怜春半不还家。江水流春去欲尽，江潭落月复西斜。斜月沉沉藏海雾，碣石潇湘无限路；不知乘月几人归，落月摇情满江树。

宣州谢朓楼饯别校书叔云　　李白

弃我去者，昨日之日不可留。乱我心者，今日之日多烦忧。长风万里送秋雁，对此可以酣高楼。蓬莱文章建安骨，中间小谢又清发。俱怀逸兴壮思飞，欲上青天览明月。抽刀断水水更流，举杯消愁愁更愁。人生在世不称意，明朝散发弄扁舟。

将进酒　　李白

君不见黄河之水天上来，奔流到海不复回？君不见高堂明镜悲白发，朝如青丝暮成雪？人生得意须尽欢，莫使金樽空对月。天生我材必有用，千金散尽还复来。烹羊宰牛且为乐，会须一饮三百杯。岑夫子，丹丘生，将进酒，君莫停。与君歌一曲,请君为我倾耳听!钟鼓馔玉不足贵,但愿长醉不愿醒。古来圣贤皆寂寞,惟有饮者留其名。陈王昔时宴平乐,斗酒十千恣欢谑。主人何为言少钱?径须沽取对君酌。五花马,千金裘,呼儿将出换美酒,与尔同消万古愁。

短歌行赠王郎司直　　杜甫

王郎酒酣拔剑斫地歌莫哀!我能拔尔抑塞磊落之奇才。豫章翻风白日动,鲸鱼跋浪沧溟开,且脱剑佩休徘徊。西得诸侯棹锦水,欲向何门趿朱履?仲宣楼头春已深,青眼高歌望吾子,眼中之人吾老矣!

兵车行　　杜甫

车辚辚,马萧萧,行人弓箭各在腰。爷娘妻子走相送,尘埃不见咸阳桥。牵衣顿足拦道哭,哭声直上干云霄。道旁过者问行人,行人但云点行频,或从十五北防河,便至四十西营田。去时里正与裹头,归来头白还戍边。边庭流血成海水,武皇开边意未已。君不闻汉家山东二百州,千村万落生荆杞。纵有健妇把锄犁,禾生陇亩无东西。况复秦兵耐苦战,被驱不异犬与鸡。长者虽有问,役夫敢申恨?且如今年冬,未休关西卒。县官急索租,租税从何出?信知生男恶,反是生女好。生女犹得嫁比邻,生男埋没随百草!君不见青海头,古来白骨无人收。新鬼烦冤旧鬼哭,天阴雨湿声啾啾。

哀江头　　杜甫

少陵野老吞声哭，春日潜行曲江曲。江头宫殿锁千门，细柳新蒲为谁绿？忆昔霓旌下南苑，苑中万物生颜色；昭阳殿里第一人，同辇随君侍君侧。辇前才人带弓箭，白马嚼啮黄金勒；翻身向天仰射云，一箭正坠双飞翼。明眸皓齿今何在？血污游魂归不得。清渭东流剑阁深，去住彼此无消息。人生有情泪沾臆，江草江花岂终极？黄昏胡骑尘满城，欲往城南望城北。

白雪歌送武判官归京　　岑参

北风卷地白草折，胡天八月即飞雪。忽然一夜春风来，千树万树梨花开。散入珠帘湿罗幕，狐裘不暖锦衾薄。将军角弓不得控，都护铁衣冷难着。瀚海阑干百丈冰，愁云惨淡万里凝。中军置酒饮归客，胡琴琵琶与羌笛。纷纷暮雪下辕门，风掣红旗冻不翻。轮台东门送君去，去时雪满天山路。山回路转不见君，雪上空留马行处！

燕歌行　　高适

汉家烟尘在东北，汉将辞家破残贼。男儿本是重横行，天子非常赐颜色。摐金伐鼓下榆关，旌旆逶迤碣石间；校尉羽书飞瀚海，单于猎火照狼山。山川萧条极边土，胡骑凭凌杂风雨。战士军前半死生，美人帐下犹歌舞。大汉穷秋塞草衰，孤城落日斗兵稀。身当恩遇常轻敌，力尽关山未解围。铁衣远戍辛勤久，玉筋应啼别离后。少妇城南欲断肠，征人蓟北空回首。边风飘飘那可度？绝域苍茫更何有？杀气三时作阵云，寒声一夜传刁斗。相看白刃血纷纷，死节从来岂顾勋？君不见沙场争战苦，至今犹忆李将军。

古从军行　　李颀

白日登山望烽火，黄昏饮马傍交河。行人刁斗风沙暗，公主琵琶幽怨多。野营万里无城郭，雨雪纷纷连大漠。胡雁哀鸣夜夜飞，胡儿眼泪双双落。闻道玉门犹被遮，应将性命逐轻车。年年战骨埋荒外，空见葡萄入汉家。

登幽州台歌　　陈子昂

前不见古人，后不见来者。念天地之悠悠，独怆然而涕下！

长恨歌　　白居易

汉皇重色思倾国，御宇多年求不得。杨家有女初长成，养在深闺人未识。天生丽质难自弃，一朝选在君王侧。回眸一笑百媚生，六宫粉黛无颜色。春寒赐浴华清池，温泉水滑洗凝脂。侍儿扶起娇无力，始是新承恩泽时。云鬓花颜金步摇，芙蓉帐暖度春宵。春宵苦短日高起，从此君王不早朝。承欢侍宴无闲暇，春从春游夜专夜。后宫佳丽三千人，三千宠爱在一身。金屋妆成娇侍夜，玉楼宴罢醉和春。姊妹兄弟皆裂土，可怜光彩生门户。遂令天下父母心，不重生男重生女。骊宫高处入青云，仙乐风飘处处闻。缓歌漫舞凝丝竹，尽日君王看不足。渔阳鼙鼓动地来，惊破《霓裳羽衣曲》。九重城阙烟尘生，千乘万骑西南行。翠华摇摇行复止，西出都门百余里。六军不发无奈何，宛转蛾眉马前死！花钿委地无人收，翠翘金雀玉搔头。君王掩面救不得，回看血泪相和流。黄埃散漫风萧索，云栈萦纡登剑阁。峨嵋山下少人行，旌旗无光日色薄。蜀江水碧蜀山青，圣主朝朝暮暮情。行宫见月伤心色，夜雨闻铃肠断声。天旋日转回龙驭，到此踌躇不能去。马嵬坡下泥土中，不见玉颜空死处！君臣相顾尽沾衣，东望都门信马归。归来池苑皆依旧，太液芙蓉未央柳。芙蓉如面柳如眉，对此如何不泪垂？春风桃李花开日，秋雨梧桐叶落时。西宫南内多秋草，落叶满阶红不扫。梨园子弟白发新，椒房阿监青娥老。夕殿萤飞思悄然，孤灯挑尽未成眠；迟迟钟鼓初长夜，耿耿星河欲曙天。鸳鸯瓦冷霜华重，翡翠衾寒谁与共？悠悠生死别经年，魂魄不曾来入梦！临邛道士鸿都客，能以精诚致魂魄。为感君王辗转思，遂教方士殷勤觅。排云驭气奔如电，升天入地求之遍。上穷碧落下黄泉，两处茫茫皆不见。忽闻海上有仙山，山在虚无缥缈间。楼阁玲珑五云起，其中绰约多仙子。中有一人字太真，雪肤花貌参差是。金阙西厢扣玉扃，转教小玉报双成。闻道汉家天子使，九华帐里梦魂惊。揽衣推枕起徘徊，珠箔银钩迤逦开。云髻半偏新睡觉，花冠不整下堂来。风吹仙袂飘飘举，犹似《霓裳羽衣舞》。玉容寂寞泪阑干，梨花一枝春带雨。含情凝睇谢君王，一别音容两渺茫。昭阳殿里恩爱绝，蓬莱宫中日月长。回头下望人寰处，不见长安见尘雾。惟将旧物表深情，钿合金钗寄将去。钗留一股合一扇，钗擘黄金合分钿。但教心似金钿坚，天上人间会相见！临别殷勤重寄词，词中有誓两心知。七月七日长生殿，夜半无人私语时：在天愿作比翼鸟，在地愿为连理枝。天长地久有时尽，此恨绵绵无绝期！

海漫漫（戒求仙也） 白居易

海漫漫，直下无底旁无边。云涛烟浪最深处，人传中有三神山。山上多生不死药，服之羽化为天仙。秦皇汉武信此语，方士年年采药去。蓬莱今古但闻名，烟水茫茫无觅处。海漫漫，风浩浩，眼穿不见蓬莱岛。不见蓬莱不敢归，童男丱女舟中老。徐福文成多诳诞，上元太一虚祈祷。君看骊山顶上茂陵头，毕竟悲风吹蔓草！何况玄元圣祖五千言，不言药，不言仙，不言白日升青天。

上阳白发人（愍怨旷也） 白居易

上阳人，红颜暗老白发新。绿衣监使守宫门，一闭上阳多少春？玄宗末岁初选入，入时十六今六十。同时采择百余人，零落年深残此身。忆昔吞悲别亲族，扶入车中不教哭。皆云入内便承恩，脸似芙蓉胸似玉。未容君王得见面，已被杨妃遥侧目。妒令潜配上阳宫，一生遂向空房宿。宿空房，秋夜长，夜长无寐天不明。耿耿残灯背壁影，萧萧暗雨打窗声。春日迟，日迟独坐天难暮。宫莺百啭愁厌闻，梁燕双栖老休妒！莺归燕去长悄然，春往秋来不记年。唯向深宫望明月，东西四五百回圆。今日宫中年最老，大家遥赐尚书号。小头鞋履窄衣裳，青黛点眉眉细长。外人不见见应笑，天宝末年时世妆。上阳人，苦最多。少亦苦，老亦苦，少苦老苦两如何？君不见昔时吕向《美人赋》？又不见今日《上阳白发歌》？

新丰折臂翁（戒边功也）　　白居易

新丰老翁八十八，头鬓眉须皆似雪。玄孙扶向店前行，左臂凭肩右臂折。问翁臂折来几年，兼问致折何因缘。翁云贯属新丰县，生逢圣代无争战。惯听梨园歌管声，不识旗枪与刀箭。无何天宝大征兵，户有三丁点一丁，点得驱将何处去？五月万里云南行。闻道云南有泸水，椒花落时瘴烟起。大军徒涉水如汤，未过十人二三死。村南村北哭声哀，儿别爷娘夫别妻。皆云前后征蛮者，千万人行无一回。是时翁年二十四，兵部牒中有名字。夜深不敢使人知，偷将大石捶折臂。张弓簸旗俱不堪，从兹始免征云南。骨碎筋伤非不苦，且图拣退归乡土。臂折折来六十年，一肢虽废一身全。至今风雨阴寒夜，直到天明痛不眠。痛不眠，终不悔，犹幸老身今独在。不然当时泸水头，身死魂飞骨不收。应作云南望乡鬼，万人冢上哭呦呦。老人言，君听取！君不闻开元宰相宋开府，不赏边功防黩武？又不闻天宝宰相杨国忠，欲求恩幸立边功？边功未立生人怨，请问新丰折臂翁！

卖炭翁（苦宫市也）　　白居易

卖炭翁，伐薪烧炭南山中。满面尘灰烟火色，两鬓苍苍十指黑。卖炭得钱何所营？身上衣裳口中食。可怜身上衣正单，心忧炭贱愿天寒。夜来城外一尺雪，晓驾炭车辗冰辙。牛困人饥日已高，市南门外泥中歇。翩翩两骑来是谁？黄衣使者白衫儿。手把文书口称敕，回车叱牛牵向北。一车炭，千余斤，宫使驱将惜不得。半尺红绡一丈绫，系向牛头充炭直。

连昌宫词　　元稹

连昌宫中满宫竹，岁久无人森如束。又有墙头千叶桃，风动落花红簌簌。宫边老人为予泣，少年选进因曾入。上皇正在望仙楼，太真同凭阑干立。楼上楼前尽珠翠，炫转荧煌照天地。归来如梦复如痴，何暇备言宫里事。初过寒食一百六，店舍无烟宫树绿。夜半月高弦索鸣，贺老琵琶定场屋。力士传呼觅念奴，念奴潜伴诸郎宿。须臾觅得又连催，特敕街中许燃烛。春娇满眼垂红绡，掠削云鬟旋妆束。飞上九天歌一声，二十五郎吹管逐。逡巡大遍《凉州》彻，色色《龟兹》轰绿续。李谟撼笛傍宫墙，偷得新翻数般曲。平明大驾发行宫，万人鼓舞途路中。百官队仗避岐薛，杨氏诸姨车斗风。明年十月东都破，御路犹存禄山过。

驱令供顿不敢藏，万姓无声泪潜堕。两京定后六七年，却寻家舍行宫前。庄园烧尽有苦井，行宫门闼树宛然。尔后相传六皇帝，不到离宫门久闭。往来年少说长安，玄武楼前花萼废。去年敕使因斫竹，偶直门开暂相逐。荆榛栉比塞池塘，狐兔娇痴缘树木。舞榭欹倾基尚存，文窗窈窕纱犹绿。尘埋粉壁旧花钿，鸟啄风筝碎珠玉。上皇偏爱临砌花，依然御榻临阶斜。蛇出燕巢盘斗栱，菌生香案正当衙。寝殿相连端正楼，太真梳洗楼上头。晨光未出帘影黑，至今反挂珊瑚钩。指示旁人因痛哭，却出宫门泪相续。自从此后还闭门，夜夜狐狸上门屋。我闻此语心骨悲，太平谁致乱者谁？翁言野父何分别，耳闻眼见为君说。姚崇宋璟作相公，劝谏上皇言语切。燮理阴阳禾黍丰，调和中外无兵戎。长官清平太守好，拣选皆言由相公。开元之末姚宋死，朝廷渐渐由妃子。禄山宫里养作儿，虢国门前闹如市。弄权宰相不记名，依稀忆得杨与李。庙谟颠倒四海摇，五十年来作疮痏。今皇神圣丞相明，诏书才下吴蜀平。官军又取淮西贼，此贼亦除天下宁。年年耕种宫前道，今年不遣子孙耕。老翁此意深望幸，努力庙谟休用兵！

节妇吟　　张籍

君知妾有夫，赠妾双明珠；感君缠绵意，系在红罗襦。妾家高楼连苑起，良人执戟明光里。知君用心如日月，事夫誓拟同生死。还君明珠双泪垂，恨不相逢未嫁时！

五言律诗

望月怀远　　张九龄
海上生明月,天涯共此时。情人怨遥夜,竟夕起相思。灭烛怜光满,披衣觉露滋。不堪盈手赠,还寝梦佳期。

幽州夜饮　　张说
凉风吹夜雨,萧瑟动寒林。正有高堂宴,能忘迟暮心。军中宜剑舞,塞上重笳音。不作边城将,谁知恩遇深?

杂诗　　沈佺期
闻道黄龙戍,频年不解兵。可怜闺里月,长在汉家营。少妇今春意,良人昨夜情。谁能将旗鼓,一为取龙城?

观猎　　王维
风劲角弓鸣,将军猎渭城。草枯鹰眼疾,雪尽马蹄轻。忽过新丰市,还归细柳营。回看射雕处,千里暮云平。

送友人　　李白
青山横北郭,白水绕东城。此地一为别,孤蓬万里征。浮云游子意,落日故人情。挥手自兹去,萧萧班马鸣。

月夜　　杜甫
今夜鄜州月,闺中只独看。遥怜小儿女,未解忆长安。香雾云鬟湿,清辉玉臂寒。何时倚虚幌,双照泪痕干?

春望　　杜甫
国破山河在,城春草木深。感时花溅泪,恨别鸟惊心。

烽火连三月，家书抵万金。白头搔更短，浑欲不胜簪。

旅夜书怀　　杜甫

细草微风岸，危樯独夜舟。星临平野阔，月涌大江流。名岂文章著？官因老病休。飘飘何所似？天地一沙鸥。

送李中丞归汉阳别业　　刘长卿

流落征南将，曾驱十万师。罢归无旧业，老去恋明时。独立三边静，轻生一剑知。茫茫江汉上，日暮欲何之？

送李端　　卢纶

故关衰草遍，离别正堪悲。路出寒云外，人归暮雪时。少孤为客早，多难识君迟。掩泣空相向，风尘何所期？

云阳馆与韩绅宿别　　司空曙

故人江海别，几度隔山川？乍见翻疑梦，相悲各问年。孤灯寒照雨，深竹暗浮烟。更有来朝恨，离杯惜共传。

蜀先主庙　　刘禹锡

天地英雄气，千秋尚凛然。势分三足鼎，业复五铢钱。得相能开国，生儿不象贤。凄凉蜀故妓，来舞魏宫前。

旅夜宿石头驿　　戴叔伦

旅馆谁相问？寒灯独可亲。一年将尽夜，万里未归人。寥落悲前事，支离笑此身。愁颜与衰鬓，明月又逢春。

七言律诗

黄鹤楼　　崔颢

昔人已乘黄鹤去，此地空余黄鹤楼。黄鹤一去不复返，白云千载空悠悠。晴川历历汉阳树，芳草萋萋鹦鹉洲。日暮乡关何处是？烟波江上使人愁。

古意　　沈佺期

卢家少妇郁金香，海燕双栖玳瑁梁。九月寒砧催木叶，十年征戍忆辽阳。白狼河北音书断，丹凤城南秋夜长。谁为含愁独不见？更教明月照流黄。

登金陵凤凰台　　李白

凤凰台上凤凰游，凤去台空江自流。吴宫花草埋幽径，晋代衣冠成古丘。三山半落青天外，二水中分白鹭洲。总为浮云能蔽日，长安不见使人愁。

秋兴（录三首）　　杜甫

玉露凋伤枫树林，巫山巫峡气萧森。江间破浪兼天涌，塞上风云接地阴。丛菊两开他日泪，孤舟一系故园心。寒衣处处催刀尺，白帝城高急暮砧。

夔府孤城落日斜，每依北斗望京华。听猿实下三声泪，奉使虚随八月槎。画省香炉违伏枕，山楼粉堞隐悲笳。请看石上藤萝月，已映洲前芦荻花。

昆明池水汉时功，武帝旌旗在眼中。织女机丝虚夜月，石鲸鳞甲动秋风。波漂菰米沉云黑，露冷莲房坠粉红。关塞极天惟鸟道，江湖满地一渔翁。

曲江　　杜甫

一片花飞减却春，风飘万点正愁人。且看欲尽花经眼，莫厌伤多酒入唇。江上小堂巢翡翠，苑边高冢卧麒麟。细推物理须行乐，何用浮名绊此身？

登高　　杜甫

风急天高猿啸哀，渚清沙白鸟飞回。无边木叶萧萧下，不尽长江滚滚来。万里悲秋常作客，百年多病独登台。艰难苦恨繁霜鬓，潦倒新停浊酒杯。

九日蓝田崔氏庄　　杜甫

老去悲秋强自宽，兴来今日尽君欢。羞将短发还吹帽，笑倩旁人为整冠。蓝水远从千涧落，玉山高并两峰寒。明年此会知谁健？醉把茱萸仔细看。

宿府　　杜甫

清秋幕府井梧寒，独宿江城蜡炬残。永夜角声悲自语，中天月色好谁看？风尘荏苒音书绝，关塞萧条行路难。已忍伶俜十年事，强移栖息一枝安。

左迁至蓝关示侄孙湘　　韩愈

一封朝奏九重天，夕贬潮阳路八千。欲为圣明除弊事，更将衰朽惜残年。云横秦岭家何在？雪拥蓝关马不前。知汝远来应有意，好收吾骨瘴江边！

西塞山怀古　　刘禹锡

王濬楼船下益州，金陵王气黯然收。千寻铁锁沉江底，一片降幡出石头。人世几回伤往事？山形依旧枕寒流。从今四海为家日，故垒萧萧芦荻秋。

自河南经乱关内阻饥兄弟离散各在一处因望月有感聊书所怀寄上浮梁大兄于潜七兄乌江十五兄兼示符离及下邽弟妹　　白居易

时难年荒世业空，弟兄羁旅各西东。田园寥落干戈后，骨肉流离道路中。吊影分为千里雁，辞根散作九秋蓬。共看明月应垂泪，一夜乡心五处同。

春题湖上　　白居易

湖上春来似画图，乱峰围绕水平铺。松排山面千重翠，月点波心一颗珠。碧毯线头抽早稻，青罗裙底展新蒲。未能抛得杭州去，一半勾留是此湖。

咸阳城东楼　　许浑

一上高城万里愁，蒹葭杨柳似汀洲。溪云初起日沉阁，山雨欲来风满楼。鸟下绿芜秦苑夕，蝉鸣黄叶汉宫秋。行人莫问当年事，故国东来渭水流。

锦瑟　　李商隐

锦瑟无端五十弦，一弦一柱思华年。庄生晓梦迷蝴蝶，望帝春心托杜鹃。沧海月明珠有泪，蓝田日暖玉生烟。此情可待成追忆？只是当时已惘然。

无题（四首）　　李商隐

昨夜星辰昨夜风，画楼西畔桂堂东。身无彩凤双飞翼，心有灵犀一点通。隔座送钩春酒暖，分曹射覆蜡灯红。嗟余听鼓应官去，走马兰台类转蓬。

其二

来是空言去绝踪，月斜楼上五更钟。梦为远别啼难唤，书被催成墨未浓。蜡照半笼金翡翠，麝熏微度绣芙蓉。刘郎已恨蓬山远，更隔蓬山一万重！

其三

飒飒东风细雨来，芙蓉塘外有轻雷。金蟾啮锁烧香入，玉虎牵丝汲井回。贾氏窥帘韩掾少，宓妃留枕魏王才。春心莫共花争发，一寸相思一寸灰！

其四

相见时难别亦难，东风无力百花残。春蚕到死丝方尽，蜡炬成灰泪始干。晓镜但愁云鬓改，夜吟应觉月光寒。蓬莱此去无多路，青鸟殷勤为探看。

经李征君故居　　温庭筠

露浓烟重草萋萋，树映阑干柳拂堤。一院落花无醉客，五更残月有莺啼。芳筵想象情难尽，故树荒凉路已迷。风景宛然人自改，却经门巷马频嘶。

贫女　　秦韬玉

蓬门未识绮罗香，拟托良媒亦自伤。谁爱风流高格调？共怜时世俭梳妆。敢将十指夸针巧，不把双眉斗画长。苦恨年年压金线，为他人作嫁衣裳！

五言排律

省试湘灵鼓瑟　　钱起

善鼓云和瑟，常闻帝子灵。冯夷空自舞，楚客不堪听。苦调凄金石，清音入杳冥。苍梧来怨慕，白芷动芳馨。流水传湘浦，悲风过洞庭。曲终人不见，江上数峰青。

七言排律作者不多，且少佳构。从略。

五言绝句

送别　　王之涣

杨柳东风树，青青夹御河。近来攀折苦，应为别离多。

渡汉江　　宋之问

岭外音书断，经冬复历春。近乡情更怯，不敢问来人。

送别　　王维

山中相送罢，日暮掩柴扉。春草明年绿，王孙归不归？

相思　　王维

红豆生南国，春来发几枝？愿君多采撷，此物最相思。

春晓　　孟浩然

春眠不觉晓，处处闻啼鸟。夜来风雨声，花落知多少。

静夜思　　李白

床前明月光，疑是地上霜。举头望明月，低头思故乡。

绝句　　杜甫
江碧鸟逾白,山青花欲然。今春看又过,何日是归年?

江雪　　柳宗元
千山鸟飞绝,万径人踪灭。孤舟蓑笠翁,独钓寒江雪。

古别离　　孟郊
欲别牵郎衣,郎今到何处?不恨归来迟,莫向临邛去!

寻隐者不遇　　孟郊
松下问童子,言师采药去。只在此山中,云深不知处!

问刘十九　　白居易
绿蚁新醅酒,红泥小火炉。晚来天欲雪,能饮一杯无?

故行宫　　元稹
寥落故行宫,宫花寂寞红。白头宫女在,闲坐说玄宗。

拜新月　　李端
开帘见新月,即便下阶拜。细语人不闻,北风吹裙带。

鸣筝　　李端
鸣筝金粟柱,素手玉房前。欲得周郎顾,时时误拂弦。

伊州歌　　盖嘉运
打起黄莺儿,莫教枝上啼。啼时惊妾梦,不得到辽西。

塞下曲(其三)　　卢纶
月黑雁飞高,单于夜遁逃。欲将轻骑逐,大雪满弓刀。

江南曲　　李益

嫁得瞿塘贾，朝朝误妾期。早知潮有信，嫁与弄潮儿。

归家　　杜牧

稚子牵衣问：归家何太迟？共谁争岁月？赢得鬓如丝。

登乐游原　　李商隐

向晚意不适，驱车登古原。夕阳无限好，只是近黄昏。

七言绝句

回乡偶书　　贺知章

少小离乡老大回，乡音无改鬓毛催。儿童相见不相识，笑问客从何处来？

凉州词　　王翰

葡萄美酒夜光杯，欲饮琵琶马上催。醉卧沙场君莫笑，古来征战几人回？

春宫曲　　王昌龄

昨夜风开露井桃，未央前殿月轮高。平阳歌舞新承宠，帘外春寒赐锦袍。

西宫秋怨　　王昌龄

芙蓉不及美人妆，水殿风来珠翠香。却恨含情掩秋扇，空悬明月待君王。

长信秋词　　王昌龄

奉帚平明金殿开,且将团扇暂徘徊。玉颜不及寒鸦色,犹带昭阳日影来。

闺怨　　王昌龄

闺中少妇不知愁,春日凝妆上翠楼。忽见陌头杨柳色,悔教夫婿觅封侯。

芙蓉楼送辛渐　　王昌龄

寒雨连江夜入吴,平明送客楚山孤。洛阳亲友如相问,一片冰心在玉壶!

凉州词　　王之焕

黄河远上白云间,一片孤城万仞山。羌笛何须怨杨柳,春风不度玉门关。

逢人入京师　　岑参

故园东望路漫漫,双袖龙钟泪不干。马上相逢无纸笔,凭君传语报平安!

山房春事　　岑参

梁园日暮乱飞鸦,极目萧条三两家。庭树不知人去尽,春来还发旧时花。

九月九日忆山中兄弟　　王维

独在异乡为异客,每逢佳节倍思亲。遥知兄弟登高处,遍插茱萸少一人。

送元二使安西　　王维

渭城朝雨浥轻尘,客舍青青柳色新。劝君更尽一杯酒,西出阳关无故人。

少年行　　李白

五陵年少金市东,银鞍白马度春风。落花踏尽游何处?笑入胡姬酒肆中。

黄鹤楼送孟浩然之广陵　　李白

故人西辞黄鹤楼,烟花三月下扬州。孤帆远影碧空尽,惟见长江天际流。

山中问答　　李白

问余何事栖碧山?笑而不答心自闲。桃花流水杳然去,别有天地非人间。

秋下荆门　　李白

霜落荆门江树空,布帆无恙挂秋风。此行不为鲈鱼脍,自爱名山入剡中。

越中览古　　李白

越王勾践破吴归,义士还家尽锦衣。宫女如花满春殿,只今惟有鹧鸪飞!

陌上赠美人　　李白

骏马骄行踏落花,垂鞭直拂五云车。美人一笑褰珠箔,遥指红楼是妾家。

赠花卿　　杜甫

锦城丝管日纷纷,半入江风半入云。此曲只应天上有,人间能得几回闻?

江南逢李龟年　　杜甫

岐王宅里寻常见,崔九堂前几度闻。正是江南好风景,落花时节又逢君。

滁州西涧　　韦应物

独怜幽草涧边生,上有黄鹂深树鸣。春潮带雨晚来急,野渡无人舟自横。

寒食　　韩翃

春城无处不飞花,寒食东风御柳斜。日暮汉宫传蜡烛,轻烟散入五侯家。

春怨　　刘方平

纱窗日落渐黄昏,金屋无人见泪痕。寂寞空庭春欲晚,梨花满地不开门。

江村即事　　司空曙

罢钓归来不系船,江村月落正堪眠。纵然一夜风吹去,只在芦花浅水边。

宫怨　　李益

露湿晴花春殿香,月明歌吹在昭阳。似将海水添宫漏,共滴长门一夜长。

夜上受降城闻笛　　李益

回乐峰前沙似雪，受降城外月如霜。不知何处吹芦管？一夜征人尽望乡。

昭君词　　白居易

汉使却回凭寄语，黄金何日赎蛾眉？君王若问妾颜色，莫道不如宫里时！

杨柳枝词　　刘禹锡

炀帝行宫汴水滨，数枝残柳不胜春。晚来风起花如雪，飞入宫墙不见人。

乌衣巷　　刘禹锡

朱雀桥边野草花，乌衣巷口夕阳斜。旧时王谢堂前燕，飞入寻常百姓家。

春词　　刘禹锡

新妆宜面下朱楼，深锁春光一院愁。行到中庭数花朵，蜻蜓飞上玉搔头。

自朗州至京戏赠看花诸君子　　刘禹锡

紫陌红尘拂面来，无人不道看花回。玄都观里桃千树，尽是刘郎去后栽。

再游玄都观　　刘禹锡

百亩庭中半是苔，桃花尽净菜花开。种桃道士归何处？前度刘郎今又来！

听旧宫人穆氏唱歌　　刘禹锡

曾随织女渡天河,记得云间第一歌。休唱贞元供奉曲,当时朝士已无多!

竹枝词　　刘禹锡

杨柳青青江水平,闻郎江上踏歌声。东边日出西边雨,道是无晴还有晴。

集灵台　　张　祜[1]

虢国夫人承主恩,平明骑马入金门。却嫌脂粉污颜色,淡扫峨眉朝至尊。

宫中词　　朱庆余

寂寂花时闭院门,美人相并立琼轩。含情欲说宫中事,鹦鹉前头不敢言。

泊秦淮　　杜牧

烟笼寒水月笼沙,夜泊秦淮近酒家。商女不知亡国恨,隔江犹唱后庭花。

赤壁怀古　　杜牧

折戟沉沙铁未消,自将磨洗认前朝。东风不与周郎便,铜雀春深锁二乔。

遣怀　　杜牧

落魄江湖载酒行,楚腰纤细掌中轻。十年一觉扬州梦,

---

[1] 祜　底本作"祐",据《全唐诗》(P.5843)改。

赢得青楼薄幸名。

秋夕　　杜牧

银烛秋光冷画屏,轻罗小扇扑流萤。天阶夜色凉如水,坐看牵牛织女星。

赠别(二首)　　杜牧

娉娉袅袅十三余,豆蔻梢头二月初。春风十里扬州路,卷上珠帘总不如!

其二　　杜牧

多情却似总无情,惟觉尊前笑不成。蜡烛有心还惜别,替人垂泪到天明。

山行　　杜牧

远上寒山石径斜,白云深处有人家。停车坐爱枫林晚,霜叶红于二月花。

谢亭送别　　许浑

劳歌一曲解行舟,红叶青山水急流。日暮酒醒人已远,满天风雨下西楼。

夜雨寄北　　李商隐

君问归期未有期,巴山夜雨涨秋池。何当共剪西窗烛?却话巴山夜雨时。

嫦娥　　李商隐

云母屏风烛影深,长河渐落晓星沉。嫦娥应悔偷灵药,碧海青天夜夜心!

杨柳枝　　温庭筠

馆娃宫外邺城西,远引征帆近拂堤。系得王孙归意切,不关春草绿萋萋。

题昔所见处　　崔护

去年今日此门中,人面桃花相映红。人面不知何处去?桃花依旧笑春风。

江楼书怀　　赵嘏

独上江楼思悄然,月光如水水如天。同来玩月人何在?风景依稀似去年。

天津桥春望　　雍陶

津桥春水浸红霞,烟柳风丝拂岸斜。翠辇不来金殿闭,宫莺衔出上阳花。

暮春浐水送别　　韩琮

绿暗红稀出凤城,暮云宫阙古今情。行人莫听宫前水,流尽年光是此声。

宫怨　司马扎[1]

柳色参差掩画楼,晓莺啼送满宫愁。年年花落无人见,空逐春泉出御沟。

淮上别故人　　郑谷

扬子江头杨柳春,杨花愁杀渡江人。数声风笛离亭晚,

---

[1] 司马扎　底本作"司马礼",据《全唐诗》(P.6905)改。

君向潇湘我向秦。

已凉　韩偓

碧栏干外绣帘垂,猩色屏风画折枝。八尺龙须方锦褥,已凉天气未寒时。

金陵图　韦庄

江雨霏霏江草齐,六朝如梦鸟空啼。无情最是台城柳,依旧烟笼十里堤。

陇西行　陈陶

誓扫匈奴不顾身,五千貂锦丧胡尘。可怜无定河边骨,犹是春闺梦里人。

寄人　张泌

别梦依依到谢家,小廊回合曲栏斜。多情只有春庭月,犹为离人照落花。

杂诗　张泌

近寒食雨草萋萋,着麦苗风柳映堤。等是有家归未得,杜鹃休向耳边啼!

第二编

赋之部

第一章
赋的起源

赋是介乎诗文之间的一种文学。它的原始形式十分像诗，自后几经衍变，逐渐与文相近，诗的风味也逐渐轻浅，最后几与骈文、散文无殊；所异者，它的外形虽是十之八九已散文化了，却还保持它叶韵的法则。因此赋还与诗词等并称，预于韵文、美文之列。

班固《两都赋序》云：

> 赋者，古诗之流也。

《汉书·艺文志》云：

> 《传》曰："不歌而诵谓之赋。"

古时的诗，都可以歌咏或播入乐章，其有不歌咏入乐而用以讽诵者，则又称之为"颂"（"颂"与"诵"通），颂亦诗也。"赋""诵"二字，在古时似没有什么区别。

《招魂赋》云：

> 人有所极，同心赋些。

王逸注云："赋，诵也。"朱熹注尤其明白，曰："赋者，不歌而诵其所撰之词也。"于此可知，古所谓"赋"，与谣辞及徒歌相类，亦诗歌之一，班固所说"古诗之流"是不差的。"诵"，大概是朗读，或者也有音拍节族，惟不入乐，至多像徒歌。且古时的诗歌也不一定入乐，或是永歌，或是讽诵，随时随地而异。

"赋""诵"既同义，我们试检古时的"赋"或"诵"究属怎样的体制。

《国语·周语》云：

> 故天子听政，使公卿至于列士献诗，瞽献典，史献书，师箴，瞍赋，矇诵。

韦昭分注云："无眸子曰瞍，赋公卿列士所献诗也。有眸子而无见曰矇，诵箴谏之语。"此处所说的"赋"，还只是讽诵的意义，其所讽诵者是诗，与矇所诵的箴谏之语有别。

再看《左传·襄公十四年》有云：

> 自王以下，各有父兄子弟以补察其政。史为书，瞽为诗，工诵箴谏。

孔颖达分注曰："采得民诗，乃使瞽人为歌以风刺，非瞽人自为诗也，工亦瞽也。诗辞自是箴谏，而箴谏之辞或有非诗者。如《虞箴》之类，其文似诗而别。诗必播之于乐，余或直诵其言。"

此处已不说"赋"而只言"诵"，"工诵箴谏"一语，似包涵"师箴、瞍赋、矇诵"三事而言（"瞍""矇""瞽"三者之为盲，其意甚明。"师"为乐师，周乐官名，其长称太师，以瞽者为之。国语云："瞽、史教诲。"注云："瞽，乐太师。"是"师"亦瞽也）。

在上面所引的两节中，都没有实在可诵的辞句，惟孔氏《正义》中仅说如《虞箴》之类。那末《虞箴》是怎样的呢？

《左传·襄公四年》有云：

> 芒芒禹迹，画为九州，经启九道。民有寝庙，兽有茂草。各有攸处，德用不扰。在帝夷羿，冒于原兽；忘其国恤，而思其麀牡。武不可重，用不恢于夏家；兽臣司[1]原，敢告仆夫。

---

[1] 司　底本作"思"，据《十三经注疏》（P.1933）改。

这大概是工诵的箴谏,其体制与诗无异,惟其语句,带有讽谏训诲的意味,故称箴谏,至于宋玉及汉人的赋,每出以讽谕,盖古诵之遗也。

《左传·隐公元年》:

> 公(郑庄公)入而赋:"大隧之中,其乐也融融。"姜(庄姜)出而赋:"大隧之外,其乐也泄泄。"

这可视为被称为赋的最早的两篇,然而各仅二句。

僖公五年,士蒍退而赋曰:

> "狐裘龙茸[1],一国三公,吾谁适从?"

这也只有三句,但不能不说是赋之始。

综上观之,所谓"赋"者,只是一动词,乃"讽诵"之义。《高唐》《神女》二赋中,亦有"试为寡人赋之"之语,此赋字亦作动词,降及后世,始将所赋者之辞,称之曰"赋",由是"赋"便成为一种文体的专名了。

今之所谓"赋",绝不像前例中的简短,长者有千百言,这又何自而衍化成功的呢?赋导源于古诗,然而汉魏人之赋,

---

[1] 茸 底本作"茸",据《十三经注疏》(P.1795)改。

所涵诗的成分非常之少。其格调的大部分，都从楚辞（指屈原、宋玉二人之作，不限于《楚辞》一书）中来的，楚辞才是赋的真实的源泉。此外，还受些孙卿《赋篇》的影响。以下请分述之。

我们试将《楚辞》全部的体裁分析之，大约可括为三类及若干目。

一、骚体

（1）全篇用"兮"字者属之，如《离骚》《九歌》《九章》《远游》《九辩》等是；

（2）全篇用"些"字、间用"兮"字者属之，如《招魂》是；

（3）全篇用"只"字者属之，如《大招》是。

二、非骚体

（4）全篇四言似诗者属之，如《天问》是；

（5）全篇似散文者属之，如《卜居》《渔父》《风赋》是。

三、两合体

（6）一二两体兼用者属之，如《高唐》《神女》《登徒子好色》等赋是。

楚辞的体裁，尽于此矣。两汉的赋，亦莫不如是，鲜能出此范围者。尤其是用（1）（5）（6）三式者为多。如贾谊之《惜誓》《吊屈原》，庄忌之《哀时命》，司马相如之《大人》《哀二世》，扬雄之《甘泉》，胥属（1）式；司马相如之《子虚》《上林》，扬雄之《羽猎》《长杨》，枚乘之《七发》，班固之《两都》，胥属（5）式；如贾谊之《服鸟》，王褒之《洞箫》，班彪之《北征》，张衡之《南都》，曹植之《洛神》，胥属（6）式。（2）（3）（4）三式，赋中殊乏其例，即《楚辞》中亦各仅一篇。

此外，赋中所有的其他的体制，亦皆自《楚辞》中得来。如：

1. 赋前之序。赋前或有序，其序率为散文，间有参以骚体者，皆出自《卜居》《风赋》《高唐》《神女》《招魂》等篇。

2. 赋后之"乱"。赋后或有"乱"，"乱"必用骚体，此出自《离骚》《招魂》等篇。或有殿以诗或颂，率用四言，此又诗之遗也。

乱者，乐之卒章。《论语》："关雎之乱，洋洋乎盈耳哉。"《离骚》朱熹注云："凡作乐章既成，撮其大要以为'乱'。"尚有相似于"乱"者曰"讯"（贾谊《吊屈原赋》），即乱辞也；曰"系"（张衡《思玄赋》），系，繫也，言系一赋之前意也；又有曰"倡"（《九章·抽思》），亦歌之音节，所以发歌句者也；曰"少歌"（《九章·抽思》，荀卿《佹诗》作"小歌"），亦乐章音节之名；曰"重"（屈原《远游》、班婕妤《自悼赋》），有复歌之意。"倡"用于"少歌"之下，有独用者；汉赋中有单称"歌"者，当为"少歌"之省。

以上各体俱同"乱"，用骚体，惟"系"用七言句，句必协韵。

"讯""倡"二者，在后人赋中殊不多见，余则不乏其例。

3. 用问答体。赋中用问答体者极多,乃自《卜居》《渔父》《风赋》《高唐》《神女》等中得来。

4. 用讽谏语。汉人作赋纵极铺张扬厉,尽态极妍。或写田猎之盛,或状宫室之美,或绘神女之姿,或记山川之胜,瓌词丽句,缅缅千言,其措辞或结穴处,每托以讽谏,此虽为工诵箴谏之遗,而其制则皆备于《风赋》《高唐》等篇中。

由此观之,赋的体制,十之八九得自楚辞,余则源于孙卿之《赋篇》。孙赋六篇,以四言为主,亦用问答体;又《成相》一篇凡四章,纯以三言、七言与四言、七言,参错成文,用论述体。其陈义不外班固所云:"或以抒下情而通讽谕,或以宣上德而尽忠孝。"是亦后之作赋者所取法焉。

"赋"之为言"诵"也,前既明之矣。此赋之初义也。后之言"赋"者,多作铺陈解,源乎诗之大义。《诗大序》云:

"诗有六义焉:一曰风,二曰赋,三曰比,四曰兴,五曰雅,六曰颂。"

风、雅、颂,为《诗》之体,其实因它所用之处有不同而异其名称的。赋、比、兴,为《诗》之用,实则是它技术方法的不同,或用赋,或用比,或用兴。三者之中,赋之为用最广,而其效亦最宏,所以敷陈事理,抒写物情,匪若比、兴二者其道甚窄。在诗词中,已觉用铺叙的方法多;在似诗而实近于文的赋中,自非广用不可了。

挚虞《文章流别》云:"赋者,敷陈之称,所以假象尽辞,敷陈其志。"刘勰《文心雕龙·诠赋》篇云："赋者，敷也。铺采摛文，体物写志也。"观乎此，更可知"赋"之涵义，与其篇章之体制。

第二章
赋的体制

在前章中，为叙述明了起见，把赋体的一部分，已大略说过。此章当专及赋的分类方面。

赋的分类，有三分法与四分法。三分法分为文、骚、骈三格，惟不甚通行。通常依徐师曾《文体明辨》的主张，分古、俳、文、律为四体。若以其流变观之，应为古、俳、律、文。以下请略明其体式。

古赋　指《楚辞》、孙《赋》及两汉篇章而言。其中实含有"骚赋""汉赋"两门。惟其界限不甚明显，如汉赋中不少"骚体"的存在，而《楚辞》中又不尽为"骚体"也。

《楚辞》为《诗》之变，亦赋之祖，其略已于第一编中言之。兹章稍补前编之所未及。《楚辞》以"骚体"为主，非"骚体"者十之二三。以"骚体"分析之，其式有三：

A. 多六言句，奇句之末，必有"兮"字。若《离骚》《九章》（除《涉江》《橘颂》）《远游》《九辩》（除第二章及第一章之上半）等是。

B. 多五言及六言句，每句有"兮"字，必在句中。若《九歌》《九辩》之第二章及第一章之上半,《远游》之"重"十二句等是。

C. 多四言句,偶句之末必用"兮"字以足四言,实为四三言句;或确为四言,加"兮"字为五言者。若《橘颂》及《涉江》《抽思》《怀沙》等三章之"乱";《招魂》《大招》亦同,惟《招魂》以"些"字代"兮"字,《大招》以"只"字代"兮"字。

《九章》中《涉江》一章,则以A、B两式参错成文。今再以篇章为本位,注其所用之体式于下:

《离骚》:A,"乱"A;《九歌》:(十一章)B;《惜诵》:A;《涉江》:A、B,"乱"C;《哀郢》:A,"乱"C;《抽思》:A,"少歌"A,"倡"A,"乱"C;《怀沙》:A,"乱"C;《思美人》:A;《惜往日》:A;《橘颂》:C;《远游》:A,"重"B;《九辩》:第一章之上半B、下半A,第二章B,三章至九章A;《招魂》:C(用"些"字),"乱"B;《大招》:C(用"只"字)。

所谓"骚赋",应指上列诸篇而言。其非"骚体"者,若严格论之,实不得谓为"骚",未可以其为楚人之作而概称之也。非"骚体"者,屈原有《卜居》《渔父》两篇,宋玉有《风赋》一篇,皆似散文。又宋玉之《高唐》《神女》《登徒子好色赋》,其序皆散,赋辞多四言或三言,间杂"骚体"数句。

汉赋之体制同《楚辞》,骚体者多用前例之A式,用B、C式者甚鲜。乱辞与歌辞,每与赋辞异其式。非"骚体"者,多类《高唐》《神女》等篇,也有全用散文如《卜居》《风赋》者。

凡非"骚体"之作，序与问答辞皆散文，赋辞皆叶韵，歌辞必用"骚体"，此即赋异于散文之处。

俳赋　俳赋亦称骈赋，乃排比声律，骈四俪六之作。导源于王褒，繁衍于东汉，然排而不必尽偶，骈而不必尽俪也；下逮魏晋，其格始成，遂由古赋而流为俳赋矣。降及齐梁，徐、庾继起，创为隔句相对之制，由是于"四六文"之外，复有"四六赋"之体，自楚骚至此，盖已三变矣。俳赋词采纷绮，而乏情性，盖过重外形，忽于内在，六朝文学，多尚堆砌，果不独辞赋为然。

律赋　洎乎李唐，沿六代之旧。后又以赋取士，一拘于徐、庾之隔句作对，再束于限用官韵，轨范愈严，其道益窄，作者但求音律谐协，对偶精工，雕饰过多，仅留外貌，赋情辞理，非所论已。以限韵之故，篇章率皆简短，汉魏冗长之弊，转因之一洗矣。宋、元、明、清四代，概行科举，为用既宏而其行益广，律赋之作，得亘千祀而不废。

文赋　律赋格律过严，除科考时不得不然外，平日著作，渐为文士所不满。且宋代为复古空气很浓之时，此类非古的桎梏，尽行打破，于赋体上乃得一大解放，所谓文赋，即于此时出现。欧之《秋声》，苏之《赤壁》，咸推为此体之杰构。既不斸斸[1]于格律，亦不兢兢于排比对偶，第以作散文方法行之。

---

[1] 斸斸　底本作"斷斷"，据文意酌改。

杜牧《阿房宫赋》为之滥觞，屈宋之《卜居》《渔父》《风赋》《高唐》等篇，实开此体先河。

扬子《法言·吾子》篇云："诗人之赋丽以则，辞人之赋丽以淫。"我们读宋玉《好色赋》云："眉如翠羽，肌如白雪，腰如束素，齿如含贝。"曹植《洛神赋》云："肩若削成，腰如约素，延颈秀项，皓质呈露。"又云"丹唇外朗，皓齿内鲜，明眸善睐，靥辅承权"等句，已觉赋情绮艳，体物纤妍。再读司马相如《美人赋》云："女乃弛其上服，表其亵衣，皓体呈露，弱骨丰肌；时来亲臣，柔滑如脂。"这真是赤条条一丝不挂，且进而及于狎亵行为矣。所谓辞人之赋丽以淫者，其在斯乎！刘勰《文心雕龙·物色》篇云："及长卿之徒，诡势瑰声，模山范水，字必鱼贯；所谓诗人丽则而约言，辞人丽淫而繁句。"乃知所谓淫者，指繁缛溢过而言，非邪乱之义。相如《子虚赋》云："其石，则赤玉玫瑰，琳珉昆吾，瑊玏玄厉，瑌石碔砆；其东，则有蕙圃，蘅兰芷若，芎藭菖蒲，茳蓠蘪芜，诸柘巴苴……其中，则有神龟蛟鼍，玳瑁鳖鼋；其北，则有阴林其树，楩柟豫章，桂椒木兰，檗离朱杨，榅梨梬栗，橘柚芬芳；其上，则有鹓雏孔鸾，腾远射干；其下，则有白虎玄豹，蝯蜒貙犴。"此即"模山范水，字必鱼贯"之例。然而犹未甚也。自马、扬[1]而下，乃至班、张，举凡山川城郭，宫室都市，典章制度，衣冠文物，以及鸟兽虫

---

[1] 扬　底本作"杨"，据文意酌改。

鱼，草木金石之属，务必侈陈骈列。夸目炫心，以至纷繁冗沓，有若类书。所以《三都》《二京》，均历十年乃成。昔人所谓非构思之艰，实集材不易。是等作品，只可偶尔为之，长此堆砌铺排，文学情味，索然尽矣，势必读未终篇，往往弃之几格，殊无谓也。

汉魏六朝，短赋亦颇流行。其制昉自西汉，厥体与古赋、俳赋不殊，而篇幅甚短。少则四句、六句、八句，多则十数句，多用以咏物；有间用"骚体"者。羊胜《屏风赋》、刘歆《灯赋》仅十句，张衡《扇赋》只四句。此种短赋，实不能另成一类，非谓篇章过短，实因其体制犹是古赋、俳赋也。故附及之。

第三章
赋的声律

赋的声律，概比诗、歌、词、曲为宽，其中惟律赋较为严格。律赋之用韵与近体诗同，"东""冬""江""阳"皆分用，古、俳、文赋则否，各韵类可通转，与古诗同。

赋序与问答辞类用散文，无韵。乱辞、歌辞必叶韵。赋辞之偶句多叶韵，在古赋、文赋中有不叶者，也有逐句连叶者。总之，其叶韵方法殊不一定。字句既不必骈偶，又不讲对仗。少则两句即转，多则数十句方转韵，此皆格律甚宽之证。其用骚体之A、C式者，必于偶句叶韵，用B式者多逐句连韵。

俳赋之格律，较古赋文赋为严。句必俳比，字必对偶。逮隔句相对之制兴，乃成"四六"。其所异于骈文者，有韵与无韵耳。俳赋之偶句必协韵，其隔句相对者，必于第四句协韵。其韵数与韵部数，尚无限制，此宽于律赋之处。

律赋自俳赋变衍而成，俳赋所有之格律，律赋一一保存之。既参以沈约之四声八病，又限以官韵。一篇之中，至少用四韵部，每部至少用四韵。其所限之官韵，类为四韵至八韵，故律赋之篇幅，无过长过短之差。赋前已无序，赋后间以诗歌作结，此犹乱辞歌辞之遗制。其限韵也，率以诗赋中成句或古语行之，可任意取叶不拘次第，及清代科试，则非挨次押用不可矣。

　　于此当附带的说一说《楚辞》的声乐问题。《汉书·艺文志》固有"不歌而诵谓之赋"的一句话，这是普遍的说法，非单指《楚辞》而言。前章曾说，《楚辞》为"赋之祖"，亦"《诗》之变"。《诗》是歌唱入乐的，赋是不歌而诵的。然则非诗非赋，亦诗亦赋的《楚辞》如何呢？欲解答这问题，须把《楚辞》分成几部分来研究，因为其中篇章，不很一律，不能概括的说"歌"或"不歌"。

　　大概《楚辞》的小部分是歌的，并且入乐的，其大部分是不歌而诵的。它的诵，恐不仅是朗读而已，还有它特殊的音响节族，亦和声中节，有若歌诗；惟绝对不入乐，至多像歌诗时徒歌一样。这特殊的声响，必为楚声楚调，不与黄河流域所产的三百篇的歌法相同。

　　《九歌》凡十一篇，大概全部可歌唱入乐的。这是楚国正式的乐章，是迎神送神的曲子。照朱熹的《序》看来，是楚国民间的作品，产生在《离骚》之前，不过曾经屈原改过罢了。朱《序》说：

　　　　沅湘之间，其俗信鬼而好祀，其祀必使巫觋作乐歌舞以娱神。蛮荆陋俗，词既鄙俚，而其阴阳人鬼之间，又或不能无亵慢淫荒之杂。原既放逐，见而感之，故颇为更定其词，去其泰甚。

这一段关于作乐、歌舞、娱神的话，以《九歌》中第一篇《东皇太一》及末篇《礼魂》中的辞句证之，是很可信的。

《离骚》《天问》《九章》《远游》，大概都是不歌而诵的。《离骚》《远游》都很长，其势似不可歌（似不能以汉魏乐府中分解的例解释楚辞）；《天问》都是发问之辞，偏佹纷错，间杂怪诞，殊不像歌辞；《九章》或有歌的可能，篇幅不长，与《九歌》相若，其中有少歌、有倡、有乱、有重，很多乐节之名。然而《离骚》《招魂》之末亦有乱，若以汉魏乐府中乱、趋之例观之，似"乱"与"少歌"等等亦和歌者。但又不能十分肯定，因为楚骚是有特殊声响的一种讽诵，恐与永歌相若，安知乱与少歌等等，不变换另一种音节以讽诵之呢？

《招魂》《大招》也不像可歌。其他如《卜居》《渔父》《风赋》《高唐》《神女》《好色》等篇，很少歌的可能性了。

《汉书·王褒传》云："征能为《楚辞》九江被公召见诵读。"又沈钦韩《汉书艺文志补注》云："《楚辞》至隋时有释道骞善读之，能为楚声，音韵清切。至今传《楚词》者皆祖骞公之音。"这两段是前述假定中一部分的证据。

第四章
赋的演进

第一节 战国两汉的赋（古赋时期）

屈、宋为赋家二祖，屈原创业，宋玉光大。然屈原全部篇章中，无有以赋称者。赋之名始见于宋玉之篇章，及荀卿之著述。然而宋玉之赋，胥祖其师之所为，固未尝因其有赋之称，其体裁有若何之变异也。是屈子之文纵不名曰"赋"，其实乃赋家之祖；矧两都之士，固莫不则《离骚》，法《天问》，寓情草木，托意男女，怀古感今，离忧溇愤以效原之所为哉！

《楚辞》一书，为赋家典型，犹儒家之于《诗》《书》，道家之于《道德》《南华》也。《离骚》一篇，最是人间瑰宝，前无古人，后无来者，尊之曰经，谁曰不宜？

辞赋作始于三楚，而繁昌于两汉。马、扬、班、张之徒，联镳竞爽，郁郁乎一代之鸿文，恢恢乎千秋之极则也。贾长沙以命世之才，侘傺不偶，乃为《吊屈原》《服鸟》诸赋，感伤哀痛，不能自已。所以吊人，亦所以自悼焉。要其恢闳瑰丽，微逊马、班，然而悱恻缠绵，自是一时之杰。斯屈、宋之洪流，楚骚之嗣响也。

司马长卿本蜀中豪士，薄游西京。其为赋也，控引天地，综合古今，故其辞沉博奥衍，典丽精深。虽出自楚骚，而能融化其迹，自创新格，所谓遗貌取神者也。骚赋至此，盖稍变矣。两汉文学，以辞赋为巨宗，长卿尤为之冠冕，西京之枚、贾，东都之班、张，咸非其匹。不特两汉之雄，亦千古骚坛之主。厥后赋家，多规模长卿，章模句绘，其能自振者鲜也。

与长卿同时者有严氏、枚氏父子及朱买臣、吾丘寿王之徒，多祖述屈、宋。惟枚叔《七发》，为此中创格，昭明《文选》至为之特设一体，后人集之，乃成"七林"，可见其效之者广矣。

相如而后，西汉之以赋称者，推王褒、扬雄二人，其人皆居蜀，能绍相如之绪，持而弗失者也。渊、云虽并称，而渊不如云。子云上规屈、宋，下法长卿，宏肆奇崛，焕乎有文。纵未足与相如并辔，使为之骖乘而决无愧也。

东都辞赋，较西京为缛丽，子渊赋颂，已启其端，其独能继马扬之余绪，具正则之遗风者，班、张二人而已。他若冯衍、傅毅、王延寿、蔡邕、祢衡诸家，皆其亚也。

屈平，战国楚人，字原，为楚怀王左徒，又为三闾大夫。因谗被放，作《离骚》等二十五篇，自投汨罗以死。其著作之大概，已见第一编中，兹不再述。请叙其弟子宋玉。

宋玉，战国楚人，为楚大夫，能传其师屈原之学。闵惜原之忠而被谤，故作《九辩》以述其志。《汉书·艺文志》载有赋十六篇，《九辩》《招魂》并载《楚辞》，他如《风赋》《高唐》《神女》《登徒子好色》等篇，均见《文选》。此外《玉笛》《钓赋》《大言》《小言》《舞赋》《讽赋》等见《古文苑》，恐为后人伪作。又《文选》中尚有宋玉《对楚王问》一篇，亦宋玉作，厥体与《渔父》《卜居》相若。昭明以《卜居》《渔父》入骚，此篇又特设"对问"一类，欠当。若以《卜居》《渔父》为赋，则此篇应与之同入非骚体一类。若以有韵无韵判之，则《渔父》与此篇皆无韵，胥不得目为骚赋也。又《高唐》《神女》两赋，实上下篇，词意衔贯，司马相如之《子虚》《上林》，扬雄之《羽猎》《长杨》，班固之《二都》，张衡之《二京》，皆此类也。

屈平弟子，尚有唐勒、景差二人，皆好辞，而以赋见称。《汉志》载唐勒赋四篇，今皆失传。景赋《汉志》不著录，朱熹以《大招》为景差作，殊无据。此篇似为《招魂》之拟作，恐出自汉人之手。

荀况，战国时人，时人相尊，亦称荀卿，儒家也。作赋十篇，尚义理而不重辞藻，故较[1]屈宋为质朴。《赋篇》五篇，纯用隐语，如《礼篇》云：

爰有大物，非丝非帛，文理成章，非日非月，为天下明。生者以寿，死者以葬；城郭以固，三军以强。粹而王，

---

[1] 较　底本作"校"，据文意酌改。

驳而伯，无一焉而亡。臣愚不识，敢请之王。

后附《佹诗》一篇。又有《成相》四篇，卢文弨曰："审此篇音节，即后世弹词之祖。"又曰："大约记于瞽矇讽诵之词，亦古诗之流也。"俞樾云："《礼记·曲礼篇》：'邻有丧，舂不相。'郑注曰：'相谓送杵声。'盖古人于劳役之事，必为讴歌以相劝勉，亦举大木者呼邪许之比。其乐曲即谓之'相'。请成相者，（《成相》四篇，其中三篇皆用'请成相'三字为首），请成此曲也。"据此则《成相》亦歌讴之词，与楚骚等。广义言之，亦乐曲也。

贾谊，汉洛阳人，文帝时为大中大夫，为人所谗，出为长沙王太傅，过湘水，投书以吊屈原。后迁梁王太傅，忧伤以卒，年三十三。《汉志》载其赋七篇，《惜誓》《吊屈原》《服鸟》三篇，具见《楚辞》。又《旱云》《簴赋》二篇见《古文苑》，共五篇。

庄忌，汉吴人，后避明帝讳，称严忌。为梁孝王宾客，以词赋称，世称庄夫子。《汉志》有"庄夫子赋二十四篇"，今存《哀时命》一篇，拟骚之作也，见《楚辞》。又《汉志》载有"严助赋三十五篇""常侍郎庄忽奇赋十一篇"。助为庄夫子之子，忽奇或言庄夫子之子，或言族家子，助昆弟也。

枚乘，汉淮阴人，字叔。初仕吴，后游于梁，与庄忌同为梁孝王客，而乘名尤高。孝王薨，乘归淮阴。武帝素闻其名，及即位，乘年老，以安车蒲轮征之，道死。《汉志》载有赋九篇，今存《梁王兔园赋》《忘忧馆柳赋》各一篇，见《古文苑》；又《七发》一篇，为骚赋之变，辞句诡丽，"七体"之创也，见《文选》。子皋，亦工词赋，《汉志》载有百二十篇之多，今失。

司马相如，汉成都人，字长卿。为梁孝王客，与枚乘、庄忌之徒游。初贫困，薄有文名。尝饮于临邛富人卓王孙家，卓女文君新寡，相如以琴心挑之，文君夜奔相如，乃与驰归，家居徒四壁立。尝作《子虚赋》，武帝读而善之，曰："朕独不得与此人同时哉！"时蜀人杨得意为狗监，侍上，曰："臣邑人司马相如自言为此赋。"上惊，乃召问相如，相如曰："有是，然此乃诸侯之事，未足观，请为天子游猎之赋！"上令尚书给笔札，相如乃为《上林赋》，意思萧散，不复与外事相关。忽然如睡，焕然而兴，几百日而后成。赋成，奏上，天子大悦，授以为郎。相如见上好仙，又以《大人赋》奏之，天子悦甚，飘飘然有凌云之气，似游天地之间。长卿之赋，在当代已负重名，时陈皇后宠衰，居长门宫，闻相如天下工为文，奉黄金百斤为相如文君取酒，相如因为文以悟主上，陈皇后复得亲幸，即所传《长门赋》也。相如性风流放诞，少好读书。又好击剑，景帝时为武骑常侍，武帝时以通西南夷功，拜文园令，后以消渴病免居茂陵卒。《汉志》有赋二十九篇，今存《子虚》《上林》《大人》《哀二世》《长门》《美人》等六篇。《子虚》《哀二世》《大人》载本传，亦载《文选》，《文选》又分《子虚》之下篇曰《上林》；又有《长门赋》，《古文苑》载《美人赋》。

王褒，汉蜀人，字子渊。宣帝时入都上《圣主得贤臣颂》，后擢为谏议大夫。时太子体不安，诏褒等之太子宫娱侍，太子朝夕诵书奇文及所自造作。疾平，太子喜褒所为《甘泉》及《洞箫颂》，令后宫贵人左右皆诵读之。《汉志》有赋十六篇，传者仅《九怀》(见《楚辞》)《洞箫赋》(见《文选》)及《圣主得贤臣》(见本传)《甘泉》《碧鸡》(均见《全上古三代秦汉三国晋南北朝文》)三颂。

扬雄，汉成都人，字子云。博习群书，又好词赋，观司马长卿之作而壮之，每拟之以为式。尝怪屈原文过相如，至不容，作《离骚》自投江而死，悲其文，读之未尝不流涕也。以为君子得时则大行，不得时则龙蛇，遇不遇命也。何必湛身哉！乃作书往往摭《离骚》文而反之，自岷山投诸江流，以吊屈原，名曰《反离骚》(见本传)；又旁《离骚》作"重"一篇，名曰《广骚》；又旁《惜诵》以下至《怀沙》一卷，名曰《畔牢愁》。成帝时，蜀人杨庄诵雄所作《成都四隅铭》于帝，以为似相如，荐之。上方郊祠甘泉、泰畤、汾阴后土，以求继嗣，召雄待诏承明之庭。正月，从上甘泉还，奏《甘泉赋》(见本传、《文选》)以风之，其三月将祭后土，上乃帅群臣横大河，凑汾阴，既祭，迹殷、周之墟，眇然以思唐、虞之风。雄以为临川羡鱼不如归而结网，乃上《河东赋》(见本传)以劝。十二月羽猎，雄从，赋（见本传、《文选》）以风之。明年，上将大夸胡人，以多禽兽，载以槛车，输长杨射熊馆，以网为周陆，纵禽兽其中，令胡人手搏之（与罗马斗兽若，时公元前十一年，正屋大维当国，盛行斗兽时也），自取其获，上亲临观焉。是时农民不得收敛，雄从至射熊馆还，上《长杨赋》以讽之（见本传、《文选》）。《羽猎》《长杨》，犹长卿之《子虚》《上林》也。子云之赋，效长卿而有勿逮，故雅服其人。其言曰："长卿赋不似从人间来，其神化所至邪？"又曰："诗人之赋丽以则，辞人之赋丽以淫。如孔氏之门用赋也，则贾谊升堂，相如入室矣。"其推重如此。子云之赋除上述四篇外，尚有《太玄》《蜀都》《逐贫》三篇（均见《古文苑》）；又《解嘲》《解难》二篇亦骚赋之变（见《汉书》本传）；《全上古三代秦汉三国文》中有《酒赋》一篇，《汉书·赵充国传》有《赵充国颂》一篇。《汉志》载有扬雄赋十二篇，今合计之，略如此数。

班固，后汉安陵人，字孟坚，父彪踵《史记》作后传数十篇。固典校[1]秘书，续父著《汉书》，八表及《天文志》未竟而卒。和帝诏固妹昭踵成之。为"腐史"后唯一良史。班氏不仅为史家，亦东汉词赋之巨擘。彪年二十为《北征赋》（见《文选》），茂才卓识，不愧作者。大家撰《东征赋》（见《文选》），朗润清华，允称佳构。孟坚《两都》不独规模长卿，胎息扬子，浑醇朴茂，典丽乔皇，俨然东京一大作手。此外尚有赋六篇（见《汉魏六朝名家集》）。

---

[1] 校　底本作"较"，据文意酌改。

张衡，东汉西鄂人，字平子。时天下太平日久，自王侯以下，莫不逾侈，衡乃拟班固《两都》[1]作《二京赋》，因以讽谏，十年乃成。顺帝时为河间相，时阉宦擅权，天下渐弊，乞归骸骨，作《四愁诗》《归田赋》以见意。平子尚有《思玄赋》《南都赋》各一篇，俱见《文选》，此外《汉魏名家集》有七篇，共十三篇。

冯衍，后汉杜陵人，字敬通。少有大志，而不遂其愿，拟骚作《显志赋》。"显志者，言明风化之情，昭章玄妙之思也。"

傅毅，后汉茂陵人，字武仲，为兰台令史，与班固、贾逵共典校秘书。《典论·论文》曰："傅毅之与班固，伯仲之间耳。"毅有《舞赋》一篇（见《文选》）。

王延寿，后汉宣城人，字文考，逸之子也。有隽才，游鲁作《灵光殿赋》。后蔡邕亦造此赋，未成；及见延寿所为，甚奇之，遂辍翰而止，时延寿年仅二十也。斯赋藻采纷披，机局流畅，为东京杰作。年二十四溺汉江而死，惜哉！

蔡邕，东汉圉人，字伯喈。有《独断》《蔡中郎集》传于世。作赋十八篇，《述行赋》颇称于世。

古赋三篇

---

[1] 都　底本作"部"，据文意酌改。

神女赋并序　　宋玉

（案：此篇序中"王曰""玉曰"有误，恐有脱讹或衍文）

楚襄王与宋玉游于云梦之浦，使玉赋高唐之事。其夜王寝，果梦与神女遇。其状甚丽，王异之。明日以白玉。玉曰："其梦若何？"王曰："晡夕之后，精神恍忽，若有所喜，纷纷扰扰，未知何意。目色髣髴，乍若有记。见一妇人，状甚奇异；寐而梦之，寤不自识。罔兮不乐，怅然失志。于是抚心定气，复见所梦。"王曰："状何如也？"玉曰："茂矣美矣，诸好备矣！盛矣丽矣，难测究矣！上古既无，世所未见。瑰姿玮态，不可胜赞！其始来也，耀乎若白日初出照屋梁；其少进也，皎若明月舒其光。须臾之间，美貌横生；晔兮如华，温乎如莹，五色并驰，不可殚形；详而视之，夺人目精。其盛饰也，则罗纨绮缋盛文章，极服妙采照万方，振绣衣，被袿裳。襛不短，纤不长。步裔裔兮曜殿堂，忽兮改容，婉若游龙乘云翔。嫷被服，侇薄装，沐兰泽，含若芳。性和适，宜侍旁；顺序卑，调心肠。王曰："若此盛矣！试为寡人赋之！"玉曰："唯唯。"

夫何神女之姣丽兮，含阴阳之渥饰；被华藻之可好兮，若翡翠之奋翼。其象无双，其美无极；毛嫱鄣袂，不足程式；西施掩面，比之无色。近之既妖，远之有望；骨法多奇，应君之相。视之盈目，孰者克尚？私心独悦，乐之无量。交希恩疎，不可尽畅；他人莫睹，王览其状。其状峨峨，何可极言！貌丰盈以庄姝兮，苞温润之玉颜。眸子炯其精朗兮，瞭多美而可观。眉联娟以蛾扬兮，朱唇的其若丹。素质干之酿实兮，志解泰而体闲。既姽婳于幽静兮，又婆娑乎人间。宜高殿以广意兮，翼放纵而绰宽。动雾縠以徐步兮，拂墀声之珊珊。望余帷而延视兮，若流波之将澜。奋长袖以正衽兮，立踯躅而不安。澹清静其愔嫕兮，性沉详而不烦。时容与以微动兮，志未可乎得原。意似近而既远兮，若将来而复旋。褰余帱而请御兮，愿尽心之惓惓！怀贞亮之絜清兮，卒与我兮相难。陈嘉辞而云对兮，吐芬芳其若兰。精交接以来往兮，心凯康以乐欢。神独亨而未结兮，魂茕茕以无端。含然诺其不分兮，喟扬音而哀叹。颊薄怒以自持兮，曾不可乎犯干。于是摇珮饰，鸣玉鸾；整衣服，敛容颜，顾女师，命太傅；欢情未接，将辞而去。迁延引身，不可亲附。似逝未行，中若相首。目略微眄，精彩相授。志态横出，不可胜记。意离未绝，神心怖覆。礼不遑讫，辞不及究。愿假须臾，神女称遽。徊肠伤气，颠倒失据。闇然而瞑，忽不知处。情独私怀，谁者可语？惆怅垂涕，求之至曙。

两都赋序（赋长从略）　　班固

或曰："赋者，古诗之流也。"昔成康没而颂声寝，王泽竭而诗不作。大汉初定，日不暇给。至于武宣之世，乃崇礼官，考文章。内设金马石渠之署，外兴乐府协律之事，以兴废继绝，润色鸿业。是以众庶悦豫，福应尤盛：《白麟》《赤雁》《芝房》《宝鼎》之歌，荐于郊庙；神雀、五凤、甘露、黄龙之瑞，以为年纪。故言语侍从之臣，若司马相如、虞丘寿王、东方朔、枚皋、王褒、刘向之属，朝夕论思，日月献纳。而公卿大臣，御史大夫倪宽、太常孔臧、太中大夫董仲舒、宗正刘德、太子太傅萧望之等，时时间作。或以抒下情而通讽谕，或以宣上德而尽忠孝。雍容揄扬，著于后嗣，抑亦雅颂之亚也。故孝成之世，论而录之。盖奏御者千有余篇，而后大汉之文章，炳焉与三代同风。且夫道有夷隆，学有粗密。因时而建德者，不以远近易则。故皋陶歌虞，奚斯颂鲁，同见采于孔氏，列于《诗》《书》，其义一也。稽之上古则如彼，考之汉室又如此。斯事虽细，然先臣之旧式，国家之遗美，不可阙也。臣窃见海内清平，朝廷无事。京师修宫室，浚城隍，起苑囿，以备制度。西土耆老，咸怀怨思，冀上之眷顾，而盛称长安旧制，有陋雒邑之议。故臣作《两都赋》以极众人之所眩曜，折以今之法度。

归田赋　张衡

游都邑以永久，无明略以佐时。徒临川以羡鱼，俟河清乎未期。感蔡子之慷慨，从唐生以决疑。谅天道之微昧，追渔父以同嬉。超埃尘以遐逝，与世事乎长辞。于是仲春令月，时和气清。原隰郁茂，百草滋荣。王雎鼓翼，鸧鹒哀鸣。交颈颉颃，关关嘤嘤。于焉逍遥，聊以娱情。尔乃龙吟方泽，虎啸山丘。仰飞纤缴，俯钓长流。触矢而毙，贪饵吞钩。落云间之逸禽，悬渊沉之鲵鲷。于是曜灵俄景，系以望舒。极般游之至乐，虽日夕而忘劬。感老氏之遗诫，将回驾乎蓬庐。弹五弦之妙指，咏周孔之图书。挥翰墨以奋藻，陈三皇之规模。苟纵心于物外，安知荣辱之所如？

第二节 魏晋南北朝的赋（俳赋时期）

魏晋而后，降及六朝，赋体日即靡俪，再变而为俳赋。铸辞务极妍华，琢句必求骈偶。关中之古意已漓，江左之浇风斯扇。"建安七子"虽居汉季，实为魏臣。"七子"之中，王粲独长词赋；伟长佳制，可匹仲宣，子桓《论文》以为张、蔡不过，孔璋、公幹之徒非其俦也。

与"七子"同时者，厥惟曹氏昆弟。子桓所作，颇有可观，然而不见录于《文选》。子建以"绣虎"之才，雄视当代，其所为《洛神赋》，美人、芳草，托屈、宋比喻之思，铺采摛文，牖江、鲍绮靡之习，非有八斗之雄才，宁成此一朝之杰作哉？

两晋文学，首推太康，陆、左、潘、张，蜚声洛下。士衡江左清才，情辞富丽，《文赋》一篇，述先士之盛藻；《雕龙》十卷，讵掩盖其华思？惟是字必对偶，句必骈俪，六朝之风尚已成，益非邺都之气韵矣！安仁翩翩风度，掷果才华，所作《藉田》诸赋，其雄浑处，已入渊、云之室。所谓陆才如海、潘才如江者，洵笃论也。太冲辞藻壮丽，不让潘、陆，《三都》之宏肆，足以振坠绪于班、张，两京之后，一人而已。士龙以下，可无论焉。

南渡而还，惟渊明《闲情》一赋，乐而不淫，犹有风人之致。元嘉之际，颜、谢齐名，延年之《赭白马》，颇著称誉。康乐为五言之雄，不以"骚""些"见长。惠连、希逸，以《雪》《月》并传，乌衣子弟，流风未替。他如明远之《芜城》，文通之《恨》《别》，《芜城》则苍凉遒劲，《恨》《别》则哀怨芳菲，胥一时杰构。

为六朝之殿者，则惟子山庾氏，其《哀江南赋》，胪陈史实，讥弹得失，叹乡国之途修，寄归思于楮墨，允为当时绝作。其《小园》《枯树》，亦不减齐梁藻丽。江左风流，犹有存焉者也。

李唐以诗赋取士，首重声律。及其至也，益以限韵。桎梏既多，真气乃丧。其下焉者，专骛雕缋，竞尚浮词。文之内质，斯索然矣。

赵宋一代，有所谓文赋者出。欧之《秋声》，苏之《赤壁》，咸推绝唱。其体于陈情体物之外，杂以议论，兼之感慨；其辞则以散文为之，此乃杂言有韵之文耳，非赋家正则也。

兹编于唐宋之作，仅择其尤者著录一二篇以为式，其他略而勿论也。

王粲，后汉高平人，字仲宣。少有才学，蔡邕见而奇之，闻粲在门，倒屣迎之。作赋二十篇，以《登楼赋》为最著。

曹植，魏谯人，字子建，初封东阿王，继封陈王，谥曰思。工诗，足以睥睨一世。"七子"之徒，咸非其敌，世目为"绣虎"。赋亦出众，所作《洛神赋》，出色当行，一时无两。作赋共四十七篇。

陆机，晋吴郡人，字士衡。弟云，字士龙，与机齐名，号"二陆"。机赋以《文赋》《豪士》《叹逝》等篇为最，《文赋》尤佳。子桓《论文》，为中国最早之文学批评；士衡《文赋》，畅言原理，而时及修辞，足以追踪子桓，而赡博泛滥过之；乐天《赋赋》，是又士衡之亚也。作赋凡三十篇。

潘岳，晋中牟人，字安仁。美姿容。少时常挟弹出洛阳道，妇人遇之者连手萦绕，投之以果，满车而归。旖旎风流，千古艳事，较之孟阳之为小儿争掷瓦石，委顿而反者，奚啻霄壤？一则令人羡煞、妒煞，一则令人恨煞、气煞，然二人固同负重名于时，世称二陆、三张、两潘者也。安仁赋以《藉田》《闲居》《射雉》《秋兴》等赋称最，其《悼亡诗》尤传诵千古。又作《悼亡赋》，凡作赋二十篇。

左思，晋临淄人，字太冲。造《齐都赋》，一年乃成，复作《三都赋》，构思十年，门庭藩溷，皆着笔纸，偶著一句，即便疏之。赋成，豪富之家，竞相传写，洛阳为之纸贵。陆机入洛，初欲为此赋，闻思作此，笑与士龙书曰："此间有伧夫欲作《三都赋》，须其成，当以覆酒瓮耳。"思赋出，机绝叹服，以为不能加焉。

鲍照，字明远，宋东海人，长乐府诗。其赋以《芜城》著称。共作十八篇。

江淹，梁考城人，字文通。晚年才思减退，人称才尽。所作《恨赋》《别赋》二篇，如云间舞鹤，如花底鸣蛮，绝妙好辞也。有赋二十八篇。

庾信，北周新野人，字子山。仕梁，使周被留，虽位望通显，常有乡关之思，作《哀江南赋》以致意焉。共作赋十五篇。在江南时，与徐陵齐名，文并绮艳，称"徐庾体"。又创隔句相对之制，益以沈约之四声八病，由是四六之文字尤工。下逮李唐而律赋大行，赋体至此，盖三变矣。

登楼赋　　王粲

（此骚赋也，自屈宋而下，汉魏南北朝人多有之，前录《神女赋》亦骚体也。）

登兹楼以四望兮，聊暇日以销忧。览斯宇之所处兮，实显敞而寡仇。挟清漳之通浦兮，倚曲沮之长洲。背坟衍之广陆兮，临皋隰之沃流。北弥陶牧，西接昭丘，华实蔽野，黍稷盈畴。虽信美而非吾土兮，曾何足以少留？遭纷浊以迁逝兮，漫踰纪以迄今。情眷眷而怀归兮，孰忧思之可任？凭轩槛以遥望兮，向北风而开襟。平原远而极目兮，蔽荆山之高岑。路逶迤而修回兮，川既漾而济深。悲旧乡之壅隔兮，涕横坠而弗禁。昔尼父之在陈兮，有归欤之叹音。钟仪幽而楚奏兮，庄舄显而越吟。人情同于怀土兮，岂穷达而异心。惟日月之逾迈兮，俟河清其未极。冀王道之一平兮，假高衢而骋力。惧匏瓜之徒悬兮，畏井渫之莫食。步栖迟以徙倚兮，白日忽其将匿。风萧瑟而并兴兮，天惨惨而无色。兽狂顾以求群兮，鸟相鸣而举翼。原野阒其无人兮，征夫行而未息。心凄怆以感发兮，意忉怛而憯恻。循阶除而下降兮，气交愤于胸臆。夜参半而不寐兮，怅盘桓以反侧。

俳赋三篇

芜城赋　　鲍照

弥迤平原，南驰苍梧涨海，北走紫塞雁门。柂以漕渠，轴以昆冈。重江复关之隩，四会五达之庄。当昔全盛之时：车挂轊，人驾肩；廛闬扑地，歌吹沸天。孳货盐田，铲利铜山；才力雄富，士马精妍。故能参秦法，佚周令，划崇墉，刳浚洫，图修世以休命。是以板筑雉堞之殷，井干烽橹之勤。格高五岳，袤广三坟。崒若断岸，矗似长云。制磁石以御冲，糊赪壤以飞文。观基扃之固护，将万祀而一君。出入三代，五百余载，竟瓜剖而豆分。泽葵依井，荒葛罥涂。坛罗虺蜮，阶斗麏鼯。木魅山鬼，野鼠城狐。风嗥雨啸，昏见晨趋。饥鹰厉吻，寒鸱吓雏。伏虣藏虎，乳血飡肤。崩榛塞路，峥嵘古馗。白杨早落，塞草前衰。棱棱霜气，簌簌风威。孤蓬自振，惊砂坐飞。灌莽杳而无际，丛薄纷其相依。通池既已夷，峻隅又已颓。直视千里外，唯见起黄埃！凝思寂听，心伤已摧。若夫藻扃黼帐，歌堂舞阁之基；琁渊碧树，弋林钓渚之馆。吴蔡齐秦之声，鱼龙爵马之玩。皆薰歇烬灭，光沉响绝。东都妙姬，南国丽人。蕙心纨质，玉貌绛唇。莫不埋魂幽石，委骨穷尘。岂忆同舆之愉乐，离宫之苦辛哉！天道如何？吞恨者多。抽琴命操，为芜城之歌。歌曰：边风急兮城上寒，井径灭兮丘陇残，千龄兮万代，共尽兮何言！

别赋　江淹

黯然销魂者，唯别而已矣。况秦吴兮绝国，复燕宋兮千里。或春苔以始生，乍秋风兮暂起。是以行子肠断，百感凄恻。风萧萧而异响，云漫漫而奇色。舟凝滞于水滨，车逶迟于山侧。棹容与而讵前？马寒鸣而不息。掩金觞而谁御？横玉柱而沾轼。居人愁卧，怳若有亡。日下壁而沉彩，月上轩而飞光。见红兰之受露，望青楸之罹霜。巡曾楹而空掩，抚锦幕而虚凉。知离梦之踯躅，意别魂之飞扬。故别虽一绪，事乃万族：至若龙马银鞍，朱轩绣轴。帐饮东都，送客金谷。琴羽张兮箫鼓陈，燕赵歌兮伤美人；珠与玉兮艳暮秋，罗与绮兮娇上春。惊驷马之仰秣，耸渊鱼之赤鳞。造分手而衔涕，感寂寞而伤神。乃有剑客惭恩，少年报士。韩国赵厕，吴宫燕市。割慈忍爱，离邦去里。沥泣共诀，抆血相视。驱征马而不顾，见行尘之时起。方衔感于一剑，非买价于泉里。金石震而色变，骨肉悲而心死。或乃边郡未和，负羽从军。辽水无极，雁山参云。闺中风暖，陌上草薰。日出天而耀景，露下地而腾文。镜朱尘之照烂，袭青气之烟煜。攀桃李兮不忍别，送爱子兮沾罗裙。至如一赴绝国，讵相见期。视乔木兮故里，决北梁兮永辞。左右兮魂动，亲宾兮泪滋。可班荆兮赠恨，唯尊酒兮叙悲。值秋雁兮飞日，当白露兮下时。怨复怨兮远山曲，去复去兮长河湄！又若君居淄右，妾家河阳。同琼佩之晨照，共金炉之夕香。君结绶兮千里，惜瑶草之徒芳，惭幽闺之琴瑟，晦高台之流黄。春宫閟此青苔色，秋帐含兹明月光；夏簟清兮昼不暮，冬釭凝兮夜何长？织锦曲兮泣已尽，回文诗兮影独伤。傥有华阴上士，服食还山。术既妙而犹学，道已寂而未传。守丹灶而不顾，炼金鼎而方坚。驾鹤上汉，骖鸾腾天。暂游万里，少别千年。惟世间兮重别，谢主人兮依然。下有《芍药》之诗，《佳人》之歌。桑中卫女，上宫陈娥。春草碧色，春水渌波，送君南浦，伤如之何？至乃秋露如珠，秋月如珪；明月白露，光阴往来。与子之别，思心徘徊。是以别方不定，别理千名，有别必怨，有怨必盈。使人意夺神骇，心折骨惊。虽渊云之墨妙，严乐之笔精。金闺之诸彦，兰台之群英。赋有凌云之称，辩有雕龙之声。谁能摹暂离之状，写永诀之情者乎？

枯树赋　庾信

殷仲文风流儒雅，海内知名。代异时移，出为东阳太守。常忽忽不乐，顾庭槐而叹曰："此树婆娑，生意尽矣！"至如白鹿贞松，青牛文梓。根抵盘魄，山崖表里。桂何事而销亡？桐何为而半死？昔之三河徙植，九畹移根。开花建始之殿，落实睢阳之园。声含嶰谷，曲抱《云门》。将雏集凤，比翼巢鸳。临风亭而唳鹤，对月峡而吟猿。乃有拳曲拥肿，盘拗反覆。熊彪顾盼，鱼龙起伏。节竖山连，文横水蹙。匠石惊视，公输眩目。雕镌始就，剞劂仍加。平鳞铲甲，落角摧牙。重重碎锦，片片真花。纷披草树，散乱烟霞。若夫松子、古度、平仲、君迁，森梢百顷，槎枿千年。秦则大夫受职，汉则将军坐焉。莫不苔埋菌压，鸟剥虫穿。低垂于霜露，撼顿于风烟。东海有白木之庙，西河有枯桑之社。北陆以杨叶为关，南陵以梅根作冶。小山则丛桂留人，《扶风》则长松系马。岂独城临细柳之上，塞落桃林之下。若乃山河阻绝，飘零离别。拔本垂泪，伤根流血。火入空心，膏流断节。横洞口而歌卧，顿山要而半折。文衺者合体俱碎，理正者中心直裂。戴瘿衔瘤，藏穿抱穴。木魅睒睗，山精妖孽。况复风云不感，羁旅无归。未能采葛，还成食薇。沈沦穷巷，芜没荆扉，既伤摇落，弥嗟变衰。《淮南》云"木叶落,长年悲",斯之谓矣。乃为歌曰:"建章三月火,黄河千里槎。若非金谷满园树,即是河阳一县花。"桓大司马闻而叹曰:"昔年移柳,依依汉南;今看摇落,凄怆江潭。物犹如此,人何以堪!"

律赋二篇(以下录唐人律赋二篇、宋人文赋一篇以为式)

赋赋　　白居易(以"赋者古诗之流也"为韵,△即限韵处)

赋者,古诗之流也△。始草创于荀、宋,渐恢张于贾马。冰生乎水,初变本于《典》《坟》。青出于蓝,复增华于《风》《雅》。而后谐四声,祛八病,信斯文之美者△。我国家恐文道寖衰,颂声陵迟。乃举多士,命有司。酌遗风于三代,详变雅于一时。全取其名,则号之为赋。杂用其体,亦不违乎诗△。四始尽在,六艺无遗。是谓艺文之惊策,述作之元龟。观夫义类错综,词彩分布。文谐宫律,言中章句。华而不艳,美而有度。雅音浏亮,必先体物以成章;逸思飘飘,不独登高而能赋△。其工者:究精微,穷旨趣,何惭《两京》于班固。其妙者:抽秘思,骋妍词,岂谢《三都》于左思。掩黄绢之丽藻,吐白凤之奇姿。振金声于寰海,增纸价于京师。则《长扬》《羽猎》之赋,胡可比也?《景福》《灵光》之作,未足多之△。所谓"立意为先，能文为主"。炳如缋素，铿若钟鼓。郁郁哉溢目之黼黻，洋洋乎盈耳之韶武。信可以凌轹风骚，超逸今古△者也。今吾君网罗六艺，澄汰九流。微才无忽，片善是求。况赋者：雅之列，颂之俦。可以润色鸿业，可以发挥皇猷。客有自谓握灵蛇之珠者，岂可弃斯文而不收△？[1]

江南春赋（以"北地晴游晖连水隔"为韵） 王棨

丽日迟迟，江南春兮春已归。分中元之节候，为下国之芳菲。烟幂历以堪悲，六朝故地；景葱笼而正媚，二月晴晖△。谁谓建业气偏，勾吴地僻？年来而和煦先遍，寒少而萌芽易坼。诚知青律，吹南北以无殊；争奈洪流，亘东西而是隔△。当使兰泽先暖，蘋洲早晴△。薄雾轻笼于钟阜，和风微扇于台城。有地皆秀，无枝不荣。远客堪迷，朱雀之航头柳色；离人莫听，乌衣之巷里莺声。于时衡岳雁过，吴宫燕至。高低兮梅岭残白，迤逦兮枫林列翠。几多嫩绿，犹开玉树之庭。无限飘红，竞落金莲之地△。别有鸥屿残照，渔家晚烟。潮浪渡口，芦笋沙邊。野葳蕤而绣合，山明媚以屏连△。蝶影争飞，昔日吴娃之径；扬花乱扑，当年桃叶之船。物盛一隅，芳连千里。斗暄妍于两岸，恨风霜于积水△。幂幂而云低茂苑，谢客吟多；萋萋而草夹秦淮，王孙思起。或有惜嘉节，纵良游△，兰桡镜

---

[1] 押韵次序为：者、诗、赋、之、古、流。参见《历代赋评注·唐五代卷》（P.404）。

缆以盈水，舞袖歌声而满楼。谁见其晓色东皋，处处农人之苦；夕阳南陌，家家蚕妇之愁？悲夫！艳逸无穷，欢娱有极！齐东昏醉之而失位，陈后主迷之而丧国。今日并为天下春，无江南兮江北△。

文赋一篇

前赤壁赋　苏轼

壬戌之秋，七月既望，苏子与客泛舟，游于赤壁之下。清风徐来，水波不兴。举酒属客，诵明月之诗，歌窈窕之章。少焉，月出于东山之上，徘徊于斗牛之间。白露横江，水光接天。纵一苇之所如，凌万顷之茫然。浩浩乎如冯虚御风，而不知其所止；飘飘乎如遗世独立，羽化而登仙。于是饮酒乐甚，扣弦而歌之。歌曰："桂棹兮兰桨，击空明兮泝流光；渺渺兮予怀，望美人兮天一方。"客有吹洞箫者，倚歌而和之。其声呜呜然，如怨如慕，如泣如诉；余音袅袅，不绝如缕。舞幽壑之潜蛟，泣孤舟之嫠妇。苏子愀然，正襟危坐而问客曰："何为其然也？"客曰："'月明星稀，乌鹊南飞。'此非曹孟德之诗乎？'西望夏口，东望武昌，山川相缪，郁乎苍苍。'此非孟德之困于周郎者乎？方其破荆州，下江陵，顺流而东也，舳舻千里，旌旗蔽空，酾酒临江，横槊赋诗，固一世之雄也！而今安在哉？况吾与子渔樵于江渚之上，侣鱼虾而友麋鹿。驾一叶之扁舟，举匏樽以相属。寄蜉蝣于天地，渺沧海之一粟。哀吾生之须臾，羡长江之无穷。挟飞仙以遨游，抱明月而长终。知不可乎骤得，托遗响于悲风。"苏子曰："客亦知夫水与月乎？逝者如斯，而未尝往也。盈虚者如彼，而卒莫消长也。盖将自其变者而观之，则天地曾不能以一瞬。自其不变者而观之，则物与我皆无尽也，而又何羡乎？且夫天地之间，物各有主，苟非吾之所有，虽一毫而莫取！惟江上之清风，与山间之明月；耳得之而为声，目寓之而成色；取之无禁，用之不竭。是造物者之无尽藏也。而吾与子之所共适。"客喜而笑，洗盏更酌，肴核既尽，杯盘狼籍。相与枕藉乎舟中，不知东方之既白。

第三编

词之部

第一章
词的起源

词由乐府演变而来。近则托体于唐的近体乐府,远则导源于六朝的乐府歌辞,或更溯而上之,远及汉魏。唐代的乐府即是诗,为五七言绝律,故称词为"诗余"。余字之义,说者颇不一定。或作剩余之余,或作余声之余,或作亡余之余,终无的解。词既从乐府演变而来,不言可知它是可以歌唱入乐的,所以也称"乐府"或"曲子"。又因其字句参差不齐,与律绝诗有异,亦称"长短句"。"长短句"者,长短句之乐府诗也。我们从下列的例子看来,可以见得它如何的与诗相像,说它血统中混有诗的成分,这是不能否认的。

不喜秦淮水,生憎江上船。载儿夫婿去,经岁又经年!(《啰唝曲》,刘采春作)

蛮歌豆蔻北人愁,蒲雨杉风野艇秋。浪起鸰鹟眠不得,寒沙细细入江流。(《浪淘沙》,皇甫松作)

祖席驻征棹,开帆候信潮。隔筵桃叶泣,吹管杏花飘。船去鸥飞阁,人归尘上桥。别离惆怅泪,江路湿红蕉。(《怨

回纥》，皇甫松作）

才罢严妆怨晓风，粉墙西壁宋家东。蕙兰有恨枝犹绿，桃李无言花自红。燕燕巢时罗幕卷，莺莺啼处凤台空。少年薄幸知何处，每夜归来春梦中。（《瑞鹧鸪》，冯延巳作）

词又名长短句，其字句大都是参差的，此长短句的词，如何演变来的呢？曰：昉自汉魏六朝的杂言乐府，其大部分还自从唐乐府变化来的。且看下例：

秋夜香闺思寂寥，漏迢迢。鸳帏罗幌麝烟消，烛光摇。正忆玉郎游荡去，无寻处。更闻帘外雨潇潇，滴芭蕉。（《添声杨柳枝》，顾夐作）

晴野鹭鸶飞一只，水葓花发秋江碧。刘郎此日别天仙，登绮席，泪珠滴，十二晚峰青历历。（《天仙子》，皇甫松作）

西塞山前白鹭飞，桃花流水鳜鱼肥。青箬笠，绿蓑衣，斜风细雨不须归。（《渔歌子》，张志和作）

花非花，雾非雾。夜半来，天明去。来如春梦不多时，去似朝云无觅处。（《花非花》，白居易作）

在上列各例中，我们很可以看出将近体诗加以添减或变化的痕迹。此外则受汉魏六朝杂言乐府的影响，虽不一定找得出痕迹，终是渊源有自的。如梁武帝之《江南弄》、侯夫人之《看梅曲》等，虽不能径谓为词，但都有词的气息，多少启示了词的演化的途径。汉魏六朝杂言乐府之体例已略见上编，不赘述，兹录《江南弄》《看梅曲》二曲如后：

众花杂色满上林，舒芳耀彩垂轻阴，连手蹙蹀舞春心。舞春心，临岁腴；中人望，独踟蹰。（《江南弄》，梁武帝作）

砌雪消无日，卷帘时自矉。庭树对我有怜意，先露枝头一点春。（《看梅曲》，隋炀帝侯夫人作）

第二章
词的体制

第一节 韵[1]拍上的分类

词之体制,张炎《词源》凡列九类,其中五类为散词:令、引近、慢、三台、序子是也。

令 令也称小令,篇幅最短,词之初兴,多为小令,如《如梦令》《三台令》等。单调自二韵拍至三韵拍,双叠倍之。

引近 引,谓将小令稍稍引长之;近,谓音调相近。如《千秋岁引》《阳关引》《诉衷情近》《扑蝴蝶近》等。引、近皆双叠,自六韵拍至八韵拍。

慢 慢亦称慢词、慢曲,引而愈长之则为慢,又有曼声永歌的意义。如《浪淘沙慢》《扬州慢》等。双叠者自八韵拍至十二韵拍,三叠者自十韵拍至十六韵拍。

三台 三台与慢词同,传者仅《三台》《解红慢》二调,词皆三片(片即叠,亦称段,大曲中之一遍亦称一片,名同而体

---

[1] 韵 底本作"均"。《文选》卷一八《啸赋》李善注:"均,古韵字也。"酌改为通行之字。下文同,不再出校记。

异）。两者之分，在乎音节：慢词为八韵拍或多至十六韵拍的慢曲，三台为每片慢二急三拍或三十促拍的急曲子。

序子　序子在词中为最长，其词四片，十六韵拍。三台为促拍，序子为碎拍，此皆异于慢曲之处，如《莺啼序》是。

张炎《词源》所述的九类：1.令，2.引、近，3.慢曲，4.三台，5.序子（以上五类统称散词，散词者，不成套数可以单谱单唱者也），6.法曲，7.大曲（大曲有散序、靸、排遍等等十数遍或多至数十遍以成一大遍；法曲之遍数，与大曲不相上下），8.缠令，9.诸宫调（以上二类为成套之曲。缠令即赚词，合同一宫调之曲若干以成套；诸宫调则以不同宫调之曲合成一套者也。可参阅本书曲之部第一章）。

词之分令、引近、慢，盖视词中之韵拍多寡而定。韵犹节也，拍即一板三眼之板，合若干拍以成一韵。韵之拍数无定，所谓"一曲有一曲之谱，一韵有一韵之拍"也。《词源·讴曲旨要》云："歌曲令曲四掯匀，破近六韵慢八韵。"其意即令曲以四韵拍为正常，过此者为变例；引、近以六韵拍为正常，慢曲以八韵拍为正常，过此者皆为变例。惟令曲之中有不及四韵拍者，亦有过六韵拍者，此其大较也。

所谓"韵"又略同诗文中之"句"（指包含两读以上之长句而言）。词中通常以两小句为一韵，在引、近与慢曲中，尽有三四句为一韵者。此犹诗文中合两读或三四读以成一长句也。韵未必住韵，而住韵处不必为韵，盖起韵、转韵皆不算，词中所藏之短韵与连韵（犹短韵）每亦不计也。

今词已不可歌，其所以然之故，恨不能起柳、周、姜、张诸公而问之。但就所知者观之，其分韵处，似与辞颇有关系，转言之，一节词意之敷衍与结煞，随韵拍而定。如下例（△为分韵处）。

洞仙歌令　苏轼

冰肌玉骨，自清凉无汗△。水殿风来暗香满△，绣帘开、一点明月窥人，人未寝，欹枕钗横鬓乱△。

起来携素手，庭户无声，时见疏星渡河汉△。试问夜如何？夜已三更，金波淡玉绳低转△。但屈指西风几时来？又不道流年，暗中偷换△。

（此调凡八十三字，前后二片，片各三韵，在令曲中为极长之调）

云仙引　冯伟寿

紫凤台房，红鸾镜里，霏霏几度秋馨△。黄金重，绿云轻△，丹砂鬓边滴粟，翠叶玲珑烟剪成△。含笑出帘，月香满袖，天雾萦身△。

年时花下逢迎。有游女、翩翩如五云△。乱掷芳英，为簪斜朵，事事关心△。长向金风，一枝在手，嗅蕊悲歌双黛颦△。绕林溪树，对初弦月，露下更深△。

（此为引词中最长之调，凡九十八字，合前后两片计

之，亦仅八韵拍）

词之有韵拍，原为讴唱时求其有节奏而设。令、近之分，特就现成之韵拍以判剖之，非为分令、近而定韵拍也。其所以如此分者，实无若何之深意存其间。今词之唱法既亡，韵拍云云，徒存一资人考订之名词，即填词时，亦无丝毫关系可言矣（词中如《忆王孙》《念奴娇》等，今尚有人唱之者。惟此乃以元明曲调唱宋人之词，殊非宋人之腔拍，此又学者不可不知者焉）。

第二节　字数上的分类

词之篇幅自十四字至二百四十字，长短悬殊，昔人分为三类，以便论述。在五十八字以内者称为小令，五十九字至九十字为中调，九十一字以外为长调。若问何以如此分划？殊无意义可言者也。

这种分法颇与令、引近、慢相若，一则分以字数，一则区以韵拍，其实字数与韵拍原是相互关联的。

第三节　风格上的分类

词的风格通常分婉约、豪放为两大宗，婉约者又被称为正宗。原夫词之本质，宜于柔媚，不尚刚劲。古今作家多属婉约一派，然而面目各别，有非婉约二字所可概括者。这原是一个概名，不能尽绳各家。豪放一宗，开自东坡，南宋时始发扬光大。此派作者较少，于词为变调，故目为旁支。

第三章
词的声律

第一节 四声

词中四声的限制，较诗为严。诗中只须区别平仄，词有时须严别四声，不可混用。万树《词律·发凡》云："平止一途，仄兼上、去、入三种，不可遇仄而以三声概填……如《永遇乐》之'尚能饭否'，《瑞鹤仙》之'又成瘦损'，'尚''又'必仄，'能''成'必平，'饭''瘦'必去，'否''损'必上，如此然后发调。末二字若用平上或平去，或去去、上上、上去皆为不合。"此等应注意之点，词谱中皆有详注，填词者遵守勿失可也。又名家词中很有将入声作平用者，如李清照《声声慢》"寻寻觅觅"一首，其中有七处皆将入作平。以上声作平声者较少，如何籀《宴清都》"那更天远山远水远人远"，其中"天远""山远"之"远"皆作平。曹勋效之，用四"处"字，则以去作平，词中更为少见。又入声可作三声，不独作平，且可作上、去。如杜安世《惜春令》"闷无绪，玉箫抛掷"之"掷"读征移切，作平声；如晏几道《梁州令》"劝君莫唱阳关曲"之"曲"读丘雨切,作上声;柳永《女冠子》"楼台悄如玉"之"玉"读于句切,作去声。又皆用于句末押韵。此种例子极少。

第二节 音律

音谓五音,宫、商、角、徵、羽是也,加变宫、变徵为七音。其排列的次第为宫、商、角、变(即变徵)、徵、羽、闰(即变宫),相应于今乐之合、四、乙、上、尺、工、凡七音(以曲笛正工调为准,曲笛较常用之笛低半音,故宫之一音,相当常笛正工调之凡,亦即小工调之乙,其他韵可推定),亦相应于西乐之 fa、sol、la、ti、do、re、mi 七音(以 C 调为准)。

律谓十二律:黄钟、太簇、姑洗、蕤宾、夷则、无射为阳律,大吕、夹钟、仲吕、林钟、南吕、应钟为阴吕,合称十二律。其排列的次序,乃律吕依次相间,如黄钟、大吕、太簇、夹钟……以宫乘十二律亦谓之宫,如黄钟宫、大吕宫……故宫有十二。以商、角、变徵、徵、羽、变宫乘十二律谓之调,如黄钟商、大吕角、太簇羽……故调有七十二。两者相合得八十四调,称之为宫调。其数虽八十四,实则只十二调,盖以任何一调为准,只得十二个,其余皆与之重复,名异实同者也。此十二律又相应于西乐中之十二调,如下表。宋词中之宫调别有一种俗名,如称黄钟宫为正宫,黄钟商为大石调,为学者所不可不知者。

古今中西音律对照表

来俗名			正大殷石涉宫调调	高高大石涉宫调	中中中管管高高大石涉宫调调	中双中吕吕宫调调	中中中管管中双吕吕宫调调	道小石平宫调调	中中中管管小正道石平宫调调	南歇吕指平宫调调	仙商仙吕吕宫调调	中中中管管仙商仙吕吕宫调调	黄越钟宫调	中中中管管越羽黄越钟吕宫调调
宫	商	羽												
古律名			黄钟	大吕	太簇	夹钟	姑洗	仲吕	蕤宾	林钟	夷则	南吕	无射	应钟
西调名			F	#F bG	G	#G bA	A	#A bB	B	C	#C bD	D	#D bE	E
古音名			宫		商		角	变徵		徵		羽		变宫
西音名			fa		sol		la		ti	do		re		mi
常笛	小工调		乙	上	尺	尺	工	工	上	凡	合	凡	四	乙
	正宫调		凡	合	四	四	乙	乙	上	合	尺	尺	工	凡
曲笛	小工调		上	上	尺		工	工	凡	合		四	四	乙
	正宫调		合	合	四		乙	乙	上	尺		工	工	凡

兹统括一表以明之。

宋时通行者只七宫十二调，实则只宫、商、羽三音所生之宫调。角调自古已不用。徵与二变之调，咸非流美，故亦不用。

七宫：黄钟宫、仙吕宫、正宫、高宫、南吕宫、中吕宫、道宫。

十二调：大石调、小石调、般涉调、歇指调、越调、仙吕调、中吕调、正平调、高平调、双调、羽调、商调。

第三节　词调

词的字句有多少，篇幅有短长，其音响节族各各不同，乃不得不立调名以区别之，使歌唱、奏演时有所识别。调名的产生，近则得之于唐教坊曲名，或民间旧曲，如《菩萨蛮》《清平乐》《浪淘沙》《望江南》等。或以旧曲谱新词，或借调衍声。其自创新调，大都别立新名。调名之见于《词谱》者凡八百二十六调，二千三百有六体，别名尚不在内，可见调体的多了。

调名的原起，大概昉自古乐府，如《饮马长城窟》之述征戍之思，《陌上桑》之咏采桑女，《采莲曲》《采菱曲》之咏采莲、采菱，都显而易见的。所以唐代初兴的词，也多缘题所赋，如《女冠子》述道情，《河渎神》缘祠庙，《巫山一段云》状巫峡，虽未必每调都是如此，其有古乐府之遗意，可断言也。然此不过指一部分而言，其得名之由，正多着呢。

第四节　词韵

　　词的用韵，较诗稍宽，其变化则较诗为复杂。诗中四声都单押，词则上去通押；东冬、江阳、支微齐灰皆通用；入声韵又只并剩五部，此皆用韵较宽处。其详具见韵书。

　　叠韵　谓叠上一句之韵，有叠数字、叠全句者。如白居易《长相思》之"深画眉，浅画眉"，如辛弃疾《东坡引》之"罗衣宽一半，罗衣宽一半"。此近体诗中所没有的。

　　转韵　谓由平转仄，或由仄转平，有仄转仄者，词调中很多此例。诗中惟古体有之。

　　平仄通叶　调中如《西江月》《少年心》等皆平仄通叶，然须同在一韵，否则即出韵而为转韵之调。如平用东、同，则仄须用董、送，平用支、脂，则仄须用纸、寘等。

　　换韵　词中某调为平韵或仄韵，皆有一定，不可乱押。上、去与入，亦有区别，而通晓音律者，每将平、仄韵互换。大抵互换之时，其仄类为入声（如本为入声韵，或换以入声韵），以平、入二声相近故也。如姜夔以《满江红》押平韵，李清照以《声声慢》押入韵是。

　　三声单押　即上、去、入三声，均须单押。上、去亦不许通押。如《秋宵吟》《清商怨》宜单押上声，《菊花新》《翠楼吟》

宜单押去声,《兰陵王》《雨霖铃》宜单押入声。单押入声之调较多,余亦少见。

福唐独木桥体　通首只用某一字以押韵者,谓之"福唐体",亦称"独木桥体"。乃一时戏作,不可为训。

拗句　词中拗句,很当注意,这是词中特异处。与全调的音响有关,不可以其难填而改为顺适也。

第五节　句法

诗句的组织无定式,通常五言用"上二下三"的法式,七言用"上四下三"的法式,很少例外。惟好为生硬奇险的诗人,间有不依式者,如韩愈的"淮之水悠悠"为上三下二,陆龟蒙之"师在浮云端隐身"为上五下二,这是不多见的。诗句多五七言,其法式简单而无变化,所以无须讲什么句法。词称"长短句",字数至为参差,自一字至十字都有。其在某调某句中都有一定的法式,决不可见五七言而概作诗句填也。

四字句　此类多用折腰格,如《水龙吟》之"遥岑远目,献愁供恨,玉簪螺髻"等;又《水龙吟》末句之"揾英雄泪",《永遇乐》末句之"倚红杏处",皆作"一二一"句法,不可不知。

五字句　此类有"上二下三""上一下四"两种。"上二下三"者,与诗句同。"上一下四"者,必用一字领句。如《一萼红》之"正云黄天淡,雪意未全休",《昼夜乐》之"一日不思量,也攒眉千度",皆连续两句,用两种句法的。

六字句　此类亦有两种,一为常格,一为折腰格,如《风入松》之"门外蔷薇开也,枝头梅子酸时",又《青玉案》之"绿染遍江头树""被芳草将愁去"。

七字句　其法亦有两种,一如七言诗之"上四下三"格,一为"上三下四"格,如《多丽》之"采菱新唱最堪听""馆娃归吴台游鹿""自湖上爱梅仙远"。末一例亦可看作"上一下六"。

其他各种句法,不再赘述,填词时取名作参照可也。其所以要讲句法者,以不如此填,便将不成其为某调,其精神面目势必完全失掉,读者将无可分辨之也。

一调有一调所特有的音响、节奏、气派等,我可特称之为"调色",凡平仄、拗句、句法等,都是显出"调色"的地方。若随便乱填,则"调色"不显,学词者不可不留意焉!

第四章
词的演进

第一节　词的发生期

李白的《菩萨蛮》《忆秦娥》二词,昔人谓为"千古词曲之祖"。李词之传于今者,共十六首,其中不无可疑的地方,所以很有人一概否认,以为全是伪托,即《菩萨蛮》《忆秦娥》二词亦加否认。惟其论证,不甚坚强有力,似未能作为定论,故词体发生之期,不妨定为盛唐。

第二节　词的分期与演进

中国文学的分期,大都以朝代为断,这种分法,实在不甚妥当,因为文学的演进,决不因朝代的更易而截然变异的,好像其中划成一道鸿沟一样。何况我们所论的并非某一朝代的某种文学,是某种文学在某时期内联续演进的整个的历程,所以决不能以朝代为断。然而不这样分划似嫌琐碎,初学者又不易得到一明晰的概念,故仍断代论述,盖有所不得已也。

第一期　唐代，玄宗天宝元年至唐亡（公元742—906），凡一百六十五年。

第二期　五代十国，梁太祖元年至宋太祖末年南唐亡（公元907—975），凡七十九年。

第三期　北宋，太宗元年至钦宗靖康（公元976—1126），凡一百五十一年。

第四期　南宋，高宗元年至宋亡（1127—1279），凡一百五十三年。

四期的年数差不多，惟第二期只及各期的一半。

第一期，词的幼年期。词即在此期中孕育和生长，李白是产母，经张志和[1]、王建、刘禹锡、白居易等哺乳长大的。若论抚育之功，便不得不推温庭筠、皇甫松两人。温庭筠的提携捧护、鞠育维周，尤为词的唯一好保姆。

自李白的《菩萨蛮》《忆秦娥》二词出，词体乃正式成立，不再是六朝杂言乐府的声响了。这二词气象宏阔，音节苍劲，可称绝唱，因此有人疑心它不是初期的作品，且进一步把《菩萨蛮》一词归宗温氏，因为飞卿的子女中如此者实在很多又很好，他原是一位子孙太太呵！太白其他各首都是宫体，风调与此不同。

张志和，字子同，金华人，自称烟波钓徒。著《玄真子》

---

[1] 张志和　底本多处均作"张子和"。唐代词人张志和字子同，金华人。生平参见《唐才子传校笺》第1册（P.687）。据改。下文同，不再出校记。

十二卷，又称玄真子，名重当世。有《渔歌子》五首，其"西塞山前"一首，最炙脍人口，朱敦儒的《樵歌》似渊源于是。

王建，字仲初，颍川人，以宫词百首著称，传词十首，《团扇》一首最哀婉可诵。

刘禹锡、白居易二人，都做了很多的《竹枝》《杨柳枝》《浪淘沙》等，但都是七绝。白氏集中颇有长短句，且很佳。

温庭筠，字飞卿，太原人，诗与李商隐齐名，实不及李，李不作词，温为《花间》鼻祖，亦第一期最伟大的词人。他的词缛丽秾艳，不可方物，可信者凡六十七首，见《花间》《尊前》二集。词集名《握兰》《金荃》，今虽不传，但为专集之创始者。

皇甫松，字子奇，睦州人，也是一位极有成就的词人，以《天仙子》一词著名，今传二十三首。

这第一期的词家，都是诗人。可见词体正在创始，还没有完全成立，不过几位好奇的作家在那里尝试，要想在诗之外另辟一条新的蹊径，到别一天地去。直至温飞卿披荆斩棘，很费一番气力，通出一条路来，发现[1]了繁华的词国。由是经由此道而赴词国的便骤然兴盛了。

唐代作词的尚有几人，因为作品的数量很少，又没有可以注意的地方，所以不复述了。

---

[1] 现　底本作"见"，据文意酌改。

菩萨蛮　李白

平林漠漠烟如织，寒山一带伤心碧。暝色入高楼，有人楼上愁。　玉阶空伫立，宿鸟归飞急。何处是归程？长亭连短亭。

忆秦娥　李白

箫声咽，秦娥梦断秦楼月。秦楼月，年年柳色，灞陵伤别。　乐游原上清秋节，咸阳古道音尘绝。音尘绝，西风残照，汉家陵阙。（案：此调前后第三句必叠三字，定格也）

渔歌子　张志和

西塞山前白鹭飞，桃花流水鳜鱼肥。青箬笠，绿蓑衣，斜风细雨不须归。

调笑　王建

团扇、团扇，美人病来遮面。玉颜憔悴三年，谁复商量管弦？弦管，弦管，春草昭阳路断。

忆江南　白居易

江南好，风景旧曾谙。日出江花红胜火，春来江水绿如蓝。能不忆江南？

菩萨蛮　温庭筠

小山重叠金明灭，鬓云欲度香腮雪。懒起画蛾眉，弄妆梳洗迟。　照花前后镜，花面交相映。新帖绣罗襦，双双金鹧鸪。

满宫明月梨花白，故人万里关山隔。金雁一双飞，泪痕沾绣衣。　小园芳草绿，家在越溪曲。杨柳色依依，燕归君不归。

南园满地堆轻絮，愁闻一霎清明雨。雨后却斜阳，杏花零落香。　无言匀睡脸，枕上屏山掩。时节欲黄昏，无憀独倚门。

更漏子　温庭筠

玉炉香，红蜡泪，偏照画堂秋思。眉翠薄，鬓云残，夜长衾枕寒。　梧桐树，三更雨，不道离情正苦。一叶叶，一声声，空阶滴到明。

南歌子　温庭筠

转盼如波眼，娉婷如柳腰，花里暗相招。忆君肠欲断，恨春宵！

梦江南　温庭筠

梳洗罢，独倚望江楼；过尽千帆皆不是，斜晖脉脉水悠悠，肠断白蘋洲。

天仙子　皇甫松

晴野鹭鸶飞一只，水葓花发秋江碧。刘郎此日别天仙，登绮席，泪珠滴，十二晚峰青历历。

浣溪沙　张曙

枕障熏炉隔绣帷，二年终日苦相思，杏花明月始应知。　天上人间何处去？旧欢新梦觉来迟！黄昏微雨画帘垂。

后庭宴　　无名氏

千里故乡，十年华屋，乱魂飞过屏山簇。眼重眉褪不胜春，菱花知我销香玉。　　双双燕子归来，应解笑人幽独。断歌零舞，遗恨清江曲。万树绿低迷，一庭红朴簌。

第二期，词的青年期。五代十国之际，词体的创作，已完全成功。所以这时期词人很多，且有不少作词的专家，在乐府中，词已替代了诗的地位，为当时唯一的新乐府，因此作诗者少，词便独占了当代的文坛。

五代时天下分裂，惟西蜀、南唐得地独厚，又受不到胡人的侵略，最称治平。文学之士，二国为独多。此期的词，除南唐外大多收在《花间集》中。和凝、韦庄、牛峤、薛昭蕴、李珣、欧阳炯、顾敻、孙光宪、李后主、冯延巳，皆其著也。

和凝，字成绩，郓州人，为五代时中原唯一的词人，历事后唐、后晋、后汉三朝，官平章事，封鲁国公。因为他少时好为曲子，所以契丹人称为"曲子相公"。他的词冶艳绝伦，每嫁名韩偓，这是为的政治地位而有所忌讳。今传二十七首，仍妖冶非常，那末嫁名的更可想见了。有《红叶稿》。

韦庄，字端己，杜陵人，仕唐，使前蜀被留。官至相，曾作《秦妇吟》一诗，被称"《秦妇吟》秀才"，其词与温飞卿并称"温韦"，是《花间集》中二位最出色的人。温词秾艳，韦词凄丽，据说他为宠姬被夺于王建而作的。传词五十二首。

牛峤，字松卿，陇西人，唐进士，仕蜀。其词能刻划造意，传三十一首。

薛昭蕴为蜀侍郎，好唱《浣溪沙》，殊多佳句，传十九首。

李珣，字德润，先世波斯人，为蜀秀才。他的《南乡子》很佳。传五十五首。

欧阳炯，益州人，《花间集》有其叙。仕后蜀归宋。其词轻倩婉约，传四十八首。

顾敻亦仕后蜀，其《浣溪沙》《玉楼春》词很有情致。传五十五首。

孙光宪，字孟文，贵平人。初仕唐，后官南平，最后归宋。有词八十首，在《花间集》中为最多。又著《北梦琐言》，颇关词家掌故。

李后主名煜，字重光，南唐中主的第六子。封吴王，嗣立，在位十五年，国入于宋。后主是一位天才，他于诗、文、书、画、音乐无所不能，其词更为后世所宗。他纵情声色，其初期作品，很多艳词。入宋后，日以眼泪洗面，缅怀故国，悲怆欲绝。其词乃凄惋哀思，一片亡国之音，这才是他的不朽之作。后来竟因是有牵机药之赐，死得很惨。世有《南唐二主词》，版本颇多。合得四十五首。

冯延巳，字正中，其先彭城人，后居广陵。仕南唐为相，有《阳春录》词一百二十六首，不尽可信。其词清丽蕴藉，亦一代大作手。宋初晏殊、欧阳修辈都受他的影响。

五代十国的君主，不仅南唐二主长于文事，如后唐庄宗李存勖（沙陀人，也是一位外国的中国文学者[1]）知音律，能度曲，传词四首。又前蜀主王衍，后蜀主孟昶，亦能歌词，惟传者甚少。其他臣下之能词者，代有其人，为节省篇幅，不复述。

此中有一可注意之点，即第一期的词家都是诗人，第二期中已多专家，但都是官吏，除蜀布衣阎选外，再找不出一位平民。可见这时期的词，只流行于贵族阶级，还不曾普遍到民间去。但此种声乐，久已普遍在民间，或一般平民不敢尝试作辞，也未可知。或者因为他是平民，所以他们的词便散失了。宋代的情形便不这样，此中就可见得各时期中的词究属发展到怎样的一个程度，词在各时期中的演进究属经过怎样的一个历程。

一叶落　　后唐庄宗

一叶落，褰朱箔，此时景物正萧索。画楼月影寒，西风吹罗幕。吹罗幕，往事思量着。

如梦令　　后唐庄宗

曾宴桃源深洞，一曲舞鸾歌凤。长记别伊时，和泪出门相送。如梦，如梦，残月落花烟重。（案：此调第五、六句例用叠句）

---

[1] 沙陀为西突厥别部，西北少数民族，非"外国"，兹仍其旧。

采桑子　和凝

蝤蛴领上诃梨子,绣带双垂,椒户闲时,竞学樗蒲赌荔枝。　丛头鞋子红编细,裙窄金丝,无事嚬眉,春思翻教阿母疑。

菩萨蛮　韦庄

人人尽说江南好,游人只合江南老。春水碧于天,画船听雨眠。　垆边人似月,皓腕凝霜雪。未老莫还乡,还乡须断肠。

应天长（有长调）　韦庄

别来半岁音书绝,一寸离肠千万结。难相见,易相别,又是玉楼花似雪。　暗相思,无处说,惆怅夜来烟月。想得此时情切,泪沾红袖黦。

木兰花　韦庄

独上小楼春欲暮,愁望玉关芳草路。消息断,不逢人,却敛细眉归绣户。　坐看落花空叹息,罗袂湿斑红泪滴。千山万水不曾行,魂梦欲教何处觅?

小重山　韦庄

一闭昭阳春又春,夜寒宫漏永,梦君恩。卧思前事暗消魂。罗衣湿,红袂有啼痕。　歌吹隔重阍,绕庭芳草绿,倚长门。万般惆怅向谁论?颙情望,宫殿欲黄昏。

梦江南　牛峤

红绣被,两两间鸳鸯。不是鸟中偏爱尔,为缘交颈睡南塘，全胜薄情郎。

生查子　牛希济

春山烟欲收，天澹星稀小。残月脸边明，别泪临清晓。

语已多，情未了，回首犹重道。记得绿罗裙，处处怜芳草。

浣溪纱　薛昭蕴

握手河桥柳似金，蜂须轻惹百花心，蕙风兰思寄清琴。　意满便同春水满，情深还似酒杯深，楚烟湘月两沉沉。

倾国倾城恨有余，几多红泪泣姑苏，倚风凝睇雪肌肤。　吴主山河空落日，越王宫殿半平芜，藕花菱蔓满重湖。

玉楼春　魏承班

寂寂画堂梁上燕，高卷翠帘横数扇。一庭春色恼人来，满地落花红几片。　愁倚锦屏低雪面，泪滴绣罗金缕线。好天凉月尽伤心，为是玉郎长不见。

浣溪沙　李珣

晚出闲庭看海棠，风流学得内家妆，小钗横戴一枝芳。　镂玉梳斜云鬓腻，缕金衣透雪肌香，暗思何事立残阳？

巫山一段云　李珣

古庙依青嶂，行宫枕碧流。水声山色锁妆楼，往事思悠悠。　云雨朝还暮，烟花春复秋。啼猿何必近孤舟，行客自多愁。

定风波　欧阳炯

暖日闲窗映碧纱，小池春水浸晴霞。数树海棠红欲尽，争忍？玉闺深掩过年华。　独凭绣床方寸乱，肠断，泪珠穿破脸边花。邻舍女郎相借问，音信，教人羞道未还家。

浣溪纱　顾夐

春色迷人恨正赊，可堪荡子不还家，细风轻露着梨花。　帘外有情双燕飏，槛前无力绿杨斜，小屏狂梦极天涯。

醉公子　顾夐

漠漠秋云澹，红藕香侵槛。枕倚小山屏，金铺向晚扃。　睡起横波慢，独望情何限！衰柳数声蝉，魂销似去年。

临江仙　鹿虔扆

金锁重门荒苑静，绮窗愁对秋空。翠华一去寂无踪，玉楼歌吹，声断已随风。　烟月不知人事改，夜阑还照深宫。藕花相向野塘中，暗伤亡国，清露泣香红。

浣溪沙　孙光宪

揽镜无言泪欲流，凝情半日懒梳头，一庭疏雨湿春愁。　杨柳只知伤怨别，杏花应信损娇羞，泪沾魂断轸离忧。

浣溪沙　　南唐中主

风约轻云贴水飞，乍晴池馆燕争泥，沈郎多病不胜衣。　　沙上未闻鸿雁信，竹间时有鹧鸪啼，此时惟有落花知。

山花子　　南唐中主

菡萏香销翠叶残，西风愁起绿波间。还与韶光共憔悴，不堪看！　　细雨梦回鸡塞远，小楼吹彻玉笙寒。多少泪珠何限恨？倚阑干。

蝶恋花　　南唐后主

遥夜亭皋闲信步，乍过清明，早觉伤春暮。数点雨声风约住，朦胧淡月云来去。　　桃李依依春暗度，谁在秋千？笑里低低语。一片芳心千万绪，人间没个安排处。

虞美人　　南唐后主

春花秋月何时了？往事知多少。小楼昨夜又东风，故国不堪回首月明中。　　雕阑玉砌应犹在，只是朱颜改。问君能有几多愁？恰似一江春水向东流。

相见欢　　南唐后主

林花谢了春红，太匆匆，无奈朝来寒雨晚来风。胭脂泪，留人醉，几时重？自是人生长恨水长东。

无言独上西楼，月如钩，寂寞梧桐深院锁清秋。剪不断，理还乱，是离愁；别是一般滋味在心头。

菩萨蛮　　南唐后主

人生愁恨何能免，销魂独我情何限！故国梦重归，觉来双泪垂。　　高楼谁与上，长记秋晴望。往事已成空，还如一梦中。

浪淘沙令　　南唐后主

往事只堪哀，对景难排，秋风庭院藓侵阶。一桁珠帘闲不卷，终日谁来？　　金剑已沉埋，壮气蒿莱，晚凉天净月华开。想得玉楼瑶殿影，空照秦淮。

帘外雨潺潺，春意阑珊，罗衾不耐五更寒。梦里不知身是客，一晌贪欢。　　独自莫凭阑！无限江山，别时容易见时难！流水落花春去也，天上人间。

蝶恋花　　冯延巳

谁道闲情抛弃久？每到春来，惆怅还依旧。日日花前常病酒，不辞镜里朱颜瘦。　　河畔青芜堤上柳，为问新愁，何事年年有？独立小桥风满袖，平林新月人归后。

几日行云何处去？忘却归来，不道春将暮。百草千花寒食路，香车系在谁家树？　　泪眼倚楼频独语，双燕来时，陌上相逢否？撩乱春情如柳絮，依依梦里无寻处。

六曲阑干偎碧树，杨柳风轻，展尽黄金缕。谁把钿筝移玉柱？穿帘燕子双飞去。　　满眼游丝兼落絮，红杏开时，一霎清明雨。浓睡觉来莺乱语，惊残好梦无寻处。

采桑子　冯延巳

小堂深静无人到，满院春风，惆怅墙东，一树樱桃带雨红。　　愁心似醉兼如病，欲语还慵，日暮疏钟，双燕归来画阁中。

第三期，词的壮年期。词在这时期，活现出一种欣荣蓬勃的气象，在各方面都十分的发展，决不是唐五代那种局踏偏安的景状所可比拟的，这便成了赵宋一朝的时代文学。

它在体制上已由小令演化为慢词，这是词的一大进步，由是作者可以畅所欲言了。等到豪放的一派兴起之后，词本只宜于言情的，如今可以发为议论，发为感慨，气象益发阔大，内容更形充实，已由宫体而散文化了。它在声乐上已独占了当时乐府的地位，大概近体诗的歌唱，此时已扫荡无余。它的势力，已渗透入各阶级，一般人都公认了它的文学的价值，它便正式取得了文学上的地位，得与诗文辞赋等并比齐观，不复以小道目之。所以宋代作词的格外多，可说任何阶级都有。试以政治阶级、有闲阶级而论，上自帝皇，下至小吏，以及朝廷的名公巨卿，宫中的太监，执笔为文的士子，持刀杀人的武夫，念经拜忏的僧道，雕花搨脸的优伶，道貌岸然而挟妓吃酒的道学先生，偷亲送抱、娇嗔媚笑的倡妓，都有篇章流传后世。真是洋洋乎大观也哉！

照此说来，宋词的盛好像唐诗一样，宋诗当然远不及了。

其实不然，以数量而论，非但不及唐诗，且远不及宋诗。唐人的诗在《全唐诗》中搜罗得很完备，其所著录，凡二千二百余人，四万八千九百余首。宋诗尚无此巨大的总集，然以《宋诗纪事》及《补遗》二书计之，著录的人数约五千家，诗篇的数量，实无法统计，悬揣的说一句，约十数万首。宋词究竟怎样呢？将几家汇刻的总集，如汲古阁刻《六十一家词》《四印斋所刻词》《灵鹣阁汇刻词》《彊村丛书》等计之，去其重复，仅得一百八九十家，其篇数则未曾统计。《历代诗余》中的《词人姓氏录》，其所搜罗，大概很完备的，得五百三十八人。篇数的总量纵不可知，比了唐诗、宋诗，终瞠乎后矣！南宋辛弃疾词，以毛刻、王刻、朱刻三种计之，共得词六百零七首，在宋人中可算篇数最多的一个。其同时的陆游，他的《剑南诗稿》凡八十五卷，都一万四千余首，《稼轩词》如何比得上呢？即此看来，宋词的全数量，纵以唐诗作比例，至多在一万首以上，仅与陆放翁个人的诗相埒，这不是太奇怪了么？虽然，宋词的可贵在质不在量，若宋人的诗，反较唐诗为多，明、清人的词，大概也要比宋词为多。若以词与诗较，不论在当代或异代，终见得非常之少，其原因何在呢？曰：声律的限制有以致之。词的声乐，在宋代已十分普遍，民间亦非常流行。因了声律的限制，非率尔操觚者都可歌唱入乐，也非贩夫、走卒、村童、野老等所可信口诌成。且白描的词，更不易协律，又非一般人所可染指。又因声律的关系，字句多长短，平仄又很严，调子又很多；除极普通极圆熟，而又较短的调子外，简直不易记忆。非有声谱放在旁边，或有现成的词可作依傍，或正有人在旁歌唱或吹奏等，洵属不易下手。要下手亦非通晓声律者不办，决非稍通文墨的人都可从事的。

我们看了北曲的情形，未尝不可以揣想到定有很多的民间作品流布当代，但曲宜于通俗，且为代言体，有的地方反要鄙俚些，不可过文。词则主雅，不可粗俗。像黄山谷的俳语，实因诗名过大，得以流传至今，然已受够了一般人的訾议。大凡民间的作品，不免粗鄙些，自然没有人为之选录，为之汇集，为之刊布，就此淹没无闻。这又是词少的一个原因。

我想一个捷才的诗人，一天也许可以作几十首或百首的小诗，词则不能。宋人作词以供歌唱，非为名山之业，故并不作得怎样的多。因此，宋代的词，虽非常发达，若以人数及篇数而论，都比诗差得太远了。

北宋开国的七八十年间，词人很少。其时国事尚未十分宁定，无暇注意到文艺。等得晏、欧崛起，宋词便勃然兴盛，作者如雨后春笋了。其同时之张先、柳永二人成就更大，创调独多，慢词即于此时创立，向横的方面竭力发展，气魄格局，突然恢廓，很明显的表白它在文学上独立的资格，从此不甘再为诗的附庸了。继张、柳而起的，有晏几道、苏轼及"苏门四学士"。此外有贺铸、谢逸等。此期之末，以周邦彦、李清照二家为最伟大。

晏殊，字同叔，临川人。欧阳修，字永叔，庐陵人。二人的词都与冯延巳相近，没有脱掉《花间》的风格，集中都是小词。二人中，欧较好一些。欧本复古卫道的一位先生，晏也有些道学气，但其词，则艳情绮思，放出一副好色的本来面目，无怪有人要替他们讳饰了。晏有《珠玉词》，欧有《六一词》。

张先，字子野，吴兴人。他的词也工言情，集中颇有长调。此公享高寿，虽生在永叔之前，尚得与东坡辈交游。而其耽悦声色的习性，至老不衰，故其词很多赠妓的作品。有《子野词》。

柳永，字耆卿，崇安人，初名三变，是一位极伟大的词人。他宦途不得志，乃纵情声色，日处烟花巷陌，以至潦倒终身。他的不朽的盛业未尝不因此造成的。耆卿的词有几种特色，也就是他对于词学极有功绩的地方：（一）脱尽了《花间》的气韵，创立了宋词的声调。就是小令，也少扭捏遮饰的姿态。（二）盛创慢词。这是词体上的一大解放。境界既经扩大，自可注入不少的新生命。好似蟛屈已久的秦国，一朝出了崤函一样，不数年间，便席卷天下，创立了盛大的帝业，决不是局蹐边陲的一副小邦景象了。（三）尚白描。耆卿的词不尚藻缋，多用白描，非当行者无此运用的能力，盖以白描的词，更难出色。风尚既开，不啻在词中另外觅得一处新大陆，供它发展。市井里巷之语，鄙夫野叟之谈，都可写入词中，只须俗不伤雅。于是没有一种境界不可用词来描写，没有一种情意不可用词来宣达，且更觉得维妙维肖，点化入神。元曲的兴起，未尝不于此等处启示出一条新的途径，而后经人开辟。耆卿实为词国中一创业的人，如汉武、秦皇一样，建了不少的丰功伟烈！有《乐章集》。

晏几道，字叔原，殊之幼子。他的词十分像他的父亲，真肖子也。其工致精巧，殊亦有所不及，是则跨灶的佳儿。有《小山词》。

苏轼，字子瞻，号东坡居士，眉山人。他是个天才作家，姿质高，才气大，学力深，于文学艺术方面，样样都登峰造极，而别创一格的。他是中国文学史、艺术史上一位怪杰，可称千古一人！他的词是豪放一宗的开山之祖，其实是高旷而非豪放，惟"大江东去"一词，确是豪放的，但集中很难找得同样的第二首。而高旷的词，则所在都有。这派作风在当代没有多大影响，直至南宋辛、刘继起，方才发展，得在婉约之外另成一宗。有《东坡词》。

黄庭坚、秦观、晁补之、张耒被称为"苏门四学士"。他们和东坡过从很密。庭坚字鲁直，号山谷道人，分宁人，他的诗，被称为"'江西诗派'之祖"，影响极大。他的词与秦观并称"秦七黄九"。实在很不高明，远不及秦七。集中佳作，不逮什一，都是许多鄙俗恶劣的话，不堕入犁舌地狱，也得吃干矢橛。有《山谷词》。

秦观，字少游，初字太虚，号淮海居士，高邮人。他的词，在"四学士"中是杰出的。语工入律，风格与柳七相近，较柳七为婉丽，自是一大作手。古来的人都称许他的。有《淮海词》。

晁补之，字无咎，自称济北词人，巨野人，亦"四学士"之一。他的词有些近于东坡，其实不很像，像的也只有作隐逸语的几首，其风情之作，则似子野，有《鸡肋词》。张耒的词不多见，故不论。

贺铸，字方回[1]，卫州人。他的词清隽有致，风格与少游为近，而不及少游的秾丽。他以"梅子黄时雨"一句，被称为"贺梅子"。有《东山寓声乐府》。

谢逸，字无逸，临川人。以三百首《蝴蝶诗》而被称为"谢蝴蝶"。他的词轻倩清新，无长调。风格近永叔、小山。有《溪堂词》。

周邦彦，字美成，钱塘人。他是一位典型的词人，受其影响者已几百年。精音律，提举大晟府，在当时即有顾曲周郎的称誉。创调很多，仅亚于柳耆卿。他也纵情声色，好游狭邪，因此闹出一件笑话，也是中国文学史上绝无仅有的一件韵事。这笑话是小小的一幕悲喜剧，先喜后悲，悲而又喜，可惜没有曲家编演戏剧，事实要比《梅龙镇》有趣得多。个中关键，却为的二首词，先以一词而得祸，又以一词而转福。古来和皇帝干那吃醋的勾当，大约只有他一人。他的词是南北宋的一个枢纽，他归结了北宋的词局，又开发了南宋的词风。南宋词家之属婉约一派者，没有不受到他的影响。他的词很近耆卿，而有

---

[1] 回 底本作"面"，据《宋史》（P.13103）改。

他独创的典雅严整的风格,这种风格最受后人的称崇和仿效。有《片玉词》。

李清照是中国唯一的女词人,也是唯一的女文学家。能诗,能文,也作考证之学。无奈流传的太少,散佚得太多,这是非常的损失(她有文七卷,仅存数篇,词六卷,仅存二十余首)。她作词多用白描,出色当行,男子中也就少见。又其词都一气呵成,情意挚切;有活跃的生命,有清新的气韵。其作风是特立独行的,她并不取法人家,人家也不容易取法她。丰神绰约,如藐姑射仙子。她对当代词家,无一称许,其自负有如此者。这位大词人中年以后的遭际,十分可悯,竟至家破人亡,孑然一身的奔波转徙于吴越间,后即客死于越。千古才人,多遭不幸,可悲者又岂独易安一人已哉!有《漱玉词》。

玉楼春　　钱惟演[1]

城上风光莺语乱,城下烟波春拍岸。绿杨芳草几时休?泪眼愁肠先已断。　　情怀渐觉成衰晚,鸾镜朱颜惊暗换。昔年多病厌芳尊,今日芳尊惟恐浅。

渔家傲　　范仲淹

塞下秋来风景异,衡阳雁去无留意。四面边声连角起,千嶂里,长烟落日孤城闭。　　浊酒一杯家万里,燕然未

---

[1] 钱惟演　底本作"钱维演",据《全宋词》(P.4)改。

勒归无计。羌管悠悠霜满地，人不寐，将军白发征夫泪。

苏幕遮　范仲淹

碧云天，黄花地。秋色连波，波上寒烟翠。山映斜阳天接水，芳草无情，更在斜阳外。　黯乡魂，追旅思，夜夜除非，好梦留人睡。明月楼高休独倚！酒入愁肠，化作相思泪。

御街行　范仲淹

纷纷坠叶飘香砌，夜寂静，寒声碎。真珠帘卷玉楼空，天淡银河垂地。年年今夜，月华如练，长是人千里。愁肠已断无由醉，酒未到，先成泪。残灯明灭枕头欹，谙尽孤眠滋味。都来此事，眉间心上，无计相回避。

浣溪纱　晏殊

一曲新词酒一杯，去年天气旧亭台。夕阳西下几时回？　无可奈何花落去，似曾相识燕归来，小园芳径独徘徊。

踏莎行　晏殊

小径红稀，芳郊绿遍，高台树色阴阴见。春风不解禁杨花，濛濛乱扑行人面。　翠叶藏莺，朱帘隔燕，炉香静逐游丝转。一场愁梦酒醒时，斜阳却照深深院。

蝶恋花　晏殊

帘幕风轻双语燕，午醉醒来，柳絮飞撩乱。心事一春犹未见，余花落尽青苔院。　百尺朱楼闲倚遍。薄雨浓云，抵死遮人面。消息未知归早晚，斜阳只送平波远。

玉楼春　晏殊

绿杨芳草长亭路，年少抛人容易去。楼头残梦五更钟，花底离愁三月雨。　　无情不似多情苦，一寸还成千万缕。天涯地角有穷时，只有相思无尽处。

玉楼春　贾昌朝

都城水绿嬉游处，仙棹往来人笑语。红随远浪泛桃花，雪散平堤飞柳絮。　　东君欲共春归去，一阵狂风和骤雨。碧油红旆锦障泥，斜日画桥芳草路。

凤箫吟　韩缜

锁离愁连绵无际，来时陌上初熏。绣帏人念远，暗垂珠露，泣送征轮。长行长在眼，更重重远水孤云。但望极楼高，尽日目断王孙。　　销魂，池塘别后，曾行处，绿妒轻裙。恁时携素手，乱花飞絮里，缓步香茵。朱颜空自改，向年年芳意长新。遍绿野嬉游，醉眼莫负青春！

玉楼春　宋祁

东城渐觉风光好，縠皱波纹迎客棹。绿杨烟外晓寒轻，红杏枝头春意闹。　　浮生长恨欢娱少，肯爱千金轻一笑。为君持酒劝斜阳，且向花间留晚照！

蝶恋花　欧阳修

海燕双来归画栋，帘幕无风，花影频移动。半醉腾腾春睡重，绿鬟堆枕香云拥。　　翠被双盘金缕凤，忆得前春，有个人人共。花里黄莺时一弄，日斜惊起相思梦。

庭院深深深几许？杨柳堆烟，帘幕无重数。玉勒雕鞍游冶处，楼高不见章台路。　　雨横风狂三月暮，门掩黄昏，无计留春住。泪眼问花花不语，乱红飞过秋千去。

玉楼春　　欧阳修

东风本是开花信，及至花时风更紧。吹开吹谢苦匆匆，春意到头无处问。　　把酒临风千万恨，欲扫残红犹未忍。夜来风雨转离披，满眼凄凉愁不尽。

南歌子　　欧阳修

凤髻金泥带，龙纹玉掌梳。走来窗下笑相扶，爱道："画眉深浅入时无？"　　弄笔偎人久，描花试手初。等闲妨了绣功夫，笑问："'鸳鸯'两字怎生书？"

浣溪沙　　欧阳修

春杏园林煮酒香，佳人初试薄罗裳，柳丝摇曳燕飞忙。　　乍雨乍晴花自落，闲愁闲闷昼偏长，为谁消瘦损容光？

天仙子　　张先

水调数声持酒听，午醉醒来愁未醒。送春春去几时回？临晚镜，伤流景，往事后期空记省。　　沙上并禽池上暝，云破月来花弄影。重重帘幕密遮灯，风不定，人初静，明日落红应满径。

千秋岁（一作欧阳修词） 张先

数声鶗鴂，又报芳菲歇，惜春更把残红折。雨轻风色暴，梅子青时节。永丰柳，无人尽日飞花雪。　莫把幺弦拨！怨极弦能说。天不老，情难绝。心似双丝网，中有千千结。夜过也，东窗未白孤灯灭。

青门引　张先

乍暖还轻冷，风雨晚来方定。庭轩寂寞近清明，残花中酒，又是去年病。　楼头画角风吹醒，入夜重门静。那堪更被明月，隔墙送过秋千影。

满江红　张先

飘尽寒梅，笑粉蝶游蜂未觉。渐迤逦、水明山秀，暖生帘幕。过雨小桃红未透，舞烟新柳青犹弱。记画桥深处水边亭，曾偷约。　多少恨，今犹昨。愁和闷，都忘却。拚从前烂醉，被花迷着。晴鸽试铃风力软，雏莺弄舌春寒薄。但只愁锦绣闹妆时，东风恶。

雨霖铃　柳永

寒蝉凄切。对长亭晚，骤雨初歇。都门帐饮无绪，方留恋处，兰舟催发。执手相看泪眼，竟无语凝噎。念去去千里烟波，暮霭沉沉楚天阔。　多情自古伤离别，更那堪冷落清秋节！今宵酒醒何处？杨柳岸晓风残月。此去经年，应是良辰、好景虚设。便纵有千种风情，更与何人说？

卜算子慢　柳永

江枫渐老，汀蕙半凋，满目败红衰翠。楚客登临，正是暮秋天气。引疏砧，断续残阳里。对晚景，伤怀念远，新愁旧恨相继。　　脉脉人千里。念两处风情，万重烟水。雨歇天高，望断翠峰十二。尽无言，谁会凭高意！纵写得、离肠万种，奈归鸿难寄。

戚氏　柳永

晚秋天，一霎微雨洒庭轩。槛菊萧疏，井梧零乱，惹残烟。凄然，望江关。飞云黯淡夕阳间。当时宋玉悲感，向此临水与登山。远道迢递，行人凄楚，倦听陇水潺湲。正蝉吟败叶，蛩响衰草，相应声喧。　　孤馆度日如年，风露渐变，悄悄至更阑。长天净，绛河清浅，皓月婵娟。思绵绵，夜永对景，那堪屈指，暗想从前。未名未禄，绮陌红楼，往往经岁迁延。　　帝里风光好，当年少日，暮宴朝欢。况有狂朋怪侣，遇当歌对酒竞流连。别来迅景如梭，旧游似梦，烟水程何限，念利名憔悴长萦绊，追往事空惨愁颜。漏箭移稍觉轻寒，渐呜咽画角数声残。对闲窗畔，停灯向晓，抱影无眠。

望海潮　柳永

东南形胜，江湖都会，钱塘自古繁华。烟柳画桥，风帘翠幕，参差十万人家。云树绕堤沙，怒涛卷霜雪，天堑无涯。市列珠玑，户盈罗绮竞豪奢。　　重湖叠巘清嘉，有三秋桂子，十里荷花。羌管弄晴，菱歌泛夜，嬉嬉钓叟莲娃。千骑拥高牙，乘醉听箫鼓，吟赏烟霞。异日图将好景，归去凤池夸。

玉蝴蝶　柳永

望处雨收云断，凭阑悄悄，目送秋光。晚景萧疏，堪动宋玉悲凉。水风轻，𬞟花渐老；月露冷，梧叶飘黄。遣情伤，故人何在？烟水茫茫！　难忘！文期酒会，几孤风月，屡变星霜。海阔山遥，未知何处是潇湘。念双燕难凭远信，指暮天空识归航。黯相望，断鸿声里，立尽斜阳。

八声甘州　柳永

对潇潇暮雨洒江天，一番洗清秋。渐霜风凄紧，关河冷落，残照当楼。是处红衰绿减，苒苒物华休。惟有长江水，无语东流。　不忍登高临远，望故乡渺邈，归思难收。叹年来踪迹，何事苦淹留。想佳人妆楼长望，误几回天际识归舟。争知我！倚阑干处，正恁凝愁。

桂枝香·金陵怀古　王安石

登临送目，正故国晚秋，天气初肃。千里澄江似练，翠峰如簇。归帆去棹残阳里，背西风酒旗斜矗。彩舟云淡，星河鹭起，画图难足。　念往昔豪华竞逐。叹门外楼头，悲恨相续！千古凭高对此，漫嗟荣辱。六朝旧事随流水，但寒烟芳草凝绿。至今商女，时时犹唱，后庭遗曲。

眼儿媚　王雱

杨柳丝丝弄轻柔，烟缕织成愁。海棠未雨，梨花先雪，一半春休。　　而今往事难重有，归梦绕秦楼。相思只在，丁香枝上，豆蔻梢头。（此调首句拗者为正体）

临江仙　晏几道

梦后楼台高锁，酒醒帘幕低垂。去年春恨却来时：落花人独立，微雨燕双飞。　　记得小蘋初见，两重心字罗衣。琵琶弦上说相思。当时明月在，曾照彩云归。

蝶恋花　晏几道

卷絮风头寒欲尽，坠粉飘红，日日香成阵。新酒又添残酒困，今春不减前春恨。　　蝶去莺飞无处问，隔水高楼，望断双鱼信。恼乱层波横一寸，斜阳只与黄昏近。

暮入江南烟水路，行尽江南，不与离人遇。睡里销魂无说处，觉来惆怅销魂误。　　欲尽此情书尺素，浮雁沉鱼，终了无凭据。却倚缓弦歌别绪，断肠移破秦筝柱。

鹧鸪天　晏几道

彩袖殷勤捧玉钟，当年拚却醉颜红。舞低杨柳楼心月，歌尽桃花扇底风。　　从别后，忆相逢，几回魂梦与君同。今宵剩把银釭照，犹恐相逢是梦中。

十里楼台倚翠微，百花深处杜鹃啼。殷勤自与行人语，不似流莺取次飞。　　惊梦觉，弄晴时，声声只道不如归。天涯岂是无归意，争奈归期未可期！

木兰花　晏几道

秋千院落重帘暮，彩笔闲来题绣户。墙头丹杏雨余花，门外绿杨风后絮。　朝云信断知何处？应作襄王春梦去。紫骝认得旧游踪，嘶过画桥东畔路。

水调歌头　苏轼

明月几时有？把酒问青天。不知天上宫阙，今夕是何年？我欲乘风归去，又恐琼楼玉宇，高处不胜寒！起舞弄清影，何似在人间。　转朱阁，低绮户，照无眠。不应有恨，何事长向别时圆？人有悲欢离合，月有阴晴圆缺，此事古难全。但愿人长久，千里共婵娟！（此词前段"去"与"宇"叶，后段"合"与"缺"叶。宋人偶尔为之，非必如此也）

永遇乐　苏轼

明月如霜，好风如水，清景无限。曲港跳鱼，圆荷泻露，寂寞无人见。紞如五鼓，铿然一叶，黯黯梦云惊断，夜茫茫重寻无处，觉来小园行遍。　天涯倦客，山中归路，望断故园心眼。燕子楼空，佳人何在？空锁楼中燕。古今如梦，何曾梦觉，但有旧欢新怨。异时对南楼夜景，为余浩叹。

洞仙歌　苏轼

冰肌玉骨，自清凉无汗，水殿风来暗香满。绣帘开，一点明月窥人，人未寝，倚枕钗横鬓乱。　起来携素手，庭户无声，时见疏星渡河汉。试问夜如何？夜已三更，金波淡玉绳低转。但屈指西风几时来？又不道流年，暗中偷换。

念奴娇·赤壁怀古　苏轼

大江东去，浪淘尽，千古风流人物。故垒西边，人道是，三国周郎赤壁。乱石崩云，惊涛拍岸，卷起千堆雪。江山如画。一时多少豪杰。　遥想公瑾当年，小乔初嫁了，雄姿英发。羽扇纶巾，谈笑间，强虏灰飞烟灭。故国神游，多情应笑我，早生华发。人间如梦，一尊还酹江月。

水龙吟　苏轼

似花还似非花，也无人惜从教坠。抛家傍路，思量却是，无情有思。萦损柔肠，困酣娇眼，欲开还闭。梦随风万里，寻郎去处，又还被，莺呼起。　不恨此花飞尽，恨西园，落红难缀！晓来雨过，遗踪何在？一池萍碎。春色三分，二分尘土，一分流水。细看来不是，杨花点点，是离人泪。

蝶恋花　苏轼

花褪残红青杏小，燕子飞时，绿水人家绕。枝上柳绵吹又少，天涯何处无芳草。　墙里秋千墙外道，墙外行人，墙里佳人笑。笑渐不闻声渐悄，多情却被无情恼。

春事阑珊芳草歇，客里风光，又过清明节。小院黄昏人忆别，落红处处闻啼鴂。　咫尺江山分楚越，目断魂销，应是音尘绝。梦破五更心欲折，角声吹落梅花月。

虞美人　苏轼

落花已作风前舞，又送黄昏雨。晚来庭院半残红，惟有游丝千丈袅晴空。　殷勤花下重携手，更尽杯中酒。美人不用敛蛾眉！我亦多情无奈酒阑时。

蓦山溪　黄庭坚

鸳鸯翡翠，小小思珍偶。眉黛敛秋波，尽湖南山明水秀。娉娉袅袅，却近十三余；春未透，花枝瘦，正是愁时候。　寻芳载酒，肯落他人后。只怨远归来，绿成阴，青梅如豆。心期得处，每自不由人，长亭柳，君知否？千里犹回首。

清平乐　黄庭坚

春归何处？寂寞无行路。若有人知春去处，唤取归来同住！　春无踪迹谁知，除非问取黄鹂。百啭无人能解，因风飞过蔷薇。

满庭芳　秦观

山抹微云，天连衰草，画角声断谯门。暂停征棹，聊共引离尊。多少蓬莱旧事，空回首，烟霭纷纷。斜阳外，寒鸦数点，流水绕孤村。　销魂，当此际，香囊暗解，罗带轻分。漫赢得青楼，薄幸名存。此去何时见也？襟袖上空惹啼痕。伤情处，高城望断，灯火已黄昏。

晚色云开，春随人意，骤雨才过还晴。古台芳榭，飞燕蹴红英。舞困榆钱自落,秋千外绿水桥平,东风里,朱门映柳,低按小秦筝。　　多情,行乐处,珠钿翠盖,玉辔红缨。渐酒空金榼,花困蓬瀛。豆蔻梢头旧恨,十年梦屈指堪惊。凭阑久,疏烟淡日,寂寞下芜城。

江城子　　秦观

西城杨柳弄春柔,动离忧,泪难收,犹记多情,曾为系归舟。碧野朱桥当日事,人不见,水空流。　　韶华不为少年留,恨悠悠,几时休?飞絮落花时节,一登楼,便做春江都是泪,流不尽,许多愁。

鹊桥仙　　秦观

纤云弄巧,飞星传恨,银汉迢迢暗度。金风玉露一相逢,便胜却人间无数。　　柔情似水,佳期如梦,忍顾鹊桥归路。两情若是久长时,又岂在朝朝暮暮!

踏莎行[1]　　秦观

雾失楼台,月迷津渡,桃源望断无寻处。可堪孤馆闭春寒!杜鹃声里斜阳暮。　　驿寄梅花,鱼传尺素,砌成此恨无重数。郴江幸自绕郴山,为谁流下潇湘去?

浣溪沙　　秦观

漠漠轻寒上小楼,晓阴无赖是穷秋,淡烟流水画屏幽。　　自在飞花轻似梦,无边丝雨细如愁,宝帘闲挂小

---

[1] 踏莎行　底本作"踏萍行",据文意酌改。

银钩。

鹧鸪天　秦观

枕上流莺和泪闻,新啼痕间旧啼痕。一春鱼鸟无消息,千里关山劳梦魂。　　无一语,对芳尊,安排肠断到黄昏。甫能炙得灯儿了,雨打梨花深闭门。

摸鱼儿　晁补之

买陂塘旋栽杨柳,依稀淮岸江浦。东皋雨足新痕涨,沙嘴鹭来鸥聚。堪爱处,最好是一川夜月光流渚。无人独舞,任翠幕张天,柔茵藉地,酒尽未能去。　　青绫被,莫忆金闺故步,儒冠曾把身误。弓刀千骑成何事?荒了邵平瓜圃。君试觑!满青镜星星鬓影今如许。功名浪语,便似得班超,封侯万里,归计恐迟暮。

南乡子　李之仪

绿水满池塘,点水蜻蜓避燕忙。杏子压枝黄半熟,邻墙,风送荷花几阵香。　　角簟衬牙床,汗透绞绡昼影长。点滴芭蕉疏雨过,微凉,画角悠悠送夕阳。

睡起绕回塘,不见衔泥燕子忙。前圃花梢都绿遍,西墙,犹有轻风递暗香。　　步懒恰寻床,卧看游丝到地长。自恨无聊常病酒,凄凉,岂有才情似沈阳。

烛影摇红　王诜

香脸轻匀,黛眉巧画宫妆浅。风流天付与精神,全在娇波转。早是萦心可惯,更那堪频频顾盼!几回得见,见了还休,争如不见! 烛影摇红,夜阑饮散春宵短。当时谁解唱阳关?离恨天涯远。无奈云收雨散,恁阑干东风泪眼。海棠开后,燕子来时,黄昏庭院。

蝶恋花　　僧挥

开到杏花寒食近,人在花前,宿酒和春困。酒有尽时情不尽,日长只恁厌厌闷。 经岁别离闲与闷,花上啼莺,解道深深恨。可惜断云无定准,不能为寄蓝桥信。

踏莎行　　贺铸

杨柳回塘,鸳鸯别浦,绿萍涨断莲舟路。断无蜂蝶慕幽香,红衣脱尽芳心苦。 返照迎潮,行云带雨,依依似与骚人语。当年不肯嫁春风,无端却被秋风误。

青玉案　　贺铸

凌波不过横塘路,但目送,芳尘去。锦瑟年华谁与度?月楼花院,琐窗朱户,只有春知处。 碧云冉冉蘅皋暮,彩笔新题断肠句。若问闲愁都几许?一川烟草,满城风絮,梅子黄时雨。

望湘人　　贺铸

厌莺声到枕,花气动帘,醉魂愁梦相半。被惜余熏,带惊剩眼,几许伤春春晚。泪竹痕鲜,佩兰香老,湘天浓暖。记小江风月佳时,屡约非烟游伴。 须信鸾弦易断,奈云和再鼓,曲终人远。认罗袜无踪,旧处弄波清浅。青翰棹舣,白蘋洲畔。尽目临皋飞观。不解寄一字相思,幸有归来双燕。

西江月　毛滂

烟雨半藏杨柳，风光初到桃花。玉人细细酌流霞，醉里将春留下。　柳畔鸳鸯作伴，花边胡蝶为家。醉翁醉里也随他，月在柳桥花榭。

最高楼　毛滂

微雨过，深院芰荷中。香冉冉，绣重重。玉人共倚阑干角，月华犹在小池东。入人怀，吹鬓影，可怜风。分散后，轻如云与梦；剩下了，许多风与月；侵枕簟，冷帘栊。甫能小睡还惊觉，略成轻醉早醒松。仗行云，将此恨，到眉峰。

卜算子　杜安世

尊前一曲歌，歌里千重意。才欲歌时泪已流，恨应更，多于泪。　试问缘何事？不语如痴醉。我亦情多不忍闻，怕和我，成憔悴。

庆清朝慢　王观

调雨为酥，催冰做水，东君分付春还。何人便将轻暖，点破残寒。结伴踏青去好，平头鞋子小双鸾。烟郊外，望中秀色，如有无间。　晴则个，阴则个，饐钉得天气有许多般。须教镂花拨柳，争要先看。不道吴绫绣袜，香泥斜沁几行斑。东风巧，尽收翠绿，吹在眉山。

鹧鸪天　陈克

小市桥弯更向东，便门长记旧相逢。踏青会散秋千下，鬓影衣香怯晚风。　悲往事，向孤鸿，断肠肠断旧情浓。梨花院落黄茅店，绣被春寒此夜同。

柳梢青　谢逸

香雪轻拍，尊前忍听，一声将息。昨夜浓欢，今朝别后，明日行客。　后回来则须来，便去也如何去得！无限离情，无穷江水，无边山色。

南歌子　谢逸

雨洗溪光净，风掀柳带斜，画楼朱户玉人家。帘外一眉新月浸梨花。　金鸭香凝袖，铜荷烛映纱，凤盘宫锦小屏遮。夜静寒生春笋理琵琶。

江神子　谢逸

杏花村馆酒旗风，水溶溶，飐残红；野渡舟横，杨柳绿阴浓。望断江南山色远，人不见，草连空。　夕阳楼外晓烟笼，粉香融，淡眉峰；记得年时，相见画屏中。只有关山今夜月，千里外，素光同。

千秋岁　谢逸

楝花飘砌，簌簌清香细。梅雨过，蘋风起。情随湘水远，梦绕吴峰翠。琴书倦，鹧鸪唤起南窗睡。　密意无人寄，幽恨凭谁洗？修竹畔，疏帘里。歌余尘拂扇，舞罢风掀袂。人散后，一钩淡月天如水。

水龙吟　程垓

夜来风雨匆匆，故园定是花无几。愁多怨极，等闲孤负，一年芳意。柳困花慵，杏青梅小，对人容易。算好春长在，好花长见，原只是，人憔悴。　　回首池南旧事，恨星星不堪重记。如今但有，看花老眼，伤时清泪。不怕逢花瘦，只愁怕老来风味。待繁红乱处，留云借月，也须拚醉。

满江红·忆别　程垓

门掩垂杨，宝香度，翠帘重叠。春寒在，罗衣初试，素肌犹怯。薄雾笼花天欲暮，小风送角声初咽。但独塞幽幌悄无言，伤初别。　　衣上雨，眉间月；滴不尽，颦空切。羡栖梁归燕，入帘双蝶。愁绪多于花絮乱，柔肠过似丁香结。问甚时重理锦囊书？从头说。

江城梅花引　程垓

娟娟霜月冷侵门，怕黄昏，又黄昏，手捻一枝，独自对芳尊。酒又不禁花又恼，漏声远，一更更，总断魂。

断魂，断魂，不堪闻。被半温，香半熏。睡也，睡也，睡不稳，谁与温存？惟有床前，银烛照啼痕。一夜为花憔悴损，人瘦也，比梅花，瘦几分？

最高楼　程垓

旧心事，说着两眉羞。记得并肩游。湘裙罗袜桃花岸，薄衫轻扇杏花楼。几番行，几番醉，几番留。　　也谁料春风吹又断，又谁料朝云飞亦散；天易老，恨难酬。蜂儿不解知人苦，燕儿不解说人愁。旧情怀，消不尽，几时休。

瑞龙吟　周邦彦

章台路，还见褪粉梅梢，试花桃树。愔愔坊陌人家，定巢燕子，归来旧处。黯凝伫，因念个人痴小，乍窥门户。侵晨浅约宫黄，障风映袖，盈盈笑语。　前度刘郎重到，访邻寻里，同时歌舞。惟有旧家秋娘，声价如故。吟笺赋笔，独记燕台句。知谁伴，名园露饮，东城闲步。事与孤鸿去！探春尽是，伤离意绪。官柳低金缕。归骑晚，纤纤池塘飞雨。断肠院落，一帘风絮。

琐窗寒（越调）　周邦彦

暗柳啼鸦，单衣伫立，小帘朱户。桐花半亩，静锁一庭愁雨。洒空阶夜阑未休，故人剪烛西窗语。似楚江暝宿，风灯零乱，少年羁旅。　迟暮，嬉游处。正店舍无烟，禁城百五。旗亭唤酒，付与高阳俦侣。想东园桃李自春，小唇秀靥今在否？到归时，定有残英，待客携尊俎。

过秦楼　周邦彦

水浴清蟾，叶喧凉吹，巷陌马声初断。闲依露井，笑扑流萤，惹破画罗轻扇。人静夜久凭阑，愁不归眠，立残更箭。叹年华一瞬，人今千里，梦沉书远。　空见说鬓怯琼梳，容销金镜，渐懒趁时匀染。梅风地溽，虹雨苔滋，一架舞红都变。谁信无聊为伊，才减江淹，情伤荀倩。但明河影下，还看稀星数点。

齐天乐（正宫调）·秋思　　周邦彦

绿芜凋尽台城路，殊乡又逢秋晚。暮雨生寒，鸣蛩劝织，深阁时闻裁剪。云窗静掩，叹重拂罗裀，顿疏花簟。尚有练囊，露萤清夜照书卷。　　荆江留滞最久，故人相望处，离思何限！渭水西风，长安乱叶，空忆诗情宛转。凭高眺远，正玉液新篘，蟹螯初荐。醉倒山翁，但愁斜照敛。

少年游（商调）　周邦彦

并刀如水，吴盐胜雪，纤手破新橙。锦幄初温，兽香不断，相对坐调笙。　　低声问："向谁行宿？城上已三更。马滑霜浓，不如休去，直是少人行！"

兰陵王（越调）·柳　周邦彦

柳阴直，烟里丝丝弄碧。隋堤上曾见几番，拂水飘绵送行色？登临望故国，谁识？京华倦客，长亭路，年去年来，应折柔条过千尺。　　闲寻旧踪迹。又酒趁哀弦，灯照离席。梨花榆火催寒食。愁一箭风快，半篙波暖，回头迢递便数驿。望人在天北。　　凄恻，恨堆积。渐别浦萦回，津堠岑寂。斜阳冉冉春无极。念月榭携手，露桥闻笛。沉思前事似梦里，泪暗滴。

意难忘（中吕）　周邦彦

衣染莺黄，爱停歌驻拍，劝酒持觞。低鬟蝉影动，私语口脂香。檐露滴，竹风凉，拚剧饮淋浪，夜渐深，笼灯就月，子细端相。　知音见说无双，解移宫换羽，未怕周郎。长颦知有恨，贪耍不成妆。些个事，恼人肠，试说与何妨！又恐伊寻消问息，瘦减容光。

解连环　周邦彦

怨怀无托，嗟情人断绝，信音辽邈。纵妙手能解连环，似风散雨收，雾轻云薄。燕子楼空，暗尘锁，一床弦索。想移根换叶，尽是旧时手种红药。　汀洲渐生杜若，料舟移岸曲，人在天角，漫记得当日音书，把闲语闲言待总烧却。水驿春回，望寄我江南梅萼。拚今生对花对酒，为伊泪落。

一剪梅　李清照

红藕香残玉簟秋。轻解罗裳，独上兰舟。云中谁寄锦书来？雁字回时，月满西楼。　花自飘零水自流，一种相思，两处闲愁。此情无计可消除。才下眉头，却上心头。

醉花阴　李清照

薄雾浓云愁永昼，瑞脑喷金兽。时节又重阳，玉枕纱橱，半夜凉初透。　东篱把酒黄昏后，有暗香盈袖。莫道不消魂！帘卷西风，人比黄花瘦。

念奴娇　李清照

萧条庭院，又斜风细雨，重门须闭。宠柳娇花寒食近，种种恼人天气。险韵诗成，扶头酒醒，别是闲滋味。征鸿过尽,万千心事难寄。　　楼上几日春寒,帘垂四面,玉阑干慵倚。被冷香销新梦觉,不许愁人不起。清露晨流,新桐初引,多少游春意。日高烟敛,更看今日晴未。

蝶恋花　　李清照

暖雨和风初破冻,柳润梅轻,已觉春心动。酒意诗情谁与共?泪融残粉花钿重。　　乍试夹衣金缕缝,山枕欹斜,枕损钗头凤。独抱浓愁无好梦,夜阑犹剪灯花弄。

凤凰台上忆吹箫　　李清照

香冷金猊,被翻红浪,起来慵自梳头。任宝奁尘满,日上帘钩,生怕离怀别苦,多少事欲说还休。新来瘦,非干病酒,不是悲秋!　　休!休!这回去也,千万遍阳关,也则难留。念武陵人远,烟锁秦楼。惟有楼前流水,应念我终日凝眸。凝眸处,从今又添,一段新愁。

声声慢　　李清照

寻寻觅觅,冷冷清清,凄凄惨惨戚戚。乍暖还寒时候,最难将息。三杯两盏淡酒,怎敌他晚来风急。雁过也,正伤心,却是旧时相识。　　满地黄花堆积,憔悴损,如今有谁堪摘?守着窗儿,独自怎生得黑?梧桐更兼细雨,到黄昏点点滴滴。这次第,怎一个愁字了得?

清平乐　　赵令畤

春风依旧,着意隋堤柳。搓得鹅儿黄欲就,天气清明时候。　　去年紫陌青门,今宵雨魄云魂。断送一生憔悴,能消几个黄昏?

鹧鸪天·春情　李元膺

寂寞秋千两绣旗,日长花影转阶迟。燕惊午梦周遮语,蝶困春游落拓飞。　　思往事,入颦眉,柳梢阴重又当时。薄情风絮难拘束,飞过东墙不肯归。

南歌子　田为

梦怕愁时断,春从醉里回。凄凉怀抱向谁开?些子清明时候被莺催。　　柳外都成絮,阑边半是苔,多情帘燕独徘徊。依旧满身花雨又归来。

二郎神　徐伸

闷来弹鹊,又搅碎一帘花影。漫试着春衫,还思纤手,熏彻金猊烬冷。动起愁端如何向?但怪得新来多病。嗟旧日沈腰,如今潘鬓,怎堪临镜?　　重省!别时泪湿,罗衣犹凝。料为我厌厌,日高慵起,长托春酲未醒。雁足不来,马蹄难驻,门掩一庭芳景。空伫立,尽日阑干倚遍,昼长人静。

念奴娇　沈公述

杏花过雨,渐残红零落,胭脂颜色。流水飘香人渐远,难托寸心脉脉。恨别王孙,墙阴目断,手把青梅摘。金鞍何处?绿杨依旧南陌。　　消散云雨须臾,多情因甚,有轻离轻折?燕语千般争解说,些子伊家消息。厚约深盟,除非重见,见了方端的。而今无奈,寸肠千恨堆积。

燕山亭·北行见杏花　宋徽宗

裁翦冰绡，轻叠数重，淡着燕脂匀注。新样靓妆，艳溢香融，羞杀蕊珠宫女。易得凋零，更多少无情风雨？愁苦！闲院落凄凉，几番春暮？　　凭寄离恨重重，这双燕何曾，会人言语？天遥地远，万水千山，知他故宫何处！怎不思量，除梦里有时曾去。无据！和梦也新来不做。

第四期，词的老年期。人当中年以后，正事业最盛之时，然而"夕阳无限好，只是近黄昏"，读词至南宋，每有此感。南宋人词专研练在字面和音律方面，词的技术实已达到了最高峰。可惜过于雕饰，生机垂绝，已为词之没落时期，过此以往，便无可进展了。以南北宋相较，则北宋词大，南宋词高；北宋任自然，多天籁，南宋尚雕琢，工技巧；北宋词渊博雄浑，南宋词精细幽密；北宋词明快疏放，南宋词凝炼滞重。这都是显而易见的。

此期的词，在南渡初二三十年间，词人虽不少，然佼佼者不多见，以赵长卿、向子諲、叶梦得三人为稍足称述。此后则张孝祥、张元幹不愧名家。及辛弃疾、姜夔二人继起，便成刚柔两派的柱石，达到了词的最高点。与辛同派者有刘过、刘克庄等；与姜合流者，有史达祖、吴文英等。南宋末年，则有蒋捷、周密、王沂孙、张炎等，他们都尝到亡国的苦味，便借词以发泄他们的哀痛。

赵长卿，自号仙源居士，宋宗室。他的词富于情感，轻佻侧艳，非常秀巧。集名《惜香》，有以也。

向子諲，字伯恭，临江人，有《酒边词》，其中分《江北旧词》及《江南新词》为两部。旧词多言情，当为少年时作。新词清高澹远，似不食人间烟火者，当为南渡后作。

叶梦得，字少蕴，吴县人，号石林居士，有《石林词》。其词于冲淡中时有豪放雄杰语，盖与苏辛同派的。

张孝祥，字安国，历阳人。他的词雄浑高峻，无丝毫浮靡之气。虽小词也是如此，盖其人气骨很硬。有《于湖词》。

张元幹，字仲宗，三山人。他也是很有风骨的人。他的词近美成，有的与石林、稼轩相似。有《芦川词》。

辛弃疾，字幼安，号稼轩，历城人。能文能武，是南宋的豪杰之士。他与李易安同乡。他的性格、行为、词品都有极浓的北方气概。豪放一宗，开自东坡，其时尚未光大；到得稼轩，始激昂排宕，顿挫沉雄，成为此派之极则，后之作者简直难乎为继。他又是一位忧国之士，虽历任武职，但没有恢复中原的机会。他也是主战派的人物，然朝廷力主和议，他不能够一抒抱负，所以他的词多感慨、悲壮、激昂、怨愤的话；他另有一特点，能把经、史、《庄》《骚》的句子，引用入词，虽是掉书袋，然须有大才力才行。故稼轩的词，很是散文化。有《稼轩词》。

姜夔，字尧章，号白石道人，番阳人。精音律，多自度曲，曲旁注谱字，惜歌法失传，今已不复可歌。他的词清劲高丽，然未免生硬，音节亦过于促迫，少宽和之音。其词影响很大，宋末诸家，大都与他有关系的。有《白石道人歌曲》。

刘过，字改之，号龙洲道人，太和人。为辛弃疾幕客，其词效法稼轩，品格稍低，粗疏浅露，无稼轩之沉着。有《龙洲词》。

刘克庄，字潜夫，号后村，莆田人。亦苏、辛一派的词人，长调尤近稼轩，惟不如稼轩之有力。有《后村别调》。

史达祖，字邦卿，汴人。他的词清新婉媚，纤巧刻画，如鲛绡雾縠，可称大家。有《梅溪词》。

吴文英，字君特，号梦窗，四明人。他最工雕琢，以至隐晦艰涩，读其词殊觉费力，且很乏味，甚者竟至不通。盖雕琢过分，因是失了他的生机，虽似华丽，实为七宝楼台，无整个的生命存在其间，故拆卸下来，不成片段。然而功力之深，古来罕有其匹。其作词字字都用研炼功夫，好像狮子搏兔，必用全力。宋末词人多受其影响，较白石为尤甚。晚近学他的也不少，成为一种风气，几有非学梦窗宁可不作之概，词人中一大权威也。有《梦窗甲乙丙丁稿》。

蒋捷，字胜欲，号竹山，阳羡人，为宋遗民。然其词绝少身世之感，新巧妍丽，有似谢无逸。有《竹山词》。

周密，字公谨，号草窗，济南人。其词近于梦窗，故并称为"二窗"。较梦窗为新隽，不像他的质实。有《草窗词》。

王沂孙，字圣与，号碧山，会稽人。他的咏物词，寄托遥深，凡家国之痛，身世之感，都写入词中，凄怆呜咽，如嫠妇之夜泣。有《碧山乐府》。

张炎，字叔夏，号玉田，又号乐笑翁。本西秦人，家临安。其论词称白石而抑梦窗。他本主张清空，不要质实的，与白石并称"姜张"，为浙派之宗。其词多身世之慨，有苍凉激楚之音。其才气似较周密、王沂孙等为大，不一味作哀怨可怜的话。有《山中白云词》。

宋后词之声律渐亡，作者仅能模仿宋人，绝少新的创造与发展。故宋以后词不再述，犹诗之及唐而止。

满江红　岳飞

怒发冲冠，凭阑处，潇潇雨歇。抬望眼，仰天长啸，壮怀激烈。三十功名尘与土，八千里路云和月。莫等闲，白了少年头，空悲切！　靖康耻，犹未雪；臣子憾，何时灭？驾长车踏破，贺兰山缺。壮志饥餐胡虏肉，笑谈渴饮匈奴血。待从头，收拾旧山河，朝天阙。

又　岳飞

遥望中原，暮烟外，许多城郭。想当日花遮柳护，凤楼龙阁。万岁山前珠翠绕，蓬壶殿里笙歌作。到而今铁骑满郊畿，风尘恶！　民安在？填沟壑。兵安在？膏锋锷。叹江山如故，千村寥落！何日请缨提锐旅，一鞭直渡清河洛。待归来再续汉阳游，骑黄鹤。

临江仙　赵长卿

过尽征鸿来尽燕,故园消息茫然。一春憔悴有人怜,怀家寒食夜,中酒落花天。　　见说江头春浪渺,殷勤欲送归船。别来此处最萦牵:短篷南浦雨,疏柳断桥烟。

贺新郎·春晚　叶梦得

睡起流莺语。掩苍苔房栊向晚,乱红无数。飞尽残花无人见,惟有垂杨自舞,渐暖霭初回轻暑。宝扇重寻明月影,暗尘侵尚有乘鸾女,惊旧恨,镇如许。　　江南梦断蘅皋渚。浪黏天,蒲萄涨绿,半空烟雨。无限楼前沧波意,谁采蘋花寄取?但怅望兰舟容与,万里云帆何时到?送孤鸿目断千山阻。谁为我,唱《金缕》?

临江仙　陈与义

忆昔午桥桥上饮,坐中都是豪英。长沟流月去无声。杏花疏影里,吹笛到天明。　　二十余年如一梦,此身虽在堪惊。闲登小阁看新晴。古今多少事,渔唱已三更。

玉楼春　康与之

青笺后约无凭据,误我碧桃花下语。谁将消息问刘郎?怅望玉溪溪上路。　　春来无限伤情绪,拟欲题红都寄与。东风吹落一庭花,手把新愁无写处。

金人捧露盘　曾觌

记神京,繁华地,旧游踪。正御沟春水溶溶。平康巷陌,绣鞍金勒跃青骢。解衣沽酒,醉弦管柳绿桃红。

到如今，余霜鬓；嗟旧事，梦魂中。但寒烟满目飞蓬。雕阑玉砌，空余三十六离宫。寒笳惊起，暮天雁寂寞东风。

鹧鸪天　朱敦儒

曾为梅花醉不归，佳人挽袖乞新词。轻红遍写鸳鸯带，浓碧争斟翡翠卮。　　人已老，事皆非，花前不饮泪沾衣。如今但欲关门睡，一任梅花作雪飞。

好事近　朱敦儒

摇首出红尘，醒醉更无时节。活计绿蓑青笠，惯披霜冲雪。　　晚来风定钓丝闲，上下是新月。千里水天一色，看孤鸿明灭。

六州歌头　张孝祥

长淮望断，关塞莽然平。征尘暗，霜风劲，悄边声，黯销凝。追想当年事，殆天数，非人力；洙泗上，弦歌地，亦膻腥。隔水毡乡，落日牛羊下，区脱纵横。看名王宵猎，骑火一川明。笳鼓悲鸣，遣人惊。　　念腰间箭，匣中剑，空埃蠹，竟何成？时易失，心徒壮，岁将零，渺神京。干羽方怀远，静烽燧，且休兵！冠盖使，纷驰骛，若为情。闻道中原遗老，常南望翠葆霓旌。使行人到此，忠愤气填膺，有泪如倾。

念奴娇·过洞庭　张孝祥

洞庭青草，近中秋更无，一点风色。玉界琼田三万顷，着我扁舟一叶。素月分辉，银河共影，表里俱澄澈。悠然心会，妙处难与君说！　　应念岭表经年，孤光自照，肝胆皆冰雪。短发萧疎襟袖冷，稳泛沧溟空阔。尽吸西江，细斟北斗，万象为宾客。叩舷独啸，不知今夕何夕。

水调歌头·闻采石战胜　　张孝祥

雪洗虏尘静，风约楚云留。何人为写悲壮？吹角古城楼。湖海平生豪气，关塞如今风景，剪烛看吴钩。剩喜燃犀处，骇浪与天浮。　　忆当年，周与谢，富春秋。小乔初嫁，香囊犹在，功业故优游。赤岸矶头落照，沘水桥边衰草，渺渺唤人愁。我欲乘风去，击楫誓中流。

眼儿媚　　范成大

酣酣日脚紫烟浮，妍暖试轻裘。困人天气，醉人花气，午梦扶头。　　春慵恰似春塘水，一片縠纹愁。溶溶泄泄，东风无力，欲皱还休。

满江红　　张元幹

春水连天，桃花浪几番风恶？云乍起，远山遮尽，晚风还作。绿遍芳洲空杜若，楚帆带雨烟中落。认向来沙嘴共停桡，伤飘泊。　　寒犹在，衾偏薄；肠欲断，愁难着。倚蓬窗无寐，引杯孤酌。寒食清明都过了，可怜孤负年时约。想小楼日日望归舟，人如削。

贺新郎·赋琵琶　　辛弃疾

凤尾龙香拨。自开元《霓裳曲》罢，几番风月！最苦浔阳江头客，画舸亭亭待发。记《出塞》黄云堆雪。马上离愁三万里，望昭阳宫殿孤鸿没。弦解语，恨难说！辽阳驿使音尘绝，琐窗寒轻拢慢捻，泪珠盈睫。推手含情还却手，一抹《梁州》哀彻。千古事云飞烟灭。贺老定场无消息，想沉香亭北繁华歇！弹到此，为呜咽。

又·别茂嘉十二弟　辛弃疾

绿树听鹈鴂。更那堪鹧鸪声住，杜鹃声切！啼到春归无寻处，苦恨芳菲都歇，算未抵人间离别。马上琵琶关塞黑，更长门翠辇辞金阙。看燕燕，送归妾。　将军百战身名裂。向河梁回头万里，故人长绝。易水萧萧西风冷，满座衣冠似雪。正壮士悲歌未彻。啼鸟还知如许恨，料不啼清泪长啼血。谁共我，醉明月。

又·独坐停云赋此　辛弃疾

甚矣吾衰矣！怅平生交游零落，只今余几？白发空垂三千丈，一笑人间万事，问何物能令公喜？我见青山多妩媚，料青山见我应如是。情与貌，略相似。　一尊搔首东窗里。想渊明　停云诗就，此时风味。江左沈酣求名者，岂识浊醪妙理！回首叫云飞风起。不恨古人吾不见，恨古人不见吾狂耳！知我者，二三子。

水调歌头　辛弃疾

长恨复长恨，裁作　短歌行。何人为我楚舞？听我楚狂声。余既滋兰九畹，又树蕙之百亩，秋菊更餐英。门外沧浪水，可以濯吾缨。　一杯酒，问何似，身后名？人间万事，毫发常重泰山轻。悲莫悲生离别，乐莫乐新相识，儿女古今情。富贵非吾事，归与白鸥盟。

满江红·暮春　辛弃疾

点火樱桃，照一架荼蘼如雪。春正好，见龙孙穿破，紫苔苍壁。乳燕引雏飞力弱，流莺唤友娇声怯。问春归不肯带愁归！肠千结。　　层楼望，春山叠；家何在？烟波隔。把古今遗恨，向他谁说？蝴蝶不传千里梦，子规叫断三更月。听声声枕上劝人归，归难得。

又·江行　辛弃疾

过眼溪山，怪都是旧时曾识。还记得梦中行遍，江南江北。佳处径须携杖去，能消几两半生屐？笑尘劳三十九年非，长为客。　　吴楚地，东南坼；英雄事，曹刘敌。被西风吹尽，了无尘迹。楼观甫成人已去，旌旗未卷头先白。叹人生哀乐转相寻，今犹昔。

又　辛弃疾

敲碎离愁，纱窗外风摇翠竹。人去后吹箫声断，倚楼人独。满眼不堪三月暮，举头已觉千山绿。但试把一纸寄来书，从头读。　　相思字，空盈幅；相思意，何时足？滴罗襟点点，泪珠盈掬。芳草不迷行路客，垂杨只碍离人目。最苦是立尽月黄昏，栏干曲。

水龙吟　辛弃疾

楚天千里清秋，水随天去秋无际。遥岑远目，献愁供恨，玉簪螺髻。落日楼头，断鸿声里，江南游子。把吴钩看了，阑干拍遍，无人会，登临意！　　休说鲈鱼堪脍！尽西风季鹰归未？求田问舍，怕应羞见，刘郎才气。可惜流年，忧愁风雨，树犹如此。倩何人唤取？红巾翠袖，揾英雄泪。

摸鱼儿　辛弃疾

更能消几番风雨？匆匆春又归去。惜春长怕花开早，何况落红无数！春且住！见说道天涯芳草无归路。怨春不语，算只有殷勤，画檐蛛网，尽日惹飞絮。　　长门事，准拟佳期又误，蛾眉曾有人妒。千金纵买相如赋，脉脉此情谁诉？君莫舞！君不见玉环飞燕皆尘土！闲愁最苦。休去倚危栏，斜阳正在，烟柳断肠处。

永遇乐·京口北固亭怀古　辛弃疾

千古江山，英雄无觅，孙仲谋处。舞榭歌台，风流总被，雨打风吹去。斜阳草树，寻常巷陌，人道寄奴曾住。想当年金戈铁马，气吞万里如虎。　　元嘉草草，封狼居胥，赢得仓皇北顾。四十三年，望中犹记，灯火扬州路。可堪回首，佛狸祠下，一片神鸦社鼓。凭谁问："廉颇老矣，尚能饭否？"

祝英台近·晚春　辛弃疾

宝钗分，桃叶渡，烟柳暗南浦。怕上层楼，十日九风雨。断肠点点飞红，都无人管，更谁劝流莺声住？　　鬓边觑，试把花卜归期，才簪又重数。罗帐灯昏，哽咽梦中语。是他春带愁来，春归何处，却不解带将愁去？

南乡子·登京口北固亭有怀　　辛弃疾

何处望神州？满眼风光北固楼。千古兴亡多少事？悠悠，不尽长江滚滚流。　　年少万兜鍪，坐断东南战未休。天下英雄谁敌手？曹刘，生子当如孙仲谋。

菩萨蛮·书江西造口壁　　辛弃疾

郁孤台下清江水，中间多少行人泪？西北是长安，可怜无数山。　　青山遮不住，毕竟东流去。江晚正愁余，山深闻鹧鸪。

丑奴儿　　辛弃疾

少年不识愁滋味：爱上层楼，爱上层楼，为赋新词强说愁。　　而今识尽愁滋味：欲说还休，欲说还休，却道天凉好个秋。

浪淘沙·山寺夜半闻钟　　辛弃疾

身世酒杯中，万事皆空，古来三五个英雄。雨打风吹何处是，汉殿秦宫。　　梦入少年丛，歌舞匆匆，老僧夜半误鸣钟。惊起西窗眠不得，卷地西风。

临江仙　　陆游

鸠雨催成新绿，燕泥收尽残红。春光还与美人同，论心空眷眷，分袂却匆匆。　　只道真情易写，那知怨句难工。水流云散各西东，半廊花院月，一帽柳桥风。

齐天乐·蟋蟀　姜夔

庾郎先自吟愁赋，凄凄更问私语。露湿铜铺，苔侵石井，都是曾听伊处。哀音似诉，正思妇无眠，起寻机杼。曲曲屏山，夜深独自甚情绪。　　西窗又吹暗雨。为谁频断续？相和砧杵。候馆吟秋，离宫吊月，别有伤心无数。豳诗漫与，笑篱落呼灯，世间儿女。写入琴丝，一声声更苦。

扬州慢　姜夔

淮左名都，竹西佳处，解鞍少驻初程。过春风十里，尽荠麦青青。自胡马窥江去后，废池乔木，犹厌言兵。渐黄昏，清角吹寒，都在空城。　　杜郎俊赏，算而今重到须惊。纵豆蔻词工，青楼梦好，难赋深情。二十四桥仍在，波心荡冷月无声。念桥边红药，年年知为谁生？

暗香　姜夔

旧时月色，算几番照我，梅边吹笛。唤起玉人，不管清寒与攀摘。何逊而今渐老，都忘却春风词笔。但怪得，竹外疏花，香冷入瑶席。　　江国，正寂寂，叹寄与路遥，夜雪初积。翠樽易泣，红萼无言耿相忆。长记曾携手处，千树压西湖寒碧。又片片吹尽也，几时见得？

翠楼吟　姜夔

月冷龙沙，尘清虎落，今年汉酺初赐。新翻胡部曲，听毡幕元戎歌吹。层楼高峙，看槛曲萦红，檐牙飞翠。人妹丽，粉香吹下，夜寒风细。　此地宜有词仙，拥素云黄鹤，与君游戏。玉梯凝望久，叹芳草萋萋千里。天涯情味，仗酒祓清愁，花消英气。西山外，晚来还卷，一帘秋霁。

贺新郎　刘克庄

湛湛长空黑。更那堪斜风细雨，乱山如织。老眼平生空四海，赖有高楼百尺。看浩荡千崖秋色。白发书生神州泪，尽凄凉不向牛山滴。追往事，去无迹。　少时自负凌云笔，到如今春华落尽，满怀萧瑟。常恨世人新意少，爱说南朝狂客。把破帽年年拈出。若对黄花孤负酒，怕黄花也笑人岑寂。鸿北去，日西匿。

水龙吟·春恨　陈亮

闹花深处层楼，画帘半卷东风软。春归翠陌，平莎茸嫩，垂杨金浅。迟日催花，淡云阁雨，轻寒轻暖。恨芳菲世界，游人未赏，都付与，莺和燕。　寂寞凭高念远，向南楼一声归雁。金钗斗草，青丝勒马，风流云散。罗绶分香，翠绡封泪，几多幽怨？正销魂又是，疏烟淡月，子规声断。

贺新郎　刘过

老去相如倦，向文君说似，而今怎生消遣？衣袂京尘曾染处，空有香红尚软。料彼此魂销肠断。一枕新凉眠客舍，听梧桐疏雨秋声颤。灯晕冷，记初见。　楼低不放珠帘卷，晚妆残，翠钿狼藉，泪痕凝脸。人道愁来须殢酒，无奈愁深酒浅。但寄兴焦琴纨扇。莫鼓琵琶江上曲，怕荻花枫叶俱凄怨。云万叠，寸心远。

忆秦娥　孙氏（郑文妻）

花深深，一钩罗袜行花阴。行花阴，闲将柳带，试结同心。　　日边消息空沉沉，画眉楼上愁登临。愁登临，海棠开后，望到如今。

风入松　俞国宝

一春长费买花钱，日日醉湖边，玉骢惯识西湖路，骄嘶过沽酒垆前。红杏香中箫鼓，绿阳影里秋千。　　暖风十里丽人天，花压鬓云偏。画船载取春归去，余情付湖水湖烟。明日重扶残醉，来寻陌上花钿。

贺新郎·三高祠前钓雪亭　俞国宝

挽住风前柳，问鸱夷当日扁舟，近曾来否？月落潮生无限事，零乱茶烟未久。漫留得莼鲈依旧。可是从来功名误，抚荒祠谁继风流后？今古恨，一搔首。　　江涵雁影梅花瘦。四无尘雪飞风起，夜窗如昼。万里乾坤清绝处，付与渔翁钓叟。又恰是题诗时候。猛拍阑干呼鸥鹭，道他年，我亦垂纶手。飞过我，共樽酒。

齐天乐　高观国

碧云缺处无多雨，愁与去帆俱远。倒苇沙闲，枯兰溆冷，寥落寒江秋晚。楼阴纵览，正魂怯清吟，病多依黯。怕抱西风，袖罗香自去年减。　　风流江左久客，旧游得意处，珠帘曾卷。载酒春情，吹箫夜约，犹忆玉娇香怨。尘栖故苑，嗟碧月空檐，梦云飞观。送绝征鸿，楚峰烟数点。

绮罗香·春雨　史达祖

做冷欺花，将烟困柳，千里偷催春暮。尽日冥迷，愁里欲飞还住。惊粉重蝶宿西园，喜泥润燕归南浦。最妨他佳约风流，钿车不到杜陵路。　　沉沉江上望极，还被春潮晚急，难寻官渡。隐约遥峰，和泪谢娘眉妩。临断岸新绿生时，是落红带愁流去。记当日门掩梨花，剪灯深夜语。

双双燕　史达祖

过春社了，度帘幕中间，去年尘冷。差池欲往，试入旧巢相并。还相雕梁藻井，又软语商量不定。飘然快拂花梢，翠尾分开红影。　　芳径，芹泥雨润。爱贴地争飞，竞夸轻俊。红楼归晚，看足柳昏花暝。应自栖香正稳，便忘了天涯芳信。愁损翠黛双蛾，日日画阑独凭。

临江仙·闺思　史达祖[1]

愁与西风应有约，年年同赴清秋。旧游帘幕记扬州。一灯人着梦，双雁月当楼。　　罗带鸳鸯尘暗澹，更须整顿风流，天涯万一见温柔。瘦应缘此瘦，羞亦为郎羞。

---

[1] 史达祖　底本脱，据《全宋词》(P.2337)补。

齐天乐　吴文英

烟波桃叶西陵路，十年断魂潮尾。古柳重攀，轻鸥聚别，陈迹危亭独倚。凉飔乍起，渺烟碛飞帆，暮山横翠。但有江花，共临秋镜照憔悴。　　华堂烛暗送客，眼波回盼处，芳艳流水。素骨凝冰，柔葱蘸雪，犹忆分瓜深意。清尊未洗，梦不湿行云，漫沾残泪。可惜秋宵，乱蛩疏雨里。

风入松　吴文英

听风听雨过清明，愁草瘗花铭。楼前绿暗分携路，一丝柳一寸柔情。料峭春寒中酒，交加晓梦啼莺。　　西园日日扫林亭，依旧赏新晴。黄蜂频扑秋千索，有当时纤手香凝。惆怅双鸳不到，幽阶一夜苔生。

莺啼序·春晚感怀　吴文英

残寒正欺病酒，掩沉香绣户。燕来晚飞入西城，似说春事迟暮。画船载清明过却，晴烟冉冉吴宫树。念羁情游荡，随风化为轻絮。　　十载西湖，傍柳系马，趁娇尘轻雾。溯红渐招入仙溪，锦儿偷寄幽素。倚银屏春宽梦窄，断红湿歌纨金缕。暝堤空，轻把斜阳，总还鸥鹭。　　幽兰渐老，杜若还生，水乡尚寄旅。别后访六桥无信，事往花萎；瘗玉埋香，几番风雨？长波妒盼，遥山羞黛，渔灯分影春江宿，记当时短楫桃根渡。青楼仿佛，临分败壁题诗，泪墨惨淡尘土。　　危亭望极，草色天涯，叹鬓侵半苎。暗点检离痕欢唾，尚染鲛绡，鲜凤迷归，破鸾慵舞。殷勤待写，书中长恨，蓝霞辽海沉过雁，漫相思弹入哀筝柱。伤心千里江南，怨曲重招，断魂在否？

高阳台·落梅　吴文英

宫粉雕痕，仙云堕影，无人野水荒湾。古石埋香，金沙锁骨连环。南楼不恨吹横笛，恨晓风千里关山。半飘零，庭院黄昏，月冷阑干。　　寿阳空理愁鸾。问谁调玉髓，暗补香瘢。细雨归鸿，孤山无限春寒。离魂难倩招清些，梦缟衣解佩溪边。最愁人，啼鸟晴明，叶底青圆。

虞美人　蒋捷

丝丝杨柳丝丝雨，春在溟濛处。楼儿忒小不藏愁，几度和云飞去觅归舟。　　天怜客子乡关远，借与花消遣。海棠红近绿阑干，才卷珠帘，却又晚风寒。

又　蒋捷

少年听雨歌楼上，红烛昏罗帐。壮年听雨客舟中，江阔云低，断雁叫西风。　　而今听雨僧庐下，鬓已星星也。悲欢离合总无情，一任阶前，点滴到天明。

一剪梅·舟过吴江　蒋捷

一片春愁待酒浇，江上舟摇，楼上帘招。秋娘容与泰娘娇，风又飘飘，雨又萧萧。　　何日归家洗客袍？银字笙调，心字香烧。流光容易把人抛，红了樱桃，绿了芭蕉。

唐多令　蒋捷

休去采芙蓉！秋江烟水空。带斜阳一片征鸿。欲顿闲愁无顿处，都着在，两眉峰。　心事寄题红，画桥流水东。断肠人无奈秋浓。回首层楼归去懒，早新月，挂梧桐。

湘春夜月　黄孝迈

近清明，翠禽枝上消魂。可惜一片清歌，都付与黄昏。欲共柳花低诉，怕柳花轻薄，不解伤春。念楚乡旅宿，柔情别绪，谁与温存？　空尊夜泣，青山不语，残照当门。翠玉楼前，惟是有一波湘水，摇荡湘云。天长梦短，问甚时重见桃根？者次第，算人间没个，并刀剪断，心上愁痕。

青玉案　黄公绍

年年社日停针线，怎忍见、双飞燕？今日江城春已半。一身犹在，乱山深处，寂寞溪桥畔。　春衫着破谁针线？点点行行泪痕满。落日解鞍芳草岸。花无人戴，酒无人劝，睡也无人管。

摸鱼儿·酒边留同年徐云屋　刘辰翁

怎知他春归何处！相逢且尽尊酒！少年嫋嫋天涯恨，长结西湖烟柳。休回首！但细雨断桥憔悴人归后。东风似旧，问前度桃花，刘郎能记，花复认郎否？　君且住！草草留君剪韭，前宵正恁时候。深杯欲共清歌滑，翻湿春衫半袖。空眉皱，看白发尊前，已似人人有。临分把手。叹一笑论文，清狂顾曲，此会几时又？

琼华　周密

朱钿宝玦，天上飞琼，比人间春别。江南江北，曾未见漫拟梨云梅雪。淮山春晚，问谁识芳心高洁？消几番花落花开？老了玉关豪杰！　　金壶剪送琼枝，看一骑红尘，香度瑶阙。韶华正好，应自喜初识长安蜂蝶。杜郎老矣，想旧事花须能说！记少年一梦扬州，二十四桥风月。

曲游春　周密

禁苑东风外。飏暖丝晴絮，春思如织。燕约莺期，恼芳情偏在，翠深红隙。漠漠香尘隔，飞十里乱弦丛笛。看画船尽入西泠，闲却半湖春色。　　柳陌新烟凝碧。映帘底宫眉，堤上游勒。轻暝笼寒，怕梨云梦冷，杏香愁幂。歌管酬寒食。奈蝶怨良宵岑寂。正满湖碎月摇花，怎生去得？

醉蓬莱·归故山　王沂孙

扫西风门径，黄叶凋零，白云萧散。柳换枯阴，赋归来何晚？爽气霏霏，翠蛾眉妩，聊慰登临眼。故国如尘，故人如梦，登高还懒。　　数点寒英，为谁零落；楚魄难招，暮寒堪揽。步屧荒篱，谁念幽芳远？一室秋灯，一庭秋雨，更一声秋雁。试引芳樽，不知消得，几多依黯。

齐天乐·蝉　王沂孙

一襟余恨宫槐断，年年翠阴庭树。乍咽凉柯，还移暗叶，重把离愁深诉。西窗过雨，怪瑶佩流空，玉筝调柱。镜暗妆残,为谁娇鬓尚如许。　铜仙铅泪似洗,叹移盘去远,难贮零露。病翼经秋,枯形阅世,消得斜阳几度?余音更苦。甚独抱清商,顿成凄楚?漫想熏风,柳丝千万缕。

高阳台·西湖春感　张炎

接叶巢莺,平波卷絮,断桥斜日归船。能几番游,看花又是明年。春风且伴蔷薇住!到蔷薇春已堪怜!更凄然,万绿西泠,一抹荒烟。　当年燕子知何处?但苔深苇曲,草暗斜川。见说新愁,如今也到鸥边。无心再续笙歌梦,掩重门浅醉闲眠。莫开帘!怕见飞花,怕听啼鹃。

渡江云　张炎

山空天入海,倚楼望极,风急暮潮初。一帘鸠外雨,几处闲田,隔水动春锄。新烟禁柳,想如今缘到西湖。犹记得当年深隐,门掩两三株。　愁余!荒洲古溆,断梗疏萍,更漂流何处?空自觉围羞带减,影怯灯孤。常疑即见桃花面,甚近来翻笑无书?书踪远,如何梦也都无?

探春慢·雪霁　张炎

银浦流云,绿房迎晓,一抹墙腰月淡。暖玉生烟,悬冰解冻,碎滴瑶阶如霰。才放些晴意,早瘦了梅花一半。也知不做花看,东风何事吹散?　摇落似成秋苑。甚酿得春来,怕教春见?野渡舟回,前村门掩,应是不胜清怨。次第寻芳去,灞桥外蕙香波暖。犹妒檐声,看灯人在深院。

台城路·送周方山游吴　张炎

朗吟未了西湖酒，惊心又歌南浦。折柳官桥，呼船野渡，还听垂虹风雨。漂流最苦，况如此江山，此时情绪。怕有鸱夷，笑人何事载诗去。　　荒台只今在否？登临休望远，都是愁处！暗草埋沙，明波洗月，谁念天涯羁旅？荷阴未暑。快料理归程，再盟鸥鹭。只恐空山，近来无杜宇。

第四编

曲之部

第一章
曲的起源

曲即是歌，即是乐府，其间实分辨不出什么差异。汉魏时以曲称者尚少，汉武有《落叶哀蝉曲》（见《拾遗记》），恐不可靠；晋时谢尚有《大道曲》；及南北朝，其称骤繁，在《吴声歌》《神弦歌》中，很有称曲的。大概曲的名称，孳乳于江左，至少在南朝盛起来的。往后即以曲概称一切乐府：唐人以近体诗为乐府，近体诗便是曲；宋人以词为乐府，故宋人之曲便是词。和凝好为小词，被称"曲子相公"，是其明证。

今之所谓曲，每专指昆腔一类而言。皮黄、小调等不与也。即使称曲，也得冠以"俗"字或"小"字以区别之。有若"曲"之一字，为昆腔一类所专用，曲即是昆腔，昆腔才是真正的曲，这是字义及名称上的一点变迁。

兹编所论，即昆腔一类的曲。大概是昆腔的父、祖、高、曾，于昆腔自身，反而不谈。为它只是一种腔调，一种唱法，与文字无关故也。

曲之高、曾，在于宋代，宋以前的远祖，已渺邈而不甚可稽。宋之乐府，不仅是词，其可歌唱入乐的尚有多种，皆从词中演化出来的。词只及声乐与文词两方面，其他有兼舞蹈，有杂说话，有演故事……已扩展到动作和言语方面，由是和曲很相近了。虽是它全部的结构，仍以歌唱为主，其歌唱的词句，亦从词中演化而来。然其体制已不复是词，故归入曲的一类，被认为曲之先祖（以下各节，颇采王国维《宋元戏曲史》中语，可参考）。

一、大曲　宋大曲出自唐大曲，其称南北朝已有之。王灼《碧鸡漫志》云："凡大曲有散序、靸、排遍、攧、正攧、入破、虚催、实催、衮遍、歇拍、杀衮，始成一曲，谓之大遍。"散序、排遍、入破，又各有数遍。故大曲遍数可多至数十。惟宋人多裁截用之。大曲既有这许多遍数，自可敷衍事实，故宋人多以之咏事，为宋代歌舞戏中重要曲式[1]之一。

二、曲破　也从唐、五代流传下来的，并非宋人的创体，亦歌舞而兼演故事的。因为它截用大曲入破以后的数遍，故称"曲破"。

三、传踏　传踏亦称转踏、缠踏。亦歌舞相兼者，恒以《调笑》一调连续歌之，故亦称"调笑"，或称"调笑转踏"。其前有勾队，后有放队，中以一诗一曲循环互间。其遍数无一定，有以一曲咏一事，有合数曲咏一事者。体似大曲而较为简单，惟大曲之遍数各各不同，此则各曲同用一调。

---

[1] 曲式　底本脱，据文意酌补。

上述三种都是曲的高、曾，而非父、祖，父、祖是谁？曰：诸宫调。

四、诸宫调　诸宫调的名称，见于北宋，但没有曲本流传下来，所以不知道它的体制。金董解元的《西厢捃弹词》，确为诸宫调，与宋制是否相同，则不可知。它不是歌舞相兼而是说唱的，有如今之弹词。大曲等遍数虽多，始终用一宫调；此则每一宫调中，多或十余曲，少则一二曲，即易他宫调，合许多宫调之曲而咏一事，故谓之诸宫调。它是从说话中羼入歌唱而没有动作的。

五、赚词　赚词是用一宫调的曲若干合之以成一套，很像北曲的套数，其曲名则多同南曲，有一定的唱法、规例。它或许是南曲的近祖，北套数即袭用它的成法亦未可知。

第二章
曲的体制

第一节　曲的类别

曲,大别为北曲、南曲二类。北曲创自北方,而盛于金、元,南曲创自南方,而盛于元、明。其源皆出宋代。北曲至明代而衰绝,唱法亦亡,仅存徒词;南曲直盛至清季,今之所谓昆腔,即南曲一支。曲的唱法,也仅存这一派了。——明时尚有所谓弋阳腔、海盐腔、余姚腔者,今皆不传;惟昆腔中涵有北曲、弋阳、海盐、余姚诸腔的唱法,可断言焉。

北曲以元杂剧为主体,此外有小令、散套。金院本亦其一也。

南曲以传奇为主体,此外也有小令、散套。尚有南杂剧。

小令　小令的体制同词,篇章很短,少有百字以上者。它从散词直接变化而来,可无疑问的。

北小令——

寄生草·饮　　[元]白朴

长醉后,方何碍? 不醒时,有甚思? 糟腌两个功名字,醅渰千古兴亡事,曲埋万丈虹霓志。不达时,皆笑屈原非;但知音,尽说陶潜是。

一半儿　　[元]白朴

云鬟雾鬓胜堆鸦。浅露金莲簌绛纱,不比等闲墙外花。骂你个"俏冤家",一半儿难当一半儿耍。

折桂令·叹世　　[元]马致远

咸阳百二山河,两字功名,几阵干戈? 项废东吴,刘兴西蜀,梦说南柯。韩信功,兀的般证果;蒯通言,那里是风魔! 成也萧何,败也萧何,醉了由他!

天净沙　　[元]马致远

枯藤老树昏鸦,小桥流水平沙,古道西风瘦马。夕阳西下,断肠人在天涯!

落梅风·别珠帘秀　　[元]卢挚

才欢悦,早间别。痛煞煞好难割舍! 画船儿载将春去也,空留下半江明月。

红绣鞋　　[元]贯云石

挨着靠着云窗同坐,看着笑着月枕双歌,听着数着,怕着愁着早四更过。四更过,情未足;情未足,夜如梭! 天哪! 更闰一更妨甚么!

塞鸿秋·代人作　［元］贯云石

战西风遥天几点宾鸿至，感起我南朝千古伤心事。展花笺欲写几句知心事，空教我停霜毫半晌无才思。往常得兴时，一扫无瑕疵；今日个病恹恹，刚写下两个相思字。

折桂令·赠罗真真　［元］乔吉

罗浮梦里真仙，双锁螺鬟，九晕珠钿。晴柳纤柔，春葱细腻，秋藕匀圆。酒盏儿里央及出些腼腆，画帧儿上唤下来的婵娟。试问尊前，月落参横，今夕何年？

折桂令·丙子游越怀古　［元］乔吉

蓬莱老树苍云，禾黍高低，狐兔纷纭。半折残碑，空余故址，总是黄尘。东晋亡也，再难寻个右军；西施去也，绝不见甚佳人。海气长昏，啼鴂声干，天地无春。

折桂令·九日　［元］张可久

对青山强整乌纱，归雁横秋，倦客思家。翠袖殷勤，金杯错落，玉手琵琶。人老去西风白发，蝶愁来明日黄花。回首天涯，一抹斜阳，数点寒鸦。

殿前欢·离思　［元］张可久

月笼沙，十年心事付琵琶！相思懒看帏屏画，人在天涯。春残豆蔻花，情寄鸳鸯帕，香冷荼蘼架。旧游台榭，晓梦窗纱。

折桂令·春情　［元］徐再思

平生不会相思，才会相思，便害相思。身似浮云，心如飞絮，气若游丝。空一缕余香在此，盼千金游子何之？证候来时，正是何时？灯半昏时，月半明时。

水仙子　[元]徐再思

一声梧叶一声秋，一点芭蕉一点愁，三更归梦三更后。落灯花，棋未收。叹新丰孤馆人留。枕上十年事，江南二老忧，都到心头。

山坡羊·潼关怀古　[元]张养浩

峰峦如聚，波涛如怒，山河表里潼关路。望西都，意踟蹰，伤心秦汉经行处。宫阙万间，都做了土。兴，百姓苦；亡，百姓苦！

折桂令　[元]刘庭信

想人生最苦是离别，三个字细细分开，凄凄凉凉无了无歇。别字儿半晌痴呆，离字儿一时拆散，苦字儿两下里堆叠。他那里鞍儿马儿身子儿劣怯，我这里眉儿眼儿脸脑儿乜斜。侧着头叫一声行者，搁着泪说一句听者，得官时先报期程！丢丢抹抹远远迎接。

折桂令　[元]刘庭信

想人生最苦别离，不甫能喜喜欢欢，翻做了哭哭啼啼。事到今朝，休言去后，且问归期。看时节勤勤的饮食，沿路上好好的将息！娇滴滴一捻儿年纪，碜磕磕两下里分飞。急煎煎盼不见雕鞍，呆答孩软弱身己。

一半儿·拟美人八咏　[元]查德卿

梨花云绕锦香亭，蝴蝶春融软玉屏，花外鸟啼三四声。梦初惊，一半儿昏迷一半儿醒。（春梦）

琐窗人静日初曛，宝鼎香消火尚温，斜倚绣床深闭门。眼昏昏，一半儿微开一半儿盹。（春困）

自将杨柳品题人，笑捻花枝比较春，输与海棠三四分。再偷匀，一半儿胭脂一半儿粉。（春妆）

厌听野雀语雕檐，怕见杨花扑绣帘，穿起绣针还倒拈。两眉尖，一半儿微舒一半儿敛。（春愁）

海棠红晕润初妍，杨柳纤腰舞自偏，笑倚玉奴娇欲眠。粉郎前，一半儿支吾一半儿软。（春醉）

绿窗时有唾绒黏，银甲频将彩线挦，绣到凤凰心自嫌。按春纤，一半儿端相一半儿掩。（春绣）

柳绵扑槛晚风轻，花影横窗淡月明，翠被麝兰熏梦醒。最关情，一半儿温馨一半儿冷。（春夜）

自调花露染霜毫，一种春心无处托，欲写又停三四遭。絮叨叨，一半儿连真一半儿草。（春情）

折桂令　[元]赵祐

长江浩浩东来，水面云山，山上楼台。山水相辉，楼台相映，天地安排。诗句就云山动色，酒杯倾天地忘怀。醉眼睁开，遥望蓬莱，一半烟遮，一半云埋。

楚天遥带过清江引　[元]薛昂夫

有意送春归，无计留春住；明年又着来，何似休归去！桃花也解愁，点点飘红雨。目断楚天遥，不见春归路。

春若有情春更苦，暗里韶光度。夕阳山外山，春水渡旁渡。不知那搭儿是春住处？

水仙子·遣怀　[元]无名氏

百年三万六千场，风雨忧愁一半妨，眼儿里觑，心儿上想。教我鬓边丝怎地当？把流年仔细推详，一日一个浅斟低唱，一夜一个花灯洞房，能有得多少时光？

寄生草·闲评　[元]无名氏

问甚么虚名利，管甚么闲是非！想着他击珊瑚，列锦帐，石崇势。只不如卸罗襕，纳象简，张良退。学取他枕清风，抱明月，陈抟睡。看了那吴山青似越山青，倒不如今朝醉了明朝醉。

喜春来　[元]无名氏

笑将红袖遮银烛，不放才郎夜看书。一更已尽二更初，止不过迭应举，不及第，待何如？

叨叨令　[元]无名氏

黄尘万古长安路，折碑三尺邙山墓，西风一叶乌江渡，夕阳十里邯郸树。老了人也么哥，老了人也么哥！英雄尽是伤心处。

叨叨令　[元]无名氏

绿杨堤畔长亭路,一樽酒罢青山暮;马儿离了车儿去,低头哭罢抬头觑。一步步远了也么哥,一步步远了也么哥!梦回酒醒人何处?

南小令——

榴花泣　[明]沈仕

谁知薄幸直恁太无情,从别来,冷如冰。都将花下海山盟,番做了春梦难凭。饶他梦灵,梦儿阿也有个阳台兴。再休题弦续鸾胶!浑一似线断风筝。

驻云飞　[明]陈铎

杏脸桃腮,展转思量不下怀。新月疑眉黛,春草伤裙带。嗏!独坐小书斋,自入春来,欲待看花反被花禁害,情思昏昏眼倦开。

驻马听　[明]梁辰鱼

浮世堪悲,一日风波十二时。休笑半竿修竹,一捻空钩,七尺青丝!斜风细雨久无诗,朝廷莫问玄真子!名姓狐疑,江湖处处询奚自?

七贤过关　[明]梁辰鱼

雕檐凤马驰,粉堞霜乌起。几夜留君,想是终难住。残灯尚炽,芳心未灰,只得眼前、眼前由他去。路阻关河,往返全凭你。奈衾寒枕冷，毕竟有谁知？水远山长几日归？今朝又向江头别，忍见日落潮平是去时。思君展转，柔肠九回。一似东流水，日夜东流无尽期。

九回肠　[明]张凤翼

一从他春丝牵挂，到如今，多少嗟呀？秋波望断蓝桥下，锁春山又阻巫峡。音书未托鱼和雁，凶吉难凭鹊与鸦。成话靶，当时镜里花难把，更那堪尘掩菱花！佳人已属沙咤利，义士今无古押衙。只索向无人处，把鲛绡看。见盟言在，不觉泪如麻。

六犯清音　[明]李日华

琐窗人静，未央天远，似月姊孤眠深殿。玉容消减，教人蹉过芳年。何处流红叶？无心整翠钿。春将老，恨转绵。梨花院落冷秋千。怎如得双双燕子梁间语？怎如得两两鸳鸯沙上眠？长门望月，深巷锁烟。琵琶写不尽思君怨。梦魂牵，姻缘未了，何月试温泉？

散套　也称套数，合一宫调之曲若干而成一套。其制近于赚词。套数略同于曲中的一折。小令略同于曲中的一支，只用一调的前半，过变以后多不用。[1] 曲中有科、有白，小令、散

---

[1] 此句底本似有重复，原文为："小令略同于曲中的一支，套数略同于曲中的一折。小令系全曲。曲的一支，只用一调的前半，过变以后多不用。"据文意酌改。

套无；曲为代言体，小令、散套为叙述体。此皆其所异处。

北散套——

闺思 ［元］关汉卿

【黄钟 侍香金童】春闺院宇，柳絮飘香雪。帘幕轻寒雨乍歇，东风落花迷粉蝶。芍药初开，海棠才谢。

【么篇】柔肠脉脉，新愁千万叠。偶记年前人乍别。秦台玉箫声断绝。雁底关山，马头明月。

【降黄龙衮】鳞鸿无个，锦笺慵写。腕松金，肌削玉，罗衣宽彻。泪痕淹破，胭脂双颊。宝鉴愁临，翠钿羞贴。

【么篇】等闲辜负，好天良夜。玉炉中，银台上，香消烛灭。凤帏冷落，鸳衾虚设。玉笋频搓，绣鞋重跌。

【出队子】听子规啼血，又西楼角韵咽。半帘花影自横斜，画檐间、丁东风弄铁，纱窗外、琅玕敲瘦节。

【么篇】铜壶玉漏催凄切，正更关人静也。金闺潇洒转伤嗟，莲步轻移唤侍妾。把香桌儿安排打快些！

【神仗儿煞】深沉院舍，蟾光皎洁。整顿了罗裳，把名香谨爇。深深拜罢，频频祷祝！不求富贵豪奢，只愿得俺两人早早圆聚者！

秋思 ［元］马致远

【双调 夜行船】百岁光阴一梦蝶，重回首往事堪嗟。今月春来，明朝花谢。急罚盏夜阑灯灭。

【乔木查】想秦宫汉阙,都做了衰草牛羊野。一恁渔樵没话说,纵荒坟横断碑,不辨龙蛇。

【庆宣和】投至狐踪与兔穴,多少豪杰?鼎足三分半腰里折,知他是魏耶晋耶。

【落梅风】天教富,莫太奢!不多时,好天良夜。看财奴硬将心似铁,辜负了锦堂风月。

【风入松】眼前红日又西斜,疾似下坡车。晓来青镜里添白雪,上床与鞋履相别。休笑我鸠巢计拙!葫芦提一恁装呆。

【拨不断】利名竭,是非绝。红尘不向门前惹,绿树偏宜屋角遮,青山正补墙头缺。更那堪竹篱茅舍。

【离亭宴】带【歇指煞】蛩吟一觉才宁贴,鸡鸣万事无休歇。争名利何年是彻?密匝匝、蚁排兵,乱纷纷、蜂酿蜜,闹穰穰、蝇争血。裴公绿野堂,陶令白莲社。爱秋来那些:和露摘黄花,带霜分紫蟹,煮酒烧红叶。想人生有限杯,几个重阳节?分付俺顽童记者!便北海探吾来,道东篱醉了也。

湖上晚归 [元]张可久

【南吕 一枝花】长天落彩霞,远水涵秋镜。花如人面红,山似佛头青。巧画围屏,翠冷松云径,嫣然眉黛横。但携将旖旎浓香,何必赋横斜疏影。

【梁州第七】挽玉手留连画舫,踞胡床指点银屏。素娥不嫁伤孤另。想当年小小，问何处卿卿？东坡才调，西子娉婷。总相宜千古留名，漫相邀此地陶情。六一泉、亭上诗成，三五夜、花前月明，十四弦、指下风生。可憎！乘兴捧红牙，合和《伊州令》。万籁寂，四山静。幽咽泉流石上声，鹤怨猿惊。

【煞尾】更那堪岩阿禅窟鸣金磬，波底龙宫漾水晶。夜气清，酒力醒；宝篆销，玉漏鸣。笑归来仿佛有鼓二更，煞强如踏雪寻梅灞桥冷。

春怨 ［元］张可久

【南吕宫 一枝花】莺穿残、杨柳枝，虫蠹损、蔷薇刺、蝶搧干、芍药粉，蜂蠚断、海棠枝。怕近花时。白日伤心事，清宵有梦思。间阻了洛浦神仙，没乱煞苏州刺史。

【梁州第七】俏情缘、别来久矣，巧魂灵、梦寐求之。一春多少探芳使？着情疼热，痛口嗟咨。往来迢递，终始参差。一简儿写就情词，三般儿容与娇姿。麝脐熏，五花瓣，翠羽香钿。猫眼嵌，双转轴，乌金戒指。獭髓调，百合香，紫蜡胭脂。念兹、在兹！愁和泪须传示，更嘱付两三次。诉不尽心间无限思，倒羞了燕子莺儿。

【尾声】无心学写钟王字，遣兴闲欢李杜诗。风月闲情随人志。酒不到半卮，饭不到半匙。瘦损了青春少年子。

春暮怀人 ［元］张可久

【中吕 粉蝶儿】花落春归，怨啼红杜鹃声脆。遍园林景物狼藉，草茸茸，花朵朵，柳摇深翠。开遍荼蘼，近清明困人天气。

【醉春风】粉暖积蜂须，泥香衔燕嘴。迟迟月影上帘钩，犹自未起。起，为想别离，倦余梳洗，暗生憔悴。

【迎仙客】香篆息，镜尘迷。绣床几番和闷倚。金钏松，翠鬟委，屈指归期，粉脸流红泪。

【红绣鞋】花开尽，空闲鸳砌；月初长，静掩朱扉。系垂杨何处玉骢嘶？落谁家风月馆，知那里燕莺期？话叮咛，不记得。

【十二月】恰便似鸳鸯拆离，鸾凤分飞，鹣鹣独宿，燕燕孤栖。传芳信、归鸿杳杳，盼音书、双鲤迟迟。

【尧明歌】呀！因此上美甘甘风月久相违，冷清清欢会杳无期，静巉巉灯火掩深闺，清耿耿离魂绕孤帏。伤悲！雕鞍去不归，都则为辜负韶华日。

【耍孩儿】自别来，无一纸真消息，日近长安那里？倚危楼险化作望夫石。暮云烟树凄迷，春心几度凭归雁，望眼终朝怨落晖。愁无寐，昏秋水揉红泪眼，淡春山蹙损蛾眉。

【么篇】想当初：教吹箫，月下欢；笑藏阄，花底杯。如今花月成淹滞：月团圆，紧把浮云闭；花灿烂，频遭骤雨催。成何济？花开须谢，月满须亏。

【煞尾】叹春归人未归，盼佳期未有期。要相逢料得别无计，则除是一枕余香梦儿里。

别恨　［元］朱庭玉

【双调　行香子】烟草萋萋，霜叶飞飞，落闲阶不管狼藉。雁儿才过，燕子先归。盼佳音，无佳信，误佳期。

【么篇】帘幕空垂，院宇幽栖。步回廊自恨别离。鬌松鬟发，束减腰围。见人羞，惊人问，怕人知。

【乔木查】但凭高望远，慢把栏杆倚！不信功名犹未已。知他何处也，诗酒狂迷。

【天仙子】相思梦，长是泪沾衣。恨满西风，情随逝水。闲恨与闲情，何日终极？伤心眼前无限景，都撮上愁眉。

【离亭宴煞】橹声齐和归帆急，渔歌渐远鸣榔息。尖青寸碧，遥岑叠巚连天际。暮霭生，孤烟起。掩映残霞落日。江上两三家，山前六七里。

春怨　［元］杨果

【仙吕　赏花时】花点苍苔绣不匀，莺唤垂杨误未真。帘外絮纷纷，日长人困，风暖兽烟温。

【么篇】再不去闷坐珠楼盼好春，再不去暗掷金钱卜远人。只一捻小腰身，旧时衣棍，宽放出、二三分。

【赚煞】调养就、旧精神，妆点出、娇风韵，将息好护春葱一双玉笋，拂绰了香冷妆奁宝镜尘，舒展开系东风两叶眉颦。晓妆新绾起乌云，也不管暖日珠帘鹊噪频。从今后，鸦鸣不嗔，灯花休问，一任他子规声啼破海棠魂。

送别 ［元］宋方壶

【越调 斗鹌鹑】落日遥岑，淡烟远浦；萧寺疏钟，戍楼暮鼓；一叶扁舟，数声去橹。那惨戚，那凄楚。恰待欢娱，顿成间阻。

【紫花儿序】瘦岩岩香消玉减，冷清清夜永更长，孤另另枕剩衾余。羞花闭月，落雁沉鱼。踌躇，从今后谁寄萧娘一纸书？无情无绪，水淹蓝桥，梦断华胥。

【调笑令】肺腑恨怎舒，三叠阳关愁万缕。回思当日欢娱处，动离愁暮云无数。今夜月明何处宿？依依的古岸黄芦。

【秃厮儿】欢娱地不堪举目，回首处景物萧疏。星前月下共谁语，漫嗟吁，何如？

【圣药王】别太速，情最苦。松金减玉瘦身躯。鬼病添，神思虚，心如刀剜泪如珠。意儿里懒上七香车。

【煞尾】眼睁睁看着他登舆去，痛杀我吹箫伴侣。恰住了送行程一帆风，又添起助离愁半江雨。

归兴 ［明］王九思

【双调 新水令】忆秋风迁客走天涯，喜归来碧山亭下。水田十数亩，茅屋两三家。暮雨朝霞，妆点出辋川画。

【驻马听】暗想东华，五夜清霜寒控马。寻思别驾，一天残月晓排衙。路危常与虎狼狎，命乖却被儿童骂。到如今谁管咱？胡芦提一任闲顽耍。

【沉醉东风】有时节露赤脚，山巅水涯；有时节科白头，柳堰桃峡。戴甚么折角巾，结甚么狂生袜。得清闲不说荣华。提起封侯几万家，把一个薄福的先生笑杀。

【折桂令】问先生有甚生涯？赏月登楼，过酒簪花；皓齿朱唇，轻歌妙舞，越女秦娃。不索问高车驷马，也休提白雪黄芽！春雨桑麻，秋水鱼虾。痛饮是前程，烂醉是生涯。

【雁儿落】再休提玄都观里花，再休说丹凤楼前话，卖不出青钱万选才，挣不上黄阁三公大。

【得胜令】不追随丝鬓阁乌纱，不思量紫殿革白麻。也不饮七宝红玉斝，也不骑千金赤兔马。素指按琵琶，把一个碧荷筒忙吸罢。翠袖舞烟霞，把一领恋罗袍典当咱。

【沽美酒】我则见蜜蜂儿闹午衙，粉蝶儿恋春葩。蝶使蜂媒劳攘杀。且妆聋做哑，不烦恼，不惊怕。

【太平令】爱的是碧莎长夜雨鸣蛙，绿槐高晓月啼鸦。风吹绽、芭蕉两叉，露滴湿、蔷薇一架。呀！傍青门种瓜，学玉川煮茶，买这等光阴无价。

【离亭宴】带【歇煞】想着那人间富贵同飘瓦，眼前岁月如奔马。不是俺无端自夸，脱离了虎狼关，结识上鸥鹭伴，涂抹杀麒麟画。登山不索钱，有地堪学稼。闷了时书楼中戏耍，吟几首少陵诗，写两个羲之字，讲一会君平卦。羊裘冒雪穿，驴背寻春跨。醉了时齁齁的睡了咱。看我这没是非、一枕梦儿甜。索强似争名利、千般意儿假。

谪戍云南　［明］杨慎

【仙吕　点绛唇】万里云南，九层天栈千盘险。一发中原，回望青霄远。

【混江龙】自离了蓬莱阆苑，晓残月挂秋帆。江蓠漠漠，水荇田田。落日山川虎兕号，长风洲渚蛟龙战。鸿雁池头，鲤鱼山下，鸬鹚堰底，鹦鹉洲边。扬舲常恨水云迟，授衣又早寒暄变。恰似萍流蓬转，几曾鲍系藤牵。

【油葫芦】白雪江陵右渡边，解征帆，上征鞍。楚塞霜寒枫叶丹，沅澧波香兰芷鲜，武陵春老桃花怨。千里望乡心，九叠悲秋辩。又不是南征马援，壶头山愁望飞鸢。

【天下乐】瘦马凌兢蝶梦残。慆也波僝。怎消遣断角残钟，几度孤城晚。回首送衡阳去雁，忍泪听泸溪断猿。乱云堆何处是西川？

【哪咤令】怕见他盘江河毒瘴愁烟，关索岭冰梯雪嵲。香炉峰缭塞苗川。千寻井，下坡难；万丈梯，登山倦。硬黄泥、污尽旧青衫。

【鹊踏枝】一封书，意悬悬；万里路，恨绵绵。谁信道东下昆池，又胜如西出阳关？但得他平安两字，休问他何日归年。

【寄生草】空弹剑，频倚阑。比潮阳山水多乡县，比江州月夜无弦管，比夜郎春夏饶风霰。今日个闻鸡晓度碧鸡关，怎记得鸣銮晚直金鸾殿。

【么篇】难缩壶中地，休寻屏上船。五花台望望愁心远，双洱河渺渺波涛限，七星关叠叠云风嵌。琵琶亭下泪偏多，鹧鸪岭畔肠先断。

【金盏儿】风儿酸，雨儿寒，雨霁风清抬望眼。见西楼明月几回圆？辞家衣线绽，去国履痕穿，只道是愁来倾竹叶，不信说米尽折花钿。

【赚煞】且听《沧浪吟》，休诵《卜居篇》。爱碧山石磴红泉，策杖行兴渺然。醒来时对陶令无弦，醉来时学苏晋逃禅。不似那憔悴骚人泽畔。任苍狗白云屡变，笑蛙声紫色争妍。浮名与我无牵绊，再休寻无事散神仙！

游赤壁　［明］阙名

【仙吕　点绛唇】万里长江，半空虚浪惊涛响。东去茫茫，远水天一样。

【混江龙】壬戌秋，七月既望。泛舟属客落何方？过黄泥之坂。游赤壁之旁。银汉无尘秋气爽，水波不动晚风凉。诵《明月》之句，歌《窈窕》之章。少焉，月出东山上。紫微贯斗，白露横江。

【油葫芦】四顾山光接水光，天一方，山川相缪郁苍苍。风流千古人惆怅，崔嵬一带山雄壮。西望厦口，东望武昌。沿江杀气三千丈，此非是曹孟德困周郎？

【天下乐】隐隐云开见汉阳，荆也么襄，几战场？半江水流金鼓响。旌旗一片遮，舳舻千里长。则落得渔樵做话讲。

【哪咤令】横槊赋诗，是皇家栋梁，临江酾酒，是将军虎狼。修文偃武，是朝廷纪纲。如今安在哉？一代英雄壮，空留下水国鱼邦。

【鹊踏枝】水茫茫，树苍苍。大火西流，乌鹊南翔。浩浩乎不知所往，飘飘乎似觉飞扬。

【寄生草】渺沧海，如一粟。哀吾生，能几场。举匏樽痛饮偏豪放，挟飞仙羽化真舒畅。叹流光易逝多惆怅！当年不为小乔羞，只今惟有长江浪。

【赚煞】休把洞箫吹，再把新词唱。苏子正中坐，掀髯鼓掌。洗盏重新更举觞。眼纵横醉倚蓬窗。怕疏狂错乱了宫商。肴馔盘空夜未央。酒入醉乡。枕藉舟上，不觉的朗然红日出东方。

南散套——

秋怀 [明] 高明

【商调 二郎神】人别后，正七夕穿针在画楼。暮雨过，纱窗凉已透。夕阳影里，见一簇寒蝉衰柳。水彩蘋香人自愁，况轻折鸾交凤友。得成就，真个胜似腰缠跨鹤扬州。

【前腔】风流。当年韵事娇花笼柳。记待月西厢携素手。

争奈霎时话别，匆匆雨散云收。一种相思，分做两处愁。雁来时音书未有。得成就，真个胜似腰缠跨鹤扬州。

【集贤宾】西风桂子香韵幽。奈虚度春秋。明月无情穿户牖。听寒蛩声满床头。空房自守，暗数尽谯楼更漏，如病酒，这滋味那人知否？

【黄莺儿】霜降水痕收，迅池塘已暮秋。满城风雨还重九。白衣人送酒，乌纱帽恋头。想那人一似黄花瘦。强登楼，云山满目，遮不尽、许多愁。

【前腔】惟酒可忘忧。奈愁怀不嘴酒。几番血泪抛红豆，想思未休。凄凉怎守？老天知道和天瘦。强登楼，云山满目，遮不尽、许多愁。

【琥珀猫儿堕】绿荷萧索，无可盖眠鸥。浅碧粼粼露远洲，羁人无力冷飕飕。添愁，悄一似宋玉赋《高唐》，对景伤秋。

【前腔】一围红蓼，相映白蘋洲。傍水芙蓉两岸幽。想他娇艳倦凝眸。添愁，悄一似宋玉赋《高唐》，对景伤秋。

【尾声】一年好景还重九，正橘绿橙黄时候。强把金樽送客愁。

归隐　［明］王守仁

【仙吕入双调　步步娇》】宦海茫茫京壁渺，碌碌何时了？风掀浪又高。覆辙翻舟，是非颠倒。算来平步上青霄，不如早泛江东棹。

【沉醉东风】乱纷纷鸦鸣鹊噪，恶狠狠豺狼当道。费竭民膏，怎忍见人哀号，举疾首麋额相告。簪笏满朝，干戈载道，等闲间把山河动摇。

【忒忒令】平白地生出祸苗，逆天理那循公道。因此上把功名委弃如蒿草。本待要竭忠尽孝，只恐怕狡兔死，走狗烹，做了韩信的下梢。

【好姐姐】尔曹，难与论交。真和假那分白皂？他把孽冤自造，到头终有报。设圈套，饶君纵使机关巧，天网恢恢不可逃！

【尹令】算留侯其实见高，把一身名节自保。随着赤松学道，放诞逍遥，免得云阳赴市曹。

【双蝴蝶】待学陶彭泽懒折腰，待学载西施范蠡逃。待学张孟谈辞朝，待学七里滩子陵垂钓。待学陆龟蒙笔床茶灶，待学东陵侯把名利抛。

【园林好】脱下了团花战袍，解下了龙泉宝刀，卸下了朝簪乌帽。布袍上系麻绦，把渔鼓简儿敲。

【川拨棹】深山坳，没闲人来聒噪。跨青溪独木为桥，跨青溪独木为桥。小小的茅庵盖着，种青松与碧桃，采山花与药苗。

【锦衣香】府库充，何足道；禄位高，何足较？从今耳畔清，闻不闻宣召。芦花暖被度良宵，三竿日上，睡觉伸腰。对邻翁野老，饮三杯浊酒村醪。醉了还歌笑，鼾鼾睡倒；不图富贵，只求安饱。

【浆水令】赏春时花藤小轿，纳凉时红莲短棹。稻登场雏豚蟹螯，雪霜寒纯棉布袄。四时佳景恣游遨，也强如羽扇番营，玉佩趋朝。溪堪钓，山可樵。人间自有蓬莱岛，何须用，何须用楼船彩轿？山林下，山林下尽可逍遥！

【尾声】从来得失知多少？总上心来转一遭。把门儿闭了，只许诗人带月敲！

归隐 ［明］阙名

【仙吕 傍妆台】忆家乡，故园松菊，只恐半成荒。平生心地无偏党，止留得一空囊。担头旧物青毡在，架上遗书手泽香。封章，奏达庙堂，待学散金疏广早还乡。

【前腔】早还乡，乡音无改鬓毛苍。乌纱帽换了青箬笠，皂罗袍换了布衣裳。青风林下琴三弄，细雨灯前酒一觞。田园少，岁月长。待学思鲈张翰返家乡。

【不是路】草舍之旁，凿个方方半亩塘。多情况，徘徊云影与天光。近东厢，种松补屋沿深巷，插棘编篱护短墙。闲来往，黄冠野服青藜杖。四时吟赏，四时吟赏。

【解三酲】到春来，惠风和畅，斗繁华柳媚花芳。看庐山叠翠如屏障，白鹿洞隐朝阳。香炉瀑布三千丈，九垒屏风云锦张。言非奖！真是神仙府若，月岫云廊。

【掉角儿序】到夏来，槐荫昼长。爱莲池藕花争放，清晖亭薰风荐凉，重湖阁水天浮荡。笑东邻，一家忙。蚕桑老,又分秧。我无劳攘,纸屏石枕,藤簟竹床。向南窗安然高卧,自傲羲皇。

【解三酲】到秋来,蟹肥鸡壮。更逢时橘绿橙黄。村前社鼓冬冬响,祈后土,庆丰穰。喜今秋岁熟天晴朗,准备官租早下仓。人都讲:但宽徭薄赋,穷也何妨?

【掉角儿序】到冬来,梅花又香。小桥边酒旗高飏。乱纷纷雪花正扬,唤苍头把门关上。地炉中、煨芋栗,饷儿孙,一个个要三争两。将琴当酒,买鱼煮汤。醉来时,欣欣拍手,妇随夫唱。

【尾声】一家骨肉俱无恙,把利名心撇在九霄天上。百岁光阴,如同梦一场。

南北合套——

西湖游赏　[元] 贯云石

【北中吕 粉蝶儿】描不上小扇轻罗,便是真蓬莱赛他不过。虽然是比不得百二山河。一壁厢嵌平堤、连绿野,端的有亭台百座。暗想东坡,遹仙诗有谁酬和?

【南泣颜回】漫说凤凰坡,怎比繁华江左?无穷千古,真个是胜迹留多。烟笼雾锁,绕六桥翠嶂如螺错。青霭霭山抹如蓝,碧澄澄水泛金波。

【北石榴花】我则见采莲人唱采莲歌。端的是胜景胜其他。看那远峰倒影蘸清波。晴岚翠锁,怪石嵯峨。我则见沙鸥数点湖光破,咿咿哑哑,橹声摇过;则见女娇羞倚定雕栏坐,恰便是宝鉴对嫦娥。

【南泣颜回】缘何乐事赏心多? 诗朋酒侣吟哦。花浓酒艳,破除万事无过。嬉游玩赏,对清风皓月安然坐。任春夏秋月冬天,但适兴四时皆可。

【北斗鹌鹑】闹攘攘急管繁弦,齐臻臻兰舟画舸;娇滴滴粉黛相连,颤巍巍翠云万朵。端的是洗古磨今锦绣窝! 你不信、试觑呵! 绿依依杨柳千枝,红馥馥芙蕖万颗。

【南扑灯蛾】清风送蕙香,岫月穿云破。清湛湛水光浮岚碧,响当当晓钟儿敲破。呜咽咽猿啼古岭。见对对鸳鸯戏着晴波,迢迢似渔舟钓艇,美甘甘一湖明镜照嫦娥。

【北上小楼】密匝匝那一窝,疏刺刺这几棵。我这里对着清岚,倚着清风,泛着清波。微雨初收,微烟初散,微云初过。再休题淡妆浓抹。

【南扑灯蛾】叠叠的层楼兼画阁,簇簇的奇葩与异果。远远的绿莎茵,茸茸的芳草坡。跎蹬的马蹄踏破,隐隐似长桥卧波。细袅袅绿柳金拖。我实丕丕放开眼界,这整齐齐楼台金碧,天上也无多。

【尾声】阴晴昼夜皆行乐,不信这好风景被横俗人摧挫。再寻个风雅的湖山何处可?

归去来辞　　陈荩卿

【北双调 新水令】怕田园荒废却思归。撇罢了蜗名蝇利，身心徒是苦，惆怅枉生悲。来者堪追，论往事总难悔。

【南步步娇】五斗微官原非计，怎肯磬折儿曹辈。鲈鱼秋正肥，似这等束带趋跄，倒不合挂冠恬退。何处旧东篱？江云一片把柴桑蔽。

【北折桂令】喜朝来梦觉沉迷，众醉独醒，今是昨非。怕归路难寻，向径夫忙问，把短棹轻移。趁西风遥瞻衡宇，望晨光一点熹微。童仆开扉，稚子牵衣，只见三径犹荒，五柳犹垂。

【南江儿水】出岫云无意，投林鸟倦飞。青山正与茅堂对，黄花雅称村醪味，葛巾不受风尘累。试问哀猿知未？我已忘机，莫下三声客泪！

【北雁儿落】带【得胜令】眄庭柯颜可怡，园日涉门常闭，拥孤松兴自高，倚南窗傲堪寄。送酒有白衣，舒啸杖青藜。俺只为薄俗防人面，因此上全身学马蹄。须知，乌与兔，绳难系。休疑！兔与鹤，胫不齐。

【南侥侥令】羊裘堪覆足，饘粥好充饥。十亩桑麻聊卒岁，一任他世事纷纷似弈棋。

【北收江南】呀！俺与那人情世态既相违，披襟散发最相宜。经丘寻壑漫留题，把骚人共携。趁着这欣欣草木弄春晖。

【南园林好】令巾车烟霞满陂，放扁舟鱼虾满畦；引壶觞花间小憩，载琴瑟任游嬉，摊书卷不停披。

【北沽美酒】带【太平令】傲风雨有接篱，悦情话有亲戚。富贵浮云未可期，寓形骸宇内，聊乘化任张弛。审居处仅堪容膝，放胸次包罗天地。逃出了花封百里，摆脱了琴堂官吏，再不去迎伊，送伊；早早的归欤去兮！五斗米怎做得奴颜婢膝？

【南尾声】乐天知命心无累，拚沉醉吾生已矣！叹名利羁人达者稀。

院本　为金杂剧之总称，元剧也有称院本者。院乃行院，行院为娼妓所居。院本者，行院中唱演之曲本也。金院本名目之存于金者凡六百九十种，性质非常复杂，竞技、游戏、说唱、猜谜等都有，诸宫调词独不在内。此六百九十种院本，完全亡失，存者仅《董西厢》一本而已。董词乃诸宫调，为北曲之开山，全本不分折数，不配角色，盖由一人弹唱，非供多人搬演者，故称挜弹词。因非搬演，故不纪动作状态。其套数较元剧为短，全套不过七八曲，元剧有多至十七八曲者。又元剧止用每一曲调的上半叠，换头以后即不用；诸宫调则用全曲。此其不同处。

诸宫调——

西厢挡弹词　[金]董解元

案：此本谱《会真记》张生崔莺事，为南北《西厢》之祖，亦北杂剧之祖。挡，拨弄乐器之谓，盖合琵琶而歌者，故名挡弹，亦称《弦索西厢》。其中有曲、有白，而无科介，乃供说唱而非搬演者，宋"鼓子词""陶真"之遗也。其情调当与今南方之弹调、北方之大鼓相类，尤与大鼓为近，以曲多白少也。因供说唱，其曲白俱用叙述体，作第三人口吻以说唱此故事，与宋鼓子词同。元明戏剧因须扮为剧中人当场表演，故必易为第一人口吻，虽有时有不合情理处（如奸恶之人自道其奸恶等），此事之所不得不然，亦曲词之一大转变也。

【黄钟宫 出队子】最苦是离别，彼此心头难弃舍。莺莺（案此即第三人口吻）哭得似痴呆，脸上啼痕都是血；有千种恩情何处说？夫人道天晚教郎疾去，怎奈红娘心似铁！把莺莺扶上七香车，君瑞攀鞍空自撅，道得个冤家宁奈些。

【尾】马儿登程，坐车儿归舍；马儿往西行，坐车儿往东拽。两口儿一步儿，离得远如一步也。

【仙吕调 点绛唇缠令】美满生离，据鞍兀兀离肠痛；旧欢新宠，变作高唐梦。回首孤城，依约青山拥；西风送，戍楼寒重，初品《梅花弄》。

【瑞莲儿】衰草凄凄一径通，丹枫索索满林红。平生踪迹无定着,如断蓬。听塞鸿,哑哑飞过暮云重。

【风吹荷叶】忆得枕鸳衾凤,今宵管半壁儿没用。触目凄凉千万种:见滴流流的红叶,渐零零的微雨,率剌剌的西风。

【尾】驴鞭半袅,吟肩双耸,休问离愁轻重。向个马儿上驼也驼不动。

离蒲西行三十里,日色晚矣。野景堪画!(案:此白)

【仙吕调 赏花时】落日平林噪晚鸦,风袖翩翩催瘦马,一径入天涯。荒凉古岸,衰草带霜滑。瞥见个孤竹端入画,篱落萧疏带浅沙。一个老大伯捕鱼虾;横桥流水,茅舍映荻花。

【尾】驼腰的柳树上,有鱼槎;一竿风箳茅檐上挂。澹烟潇洒,横锁着两三家。

生投宿于村落。(案:此白)

杂剧　宋代戏剧,皆称杂剧。其中有演故事的歌舞戏,有诙谐戏谑的滑稽戏,性质颇不一律。今之所谓杂剧,乃专指元人所创的一种剧曲而言,通常亦称元剧或元杂剧。杂剧的渊源,远自大曲、法曲等,近则诸宫调;其全剧的组织结构,不尽出自仿效,大率元人一时的创造,故我们看不出什么依傍的痕迹。

传奇　传奇之名始于唐,系指小说而言。宋称诸宫调为传奇,元称杂剧为传奇。明则以曲之长者称传奇,较短之元曲称杂剧。由是杂剧、传奇之称，渐行固定。传奇亦称"南戏"，出于南宋之戏文。温州或为传奇之原产地，温州杂剧或即南戏的祖祢，始创于南宋末叶，大概在元杂剧之前。杂剧、传奇的组织、结构，大体上很相似，不过见不到宋南戏的曲本，不能明了这三者间的关系究竟怎样的。照我们推想起来，其关系应不出下列的六图，不过不能十分断定究属哪一图，依我的推想应为第二图或第四第六图，若以现有的曲本观之，则以第五图为近，盖传奇似由杂剧直接演化而成者。

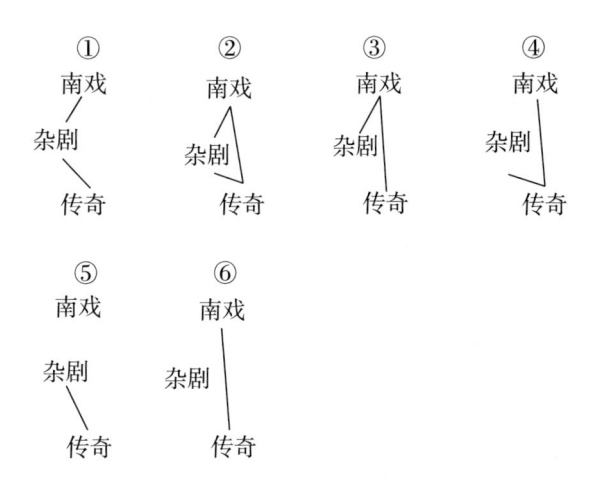

① 南戏—杂剧—传奇

② 南戏—杂剧—传奇

③ 南戏—杂剧—传奇

④ 南戏—杂剧—传奇

⑤ 南戏—杂剧—传奇

⑥ 南戏—杂剧—传奇

杂剧创始于北方而盛行于北方，后在杭州一带也盛行过，传奇则创自南方而盛行于南方，两者在元代并肩发达的。杂剧到明代便渐渐衰熄了，传奇在明初也曾衰微过，至中叶以后复盛，便独占了全国的歌场，一直到清代末年，至今还有歌唱它的。不过角色都齐备又能扮演又有组织的班子恐全国只剩昆曲传习所的一班，此班一散，这盛过数百年的剧曲或将从此作《广陵散》。我并非赞它为元音雅奏，也不鄙薄风靡一世的皮黄，不过希望它永远有一线的保存，供后人的考证与探讨，于歌乐戏剧方面或不无多少价值吧。

第二节　曲的搬演

完善的剧曲，应合歌唱、动作、言语三者而成，故杂剧、传奇才是完善的剧曲。《董西厢》有歌唱、言语而缺动作，小令、套数无论已；宋代杂戏（种类极多，详《宋元戏曲史》）每具备两种条件，都算不得完善的剧曲。动作在曲中谓之科，亦称介；言语谓之宾白（两人相说曰宾，一人自说曰白），亦概称曰白；歌唱谓之曲。三者以曲谓主体。能具备科、白、曲三种形态的表现的，始得谓之完善的剧曲。于剧场上表演此三种形态的人，谓之角色，亦称脚色。角色因其所扮者之人物及其职务之不同，有下列多种名目（详见王国维《古剧脚色考》）。

末　即戏头，职在指挥，相当于唐滑稽戏中的参军。在古舞中后舞以终曲，故谓之末，亦称末泥、末尼。元剧中为当场主唱之正角色，其职务已与宋代不同，在传奇中又退为次要的角色。

旦　由古剧中之装旦而来。"旦"之一字，为宋元娼妓之称，为剧中装扮妇女者。或曰：旦即狙，猿之雌者，狙好淫，俗书作旦（下录《李亚仙花酒曲江池杂剧》有"我也曾云雨乡调猱弄旦"一语，可证以上二说之皆有正确性也。元时即以娼伎装旦，实为中国戏剧中男女合演之先导，大概后世以风化攸关而被禁止了）。旦亦当场主唱之正角色，其重要与末等。在古剧中，真实扮演的重要角色为"副净""副末"，而非末、旦，在元剧中皆已退居次要的地位。

净　为"参军"的促音，歌舞戏中执竹竿以勾念者，故称"竹竿子"。亦作"靓"。或曰：以其脸上涂抹不净，而反称之曰净。未知孰是。副净别于正净而言。

丑　丑者，醜也。饰剧中鄙贱人物又带有谐谑、嘲弄性的角色，剧中地位虽不甚重要，然为不可少的令人发笑的角色。

末、旦、净、丑为元剧中扮演的主角，以末、旦为正角，净、丑为副角。末有外末、冲末、二末、小末之分。旦有老旦、大旦、小旦、旦徕、色旦、搽旦、外旦、贴旦之别。末、旦、净、丑之外，又有"外"。其职扮男亦扮女，不知是否"外末""外旦"之省。或谓四色之外另有一色之义。

传奇中以"生"代"末"，以末专扮年老的人。在昆曲的唱演中，生、旦二色，分别甚繁，其行腔使调，各各不同；在曲本中则较简。盖于习唱时视剧中人的身分、年岁、性格等而为之搭配。此伶工之事，作曲者可无须措意于此也。

装旦之外，又有装孤，二者均非角色，言以演者装扮孤或装扮旦也。孤，当以帝王官吏自称孤寡，故谓之孤，盖假装官吏者。传奇中以外饰之。

第三节　曲的结构

杂剧的结构，一本必为四折，以同宫调之曲一套为一折，一折易一宫调。一折又限用一韵，逐折换韵，折之长短无定，多则十数曲。一本中有时加楔子，楔子或在第一折之前，或在各折之间，也有兼用者；其制甚短，大率仅一二曲。元纪君祥之《赵氏孤儿》一剧凡五折，又有楔子，为元剧中仅有之变例。杂剧之曲词为代言，科白为叙事，皆为适应搬演而设，与诗、词、散曲及其他乐府歌辞异其旨趣。又每折中唱者只限一人，非旦即末，他色皆有白无唱，唱亦限于楔子中；在四折正剧中，则非旦、末不可。惟旦、末二色必[1]为剧中主唱人物，苟此折不唱，则易他色代扮之，以旦、末扮主唱者。此种限制，在元剧中亦少例外。元剧的结构如此之严，作者必感得拘束与不自由，唱者既甚费[2]力，听者亦觉单调。故明杂剧已打破此种规律，一本不限四折，一折中唱者不止一人，甚有用南曲作杂剧者。这都是必然的趋势与应有的进步，未可以深责明人为不守

---

[1] 必　底本作"不必"，据文意酌改。
[2] 费　底本作"废"，据文意酌改。

矩矱焉。

　　传奇的结构，大异于杂剧，一切都较杂剧为自由。它不限定出数（出同折，传奇用之），若敷衍极长的故事，有多至五六十出者。若殿本传奇《昭代箫韶》中皆有十本，每本二十四出，凡二百四十出，成一全剧，这是少见的。一出中之曲既不限一宫调，又不限一韵，且有用南北合套者。一切角色皆有白有唱，不独数色可合唱一出，且可合唱一曲。如是则歌声繁复而多变化，听者自更为悦耳。因为不限出数，于叙事更可曲折详尽，极酣畅淋漓之致。此皆传奇更为进步之处。但传奇的这种结构，是否取自杂剧更加以变化，抑另有所本，为不知耳。案传奇的起源似乎还在杂剧之前，现今所有的传奇曲本，则都在杂剧盛行之后。故无论如何，不能不疑心今之传奇必受杂剧很多的影响，因为它的结构处处像杂剧，又都较杂剧为宽放与进步，这种宽放与进步，似乎修改杂剧以成者。

　　曲的结构中尚有题目、正名、下场诗等。杂剧每本之末，必有题目、正名两项，其下各缀六言、七言或八言的联句一句或两句，其中很有用正名中的字句作剧名者，正名二字的取义，大约在此，毛西河说，这题目、正名是扮演人下场之后另有人代念的，不知确否。传奇中无此体制，于每出之末必有七言四句的下场诗，由扮演者正要下场时念的。有一人独念，有四人分念，有割取第一出末下场诗中字句作为剧名的，这犹是元人家法。传奇每出之前必标出目，以四字或两字构成；杂剧无之。盖杂剧仅四折，可径以次第名之；传奇多至数十出，一用出目，既可标明一出的剧情，又便于称述，这是应有的必要的创造。杂剧似可无需，传奇则非此不可。兹将南北曲相异之点，更列一表于下，以清眉目，且补上述之不足。其相同者则略而勿论焉。

南北曲差异表

类别	北 曲	南 曲
分幕	一本四折	出数无定
序曲	楔子，用于本首或折间或兼用	开场、标目、家门等必为首出
牌调	不分	有引子、过曲之分
宫调	六宫十一调，一折限一宫调，有借宫	五宫八调，不限一宫一调，有集曲及南北合套
押韵	一折限一韵	不限一韵
四声	无入声，以之派入三声	有入声
题目	有，在本末	无
正名	有，在本末	无
出目	无	有
下场诗	无	有，在出末
角色	末、旦、净、丑、外	生、旦、净、丑、外、末
唱者	限末、旦，一折一人，余皆有白无唱	各色皆有白有唱，可合唱一出或一曲
乐器	以弦乐为主，如琵琶三弦等	以管乐为主 如笛笙箫管等
声音	高亢、悲壮、嘈杂、促迫	清远、柔和、飘逸、纡徐

曲的起源，已于第一章中约略言之矣。其中科、白二者，亦非元明人的创造，皆托始于两宋杂剧，于此再将两宋杂戏附带的说一说。

小说、演史　小说的名称很古，但为著述之事，与戏曲无关。宋之小说，以说话为事，与今之评话同。所说的都是故事，也有不关史迹，说烟粉、灵怪、传奇、公案等等的。演史主在演讲史迹，实与小说同科。今之《五代评话》《宣和遗事》《京本小说》等即宋代说话人的脚本。

傀儡戏　傀儡戏的起源也很古，至今尚有演之者。宋之傀儡，种类颇多，均以敷衍故事为主，与戏剧同。

讶鼓戏　讶鼓是舞动的一种杂剧，亦杂以言词，舞时多假装各色人物。始行于军中。

舞队　舞队也装作种种人物以表演的，也有演故事的。其表演没有定所，大概到处流浪，有似欧西的吉卜色。

上述种种杂戏，无论直援、间接，于戏剧的进步必有相当的助力。此外几种从略。于此更将前章及本章所述各节，作一《曲的演化图》，以示其相互的关系与其演进的概况。

此图十分简略，只不过举出重要的几种。图中横的方面，是分隔朝代的，各朝代的阔度并不与其年数作比例，但求表示出某种戏曲约略产生在某一个时期而已；纵的方面，只是一条中线略限南北，各点位置的高低，毫无关系，全为作图的便利而如此分布的。图中的单线与双线，乃表示两者间关系之疏密的。

曲的演化图

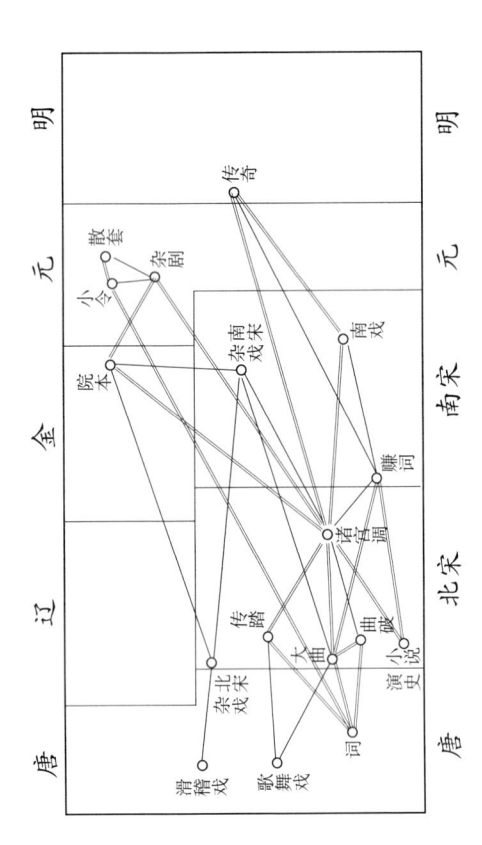

第三章
曲的声律

第一节　曲的声韵

曲的声韵，较词更严。上、去二声须严行分别，不能假借。入声则派入三声，并不独立一部。南曲中入声独用，此南北语音使然，非有宽严于其间也。有时亦可作平声用。又曲中之韵都平仄通协，没有全平全仄的牌调。皆须依谱行之，不得乱押。

曲字须分别阴阳、清浊，不但平声如此，上去亦然。元周德清作《中原音韵》，共分十九部韵。以入声配隶三声，平声分阴、阳二类。其言曰："平声独有二声，有上平声，有下平声（今北方语言中，上、下平之分甚显，此风土自然之理，非周氏好为苛细也）。上平声非指一东至二十八山而言，下平声非指一先至二十七咸而言。"又云："阴者即下平声，阳者即上平声。"这是词曲家、词章家的论说，与声韵学上所云阳声收鼻音、阴声不收鼻音之论，恐是不涉。究竟如何是阴，如何是阳？周氏未曾言明。第自其部居者察之，似平声之较有向高性者为阴平声，更有向低性者为阳平声，如"东"之与"同"，"支"

之与"时","归"之与"回",皆是。刘复《实验四声变化之一例》,其论平声云:"最高点与最低点的距离并不甚长,却也不甚短。向高性薄弱,所以虽然在做重音字的时候,其最高点也并不甚高;向低性却很表显,上、去、入三声所不能到的低点,它能达到。"又曲中之所谓清浊,即关乎阴阳,与声韵学上所言者亦有不同,以发音时气程阻碍的位置而分为喉、腭、舌、齿、唇五部,以之分属宫、商、角、徵、羽五音。宫音为最浊,羽音为最清;亦即喉音最浊,唇音最清。又十二律中,黄钟之管最长,其声最浊,应钟之管最短,其声最清。既知宫音与黄钟为最浊,羽音与应钟为最清,其清浊之程度与其排列之次序,为正比例。又知管长者浊,管短者清。以物理学论之,管长者其音波长,其振幅大,其振动数少,其声大而低;管短者悉反是。是阴阳、清浊,胥判于此数者,第喉舌所不能辨;其所能辨者又未能通晓于众人之前耳。

又北曲中清声为阴,浊声为阳;阳声揭起,阴声抑下。南曲则清声揭起,浊声抑下,适与北曲相反,斯可异耳。

第二节 曲的牌调

曲调犹词调,所以别各曲之音调、腔拍者,犹今之歌谱、乐谱也。曲调由词调变化而来,有完全袭用词调,毫不变易者,有名异词同、名同词异者,或名调两异,自有其变化之迹可寻者。但元明人自创者多，袭用者少。大概曲调较词调为短，若慢词之在百字以上者较少。

曲调多于词调，词调之见于《词律》一书者凡八百二十六调。曲调合南北计之，约一千八百之谱，多一倍以上。

曲调与词调尚有一不同之点，即曲调中可以加衬字，词调不能。加衬字时，须检谱中板式的疏密而酌定之；遇过疏处，或竟一字都不能加。南曲中除【引子】【本宫赚】【不是路】外，都有一定的板式；北曲无定式，视衬字之多少而可活动的。

曲的联套，颇有一定。某曲为引子，应在前；某曲为过曲，应在后。又某曲之后，应为某牌，某牌之后，应列某支，其间皆有定例，不容颠倒。此事须检古人成作为之。惟精于音律者，可自出新意，另行搭配。盖曲调有高低，音节有卑亢。一调有一调之音色，有欢愉者，有哀苦者；有端庄者，有谐谑者；有和平者，有噍杀者。有宜于生旦者，有宜于净丑者。万不能以同属一宫调而随意联套与搭配也。

第三节　曲的宫调

曲的宫调少于词，北曲所用有六宫十一调。如下——
六宫：仙吕宫、南吕宫、中吕宫、黄钟宫、正吕、道宫；
十一调：大石调、小石调、高平调、般涉调、歇指调、商角调、双调、商调、角调、宫调、越调。

此十七宫调中，较词少一高宫及仙吕调、中吕调、正平调、黄钟羽四调，而多商角调、角调、宫调三调。

南曲又比北曲少一道宫及高平调、歇指调、宫调、角调，而多一羽调，共十三宫调。昆腔南北兼唱，其宫调较多，有六宫十二调：黄钟宫、仙吕宫、正宫、南吕宫、中吕宫、道宫及大石调、小石调、般涉调、歇指调、越调、高平调、双调、商调、商角调、宫调、角调、羽调。然常用者只九调，为正宫、中吕宫、南吕宫、仙吕宫、黄钟宫之五宫，及大石调、双调、商调、越调之四调，亦较之九宫。兹括一表以明之。

词	北曲	南曲	昆腔
黄钟宫	同	同	同◎
仙吕宫	同	同	同◎
正宫	同	同	同◎
高宫			
南吕宫	同	同	同◎
中吕宫	同	同	同◎
道宫	同		同
大石调	同	同	同◎
小石调	同	同	同
般涉调	同	同	同
歇指调	同		同
越调	同	同	同◎
仙吕调			
中吕调			
正平调			
高平调	同		同

续表

词	北 曲	南 曲	昆 腔
双调	同	同	同◎
羽调			同
商调	同	同	同◎
	商角调	同	同
	角调		同
	宫调		同

加◎者为常用之九宫，其他各调或有目无曲，或属曲过少，不能成套，故不常用。

因清浊阴阳之关系，一调有一调之情感。《阳春白雪》《正音谱》等书云：

仙吕调唱清新绵邈　　南吕宫唱感叹伤悲
中吕宫唱高下闪赚　　黄钟宫唱富贵缠绵
正宫唱惆怅雄壮　　　道宫唱飘逸清幽
大石唱风流蕴藉　　　小石唱旖旎妩媚
高平唱条拗滉漾　　　般涉唱拾掇抗堑
歇指唱急并虚歇　　　商角唱悲伤宛转
双调唱健捷激袅　　　商调唱凄怆怨慕
角调唱呜咽幽扬　　　宫调唱典雅沉重
越调唱陶写冷笑

第四章
曲的演进

第一节　元代概述（杂剧为主）[1]

杂剧创自何人，果不可知，谓为一人所独创，亦理之不可信者。从来论剧的人，颇有以首创杂剧一事归之关汉卿者。汉卿自是一代大家，与其同时之马致远、白朴、郑光祖并称"关马郑白"，为杂剧中第一流人物。又王实甫、宫天挺、乔吉诸人，都与汉卿同时，亦曲家之表表者。他们对于杂剧都有很大的贡献，所以杂剧的创造者，不能专属汉卿一人，宁可说汉卿与其同时诸作家所共同努力以成此七宝楼台者也。

关、马、王三人皆大都（今北平，元为大都）人；白，真定（今正定）人；郑，平阳（今山西襄陵）人；乔，太原人；宫，大名人。都在河北、山西两省，杂剧之称北曲，有由来也。此七人中除关、王二人外，其余都到过江浙，或是作吏，或是流寓，杂剧后期之盛于杭州，自亦有故。

再以时代考之，关、王为最先。王之事实不可考。关于金

---

[1] 本节主要论杂剧，下及明代，题目与内容稍有出入。

末官太医院令，金亡不仕，其生年当在十二世纪之末，或十三世纪之初，享寿倘在六十以上，则其卒年当在1260之后，距今已六百七十年了（白视关为后辈，白之生年在1226）。

蒙古灭金，废科目之试者垂八十年，一般聪明才智之士，乃无所逞其技巧，诗词等旧套已做腻了。其时正当南宋末叶，一切说唱、搬演的杂戏都很发达。其结构也颇完整，如诸宫调和赚词等，都是[1]戏剧中已很进步的东西。元人因之而杂糅之，另加一番新的组织，将动作、言语、歌唱三者冶于一炉，使人当场搬演。叙事体的诗词，一变而为代言体的曲子；文雅的词句，一变而为俚俗的白话，这是必然的要求。由是忠臣烈士、孝义廉节、披袍秉笏、神仙道化之流，上则庙堂重典，下则闾阎细故，一切可惊可愕、可泣可歌之事，无不可搬演于数尺红氍毹上，乃使天下之人奔走骇汗咨嗟叹息而不能自已。元剧既有此千古未有之奇观，自然像草上之风，偃靡一世。一班正苦于无法消遣的文人，乃各逞其心思才力，竞为新乐府的创作：或措意于词句的超妙，或致力于音调的和谐，或着眼于事节的离奇，或留心于剧情的熨贴。而后元人杂剧，蔚为一代之伟观。惟是杂剧的作者都是一班布衣、下吏，屈居下位的人；那些达官贵人，只作小令、套数，而不作杂剧。因此元剧中得保存了不少的朴质、醇厚、雄健、草野之气，未曾为金碧所涂饰，终

---

[1] 是　底本脱，据文意酌补。

算是颇纯粹的北方的民众艺术。又作杂剧的都是汉人，蒙古及色目人只作小令、套数。这不关汉人的文艺创作力优于其他民族。大约贵人多忙，不[1]措意于冗长而鄙俗的杂剧。

元剧的作者，依钟嗣成《录鬼簿》分为三辈，亦即元剧发达的三时期：一、前辈名公才人，即王静安所称"蒙古时代"；二、已亡名公才人，即王氏所称"一统时代"；三、方今名公才人，即王氏所称"至正时代"。第一期作者最多，其质量亦称独绝，凡有名的作家与剧本几尽在此期中。第二期中郑光祖、宫天挺、乔吉三人可称杰出。余子碌碌，已不足齿数了。第三期则皆自郐以下矣。所以元剧发达的现象，颇为特别。中国文学的兴衰，其发展的历程，大都是纺锤形的。独元剧的兴亡，有如倒立的锥体，头部最大，以下渐次削小。喻之虎头蛇尾，也很贴切。这是为的什么呢？

元杂剧之存于今者，凡一百十六本（《西厢》五本作一本计），有作家名氏者凡八十八本。各家多寡不同，大都只一二本，而关汉卿独有十三本。作者凡四十六人（马致远与李时中、花李郎、红字李二合作一本，作三人计），其有里居可考者四十一人（花李郎、红字李二不可考，惟马致远、李时中皆大都人，其为大都无疑），加二李得四十三人（花李郎系倡夫，义同"李花郎"；"红字"当系混名，其人皆姓李）。其中居北方

---

[1] 底本"措意"前衍一"惜"字，据文意酌删。

者三十六人，居南方者仅七人。北方皆在河北、山西、山东、河南四省，以大都为最多。女直亦有一人。南方则杭州居其六。此外嘉兴一人。南北人数之比，为1∶5弱。再以时代考之，第一期中凡三十人，尽是北人，作剧六十五本；第二期十人，北六人，南四人，作剧十六本；第三期四人，南三人，余一人未详，作剧五本。此外有二人，作剧二本，时地皆不详。三期中人数之比，约为6∶2∶1。本数之比，约为13∶3∶1。

第一、第二期中的北人，很有游宦或寓居江浙的，他们便带了杂剧的种子，散播到南方来，便在杭州一带生长开花了。大概土性不宜，移植后第一代的花果，已远不及北方的原产。至第二代，非但更不如前，连枝叶也萎黄了。幸有明人的灌溉，总算保存一时，然不久终至枯槁而绝种。所可惜者那北方的原种，亦仅如昙花一现，其寿命并不比南方为长。北杂剧何以不宜于移植南方，何以连原产地的北方也少有人种植呢？

曰：南方人的胃口不同，他们似乎不甚喜欢这种花色和果味。南人性质轻柔，不喜深红浓紫类于粗野的颜色，也不喜辛辣膻腥刺激性过强的滋味。他们有旖旎缤纷的桃李，有甜蜜细嫩的果实。杂剧的种子虽带到了南方，带到了土地肥沃的南方，然而南人不喜栽培，所以没有几代便断种了。

曰：北方人也喜欢南方的花果，渐渐繁殖到北方去，便滋长而占有了杂剧的园地；再者那些旧园丁，老的老了，死的死了，很多有手法有经验的园丁，流寓到南方去了。因此杂剧的花，连原产地的北方也绝种了。

盖杂剧演唱的时候，和以弦索，繁音促节而声调高亢。虽有沉雄悲壮之气，然乏绵邈清新之致，以是不谐南人之耳。又其词句多北方或蒙古的土语，虽未尝嫌她鄙俚不文，实在难于入耳。何况腥膻葱蒜的气味很重，南人不免于腻嘴。其时南戏亦已盛行，箫管幽扬，清远飘逸。唱那生旦的戏文，演那儿女的私情，所有悲欢离合之情、雪月风花之景，南人观之，无不为之如醉如狂、神魂颠倒。这是南人所最配胃口的，因此杂剧虽已流传到南方，并不为一般听众所怎样的喜悦，只有少数人好尝这种异味，它便逐渐衰微下去了。故杂剧之在南方虽尝风靡一世的盛过，但时期并不长，实因南戏的潜势力太大，未可轻侮。元自一统之后，南北交通更畅了。北曲既可流传到南方来，南戏自亦可以流行到北方去。其时燕京定都未久，一切方物，当然远不及南方。临安为南宋故都，擅湖山之胜，一班北方的才人，很多寓居南方，且乐不思蜀的不返了。即如第一期杂剧作家三十人中（有里居可考的），我们可以查考出他曾经流寓或游宦在南方的有七人；第二期作家中北人凡六，可以考证他在南方的有五人；第三期本无北人，可不论。其他不甚著名的作家，自然没法知道他们有没有到南方去。试想有这许多作家群向南方迁移，南方的空气不免起了短时间的波动，不料杂剧之在北方，却难乎为继了，不久便同化于南。及南戏盛行而北剧衰微了。这是杂剧的兴亡有如倒立的锥体的缘故。

关汉卿，号已斋叟，大都人。金解元，仕金为太医院令，金亡不仕。所撰杂剧见于《正音谱》者有六十三种，今存十三种，以《窦娥冤》《金线池》为最。《正音谱》评其词："如琼筵醉客。"关尝悦一滕婢，欲纳之，乃作小令贻其夫人云："鬓雅脸霞，屈杀了将陪嫁！规模全似大人家，不在红娘下。巧笑迎人，文谈回话，真如解语花！若咱得他，倒了葡萄架。"夫人答以诗云："闻君偷看美人图，不似关王大丈夫。金屋若将阿娇贮，为君唱彻《醋葫芦》。"关见之太息而已。此亦词坛一笑话。

王实甫，大都人，与汉卿同时，或稍前。作剧十三种，今存二种。《正音谱》评其词："若花间美人。"所作《西厢记》最负盛名。《西厢》原为四本，每本四折，共十六折，至《草桥店梦莺莺》为止；关汉卿续编一本四折，乃成二十折。《西厢》为戏曲中最脍炙人口的书，其所以致此者，与金人瑞至有关系。金为千古极伟大的文学批评家，目光如炬，将《水浒》《西厢》与《庄》《骚》、马《史》、杜律并称为《六才子书》，皆加以独特的批评，于是《西厢记》风靡一世。至于《西厢》原本反不常见，所见者皆《第六才子书[1]》，亦可见其传之广矣。其所批评，实与读者以极大的帮助，尤其在心理上的揣摩，能很巧妙的将曲白中的含义阐泄无余，可使读者首肯，或忍俊不禁，或拍案叫绝。他的批评，有极大的魔力，有时比曲的本身还要大，还

---

[1] 书　底本脱，据文意酌补。

要引人入胜。惟一味诋諆关之续作与任意改削文词毫不顾及音律,是其所短。金盖重在词章,于曲学为门外汉。兹将《西厢》之渊源与衍变,作一简略的统系表,可以见得千一百年来国人对于这桩故事的爱好与熟习,其中人之深,实不可思议呵!

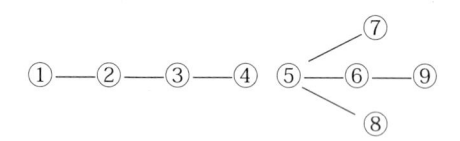

```
                              ⑦
①——②——③——④ ⑤——⑥——⑨
                              ⑧
```

① 唐元稹[1]《会真记传奇》
② 宋赵令畤商调《蝶恋花鼓子词》
③ 金董解元《西厢捴弹词》(亦称《弦索西厢》)
④ 元王实甫《西厢记杂剧》
⑤ 元关汉卿《续西厢杂剧》
⑥ 明无名氏改《北西厢》(亦称《陈眉公原本西厢记》)
⑦ 明李日华《南西厢传奇》
⑧ 明陆采《南西厢传奇》(不知是否即上一种)[2]
⑨ 清金人瑞批改《第六才子书》

此外《续西厢》《新西厢》《翻西厢》《锦西厢》《后西厢》《东厢记》等不可悉书,其他加评语的尤不暇深考。此种盛况,惟

---

[1] 稹 底本作"禛",据史实改。
[2]《暖红室汇刻传奇西厢记》附录陆采《南西厢记自序》:"李日华取实甫之语翻为南曲,而措词命意之妙几失之矣!余自退休之日,时缀此编,固不敢媲美前哲,然较之生吞活剥者,自谓差见一班。"可见陆本与李本不同。

《红楼梦》可与媲美。郑光祖《㑳梅香》一剧也是谱的这件故事。

马致远，字东篱，大都人，江浙行省务官，《正音谱》评其词："如朝阳鸣凤。"列元人第一。其越调《天净沙》一支，与秋思《夜行船》一套，昔人评为"散曲之冠"。作杂剧十四种，今存六种，《汉宫秋》最著。

张可久，号小山，庆元人。《正音谱》评其词："如瑶天笙鹤。"小山不作杂剧，散曲独多，不论质与量，元人中罕有其匹。

白朴，字仁甫，一字太素，号兰谷，隩[1]州人，居真定，后寓金陵。《正音谱》评其词："如鹏搏九霄。"作剧十七种，今存二种。其《梧桐雨》一剧最脍炙人口。

郑廷玉，彰德人，作剧二十四种，今存五种。《正音谱》评其词："如佩玉鸣銮。"

李寿卿，名无考，太原人。《正音谱》评其词："如洞天春晓。"作剧十种，今存二种。

贯云石，本名小云石海涯。父名贯只哥，遂以贯为氏，号酸斋。少时神彩秀异，膂力绝人；及长，折节读书，工乐府。以套数名，不作杂剧，与徐甜斋并称"酸甜乐府"。官翰林学士，称疾辞居江南，后隐居钱塘，日至西湖，其【粉蝶儿】"西湖游赏"一套最著。《正音谱》评其词："如天马脱羁。"

徐再思，号甜斋，嘉兴人。其套数不在酸斋之下。《正音谱》

---

[1] 隩　底本作"澳"。钟嗣成《录鬼簿》谓其为"文举之子"（P.10）；又《金史》（P.2503）："白华，字文举，隩州人。"据改。

评其词："如桂林秋月。"

　　武汉臣，济南人，《正音谱》评其词："如远山叠翠。"作剧十三种，今存三种。

　　沈和，字和甫，杭州人。作剧六种，今皆失传。《正音谱》评其词："如翠屏孔雀。"南北合套之法创自和甫，为曲中重要人物。

　　尚仲贤，真定人，江浙行省务官。《正音谱》评其词："如山花献笑。"作剧十种，今存四种。

　　白无咎，以散套名，《正音谱》评其词："如太华孤峰。"

　　冯子振，字海粟，攸州人。能文，亦以散套名。

　　杨梓，海盐人。以从征爪哇功，官至杭州路总管。致仕卒，追封宏农郡侯，谥康惠。杨氏善音律，又得名人传授，其家僮无有不善南北歌调者，海盐人亦因是以能歌名浙右（即所称海盐腔，海盐腔似当溯源于南宋张枢）。今传杂剧三种。

　　宫天挺，亦作天授，字大用，大名人，卒于常州。作剧六种，今存一种。《正音谱》评其词："如西风雕鹗。"为元剧中有数人物。

　　郑光祖，字德辉，平阳人，为杭州路吏，卒于杭。《正音谱》评其词："如九天珠玉。"作剧十九种，今存四种，以《倩女离魂》称最。德辉为"元剧四大家"之一，马、郑二家尤为元明人所宗尚。近人王静安曾将关、白、马、郑及宫大用五家，以唐诗宋词作喻，兹转录如下：

关汉卿 —— 白居易 —— 柳　永

白　朴 —— 刘禹锡 —— 苏　轼

马致远 —— 李商隐 —— 欧阳修

郑光祖 —— 温庭筠 —— 秦　观

官天挺 —— 韩　愈 —— 张子野

曾瑞，号褐夫，大兴人，寓杭州。工散曲，杂剧仅见一种。

乔吉，字梦符，号惺惺道人，又号笙鹤翁，太原人。美容仪，能词章，居杭州。以西湖【梧叶儿】百曲著称。作剧十一种，今存三种。《正音谱》评其词："如神鳌鼓浪。"亦元作家之杰出者。

秦简夫，名里无考。《正音谱》评其词："如峭壁孤松。"作剧五种，今存二种。

元曲家中尚有三人所当称述者，杨朝英、周德清、钟嗣成是也。此三人不以作曲名而以曲的著述称。杨朝英青城人，与贯云石同时，以酸斋故，自称澹斋。《正音谱》评其词："如碧海珊瑚。"曾辑《阳春白雪》《太平乐府》二集，为元人散曲之宝库。

周德清，字挺斋，高安人。《正音谱》评其词："如玉笛横秋。"著《中原音韵》，将平声分阴、阳二类；清王鵕撰《音韵辑要》，更进一步将上、去二声亦分阴阳。由是始有可资信赖之韵书。周氏为曲韵之创始者，王氏为曲韵之完成者，其功皆不可没也。

钟嗣成，字继先，号丑斋，汴人。《正音谱》评其词："如腾空宝气。"作《录鬼簿》二卷，于元剧家之姓名、爵里、曲目、传记等都有记载，为曲中重要著作。

施惠，字君美，一云姓沈，杭州人。巨目美髯，好谈笑，作《幽闺记》传奇（亦称《拜月亭》）。此曲从来毁誉者参半。或云君美即作《水浒传》之施耐庵[1]，未知是否？

杂剧——

崔莺莺待月西厢记·长亭送别 ［元］王实甫

案：此剧总名见《录鬼簿》。原分全剧为四本，凡一十六折。第一本名《张君瑞闹道场》，第二本名《崔莺莺夜听琴》，第三本名《张君瑞害相思》，第四本名《草桥店梦莺莺》。此第四本第三折《长亭送别》，其后即末折《草桥惊梦》。后关汉卿续一本名《张君瑞庆团圞》。全剧谱张生崔莺莺事，张生因崔婢红娘之力，得通莺莺，事为崔母郑氏所悉，始将崔氏许配张生，以相府中无白衣女婿为辞，促张入京应试，张乃行，崔氏送至长亭与张饯别。事出元稹《会真记》。西厢者普救寺西偏之厢屋，与崔寓为邻，为张生借宿处，亦张崔幽会处也。

〔夫人、长老上云〕今日送张生赴京，十里长亭，安排

---

[1] 此说源自吴梅。参见吴梅《吴梅词曲论著四种·曲学通论》（P.187）及刘世德《水浒论集·施耐庵即施惠说》（P.88）。

下筵席。我和长老先行,不见张生小姐来到。〔旦、末、红同上〕〔旦云〕今日送张生上朝取应,早是离人伤感。况值那暮秋天气,好烦恼人也呵! 悲欢聚散一杯酒,南北东西万里程。

【正宫 端正好】碧云天,黄花地,西风紧,北雁南飞。晓来谁染霜林醉? 总是离人泪。

【滚绣球】恨相见得迟,怨归去得疾。柳丝长玉骢难系。恨不倩疏林挂住斜晖! 马儿迍迍的行,车儿快快的随,却告了相思回避,破题儿又早别离。听得一声去也,松了金钏;遥望见十里长亭,减了玉肌。此恨谁知?

〔红云〕姐姐,今日怎么不打扮?〔旦云〕你那知我的心里呵!

【叨叨令】见安排着车儿马儿,不由人熬熬煎煎的气;有甚么心情花儿靥儿,打扮的娇娇滴滴的媚;准备着被儿枕儿,则索昏昏沉沉的睡;从今后衫儿袖儿,都揾做重重叠叠的泪。兀的不闷杀人也么哥? 兀的不闷杀人也么哥? 久已后书儿、信儿,索与我凄凄惶惶的寄!

〔做到〕〔见夫人科〕〔夫人云〕张生和长老坐,小姐这壁坐,红娘将酒来! 张生你向前来,是自家亲眷,不要回避。俺将莺莺与你,到京师休辱没了俺孩儿,挣揣一个状元回来者!〔末云〕小生托夫人余荫,凭着胸中之才,视官如拾芥耳。〔洁云〕夫人主见不差,张生不是落后的人。

〔把酒了坐〕〔旦长吁科〕

【脱布衫】下西风黄叶纷飞，染寒烟衰草萋迷。酒席上斜签着坐的，蹙愁眉死临侵地。

【小梁州】我见他阁泪汪汪不敢垂，恐怕人知。猛然见了把头低，长吁气，推整素罗衣。

【么篇】虽然久后成佳配，奈时间怎不悲啼？意似痴，心如醉，昨宵今日，清减了小腰围。

〔夫人云〕小姐把盏者！〔红递酒，旦把盏，长吁科云〕请吃酒！

【上小楼】合欢未已，离愁相继。想着俺前暮私情，昨夜成亲，今日别离。我谂知这几日相思滋味，却原来此别离情更增十倍。

【么篇】年少呵轻远别，情薄呵易弃掷。全不想腿儿相挨，脸儿相偎，手儿相携。你与俺崔相国做女婿，妻荣夫贵，但得一个并头莲，煞强如状元及第。

〔红云〕姐姐不曾吃早饭，饮一口儿汤水。〔旦云〕红娘，甚么汤水咽得下？

【满庭芳】供食太急，须臾对面，顷刻别离。若不是酒席间子母每当回避，有心待与他举案齐眉。虽然是厮守得一时半刻，也合着俺夫妻每共桌而食。眼底空留意，寻思起就里，险化做望夫石。

〔夫人云〕红娘把盏者！〔红把酒科〕〔旦唱〕

【快活三】将来的酒共食，尝着似土和泥。假若便是土和泥，也有些土气息，泥滋味。

【朝天子】暖溶溶玉醅，白泠泠似水，多半是相思泪！眼面前茶饭怕不待要吃。恨塞满愁肠。看蜗角虚名，蝇头微利。拆鸳鸯在两下里：一个这壁，一个那壁，一递一声长吁气。

〔夫人云〕辆起车儿，俺先回去。小姐随后和红娘来。〔下〕〔末辞洁科〕〔洁云〕此一行别无话儿，贫僧准备买登科录看，做亲的茶饭，少不得贫僧的。先生在意，鞍马上保重者！从今经忏无心礼，专听春雷第一声。〔下〕〔旦唱〕

【四边静】霎时间杯盘狼藉。车儿投东，马儿向西；两意徘徊，落日山横翠。知他今宵宿在那里？有梦也难寻觅。

张生，此行得官不得官，疾便回来！〔末云〕小生这一去，白夺一个状元。正是青霄有路终须到，金榜无名誓不归。〔旦云〕君行别无所赠，口占一绝，为君送行："弃掷今何在？当时且自亲。还将旧来意，怜取眼前人！"〔末云〕小姐之意差矣！张珙更敢怜谁？谨赓一绝，以剖寸心："人生长远别，孰与最关情；不遇知音者，谁怜长叹人？"〔旦唱〕

【耍孩儿】淋漓襟袖啼红泪，比司马青衫更湿。伯劳东去燕西飞，未登程，先问归期。虽然眼底人千里，且尽生前酒一杯。未饮心先醉，眼中流血，心里成灰。

【五煞】到京师服水土，趁程途节饮食，顺时自保揣身体；荒村雨露宜眠早，野店风霜要起迟；鞍马秋风里，最难调护，最要扶持。

【四煞】这忧愁诉与谁？相思只自知。老天不管人憔悴。泪添九曲黄河溢，恨压山峰华岳低。到晚来闷把西楼倚，见了些夕阳古道，衰柳长堤。

【三煞】笑吟吟一处来，哭啼啼独自归。归家若到罗帏里，昨宵个绣衾香暖留春住，今夜个翠被生寒有梦知。留恋你别无意，见据鞍上马，阁不住泪眼愁眉。

〔末云〕有甚言语，嘱付小生咱？〔旦唱〕

【二煞】你休忧文齐福不齐，我则怕你停妻再娶妻。休要一春鱼雁无消息！我这里青鸾有信频须寄，你却休金榜无名誓不归。此一节君须记！若见了那异乡花草，再休似此处栖迟。

〔末云〕再谁似小姐，小生又生此念？〔旦唱〕

【一煞】青山隔送行，疏林不做美。淡烟暮霭相遮蔽，夕阳古道无人语，禾黍秋风听马嘶。我为甚么懒上车儿内，来时甚急，去后何迟？

〔红云〕夫人去好一会，姐姐，咱家去！〔旦唱〕

【收尾】四围山色中，一鞭残照里。遍人间烦恼填胸臆。量这些大小车儿，如何载得起？

〔旦、红下〕〔末云〕仆童赶早行一程儿！早寻个宿处。

泪[1]随流水急，愁逐野云飞。〔下〕

望江亭中秋切鲙·第一折 〔元〕关汉卿

案：此剧记白士中、谭记儿事。谭为学士李希贤妻，有殊色，已寡，所识清安观住持女冠白姑姑。白有侄名士中，往潭州为理，路出清安观，藉白之撮合，即以谭为妇，挈之赴任。时有权豪势宦杨衙内者，闻谭氏美，欲妾之，知为士中所得，以是衔士中，乃诬士中恋色渎职于上，上即命杨诛士中。杨至潭州，正值中秋，玩月望江亭。其事已闻于士中夫妇，谭氏乃伪饰渔妇，潜至望江亭，为杨切鲙劝酒，杨大醉，谭乘间窃其势剑、金牌、文书等以去，此数者，杨受之于上，以为诛白之符信者也。后杨与白在衙对责，觅符信不得，始知受绐，杨大窘。时有巡抚湖南都御史李秉忠，奉旨暗访杨诬奏事，至是廉得其实，乃杖杨而削其职，士中照旧任事，并赐夫妇团圆。此其第一折，谱白、谭遇合一节。

〔旦儿扮白姑姑上云〕贫道乃白姑姑是也。从幼年间，便舍俗出家，在这清安观里做着个住持。此处有一女人，乃是谭记儿，生的模样过人。不幸夫主亡逝已过，他在家中守寡，无男无女，逐朝每日到俺这观里来，与贫姑攀话。贫姑有一个侄儿，是白士中，数年不见，音信皆无，也不

---

[1]泪 底本作"相"，据《西厢记》(P.158)改。

知他得官也未？使我心中好生记念。今日无事，且闭上这门者。〔正末扮白士中上〕〔诗云〕昨日金门去上书，今朝墨绶已悬鱼。谁家美女颜如玉？彩球偏爱掷贫儒。小官白士中，前往潭州为理，路打清安观经过，观中有我的姑娘，是白姑姑，在此做住持，小官今日与白姑姑相见，一面便索赴任。来到门首，无人报复，我自过去。〔做见科云〕姑姑，你侄儿除授潭州为理，一径的来望姑姑。〔姑姑云〕白士中孩儿也，喜得美除，我恰才道罢，孩儿果然来了也！孩儿，你媳妇儿好么？〔白士中云〕不瞒姑姑说，你媳妇儿亡逝已过了也。〔姑姑云〕侄儿，这里有个女人，乃是谭记儿，大有颜色，逐朝每日，在我这观里，与我攀话。等他来时，我圆成与你，做个夫人，意下如何？〔白士中云〕姑姑，莫非不中么？〔姑姑云〕不妨事，都在我身上。你壁衣后头躲者，我咳嗽为号，你便出来。〔白士中云〕谨依来命！〔下〕〔姑姑云〕这早晚，谭夫人敢待来也。〔正旦扮谭记儿上云〕妾身乃学士李希贤的夫人，姓谭，小字记儿。不幸夫主亡化过了三年光景。我寡居无事，每日只在清安观和白姑姑攀些闲话。我想做妇人的没了丈夫，身无所主，好苦人也呵！〔唱〕

【仙吕 点绛唇】我则为锦帐春阑，绣衾香散深闺晚。粉谢脂残，到的这日暮愁无限。

【混江龙】我为甚一声长叹？玉容寂寞泪阑干。则这花枝里外,竹影中间。气吁的片片飞花纷似雨,泪洒的珊珊翠竹染成斑。我想着香闺少女,但生的嫩色娇颜,都只爱朝云暮雨,那个肯凤只鸾单?这愁烦,恰便是海来深,可兀的无边岸。怎守得三贞九烈?敢早着了钻懒帮闲。

〔云〕可早来到也。这观门首无人报复,我自过去。〔做见姑姑科云〕姑姑万福!〔姑姑云〕夫人请坐!〔正旦云〕我每日定害姑姑,多承雅意,妾身有心跟的姑姑出家,不知姑姑意下如何?〔姑姑云〕夫人你那里出得家!这出家无过草衣木食,熬枯受淡。那白日也还闲可,到晚来独自一个,好生孤凄!夫人只不如早早嫁一个丈夫去好!〔正旦唱〕

【村里迓鼓】怎如得你这出家儿清静,到大来一身散诞。自从俺儿夫亡后,再没个相随相伴。俺也曾把世味亲尝,人情识破,甚么尘缘羁绊?俺如今罢扫了蛾眉,净洗了粉脸,卸下了云鬟。姑姑也,待甘心捱你这粗茶淡饭。

〔姑姑云〕夫人,你平日是享用惯的,且莫说别来,只那一顿素斋,怕你也煞不过哩。〔正旦唱〕

【元和令】则你那素斋食,刚一餐,怎知我粗米饭,也曾惯。俺从今把心猿意马紧牢拴,将繁华不挂眼。

〔姑姑云〕夫人,你岂不知:"雨里孤村雪里山,看时容易画时难;早知不入时人眼,多买胭脂画牡丹。"夫人,你怎生出的家来?〔正旦唱〕

你道是"看时容易画时难",俺怎生就住不的山,坐不的关,烧不的药,炼不的丹?

〔姑姑云〕夫人,放着你这一表人物,怕没有中意的丈夫嫁一个去?只管说那出家做甚么?这须了不的你终身之事。〔正旦云〕嗨!姑姑,这终身之事,我也曾想来,若有似俺男儿知重我的,便嫁他去也罢!

〔姑姑做咳嗽科〕〔白士中见旦科云〕祇揖。〔正旦回礼科云〕姑姑,兀的不有人来,我索回去也。〔姑姑云〕夫人,你那里去?我正待与你做个媒人。只他便是你夫主,可不好那?〔正旦云〕姑姑,这是甚么说话?〔唱〕

【上马娇】咱则是语话间,有甚干?姑姑也,你便待做了筵席上撮合山。

〔姑姑云〕便与你做个撮合山,也不误了你。〔正旦唱〕怎把那隔墙花,强攀做连枝看?

〔做走介〕〔姑姑云〕关了门者,我不放你出去。〔正旦唱〕

把门关,将人来紧遮拦。

【胜葫芦】你却便引的人来心恶烦,可甚的撒手不为奸?你暗埋伏,隐藏着谁家汉,俺和你几年价来往,倾心儿契合,则今日索分颜。

〔姑姑云〕你两个成就了一对夫妻,把我这座清安观,权做高唐,有何不可?〔正旦唱〕

【么篇】姑姑，你只待送下我高唐十二山，枉展污了你这七星坛。

〔姑姑云〕我成就了你锦片也似夫妻，美满恩情，有甚么不好处？〔正旦唱〕

说甚么锦片前程真个罕？

〔姑姑云〕夫人，你不要这等妆么做势，那个着你到我这观里来。〔正旦唱〕

一会儿甜言热趣，一会儿恶叉白赖。姑姑也，只被你直着俺两下做人难。

〔姑姑云〕兀那君子，谁着你这来？〔白士中云〕就是小娘子着我来。〔正旦云〕你倒将这言语赃我诬来，我至死也不顺随你。〔姑姑云〕你要官休也私休？〔正旦云〕怎生是官休？怎生是私休？〔姑姑云〕你要官休呵，我这里是个祝寿道院，你不守志，领着人来打搅我，告到官中，三推六问，枉打坏了你。若是私休，你又青春，他又少年，我与你做个撮合山媒人，成就了你两口儿，可不省事？〔正旦云〕姑姑，等我自寻思咱！〔姑姑云〕可知道来，千求不如一吓！〔正旦云〕好个出家的人，偏会放刁。姑姑，他依的我一句话儿，我便随他去罢，若不依着我呵，我断然不肯随他。〔白士中云〕休道一句话儿，便一百句我也依的。〔正旦唱〕

【后庭花】你着他休忘了容易间，则这十个字莫放闲，岂不闻："芳槿无终日，贞松耐岁寒。"姑姑也，非是我要拿班，只怕他将咱轻慢。我我我撺断的上了竿，你你你掇梯儿着眼看，他他他把《凤求凰》暗里弹。我我我背王孙去不还，只愿他肯肯肯做一心人不转关，我和他守守守《白头吟》非浪侃。

〔姑姑云〕你两个久后休忘我做媒的这一片好心儿！
〔正旦唱〕

【柳叶儿】姑姑也，你若题着这桩儿公案，则你那观名儿唤做清安。你道是蜂媒蝶使从来惯，怕有人担疾患，到你行，求丸散。你则与他这一服灵丹。姑姑也，你专医那枕冷衾寒。

〔云〕罢、罢、罢，我依着姑姑，成就了这门亲事罢。〔姑姑云〕白士中，这桩事亏了么？〔白士中云〕你专医人那枕冷衾寒。亏了姑姑，你孩儿只今日就携着夫人同赴任所，另差人来相谢也。〔正旦云〕既然相公要上任去，我和你拜辞了姑姑，便索长行也。〔姑姑云〕白士中你一路上小心在意者！你两口儿正是郎才女貌，天然配合，端不枉了也。〔正旦唱〕

【赚煞尾】这行程，则宜疾不宜晚。休想我着那别人绊翻，不用追求相趋赶。则他这等闲人，怎得见我容颜？姑姑也，你放心安！不索恁语话相关，收了缆，撅了桩，踹跳板，挂起这秋风布帆。是看那碧云两岸，落可便"轻舟

已过万重山"。〔同白士中下〕

〔姑姑云〕谁想今日成合了我侄儿白士中这门亲事,我心中可煞喜也!〔诗云〕非是贫姑硬主张,为他年少守空房。观中怕惹风情事,故使机关配白郎。〔下〕

唐明皇秋夜梧桐雨·第四折 〔元〕白朴

案:此剧谱明皇宠贵妃杨氏及马嵬坡杨氏赐死事。此第四折,叙明皇幸蜀还宫,哀思不已,听梧桐之夜滴,想春雨之梨花。所谓挑尽孤灯,未成好梦,多情对此,能不潸然者也。

〔高力士上云〕自家高力士是也。自幼供奉内宫,蒙主上抬举,加为六宫提督太监。往年主上悦杨氏容貌,命某取入宫中,宠爱无比,封为贵妃,赐号太真。后来逆胡称兵,伪诛杨国忠为名,逼的主上幸蜀,行至中途,六军不进,右龙武将军陈玄礼奏过,杀了国忠,祸连贵妃,主上无可奈何,只得从之,缢死马嵬驿中。今日贼平无事,主上还国,太子做了皇帝,主上养老,退居西宫,昼夜只是想贵妃娘娘。今日教某挂起真容,朝夕哭奠,不免收拾停当,在此伺候咱。〔正末上云〕寡人自幸蜀还京,太子破了逆贼,即了帝位,寡人退居西宫养老,每日只是思量妃子,教画工画了一轴真容供养着,每日相对,越增烦恼也呵!〔做哭科〕〔唱〕

【正宫 端正好】自从幸西川,还京兆,甚的是月夜花朝。这半年来白发添多少？怎打叠愁容貌。

【幺篇】瘦岩岩不避群臣笑，玉仪儿将画轴高挑。荔枝花果香檀桌，目觑了伤怀抱！〔做看真容科〕〔唱〕

【滚绣球】险些把我气冲倒，身谩靠，把太真妃放声高叫，叫不应雨泪嚎咷。这待诏，手段高，画的来没半星儿差错！虽然是快染能描，画不出沉香亭畔回鸾舞，花萼楼前上马娇，一段儿妖娆。

【倘秀才】妃子呵，常记得千秋节华清宫宴乐，七夕会长生殿乞巧。誓愿学连理枝，比翼鸟。谁想你乘彩凤返丹霄，命夭！

〔带云〕寡人越看越添伤感，怎生是好？〔唱〕

【呆骨朵】寡人有心，待盖一座杨妃庙，争奈无权柄，谢位辞朝。则俺这孤辰限难熬，更打着离恨天最高。在生时同衾枕，不能勾死后也同棺椁。谁承望马嵬坡尘土中，可惜把一朵海棠花零落了！

〔带云〕一会儿身子困乏，且下这亭子去闲行一会咱。〔唱〕

【白鹤子】那身离殿宇，信步下亭皋。见杨柳裊，翠蓝绿，芙蓉折，胭脂萼。

【幺】见芙蓉，怀媚脸；遇杨柳，忆纤腰。依旧的两般儿点缀上阳宫，他管一灵儿潇洒长安道。

【幺】常记得碧梧桐，阴下立，红牙筋，手中敲。他笑整缕金衣，舞按霓裳乐。

【么】到如今翠盘中，芳草满，芳树下，暗香消。空对井梧阴，不见倾城貌！

〔做叹科云〕寡人也怕闲行，不如回去来。〔唱〕

【倘秀才】本待闲散心，追欢取乐，倒惹的感旧恨，天荒地老。快快归来凤帏悄，甚法儿捱今宵懊恼？

〔带云〕回到这寝殿中，一弄儿助人愁也。〔唱〕

【芙蓉花】淡氤氲，串烟袅；昏惨剌，银灯照。玉漏迢迢，才是初更报。暗觑清宵，盼梦里，他来到。却不道口是心苗，不住的频频叫。

〔带云〕不觉一阵昏迷上来，寡人试睡些儿。〔唱〕

【伴读书】一会家心焦躁，四壁厢，秋虫闹。忽见掀帘西风恶，遥观满地阴云罩。俺这里披衣闷把帏屏靠，业眼难交。

【笑和尚】原来是滴溜溜、绕闲阶，败叶飘，疎剌剌、刷落叶、被西风扫，忽鲁鲁、风闪得、银灯爆，厮琅琅、鸣殿铎，扑簌簌、动朱箔，吉丁当、玉马儿向檐间闹。

〔做睡科唱〕

【倘秀才】闷打颏，和衣卧倒，软兀剌方才睡着。

〔旦上云〕妾身贵妃是也，今日殿中设宴，宫娥请主上赴席咱！〔正末唱〕

忽见青衣走来报道，太真妃将寡人邀宴乐。

〔正末见旦科云〕妃子,你在那里来?〔旦云〕今日长生殿排宴,请主上赴席!〔正末云〕分付梨园子弟齐备着。〔旦下〕〔正末惊醒科云〕呀!元来是一梦,分明梦见妃子,却又不见了。〔唱〕

【双鸳鸯】斜軃翠鸾翘,浑一似出浴的旧风标,映着云屏一半儿娇。好梦将成还惊觉,半襟情泪湿绞绡。

【蛮姑儿】懊恼,窨约,惊我来的又不是楼头过雁,砌下寒蛩,檐前玉马,架上金鸡,是兀那窗儿外梧桐上雨潇潇。一声声洒残叶,一点点滴寒梢,会把愁人定虐。

【滚绣球】这雨呵!又不是救旱苗,润枯草,洒开花萼。谁望道秋雨如膏。向青翠条、碧玉梢,碎声儿刿剥,增百十倍,歇和芭蕉。子管里珠连玉散飘千颗,平白地瀽瓮番盆下一宵,惹的人心焦。

【叨叨令】一会价紧呵,似玉盘中万颗珍珠落;一会价响呵,似玳筵前几簇笙歌闹;一会价清呵,似翠岩头一派寒泉瀑;一会价猛呵,似绣旗下数面征鼙操。兀的不恼杀人也么哥!兀的不恼杀人也么哥!则被他诸般儿雨声相聒噪。

【倘秀才】这雨一阵阵打梧桐叶凋,一点点滴人心碎了。柱着金井银床紧围绕,只好把泼枝叶做柴烧,锯倒。

〔带云〕当初妃子舞翠盘时,在此树下;寡人与妃子盟誓时,亦对此树。今日梦境相寻,又被他惊觉了。〔唱〕

【滚绣球】长生殿那一宵，转回廊，说誓约，不合对梧桐并肩斜靠，尽言词絮絮叨叨。沉香亭那一朝，按霓裳，舞六么，红牙筋击成腔调，乱宫商闹闹炒炒。是兀那当时欢会栽排下，今日凄凉厮辏着，暗地量度。

〔高力士云〕主上，这诸样草木皆有雨声，岂独梧桐？〔正末云〕你那里知道，我说与你听者！〔唱〕

【三煞】润濛濛杨柳雨，凄凄院宇侵帘幕。细丝丝梅子雨，妆点江干满楼阁。杏花雨、红湿阑干，梨花雨、玉容寂寞，荷花雨、翠盖翩翩，豆花雨、绿叶潇条。都不似你惊魂破梦，助恨添愁，彻夜连宵。莫不是水仙弄娇，蘸杨柳，洒风飘。

【二煞】咪咪似喷泉瑞兽临双沼，刷刷似食叶春蚕散满箔。乱洒琼阶，水传宫漏，飞上雕檐，酒滴新槽。直下的更残漏断，枕冷衾寒，烛灭香消。可知道夏天不觉，把高凤麦来漂。

【黄钟煞】顺西风低把纱窗哨，透寒气频将绣户敲。莫不是天故将人愁闷搅？度铃声，响栈道；似花奴，羯鼓调；如伯牙，水仙操；洗黄花，渊篱落；渍苍苔，倒墙角；渲湖山，漱石窍；浸枯荷，溢池沼；沾残蝶，粉渐消；洒流萤，焰不着；绿窗前，促织叫；声相近，雁影高；催邻砧，处处捣；助新凉，分外早。斟量来，这一宵，雨和人，紧厮熬。伴铜壶，点点敲。雨更多，泪不少。雨湿寒梢，泪染龙袍，不肯相饶，共隔着一树梧桐直滴到晓。

题目　安禄山反叛兵戈举，陈玄礼拆散鸾凤侣；

正名　杨贵妃晓日荔枝香，唐明皇秋夜梧桐雨。

李亚仙花酒曲江池·第四折　[明]朱有燉

案：此剧本白行简《李娃传》，谱郑元和李亚仙事。元人高文秀、石君宝[1]亦尝取其材作《郑元和风雪打瓦罐》及《李亚仙花酒曲江池》二剧。此另是一本。其中曲文，偶有与上二种相合者，疑后人窜改，非周宪王之因袭也。此第四折叙郑元和潦倒后，在风雪中唱《莲花落》求乞，遇父，被殴至死，弃之曲江池杏园中。李亚仙见而怜之，救之始苏。乃留养元和于家，劝以攻读。后状元及第，除授成都府参军，亚仙赐封汧国夫人，终身荣宠焉。

〔二净蓝缕扮上云〕昧己瞒心事不谐，老天一定有安排；今朝乞食沿街走，只为从前忒爱财。自家赵牛筋兄弟钱马力，俺二人为帮闲局，骗人钱物，被官司追耍赔偿，家财荡然一空。今日向街上只得唱些《莲花落》，求乞些饮食充饥。〔又扮一贴净上云〕买尽金波为玉杯，醉乡终日不闻雷；今朝乞食沿街走，只为从前好酒来。小人是好酒的王大，只为这一口鬼黄汤，不听妻儿劝说，有一贯两贯都吃在肚子里了。如今一文也无，只得上街叫化些儿。〔做

---

[1] 宝　底本作"实"，据《录鬼簿》(P.23)改。

与二净见科〕〔又扮一贴净上云〕一生气概不凡材，昂昂胸次卷江淮；今朝乞食沿街走，只为从前好斗来。自家姓靳，因我受不得气，好争斗，人都唤我是靳老虎。前者为争闲气，打死了一个人，官司拿要偿命，将家火卖了，买得一个性命。因此十分穷窘，只得在街上叫化过日。〔做见二净科〕〔正净云〕哥，你是谁？小人不认得。〔靳云〕我便是靳老虎。〔正净云〕你如今老鼠也近不得了，近甚老虎？〔靳云〕弟兄每休笑，我也曾做好汉来。〔正净云〕又不改。〔靳云〕休得闲说，今日闻得有个大官人家送殡，俺门去乞求来！〔众云〕还有郑元和在后来也，等他一同去。〔末扮蓝缕上唱〕

【商调 集贤宾】我当初占排场，也争夺第一。串了些花胡洞，锦屏围。我也曾云雨乡，调猱酿旦；我也曾风月所，暗约偷期。子为我赏芳春，梦撒了撩丁。因此上向花营，纳了降旗。想着那老虔婆狠毒心，忒下的小弟子又会虚脾。到如今寸肠千万结，长叹两三回。

【逍遥乐】想当初别时容易，到如今见后艰难，只除是相逢梦里。送的俺战钦钦忍冷担饥，知他在何处银筝间玉笛，抵多少步步相随。俺只落得半头斜炕，一个歪瓢，两片破席。

〔末云〕自家是郑元和，在李亚仙家中使钱，过了一年，被那老虔婆用了个倒宅计，哄我出城，及至回来，不知搬

在那里去了，寻不见他。小生手中又无一文钱钞，衣服蓝缕，一言难尽。想当初不知怎生昏迷了不听人劝，今日落得如此。〔末唱〕

【尚京马】也是我一时间错被那鬼昏迷，这是赡表子平生落得的。有见识的哥哥每知了就里，似这等切切悲悲。从今后有金银、多攒下些买粮食。

〔末又云〕又遇这等冬寒腊月天道，肚里又饥，身上又冷，纷纷揭揭，下着大雪，怎地是好？〔末唱〕

【梧叶儿】这雪赛柳絮漫天坠，似蝴蝶扑地飞。昏惨惨黑云垂，玉琢就崇山岭，粉填平深涧溪。富汉每笑微微，单注着俺穷子弟年灾月值。

〔做与四净相见科〕〔末云〕众弟兄每在此，正遇着寒冬冷月，小生记得古人有两句诗，道的好，诗云："长安有贫者，宜瑞不宜多。"这等大雪，单道俺每求乞的也呵！〔末唱〕

【醋葫芦】剪鹅毛，雪正飞；蹙羊角，风又悲。好教俺说之难，思之苦，感之深，担之久，冷清清难捱腹中饥。这些时头不梳，脸不洗，牙不刷，口不漱，黄恹恹的改了面皮。空教人挺着胸，撅着脚，揉着腮，掩着耳，叫天呼地。也子是为贪花，因好酒，爱钱财，争闲气，死林侵迤逗的，俺怨他谁？

〔众云〕俺每又饥又冷，下着大雪，怎生是好？〔末云〕

俺几个都为酒、色、财、气四般儿，落得如此。试听我说一遍！〔末唱〕

【前腔】酒呵，助豪吟，诗百篇，放疎狂，醉一席。这酒泛玻璃，斟琥珀，小遭边，深巷里，碧澄澄，香馥馥的泼春醅。你道是钓诗钩，扫愁帚，旋添锦，增和气，暖融融的红了面皮。酌葡萄，银瓮里，饮羊羔，金帐下，笑谈一会。下场头只落得卧糟丘，喝醉水，这的是得便宜番做了落便宜。

【前腔】色呵，歌玉树，彩云低，舞霓裳，翠袖垂。只因他柳眉疎，星眼秀，点樱唇，迎杏脸，美绀绀，娇滴滴，好东西。更有等赡花街，蹅阵马，锦缠头，金买笑，喜孜孜的成了配匹。受用些被儿中，枕儿上，脸儿偎，腿儿压，雨云欢会。下场头只落得守孤灯，捱长夜，这的是得便宜番做了落便宜。

【前腔】财呵，聚青蚨，百万堆，列珊瑚，十数围。端的是物之魁，人之胆，失之贫，得之富，最通神的个好相识。你便待贩南商，为北客，惯经营，能积攒，把金银直堆到北斗齐。你便赛石崇，过郿坞，腰缠着十万贯，敢夸那豪贵。下场头只落得披羊皮，盖稿荐，这的是得便宜番做了落便宜。

【前腔】气呵，逞粗豪，猛力威，志冲霄，气盖世，势昂昂，雄纠纠，吐虹霓，挟天汉，仰观着星斗恨云低。你子待伴游侠,同恶少,学会拳,打会棒,争头鼓脑的寻对敌。你待似孟施舍,不肤挠,不目逃,挫一毫,若鞭挞的浩然之气。下场头只落得叫爹爹,呼奶奶,这的是得便宜番做了落便宜。

〔众云〕俺去来到街上唱个《四季莲花落》,讨些吃的。〔末四净同唱〕到春来,正月二月三月是艳阳天。〔和〕见秀才,共佳人,绿杨中,红杏外,载香车,乘宝马,来来往往斗骈阗。〔和〕见几对黄莺儿,紫燕儿,游蜂儿,粉蝶儿,衔泥的,唤友的,偷香的,采蜜的,闹喧喧。〔和〕城里人,城外人,为士的,为农的,为工的,为商的,都来庆贺太平年。〔和〕到夏来,四月五月六月是热炎天。〔和〕见才子,共佳人,凉亭中,水阁上,卷珠帘,开翠幕,悠悠韵韵的奏冰弦。〔和〕见几对锦鸳儿,玉鹭儿,游鱼儿,蜻蜓儿,同栖的,共浴的,跃波的,点水的,戏满一池莲。〔和〕城里人,城外人,为士的,为农的,为工的,为商的,都来庆贺太平年。〔和〕到秋来,七月八月九月是渐凉天。〔和〕见才子,共佳人,乞巧亭,玩月馆,东篱边,南楼上,欢欢喜喜的看蝉娟。〔和〕见几对鸣鸠儿,促织儿,苍鹰儿,白雁儿,唤晴的,泣露的,决云的,传信的,咿咿哑哑落霞边。〔和〕城里人,城外人,为士的,为农的,为工的,为商的,都来庆贺太平年。〔和〕到冬来,十月十一月十二月是冻云天。〔和〕见才子,共佳人,拥红炉,开暖阁,玩梅花，赏瑞雪，齐齐整整列华筵。〔和〕城里人，城外人，为士的，为农的，为工的，为商的，都来庆贺太平年。〔和〕〔末云〕且住！恰才街东讨得一碗面来，俺五个人谁先吃？〔众做争先科〕〔正净云〕我且不吃，兀的街西人家割着烧羊肉筵席哩，我自去讨些烧羊肉吃也，你分这一碗面罢。〔末同众云〕俺每也不吃面了也，去讨羊肉吃去也。〔正净云〕既然如此，这面放在那里？〔末云〕你在此看着，俺讨得羊肉带些来与你吃。〔正净云〕也好，也好，你每上紧去！〔末与众俱下〕〔正净云〕被我一个见识，哄得他们一边去了，这碗面我自都吃了。〔净做慌忙吃面科〕将面吃了，有汁汤吃不了，不免将破头巾破靴筒里倾了，将碗藏了。〔末领众上云〕赵牛筋这弟子孩儿哄了俺，那得个烧羊，你那碗面那里去了？〔正净云〕我送去四隅头酒店里热着哩。买下酒，叫下唱的，专等你每来去吃去！〔众云〕又是谎，这厮必是独吃了。〔众打正净念云〕打你这乞儿没用。〔正净云〕你何曾叫得一文。〔众打念云〕却怎将面都吃？〔正净云〕这是我独善其身。〔众打念云〕却怎不留下半碗？〔正净云〕一时间风卷残云。〔众打念云〕你为甚酒淹衫袖？〔正净云〕只因做大雨倾盆。〔众打念云〕吃了的残汤剩水。〔正净取下头巾云〕都装在我这个头巾。〔末收云〕气财红粉香醅酒，四件将人百事昏。〔众同下〕〔外扮老孤引六儿上〕〔做撞见科〕〔孤云〕下官是郑澹，荥阳人也。今有本州举保，来赴京都，入城来街市上人烟好辏集也。想俺儿子元和，来此赴选，将的钱财忒多了，一定被人图害了。〔六儿云〕方才这一火唱莲花落的，内中有一个好似舍人。〔孤云〕舍人二三年无音信了，那里是他。你试追上看一看者！〔六儿引末上见孤科〕〔孤见喷嗾科〕〔孤云〕好气死我也！你原来这等不成器，玷辱我，留你何用？六儿，与我打死了这不肖子罢！〔六儿做劝科〕〔孤做打科〕〔孤云〕打死了也不曾？〔六儿云〕死了。〔孤云〕既是死了，拖去曲江池杏园空地丢了者！〔孤、六儿下〕〔旦引梅香上云〕想起俺奶奶好歹也。瞒着我使了个倒宅计，躲了那秀才，如今半年有余，不知他在何处？奶奶要我依旧接人，我却怎生肯也。〔梅香云〕姐姐差矣，姐姐自小也多曾接几个客人，都不曾守志，偏怎生到这秀才，便要守志起来？〔旦云〕梅香，你不知，俺生在花街柳陌，不曾遇得个称心可意之人，出于无奈，只得干觅衣饭。今既得遇秀才，许了嫁他，怎肯又为迎新送旧之事乎？〔末做呻吟科〕〔梅香云〕姐姐，言语中间听得房后有呻吟哀痛之声，不知何人？〔旦做听科〕〔旦云〕梅香，这声气好似郑秀才也，俺门同去看来。〔旦、梅香做看科〕〔做认得元和科〕〔同梅香扶起科〕〔旦云〕你却为甚被人打的这般样儿？〔末做醒起科〕〔末唱〕

【后庭花】老尊君，发怒威，若严霜，将草摧，险些儿一命临泉世。闪的我孤身三不归，不似你啜人贼。

〔旦云〕秀才，你休错怪我！不干我事，都是俺奶奶做的勾当。俺如今扶你家中将息去来。〔末唱〕你要我再游恩地，我便似落花枝不恋蕊，腌韭菜怎入畦？栽不成野蔷薇，护不住出墙葵，再难收泼下的水。

【青哥儿】送的我似风前、风前叶坠，好恩情看承、看承容易。我欲待骂几句、弃旧怜新泼贱的，兜的上我心里，想起旧日美满夫妻，事事相依，步步相随，素手相携，丹脸相偎，共枕而栖，同桌而食，锦帐罗帏，绣幕香闺，巧画蛾眉，拣口而吃，换套穿衣。你若还有些病疾，愁得俺似醉如痴，赎药求医，祷告神祇，更被你薄嬷禁持，撅丁牙戏，相识轻易，姨夫妒嫉。若瞒儿有些胡为，你氲地怒起，床儿前超祭，灯儿下跪膝。投至得欢欢喜喜，爱多少切切悲悲。有时节应官身直盼到黄昏日沉西。姐姐，你想么？说来的都做了牙疼誓。

〔旦云〕此事实不干我事，一言难尽。秀才，你怎生被人打得这等模样？〔末云〕自从被你娘躲了我，一向上街上求乞，不想正遇我父亲，将我打死，丢在杏园风雪之中，若不遇大姐相救，岂有元和之命。〔旦做悲科〕〔卜上〕〔做见末怒科〕〔卜云〕这乞儿，怎地又在这里，你这泼弟子又留他家来怎地？快快赶他出去，我便不打你！〔旦云〕奶奶，你听我说！咱想当初秀才将的钞钱十分多，都在我家使尽了，以致今日这般狼狈，欺天负人，瞒心昧己，神明也不保佑。如今奶奶年纪六十岁了，亚仙家中积攒的钱财，情愿计算奶奶再过二十年衣食之用，赎了亚仙之身，与元和另寻房屋居住，教他用心攻书，以待选场开，必称所愿也。〔卜云〕你说那里话，你正青春年少，去伴着这个一千年、一万世不发迹的穷乞儿，教我怎肯？〔旦云〕你说那里话！当初是你瞒了我躲了秀才，今日幸得相见，却如何又要赶他？不听我的说话，你若不肯依，我寻个自尽也。〔旦持刀自刎科〕〔卜做慌科〕〔卜云〕你休拿刀弄杖的，既然如此，我依你便了。〔旦云〕你休要后悔也！〔末唱〕

【醋葫芦】乍相逢，如梦里；谁承望，得重会。这的是有真情，谁怕来年期。虽不似孟母三移，将贤圣拟。子要我用心学艺，我将那三场文字慎攻习。

〔旦云〕秀才，你吃的穿的家私里外，一应盘缠都是我管。愿你不要挂念，只要你上紧攻书，等待科举，以图进取。〔末唱〕

【浪来里煞】深谢你俊娇姿，眷恋心多，感你可憎才，忠厚德。你要我霎时间身到凤皇池。子我对金銮，答策时。才似水折蟾宫，一枝丹桂。那其间跳龙门，夺得个状元回。〔俱下〕

第二节　明清概述（传奇为主）

传奇的发达，异于杂剧，它与一般的中国文学同一现象的。宋末元初的南戏曲本今已荡然无存，故看了现存最早的作品，如元末明初的《琵琶》，及《荆》《刘》《拜》《杀》四集，我人不无过于成熟之嫌，似乎它兴得太暴。我们极希望发见一种由宋大曲到传奇的一种过渡的东西，不论它是宋诸宫调也好，宋南戏也好，南宋杂剧也好。有如生物学中发见始祖鸟的化石一样。我们有了这种宝物，然后可以真实断定传奇的近祖究竟是什么，它与杂剧的关系究竟是怎样的。但是到哪里去找呢？

我们若承认传奇的血统中确有杂剧的成分，说得显豁些，即传奇中确有模仿和采取杂剧的成分，或变化杂剧已有形态以成之者（自然也有南戏的血统），则五传中惟《琵琶》可称完善，《荆钗》《幽闺》已不甚高明，《白兔》《杀狗》二传，非但没有过于成熟之嫌，反觉得太形恶劣了。

南戏起于南宋，元时与杂剧并茂，惜其曲本无传，其制不可考。惟元末明初有《荆》《刘》《拜》《杀》四大传奇流存后世。《荆钗》为明祖第十六子宁献王权作，其词殊不佳，大抵以藩邸之尊，故流传较盛；《拜月》亦称《幽闺》，元施惠作，其词颇袭取关汉卿《拜月亭杂剧》，全本中以《拜月》一出为最佳，几全摘汉卿原词；《杀狗》为徐�作，徐明初人；《白兔》之作者已佚。此四传虽为后人所盛称，严格论之，均非佳构。惟在现今所存传奇中为最古，这是可以珍惜的。《琵琶》为高明作，情词朴茂，远出四传之上，与《西厢》并称为南北曲之祖。

明初传奇，略尽于此，嗣后逐渐衰微，虽有流传，无足称述。中叶以后，始复振起。嘉靖间王世贞作《鸣凤记》，谱杨椒山死事，为一代忠烈生色，至今尚有演唱之者。同时太仓有魏良辅者，变弋阳、海盐诸腔而创"水磨调"（即昆腔），昆山梁辰鱼作《浣纱记》付之，良辅为之订律、制谱，由是风靡一世。其他诸腔，乃成绝响。清代末叶，皮黄代兴，昆腔始渐消歇，然盛行于国内者已三百余年。继梁、魏而起者，有吴江沈璟及临川汤显祖，皆万历间人。沈精于音律，能辨析毫芒；汤肆其才情，不妨拗人嗓子。是皆明代传奇之雄。他若《玉玦》之作者郑若庸，《明珠》之作者陆采，《红拂》之作者张凤翼，《红梨》之作者徐复祚，其人皆居吴下，为嘉、万间之表表者。明代传奇作家以阮、吴为殿，阮大铖所作颇多，以《燕子笺》《春灯谜》称最。吴炳有"粲花五种"，《疗妒羹》为最负盛名。

明代杂剧作家，亦颇不少。开国之初，有王子一等所作《误入桃源》等六种，著录《元曲选》中，犹是元人家法。周宪王有燉，定王之子，明祖之孙，所作不下三十种，其才足与宁献王相颉颃。宁献王除作《荆钗记》外，又有杂剧十二种，其目具见其所著《正音谱》中。此后近百年间，顿然衰歇，恰与传奇的起伏一样。至正德、嘉靖间，王九思、康海所作之《杜甫游春》《中山狼》出，杂剧的萌芽，重复苏醒，曲坛上又渐形热闹。接着便出了个词坛飞将徐渭，作《四声猿》，才情雄肆，自是千古奇才！他又以南曲作杂剧，别开一种风气。不但如此，南曲既侵入了杂剧的领域，自是北曲更形穷促，南曲益发张皇了。昆山梁辰鱼以《浣纱》著名，又作《红线女》杂剧，也颇当行。他若冯惟敏之《不伏老》、梅鼎祚之《昆仑奴》、王衡之《郁轮袍》、沈自征之《霸亭秋》，都是明杂剧中有名的。明代尚有女作家二人，一为杨慎的夫人黄氏，一为吴江女子叶小鸾。黄氏所作都散曲，琼章有《鸳鸯梦杂剧》。中国女文学家实在太少了！作诗的比较多些，作词的已少见，作曲的真是凤毛麟角，为不世出之人物，得此两人，好似获得了明珠、宝玉一样的可贵！

　　戏曲自嘉、万间复兴之后，一直盛到清代中叶，并未中断过。乾、嘉以后，乃渐次衰歇，将归于绝灭。文学的兴衰，本不能断断然以朝代为断的。即如清代的戏曲，是明代戏曲中兴后的后半期，其间一脉相承，没有可以分割的痕迹。

　　清代的戏曲，在数量上似比明代要差些，在质量上并不亚于明代，在订律、结构、排场方面，反有超越明代之处。不过清代的作家，已没有明代的繁夥而普遍，这便是盛极而衰之象。乾、嘉以后，旧曲之歌唱依然很盛，新词之作者已寥若晨星，其中更找不出一本精美的作品，剧曲就此衰亡了。

　　清初传奇，以吴伟业之《秣陵春》，袁于令之《西楼记》，李玉之《一》《人》《永》《占》，李渔之《十种曲》，尤侗之《钧天乐》为最著。继之者为"南洪""北孔"。洪名昇，钱塘人，作《长生殿》；孔名尚任，曲阜人，孔子裔孙，作《桃花扇》。二传精心结撰，敲订音律，博征事实，皆历十余年而成，可为传奇之典型。《长生殿》全本五十出，无出不工整完美，尤为数百年来集大成之作。此后有藏园之《九种》，倚晴[1]楼之《七种》，可称名著，其他鲜足称述。

清代也颇有作杂剧的人，其现象一如明代。著名者即吴、袁、于、蒋、孔、黄数家，此外有舒位之《瓶笙馆修箫谱》、杨观潮之《迎风阁曲》均佳胜，余可不论。

清代女曲家亦得两人，一王筠作《全福记》，一吴藻香作《饮酒读离骚杂剧》。

元、明、清三朝散曲之论列从略，因为它是曲中的小支。惟于作家传略中择其尤者叙述若干人，以补其阙。

高明，字则诚，温州瑞安人，或作平阳人，寓鄞之栎社，作《琵琶记》，被称为南曲之祖。明太祖闻其名召之，以老病辞还，卒于家。既卒，有以其记进者，太祖览之曰："《五经四书》在民间如五谷不可缺；此记如珍馐美味，富贵家其可无耶？"关于《琵琶记》故事的来历，有谓讥其友人王四者，王四尝为菜佣，显达后，遂弃其妻周氏，而坦腹于时相不花家。则诚作记以讽之。"琵琶"有四王字，以影王四，"蔡邕"与"菜佣"

---

[1] 晴　底本作"殅"。《倚晴楼七种曲》为清代海盐戏曲家黄燮清的一部传奇杂剧集。据改。

谐声。百家姓中"赵"字首列,"周"字居五,故称赵五娘。不花家牛渚,故称牛丞相。或谓元人呼牛为不花。记中张太公,则诚自写也。又有人说:此记乃牛僧儒之子繁与其友人蔡生事,记中所谱皆事实也,事见《说郛》所载唐人小说中云云。这件故事,在南宋初业已流行,已编入民间说唱中。陆游诗云:"斜阳古柳赵家庄,负鼓盲翁正作场。死后是非谁管得? 满村听说蔡中郎。"(《小舟游近村》)则诚之琵琶,恐即掇拾盲翁所说唱的故事,不关王四什么的。惟其来源是否出自唐人小说,则未遑深考。即使有之,为什么不直称蔡生而乃诬蔑贤者,使中郎在地下还蒙此恶名呢? 这又是一无可解答的疑点。

朱权,明太祖第十六子,封宁献王,自号涵虚子、丹丘先生。作杂剧十二种,皆失传,传者仅《荆钗记》传奇一种,此记虽为四大传之一,实不如《琵琶》远甚。又著有《太和正音谱》,"采撷当代群英词章,及元之老儒所作,依声定调,按名分谱,集为二卷"(《正音谱自序》),为曲学中颇关典要之书。

徐畹,字仲由,淳安人。尝云:"吾诗文未足品藻,惟传奇词曲不让古人。"作《杀狗记》传奇[1],文词鄙俚,恐非仲由原作。

朱有燉,周定王长子,袭封周宪王,号诚斋,工杂剧散曲,

---

[1] "传奇",底本作"奇传",据文意酌改。

其才气颇高。作剧不下三十种,均见《盛明杂剧》中。其散曲有《诚斋乐府》传世。

陈铎,字大声,号秋碧,下邳人,居金陵。善音律,所作散曲至多。

杨慎,字用修,号升庵,新都人。为翰林修撰,充经筵讲官,以事谪戍云南。学问淹博,著作宏富,为明代第一。除诗文外,杂著有一百余种。又工词曲,著有《陶情乐府》。夫人黄氏亦擅词曲。近人辑有《杨升庵夫妇散曲》行世。

冯惟敏,字汝行,号海浮,临朐人。能诗文,尤善乐府,著《不伏老》杂剧,今有《海浮山堂词稿》四卷,其散曲集也。其词豪放,多本色语,为曲中辛、刘一派,明人中颇为少见。

郑若庸,字中伯,号虚舟,昆山人。能诗善曲,所著有《玉玦记》传于世,开后人绮艳骈俪一派,嗣后作曲者渐重词藻,元人本色之风寖杀削矣。此中国文学中常有的趋势,亦文学衍变中所必经的阶段,果不独传奇为然。

梁辰鱼,字伯龙,昆山人,雅擅词曲。其散曲《江东白苎》一集,妙绝当世。时有太仓人魏良辅者,工度曲,变弋阳、海盐诸腔为"水磨调"。伯龙作《浣纱记》,就之商订音律。良辅又为之制谱,曲成,传唱一时,甚至流播海外。昆腔盛业,得炽燎于歌场者逾三百年。

徐渭,字文长,一字天池,号青藤,山阴人。著有《四声猿》,其词雄健豪迈,有如辛幼安。汤临川目为"词坛飞将",

盖才思横溢，其学又足以济之。又长于诗，放纵恣肆，一如其曲，自是文学史中一怪杰。后竟以狂疾死，惜哉！《四声猿》一本四折，一折一事，不相连缀，曰《渔阳弄》，曰《翠乡梦》，曰《雌木兰》，曰《女状元》，皆精警超妙。

汤显祖，字义仍，号若士，临川人。雄于才，时望甚隆。举进士，不得志于有司，侘傺以终。所居玉茗堂，文史狼藉，宾朋杂坐；鸡埘豕圈，接迹庭户。若士歌咏俯仰其间，晏如也。作剧凡四：曰《牡丹亭》，曰《紫钗记》，曰《邯郸梦》，曰《南柯记》。曲之本事，皆托于梦，故称"四梦"。其中以《牡丹亭》为最。其才力之雄劲、词采之隽妙，为明代传奇第一。其本色浑朴处，已直入元人堂奥。惜其词多不协律，尝大言曰："余意所至，不妨拗折天下人嗓子。"盖亦横放杰出，曲子中缚不住者。娄江女子俞二姑，酷嗜《牡丹亭》，至为之断肠而死，其中人之深有如是者。

沈璟，字伯英，号宁庵，世称词隐先生，吴江人。举进士，官光禄寺正卿。精研音律，著有《南曲谱》二十卷，曲家奉为圭臬。作剧二十一种，存者仅《义侠记》一本及《一种情》《望湖亭》《翠屏山》中数折而已。其作曲一字不苟，无一字不协律。尝云："宁协律而词不工，读之不成句，而讴之始协。"其旨趣适与临川相反，临川重在词意，吴江重在曲律，各趋一端，格不相入，似未可轩轾于其间也。

施绍莘，字子野，号峰泖浪仙，华亭人。作《花影集》散曲四卷，其中套数之多，为明人冠。其曲之前后多有叙跋，其间不乏隽妙文字，白石道人未可专美于前。

沈仕，字青门，一字野筠，仁和人。有《唾窗绒散曲集》，多香奁之作。

徐复祚，字阳初，常熟人。著有《红梨记》《宵光剑》《梧桐雨》诸传奇及《一文钱》杂剧。以《红梨》为最著，明曲中佳构也。

吴炳，字石渠，宜兴人。官东阁大学士，为清兵执送衡州，不食死。作曲五：曰《疗妒羹》，曰《画中人》，曰《绿牡丹》，曰《西园记》，曰《情邮记》，合称《粲花五种》。粲花，其别墅也。以《疗妒羹》最负盛名。《情邮》《西园》亦佳，要亦明末曲家之一大作手。

阮大铖，字圆海，怀宁人。其人依附客魏，陷害贤良，为士林所不齿。曲则朱明三百年间，除玉茗外几无人可与抗衡，所作八种，曰《双金榜》，曰《牟尼合》，曰《春灯谜》，曰《忠孝环》，曰《燕子笺》，曰《桃花笑》，曰《井中盟》，曰《狮子赚》。以《燕子笺》为最胜，曾以吴绫作朱丝阑，书此剧进奉弘光宫中。民间演之者，岁无虚日，于此可以觇其盛矣。

吴伟业，字骏公，号梅村。明进士，国亡，退居林下，为有司催迫入都，官国子祭酒，清初一大诗人也。少年之作颇绮艳，亡国后风格一变，多苍凉之音。所作乐府，有《秣陵春》传奇及《临春阁》《通天台》二剧。其词悲凉凄楚，怅触万端。

对故国之河山，见故宫之禾黍；其身世又有难言之隐，乃不自觉其思之深而言之哀也。三种中《秣陵春》尤称杰构。

袁于令，字令昭，号箨庵，原名韫玉，又名晋，吴县人。精音律，以《西楼记》负盛名。此外有《玉符记》《珍珠衫》《肃霜裘》《金琐记》四种及《双莺传杂剧》一种，其词均不见佳，即传唱极盛之《西楼记》亦无甚出色处。

尤侗，字同人，一字展成，号西堂，又号悔庵，长洲人。康熙鸿博，工诗词，又长于曲。其《读离骚》剧曾供奉内廷。《黑白卫》剧又为王阮亭、冒辟疆诸名士所赏。此外尚有《吊琵琶》《桃花源》《清平调》三剧。以《钧天乐》传奇为尤胜，说者谓为影射叶小鸾。小鸾为明末叶绍袁之季女，母沈宜修，姊纨纨、小纨，妹小繁均能诗，年仅十六，著有《鸳鸯梦》杂剧。

李玉，字玄玉，吴县人。明进士，国亡不仕。与吴梅村友善，作《北词广正谱》，梅村为之序，为曲家所宗。作剧三十三种，亡佚大半。传者以《眉山秀》及《一》《人》《永》《占》四传为最。《一》《人》《永》《占》乃《一捧雪》《人兽关》《永团圆》《占花魁》之合称。

李渔，字笠翁，兰溪人，寓杭州。著《一家言》小说。作传奇十五种，盛行者十种。十种中以《风筝误》为最。笠翁之曲，排场匀称，科白生动，人情毕肖，是其所长。虽曲词不免恶俗，歌场中传唱特盛，有以也。

孔尚任，字季重，号东塘，曲阜人。与洪昉思并称"南洪北孔"，为康熙中二大曲家，作有《桃花扇》传奇，阅十余年，可见其功力之深矣。此传以侯方域、李香君二人为经，以明末南都诸人物及其事迹为纬，皆确考时地，虽一科诨之微，亦必有所来历，直可作弘[1]光一朝之信史读，千古传奇中所创见者。惜曲文欠精警，为美中不足耳。

洪昇，字昉思，号稗畦，钱塘人。为王渔洋诗弟子，以曲名。所作《长生殿》传奇，历十余年，凡三易稿始成。于曲词、科白、排场、音律方面，无一不出色当行，尽善尽美，可称千古传奇第一，为传奇中一部典型之作。后以国忌日搬演，致得罪多人。亦因此而传播更盛，一时梨园中几无有不演此剧者。昉思所作尚有《四婵娟》《闹高唐》《天涯泪》《孝节坊》等，皆为《长生殿》所掩，世罕流传。后穷困堕水死。

蒋士铨，字心余，铅山人。以进士官编修，风神散朗如魏晋间人，工诗，与袁枚、赵翼并称"乾隆三大家"。作曲十三种：《四弦秋》等杂剧七种，《临川梦》等传奇六种。盛行于世者凡九种，称《藏园九种曲》。声词并妙，为世所称。

黄燮清，原名宪清，字韵珊，海盐人。作《倚晴楼七种曲》，以《帝女花》为最。

传奇——

---

[1] 弘　底本作"宏"，据《明季南略》（P.159）改。

琵琶记·糟糠自厌 ［明］高明

案：此乃一大伦理剧，凡四十二出，中如赵氏之贞孝、牛氏之贤淑、张太公之义侠，于纲常名教有足多者。全部多至性血泪文字，其感人也深，非若《西厢》《还魂》等纯以风月浮词作排场者可比。惟蔡中郎难免担一不孝罪名，为厚诬贤者耳。其情节大略为东汉蔡邕饱学多才，以亲老不求仕进，时朝廷招贤，蔡父及邻人张太公劝邕应试，邕不乐焉。郡太守既以邕名报上，蔡父暨张太公复竭力怂恿之，邕乃行，以家事托张太公，遂与家人诀别。妻赵五娘贤德女子也，婚后才两月耳。邕入都，连试皆捷，大魁天下。时丞相牛太师无嗣，仅一女甚贤淑，以上命妃邕，邕上表辞焉，勿许，遂入赘牛相家。牛氏事邕久，廉得其情，坚欲与邕归省其家，牛相无奈，乃遣家人往迎邕父母及赵氏来京。邕家自邕出走后，连遭饥馑，无以为活，赖赵氏乞诸其邻以养姑嫜，己则以糠核果腹。旋蔡父母相继离[1]世，赵氏断发换钱，并得张太公之助，始克营葬，躬荷畚锸往瘗焉。赵氏既经张太公之劝，晋京访邕，作道姑装束，自画二老真容负之。且行且弹琵琶以得食。既抵京，访牛相之门叩焉，不期与牛氏遇，牛氏大为感动，乃留赵氏，以姊礼事之，由是夫妇团聚。邕既闻大故，乃告官尽

---

[1] 离 底本脱，据《琵琶记》(P.100)补。

礼,挈二妇归陈留。后因牛相请,以一门孝义而旌表其家。上授邕中郎将,赵氏牛氏并封夫人也。此第二十一出《糟糠自厌》,叙赵氏以糠秕充饥事,其《孝顺歌》中"糠和米"几句,闻东嘉填此时,案上双烛忽交辉,自是神来之笔。

【南调 过曲山坡羊】〔旦〕乱荒荒不丰稔的年岁,远迢迢不回来的夫婿,急煎煎不耐烦的二亲,软怯怯不济事的孤身体。苦衣典尽,寸丝不挂体。几番拼死了奴身己,争奈没主公婆教谁看取?思之,虚飘飘命怎期?难捱,实丕丕灾共危!

【前腔】滴溜溜难穷尽的珠泪,乱纷纷难宽解的愁绪,骨崖崖难扶持的病身,战兢兢难捱过的时和岁。这糠我待不吃你呵,教奴怎忍饥?我待吃你呵,教奴怎生吃?思量起来,不如奴先死,图得不知他亲死时。思之,虚飘飘命怎期?难捱,实丕丕灾共危。

奴家早上安排些饭与公婆吃,岂不欲买些鲜菜,争奈无钱可买,不想公婆抵死埋冤,只道奴家背地自吃了甚么东西。不知奴家吃的是米膜糠秕,又不敢教他知道。便使他埋冤杀我,我也不敢分说苦。这糠秕怎的吃得下!〔吃吐科〕

【双调 过曲孝顺歌】〔旦〕呕得我肝肠痛,珠泪垂。喉咙尚兀自牢嗄住。糠那:你遭砻被桩杵,筛你,簸飏你,吃尽控持。好似奴家身狼狈,千辛万苦皆经历。苦人吃苦

味，两苦相逢，可知道欲吞不去。〔外净潜上探觑科〕

【前腔】〔旦〕糠和米，本是相依倚，被簸飏作两处飞。一贱与一贵，好似奴家与夫婿，终无见期。丈夫，你便是米呵，米在他方没处寻。奴家恰便似糠呵，怎的把糠来救得人饥馁？好似儿夫出去，怎的教奴供膳得公婆甘旨？〔外净潜下科〕

【前腔】〔旦〕思量我生无益，死又值甚的？不如忍饥死了为怨鬼。只一件公婆老年纪，靠奴家相依倚，只得苟活片时。片时苟活虽容易，到底日久也难相聚。漫把糠来相比，这糠尚兀自有人吃，奴家的骨头知他埋在何处？

〔外净上〕〔净云〕你在这里吃甚么？〔旦云〕奴家不曾吃甚么。〔净搜夺科〕〔旦云〕婆婆，你吃不得！〔外云〕咳！这是甚么东西？

【前腔】〔旦〕这是谷中膜，米上皮。

〔外云〕呀！这便是糠，要他何用？〔旦〕
将来鞞鞴堪疗饥。

〔净云〕咦！这糠只好将去喂猪狗，如何把来自吃？〔旦〕
尝闻古贤书，狗彘食人食，也强如草根树皮。

〔外净云〕怎的苦涩东西，怕不噎坏了你。〔旦〕
啮雪吞毡，苏卿犹健；餐松食柏，到做得神仙侣。这糠呵，纵然吃些何虑。

〔净云〕阿公你休听他说谎,糠秕如何吃得?〔旦〕爹妈休疑,奴须是孩儿的糟糠妻室。

〔外净看哭科〕媳妇,我元来错埋冤了你。兀的不痛杀我也!〔外净倒旦叫哭科〕

【仙吕入双调　雁过沙】〔旦〕苦沉沉,向冥途。空教我,耳边呼。公公婆婆,我不能彀尽心相奉事,反教你为我归黄土。教人道你,死缘何故?公公婆婆,怎生割舍得抛弃了奴?

〔外醒科〕〔旦云〕谢天谢地!公公醒了,公公你挣揣。

【前腔】〔外〕媳妇,你担饥事姑舅,媳妇,你担饥怎生度?

〔旦云〕公公且自宽心,不要烦恼!〔外〕

媳妇,我错埋冤了你,你也不推辞。到如今始信有糟糠妇。媳妇,料应我不久归阴府,也省得为我死的,累你生的受苦。

〔旦扶外起科〕公公,且在床上安息,待我看婆婆如何。〔旦叫不醒科〕呀!婆婆不济事了,如何是好?

【前腔】〔旦〕婆婆气全无,教奴怎支吾?咳!丈夫呵,我千辛万苦为你相看顾。如今到此难回护,我只愁母死难留父。况衣衫尽解,囊箧又无。

〔外云〕媳妇,婆婆还好么?〔旦云〕婆婆不好了!

【前腔】〔外〕天那!我当初不寻思,教孩儿往帝都,把媳妇闪得苦又孤，把婆婆送入黄泉路，算来是我相担误，不如我死，免把你再辜负。

〔旦云〕公公，休说这话，请自将息！〔外云〕媳妇，婆婆死了，衣衾棺椁，是件皆无，如何是好？〔旦云〕公公宽心！待奴家区处。〔末云〕福无双降犹难信，祸不单行却是真。老夫为何道此两句？为邻家蔡伯喈妻房赵氏五娘，他嫁得伯喈，方才两月，伯喈便出去赴选。自去之后，连遭饥荒，公婆年纪，皆在八十之上，家里更没个相扶持的。甘旨之奉，亏杀这五娘子，把些衣服首饰之类，尽皆典卖，办些粮米，供给公婆，却背地里把糠秕䉼饎充饥。这般荒年饥岁，少甚么有三五个孩儿的人家，供膳不得爹娘。这个小娘子真个今人中少有，古人中难得。那婆婆不知道，颠倒把他埋冤，适来听得他公婆知道，却又痛心，都害了病。如今不免到他家里探望则个。呀！五娘子，你为甚的慌慌张张？〔旦云〕公公，天有不测风云，人有旦夕祸福，奴家婆婆死了。〔末云〕咳！你婆婆既死了，你公公如今在那里？〔旦云〕在床上睡着。〔末云〕待我看一看。〔外云〕太公休怪，我起来不得了。〔末云〕老员外，快不要劳动。〔旦云〕太公，我婆婆衣衾棺椁，是件皆无，如何是好？〔末云〕五娘子，你不要愁烦，我自有区处。

【仙吕入双调　玉包肚】〔旦〕千般生受，教奴如何措手？终不然把他骸骨，没棺材，送在荒丘。〔合〕相看到此，不由人不珠泪流，正是"不是冤家不聚头"。

【前腔】〔末〕五娘子不必多忧，资送婆婆，在我身上有，你但小心承直公公，莫教他又成不救。〔合前〕

【前腔】〔外〕张公护救，我媳妇实难启口。孩儿去后，又遇饥荒，把衣衫典卖无留。

〔合前〕〔末云〕老员外，你请进里面去歇息，待我一霎时叫家僮讨棺木来，把老安人殡敛了，选个吉日，送在南山安葬去。〔外云〕如此多谢太公周济！

〔旦〕只为无钱送老娘，〔末〕须知此事有商量；

〔合〕归家不敢高声哭，惟恐猿闻也断肠。

牡丹亭·惊梦　　〔明〕汤显祖

案：此传赋痴情女子杜丽娘事。杜为南安太守杜子充之女，春日游园，倦而假寐，梦与一后生合，因此感思成疾，抑郁而卒。丽娘于病中尝自画小像一帧，嗣为柳生梦梅所得。生即丽娘梦中所遇之人，前此从未知名识面者也。生虽得像，实不知出自何人手笔，更不知画中人之为谁，第爱其美，朝夕供玩。久之，画中人冉冉而下，遂与生成幽媾，斯盖丽娘魂也。后生从其教，发其冢，棺启，而丽娘苏矣。二人遂为夫妇。此出谱丽娘游园惊梦一节，为全本最精警处。牡丹亭乃游园入梦处也。

【绕地游】〔旦上〕梦回莺啭，乱煞年光遍，人立小庭深院。〔贴〕注尽沉烟，抛残绣线，恁今春关情似去年！

【乌夜啼】〔旦〕晓来望断梅关，宿妆残。〔贴〕你侧着宜春髻子，恰凭阑。〔旦〕剪不断，理还乱，闷无端。〔贴〕已分付催花莺燕借春看。〔旦〕春香，可曾叫人扫除花径？〔贴〕分付了。〔旦〕取镜台衣服来！〔贴取镜台衣服上〕云髻罢梳还对镜，罗衣欲换更添香。镜台衣服在此。

【步步娇】〔旦〕袅晴丝，吹来闲庭院，摇漾春如线。停半晌，整花钿。没揣菱花，偷人半面，迤逗的彩云偏。〔行介〕步香闺，怎便把全身现？

〔贴〕今日穿插的好！

【醉扶归】〔旦〕你道翠生生出落的裙衫儿茜，艳晶晶花簪八宝填，可知我一生儿爱好是天然？恰三春好处无人见！不提防沉鱼落雁鸟惊喧，则怕的羞花闭月花愁颤。

〔贴〕早茶时了，请行！〔行介〕你看画廊金粉半零星，池馆苍苔一片青；踏草怕泥新绣袜，惜花疼煞小金铃。〔旦〕不到园林，怎知春色如许！

【皂罗袍】〔旦〕原来姹紫嫣红开遍，似这般都付与断井颓垣！良辰美景奈何天，赏心乐事谁家院？恁般景致，我老爷和奶奶再不提起。〔合〕

朝飞暮卷，云霞翠轩；雨丝风片，烟波画船。锦屏人忒看的这韶光贱。

〔贴〕是花都放了，那牡丹还早。

【好姐姐】〔旦〕遍青山啼红了杜鹃，荼䕷外烟丝醉软。

春香呵，牡丹虽好，他春归怎占的先？

〔贴〕成对儿莺燕呵。〔合〕

闲凝盼，生生燕语明如剪，呖呖莺歌溜的圆。

〔旦〕去罢！〔贴〕这园子委是观之不足也。〔旦〕提他怎的？〔行介〕

【隔尾】〔旦〕观之不足由他缱，便赏遍了十二亭台是枉然！倒不如兴尽回家闲过遣。

〔作到介〕〔贴〕开我西阁门，展我东阁床；瓶插映山紫，炉添沉水香。小姐，你歇息片时，俺瞧[1]老夫人去也。〔下〕〔旦叹介〕默地游春转，小试宜春面，春呵，得和你两留连，春去如何遣？咳，恁般天气，好困人也！春香那里？〔作左右瞧介〕〔又低首沉吟介〕天呵，春色恼人，信有之乎？常观诗、词、乐府，古之女子因春感情，遇秋成恨，诚不谬矣。吾今年已二八，未逢折桂之夫；忽慕春情，怎得蟾宫之客？昔日韩夫人得遇于郎，张生偶逢崔氏，曾有《题红记》《崔徽传》二书。此佳人才子，前以密约偷期，后皆得成秦晋。〔长叹介〕吾生于宦族，长在名门，年已及笄，不得早成佳配，诚为虚度青春。光阴如过隙耳！〔泪介〕可惜妾身颜色如花，岂料命如一叶乎？

【山坡羊】〔旦〕没乱里春情难遣，蓦地里怀人幽怨。

---

[1] 瞧 底本作"醮"，据《牡丹亭》（P.46）改。

则为俺生小婵娟，拣名门一例、一例里神仙眷。甚良缘，把青春抛的远！俺的睡情谁见？则索因循腼腆。想幽梦谁边？和春光暗流转。迁延，这衷怀那处言？淹煎，泼残生，除问天！

身子困乏了，且自隐几而眠。〔睡介梦生介〕〔生持柳枝上〕莺逢日暖歌声滑，人遇风情笑口开。一径落花随水入，今朝阮肇到天台。小生顺路儿跟着杜小姐回来，怎生不见？〔回看介〕呀！小姐，小姐！〔旦作惊起介〕〔相叫介〕〔生〕小生那一处不寻访小姐来，却在这里。〔旦作斜视不语介〕〔生〕恰好花园内，折取垂柳半枝。姐姐，你既淹通书史，可作诗以赏此柳枝乎？〔旦作惊喜欲言又止介〕〔背想〕这生素昧平生，何因到此？〔生笑介〕小姐，咱爱杀你哩！

【山桃红】〔生〕则为你如花美眷，似水流年。是答儿闲寻遍，在幽闺自怜。

小姐，和你那答儿讲话去！〔旦作含笑不行、生作牵衣介〕〔旦低问介〕那边去？〔生〕

转过这芍药栏前，紧靠着湖山石边。

〔旦低问〕秀才，去怎的？〔生低答〕

和你把领扣松，衣带宽，袖梢儿揾着牙儿苫。也则待你忍耐温存一饷眠。

〔旦作羞生前抱旦推介〕〔合〕

是那处,曾相见? 相看,俨然。早难道这好处相逢无一言?

〔生强抱旦下〕〔末扮花神束发冠红衣插花上〕催花御史惜花天,检点春工又一年;蘸客伤心红雨下,勾人悬梦彩云边。吾乃掌管南安府后花园花神是也。因杜知府小姐丽娘与柳梦梅秀才,后日有姻缘之分。杜小姐游春感伤,致使柳秀才入梦,咱花神专掌惜玉怜香,竟来保护他,要他云雨十分欢幸也。

【鲍老催】〔末〕单则是混阳烝变,看他似虫儿般蠢动,把风情搧。一般儿娇凝翠绽魂儿颤。这是景上缘,想内成因中见。呀,淫邪展污了花台殿。

咱待拈片落花儿惊醒他。〔向鬼门丢花介〕

他梦酣春透了怎留连? 拈花闪碎的红如片。

秀才才到的半梦儿,梦毕之时,好送杜小姐仍归香阁,吾神去也。〔下〕

【山桃红】〔生、旦携手上〕这一霎天留人便,草藉花眠。小姐可好? 〔旦低头介〕〔生〕

则把云鬟点,红松翠偏。

小姐休忘了呵!

见了你紧相偎,慢厮连。恨不得肉儿般、团成片。也逗的个日下胭脂雨上鲜。

〔旦〕秀才,你可去呵? 〔合前〕〔生〕姐姐,你身子乏了,将息将息。〔送旦依前作睡介〕〔轻拍旦介〕姐姐,俺去了!〔作回顾介〕姐姐,你可十分将息!〔生下〕〔旦作醒低叫介〕秀才,秀才,你去了也。〔又作痴睡介〕〔老旦上〕夫婿坐黄堂,娇娃立绣窗;怪他裙衩上,花鸟绣双双。孩儿,孩儿,你为甚瞌睡在此?〔旦作醒叫秀才介〕咳也。〔老旦〕孩儿,怎的来?〔旦作惊起介〕奶奶到此。〔老旦〕我儿何不做些针指,或观玩书史,舒展情怀,因何昼寝于此?〔旦〕孩儿适花园中闲玩,忽值春暄恼人,故此回房,无可消遣,不觉困倦少息,有失迎接。望母亲恕儿之罪!〔老旦〕孩儿,这后花园中冷静,少去闲行!〔旦〕领母亲严命。〔老旦〕孩儿学堂看书去!〔旦〕先生不在,且自消停。〔老旦叹介〕女孩儿长成自有许多情态,且自由他。正是宛转随儿女,辛勤做老娘。〔下〕〔旦长叹介〕〔看老旦下介〕哎也!天那!今日杜丽娘有些侥幸也。偶到后花园中,百花开遍,睹景伤情,没兴而回。昼眠香阁,忽见一生年可弱冠,丰姿俊妍。于园中折得柳丝一枝,笑对奴家说:"姐姐既淹通书史,何不将柳枝题赏一篇?"那时待要应他一声,心中自忖,素昧平生,不知名姓,何得轻与交言。正如此想间,只见那生向前说了几句伤心话儿,将奴搂抱去牡丹亭畔,芍药阑边,共成云雨之欢,两情和合。真个是千般爱情,万种温存。欢毕之时,又送我睡眠,几声"将息",正待自送那生出门,忽直母亲来到,唤醒将来,我一身冷汗，乃是南柯一梦。忙身参礼母亲，又被母亲絮了许多闲话，奴家口虽无言答应，心内思想梦中之事，何曾放怀？行坐不宁，自觉如有所失。娘呵，你叫我学堂看书去，知他看那一种书消闷也。〔作掩泪介〕

【绵搭絮】〔旦〕雨香云片，才到梦儿边。无奈高堂唤醒，纱窗睡不便。泼新鲜，冷汗粘煎，闪的俺心悠步躚，意软鬟偏。不争多费尽神情，坐起谁忺？则待去眠。

〔贴上〕晚妆销粉印，春润费香篝。小姐，熏了被窝睡罢！

【尾声】〔旦〕困春心，游赏倦，也不索香熏绣被眠。天呵，有心情那梦儿还去不远。

春望逍遥出画堂，间梅遮柳不胜芳。

可知刘阮逢人处，回首东风一断肠。

桃花扇·余韵　〔清〕孔尚任

案：此传叙侯方域与李香君离合悲欢之事。又杂以弘光朝南都史迹，事事有来历，不凭虚构，可作一朝信史读。香君既许身侯生，权贵田仰谋夺之，香君坚拒，血溅扇面。杨文骢因血点画成桃花一枝，此扇今犹存慧山某氏家云。美人风调，自足千秋，血染桃花，尤为哀艳。此为末一出《余韵》，借柳敬亭、苏昆生、老赞礼口中唱出兴亡遗恨，故宫禾黍，无限悲凉。庾信《哀江南》无此沉痛，梅村《秣陵春》庶几近之。

【西江月】〔净扮樵子挑担上〕放目苍崖万丈，拂头红树千枝。云深猛虎出无时，也避人间弓矢。建业城，啼夜鬼；淮扬井，贮秋尸。樵夫剩得命如丝，满肚南朝野史。

在下苏昆生。自从乙酉年同香君到山，一住三载，俺就不曾回家。往来牛首栖霞，采樵度日。谁想柳敬亭与俺同志，买只小船，在此捕鱼为业。且喜山深树老，江阔人稀。每日相逢，便把斧头敲着船头，浩浩落落，尽俺歌唱，好不快活。今日柴担早歇，专等他来，促膝闲话，怎的还不见到？〔歇担盹睡介〕〔丑扮渔翁摇船上〕年年垂钓鬓如银，爱此江山胜富春。歌舞丛中征战里，渔翁都是过来人。俺柳敬亭送侯朝宗修道之后，就在这龙潭江畔，捕鱼三载，把些兴亡旧事，付之风月闲谈。今值秋雨新晴，江光似练，正好寻苏昆生饮酒谈心。〔指介〕你看，他早已醉到在地，待我上岸唤他醒来。〔作上岸介〕〔呼介〕苏昆生〔净醒介〕大哥，果然来了。〔丑拱介〕贤弟偏杯呀。〔净〕柴不曾卖，那得酒来？〔丑〕愚兄也没卖鱼，都是空囊，怎么处？〔净〕有了，有了。你输水，我输柴，大家煮茗清谈罢！〔副末扮老赞礼提弦携壶上〕江山江山，一忙一闲。谁赢谁输，两鬓皆斑。〔见介〕原来是柳、苏两位老哥。〔净、丑拱介〕老相公，怎得到此[1]？〔副末〕老夫住在燕子矶，今乃戊子

---

[1] 怎得到此　底本作"到福德地"，据《桃花扇传奇》卷下改。

年九月十七日,福德星君降生之辰。我同些山中社友,到福德神祠[1],祭赛已毕,路过此间。〔净〕为何挟着弦子,提着酒壶?〔副末〕见笑见笑!老夫编了几句《神弦歌》,名曰《问苍天》。今日弹唱乐神,社散之时,分得这瓶福酒,恰好遇着二位,就同饮三杯罢!〔丑〕怎好取扰?〔副末〕这就叫有福同享。〔净丑〕好、好。〔同坐饮介〕〔净〕何不把《神弦歌》领略一回。〔副末〕使得,老夫的心事,正要请教二位哩。〔弹弦唱巫腔净丑拍手衬介〕

【问苍天】新历数,顺治朝,五年戊子。九月秋,十七日,嘉会良时。击神鼓,扬灵旗,乡邻赛社。老逸民,剃白发,也到丛祠。椒作栋,桂为楣,唐修晋建。碧和金,丹间粉,画壁精奇。貌赫赫,气扬扬,福德名位;山之珍,海之宝,总掌无遗。超祖祢,迈君师,千人上寿;焚郁兰,奠清醑,夺户争犀。草笠底,有一人,掀须长叹。贫者贫,富者富,造命奚为?我与尔,较生辰,同月同日。囊无钱,灶断火,不啻乞儿。六十岁,花甲周,桑榆暮矣。乱离人,太平犬,未有亨期。称玉罍,坐琼筵,尔餐我看。谁为灵,谁为蠢,贵贱失宜。臣稽首,叫九阍,开聋启瞶。宣命司,检禄籍,何故差池?金阙远,紫宸高,苍天瞢瞢。迎神来,送神去,舆马风驰。歌舞罢,鸡豚收,须臾社散。倚枯槐,

---

[1] 到福德神祠 底本作"怎得到神祠",据《桃花扇传奇》卷下改。

对斜日，独自凝思。浊享富，清享名，或分两例。内才多，外财少，应不同规。热似火，福德君，庸人父母。冷如冰，文昌帝，秀士宗师。神有短，圣有亏，谁能足愿。地难填，天难补，造化如斯。释尽了，胸中愁，欣欣微笑。江自流，云自卷，我又何疑？

〔唱完放弦介〕丢丑之极。〔净〕妙绝！逼真《离骚》《九歌》了。〔丑〕失敬失敬，不知老相公竟是财神一转哩。〔副末让介〕请干此酒！〔净咂舌介〕这寡酒好难吃也。〔丑〕愚兄倒有些下酒之物。〔净〕是什么东西？〔丑〕请猜一猜！〔净〕你的东西，不过是些鱼、鳖、虾、蟹。〔丑摇头介〕猜不着，猜不着。〔净〕还有什么异味？〔丑指口介〕是我的舌头。〔副末〕你的舌头，你自下酒，如何让客？〔丑笑介〕你不晓得，古人以《汉书》下酒。这舌头会说《汉书》，岂非下酒之物？〔净取酒斟介〕我替老哥斟酒，老哥就把《汉书》说来。〔副末〕妙、妙！只恐菜多酒少了！〔丑〕既然《汉书》太长，有我新编的一首弹词，叫做《秣陵秋》，唱来下酒罢！〔副末〕就是俺南京的近事么？〔丑〕便是。〔净〕这都是俺们耳闻眼见的。你若说差了，我要罚的。〔丑〕包管你不差。〔丑弹弦介〕六代兴亡，几点清谈千古慨；半生湖海，一声高唱万山惊。〔照盲女弹词唱介〕

【秣陵秋】陈隋烟月恨茫茫，井带胭脂土带香。骀荡柳绵沾客鬓，叮咛莺舌恼人肠。中兴朝市繁华续，遗孽儿孙气焰张。只劝楼台追后主，不愁弓矢下残唐。蛾眉越女才承选，《燕子》吴歈早擅场。力士金名搜笛步，龟年协律奉椒房。西昆词赋新温李，乌巷冠裳旧谢王。院院宫妆金翠镜，朝朝楚梦雨云床。五侯闸外空狼燧，二水州边白雀舫。指马谁攻秦相诈，入林都畏阮生狂。春灯已错从头认，社党重钩无缝藏。借手杀仇长乐老，胁肩媚贵半闲堂。龙钟阁部啼梅岭，跋扈将军噪武昌。九曲河流睛唤渡，千寻江岸夜移防。琼花劫到雕栏损，《玉树》歌终画殿凉。沧海迷家龙寂寞，风尘失伴凤彷徨。青衣衔璧何年返？碧血溅沙此地亡。南内汤池仍蔓草，东陵辇路又斜阳。全开锁钥淮、扬、泗，难整乾坤左、史、黄。建帝飘零烈帝惨，英宗困顿武宗荒。那知还有福王一，临去秋波泪数行。

〔净〕妙，妙，果然一些不差。〔副末〕虽是几句弹词，竟似吴梅村一首长歌。〔净〕老哥学问大进，该敬一杯。〔斟酒介〕〔丑〕倒叫我吃寡酒了。〔净〕愚弟也有些须下酒之物。〔丑〕你的东西，一定是山肴野蔌了。〔净〕不是，不是，昨日南京卖柴，特地带来的。〔丑〕取来共享罢！〔净指口介〕也是舌头。〔副末〕怎的也是舌头？〔净〕不瞒二位说，我三年没到南京，忽然高兴，进城卖柴，路过孝陵。见那宝城享殿，成了刍牧之场。〔丑〕呵呀呀！那皇城如何？〔净〕那皇城墙倒宫塌，满地蒿莱了。〔副末掩泪介〕不料光景至此。〔净〕俺又一直走到秦淮，立了半晌，竟没一个人影儿。〔丑〕那长桥旧院,是咱们熟游之地。你也该去瞧瞧?〔净〕怎的没瞧? 长桥已无片板,旧院剩了一堆瓦砾。〔丑搥胸介〕咳,恸死俺也!〔净〕那时疾忙回首,一路伤心,编成一套北曲,名为《哀江南》,待我唱来!〔敲板唱弋阳腔介〕俺樵夫呵!

【哀江南】【北新水令】山松野草带花挑,猛抬头秣陵重到。残军留废垒,瘦马卧空壕。村郭萧条,城对着、夕阳道。

【驻马听】野火频烧,护墓长楸多半焦。山羊群跑,守陵阿监几时逃? 鸽翎蝠粪满堂抛,枯枝败叶当阶罩。谁祭扫? 牧儿打碎龙碑帽。

【沉醉东风】横白玉、八根柱倒,堕红泥、半堵墙高。碎琉璃,瓦片多;烂翡翠,窗棂少。舞丹墀燕雀常朝。直入宫门一路蒿,住几个乞儿饿殍。

【折桂令】问秦淮,旧日窗寮,破纸迎风,坏槛当潮。目断魂消。当年粉黛,何处笙箫。罢灯船、端阳不闹,收酒旗、重九无聊。白鸟飘飘,绿水滔滔,嫩黄花有些蝶飞,新红叶无个人瞧。

【沽美酒】你记得跨青溪、半里桥,旧红板,没一条。秋水长天人过少,冷清清的落照,剩一树柳弯腰。

【太平令】行到那旧院门,何用轻敲。也不怕小犬哞哞。无非是枯井颓巢,不过些砖苔砌草。手种的花条、柳梢,尽意儿采樵。这黑灰是谁家厨灶？

【离亭宴】带【歇拍煞】俺曾见金陵玉殿莺啼晓，秦淮水榭花开早。谁知道容易冰消。眼看他起朱楼，眼看他燕宾客，眼看他楼塌了！这青苔碧瓦堆，俺曾睡风流觉。将五十年兴亡看饱。那乌衣巷不姓王，莫愁湖鬼夜哭，凤凰台栖枭鸟。残山梦最真，旧境丢难掉，不信这舆图换稿。诌一套《哀江南》，放悲声、唱到老。

〔副末掩泪介〕妙是绝妙，惹出多少眼泪。〔丑〕这酒也不忍入唇了，大家谈谈罢。〔副净时服扮皂隶暗上〕朝陪天子辇，暮把县官门。皂隶原无种，通侯岂有根？自家魏国公嫡亲公子徐青君的便是。生来富贵，享尽繁华。不料国破家亡，剩了区区一口。没奈何在上元县当了一名皂隶，将就度日。今奉本官签票，访拿山林稳逸，只得下乡走。〔望介〕那江岸之上，有几个老儿闲坐，不免上前讨火，就便访问。正是开国元勋留狗尾，换朝逸老缩龟头。〔前行见介〕老哥们，有火借一个！〔丑〕请坐！〔副净坐介〕〔副末问介〕看你打扮像一位公差大哥。〔副净〕便是。〔净问介〕要火吃烟么？小弟带有高烟，取出奉敬罢。〔敲火吸烟奉副净介〕〔副净吃烟介〕好高烟，好高烟。〔作晕醉卧倒介〕〔净扶介〕〔副净〕不要拉我，让我歇一歇，就好了。〔闭目卧介〕〔丑问副末介〕记得三年之前，老相公捧着史阁部衣冠，要葬在梅花岭下，后来怎样？〔副末〕后来约了许多忠义之士，齐集梅花岭，招魂埋葬。倒也算千秋盛事，但不曾立得碑碣。〔净〕好事，好事，只可惜黄将军刎颈报主，抛尸路傍，竟无人埋葬。〔副末〕如今好了也。是我老汉同些村中父老，检骨殡殓，起了一座大大的坟茔，好不体面。〔丑〕你这两件功德，却也不小哩！〔净〕二位不知。那左宁南气死战船时，亲朋尽散，却是我老苏殡殓了他。〔副末〕难得，难得。闻他儿子左梦庚袭了前程，昨日搬柩回去了。〔丑掩泪介〕左宁南是我老柳知己，我曾托蓝田叔画他一幅影像，又求钱牧斋题赞了几句，逢时遇节，展开祭拜，也尽俺一点报答之意。〔副净醒，作悄语介〕听他说话，像几个山林隐逸。〔起身问介〕三位是山林隐逸么？〔众起拱介〕不敢，不敢，为何问及山林隐逸？〔副净〕三位不知么？现今礼部上本，搜寻山林隐逸，抚按大老爷，张挂告示，布政司行文，已经月余，并不见一人报名，府县着忙，差俺们各处访拿，三位一定是了。快快跟我回话去！〔副末〕老哥差矣！山林隐逸，乃文人名士，不肯出山的。老夫原是假斯文的一个老赞礼，那里去得。〔丑净〕我两个是说书唱曲的朋友，而今做了渔翁樵子，益发不中了。〔副净〕你们不晓得！那些文人名士，都是识时务的俊杰，从三年前，俱已出山了。目下正要访拿你辈哩。〔副末〕啐！征求隐逸，乃国家盛典。公祖父母，俱当以礼相聘，怎么要拿起来？定是你这衙役们奉行不善。〔副净〕不干我事，有本县签票在此，取出你看。〔取看签票欲拿介〕〔净〕果然这事哩。〔丑〕我们竟走开何如？〔副末〕有理。避祸今何晚，入山昔未深。〔各分走下〕〔副净赶不上介〕你看他登岸涉涧，各逃走无踪。

【清江引】大泽深山随处找，预备官家要。抽出绿头签，取开红圈票。把几个白衣山人，吓走了。

〔立听介〕远远闻得吟诗之声。不在水边，定在林下。待我信步找去便了。〔急下〕内吟诗曰：

渔樵同话旧繁华，短梦寥寥记不差。

曾恨红笺衔燕子，偏怜素扇染桃花。

笙歌西第留何客，烟雨南朝换几家？

传得伤心临去语，每年寒食哭天涯。

长生殿·弹词　　[清]洪昇

案：此传凡五十出，亦谱明皇贵妃事。前半多从《开天遗事》，长恨歌、传等参错而成，后半多凭虚构。如《觅魂》《寄情》等出，尚有长恨歌、传可依据，若织女证盟、明皇仙会等，更掇拾唐人莫须有之说而加以臆造。此《弹词》一出，借李龟年一曲琵琶，弹出天宝当年遗事，悲伤感叹，可泣可歌，不啻《长生殿》全部缩影。李为内院老伶工，此出乃自"正是江南好风景，落花时节又逢君"语脱化而成。

〔末白须旧衣帽抱琵琶上〕一从鼙鼓起渔阳，宫禁俄看蔓草荒；留得白头遗老在，谱将残恨说兴亡。老汉李龟年，昔为内苑伶工，供奉梨园，蒙万岁爷十分恩宠。自从朝元阁教演《霓裳》，曲成奏上，龙颜大悦，与贵妃娘娘各赐缠头，不下数万。谁想禄山造反，破了长安，圣驾西巡，万民逃窜。俺每梨园部中，也都七零八落，各自奔逃。老汉来到江南地方，盘缠都使尽了，只得抱着这面琵琶，唱个曲儿糊口。今日乃清溪鹫峰寺大会，游人甚多，不免到彼卖唱。〔叹科〕咳！想起当日天上清歌，今日沿门鼓板，好不颓气人也！〔行科〕

【南吕 一枝花】不堤防余年值乱离，逼楼得歧路遭穷败。受奔波风尘颜面黑，叹衰残霜雪鬓须白。今日个流落天涯，只留得琵琶在。揣羞脸上长街，又过短街。那里是高渐离击筑悲歌，倒做了伍子胥吹箫也那乞丐。

【梁州第七】想当日奏清歌，趋承金殿，度新声，供应瑶阶。说不尽九重天上恩如海。幸温泉，骊山雪霁。泛仙舟，兴庆莲开。玩婵娟，华清宫殿。赏芳菲，花萼楼台。正担承雨露深泽，蓦遭逢天地奇灾。剑门关尘蒙了凤辇鸾舆，马嵬坡血污了天姿国色，江南路哭杀了瘦骨穷骸。可哀！落魄，又得把《霓裳》御谱沿门卖。有谁人喝声采？空对着六代园陵草树埋，满目兴衰。

〔虚下〕〔小生巾服上〕花动游人眼，春伤故国心。《霓裳》人去后，无复有知音。小生李谟，向在西京留滞，乱后方回。自从宫墙之外,偷按《霓裳》数叠,未能得其全谱。昨闻有一老者,抱着琵琶卖唱,人人都说手法不同,像个梨园旧人。今日鹫峰寺大会,想他必在那里,不免前去寻访一番。一路行来,你看游人好不盛也!〔外巾服、副净衣帽,净长帽、帕子包首,扮山西客携丑妓上〕〔外〕闲步寻芳惜好春,〔副净〕且看胜会逐游人;〔净〕大姐,咱和你、及时行乐休空过!〔丑〕客官,好听琵琶一曲新。〔小生向副净科〕老兄请了,动问这位大姐说甚么琵琶一曲新?〔副净〕老兄不知,这里新到一个老者,弹得一手好琵琶,今日在鹫峰寺赶会,因此大家同去一听。〔小生〕小生正要去寻他,同行如何?〔众〕极好。〔同行科〕行行去去,去去行行,已到鹫峰寺了,就此进去。〔同进科〕〔副净〕那边一个圈子,四围板凳,想必是波?我每一齐捱进去,坐下听者。〔众作坐科〕〔末上见科〕列位请了!想都是听曲的。请坐了,待在下唱来请教波!〔众〕正要领教。〔末弹琵琶唱科〕

【转调货郎儿】唱不尽兴亡梦幻,弹不尽悲伤感叹。大古里凄凉满眼对江山。我只待拨繁弦传幽怨,翻别调写愁烦,慢慢的把天宝当年遗事弹。

〔外〕天宝遗事,好题目波!〔净〕大姐,他唱的是甚么曲儿,可就是咱家的西调么?〔丑〕也差不多儿。〔小生〕老丈,天宝年间遗事,一时那里唱得尽者。请先把杨贵妃

娘娘,当时怎生进宫,唱来听波?〔末弹唱科〕

【二转】想当初庆皇唐,太平天下。访丽色,把蛾眉选刷。有佳人生长在弘农杨氏家,深闺内端的玉无瑕。那君王一见了欢无那,把钿盒金钗亲纳,评跋做昭阳第一花。

〔丑〕那贵妃娘娘,怎生模样波?〔净〕可有咱家大姐这样标致么?〔副净〕且听唱出来者!〔末弹唱科〕

【三转】那娘娘生得来仙姿佚貌,说不尽幽闲窈窕。真个是花输双颊柳输腰,比昭君增妍丽,较西子倍风标,似观音飞来海峤,恍嫦娥偷离碧霄。更春情韵饶,春酣态娇,春眠梦悄。纵有好丹青,那百样娉婷难画描。

〔副净笑科〕听这老翁说的杨娘娘标致,恁般活现,倒像是亲眼见的,敢则谎也?〔净〕只要唱得好听,管他谎不谎!那时皇帝怎么样看待他来,快唱下去者。〔末弹唱科〕

【四转】那君王看承得似明珠没两,镇日里高擎在掌。赛过那汉宫飞燕倚新妆。可正是玉楼中巢翡翠,金殿上锁着鸳鸯。宵偎昼傍,直弄得个伶俐的官家颠不剌、懵不剌、撇不下心儿上。弛了朝纲,占了情场,百支支写不了风流帐。行厮并,坐厮当,双赤紧的倚了御床,博得个月夜花朝同受享。

〔净倒科〕哎呀,好快活!听得咱似雪狮子向火哩。〔丑扶科〕怎么说?〔净〕化了。〔众笑科〕〔小生〕当日宫中有

《霓裳羽衣》一曲，闻说出自御制，又说是贵妃娘娘所作，老丈可知其详？请唱与小生听咱！〔末弹唱科〕

【五转】当日呵那娘娘在荷庭，把宫商细按。谱新声，将霓裳调翻。昼长时，亲自教双鬟。舒素手，拍香檀，一字字都吐自朱唇皓齿间。恰便似一串骊珠，声和韵间；恰便似莺与燕，弄关关；恰便似鸣泉花底流溪涧，恰便似明月下泠泠清梵，恰便是缑岭上鹤唳高寒，恰便似步虚仙珮夜珊珊。传集了梨园部，教坊班，向翠盘中高簇拥着个娘娘，引得那君王带笑看。

〔小生〕一派仙音，宛然在耳，好形容波！〔外叹科〕哎，只可惜当日天子，宠爱了贵妃，朝欢暮乐，致使渔阳兵起，说起来令人痛心也！〔小生〕老丈，休只埋怨贵妃娘娘，当日只为误任边将，委政权奸，以致庙谟颠倒，四海动摇。若使姚宋犹存，那见得有此？〔外〕这也说的是波。〔末〕嗨！若说起渔阳兵起一事，真是天翻地覆，惨目伤心。列位不嫌絮烦，待老汉再慢慢弹唱出来者。〔众〕愿闻。〔末弹唱科〕

【六转】恰正好呕呕哑哑《霓裳》歌舞，不堤防扑扑突突渔阳战鼓。划地里出出律律纷纷攘攘奏边书，急得个上上下下都无措。早则是喧喧嗾嗾、惊惊遽遽、仓仓卒卒、挨挨拶拶、出延秋西路，銮舆后携着个娇娇滴滴贵妃同去。又只见密密匝匝的兵，恶恶狠狠的语。闹闹炒炒、轰轰刮剗四下喧呼。生逼散恩恩爱爱、疼疼热热帝王夫妇。霎时间画就了这一幅惨惨凄凄,绝代佳人绝命图。

〔外副净同叹科〕〔小生泪科〕哎,天生丽质,遭此惨毒,真可怜也!〔净笑科〕这是说唱,老兄怎么认真掉下泪来?〔丑〕那贵妃娘娘,死后葬在何处?〔末弹唱科〕

【七转】破不剌马嵬驿舍,冷清清佛堂倒斜,一代红颜为君绝。千秋遗恨,滴罗巾血。半棵树是薄命碑碣,一抔土是断肠墓穴。再无人过荒凉野,莽天涯谁吊梨花谢?可怜那抱幽怨的孤魂,只伴着呜咽咽的望帝悲深啼夜月!

〔外〕长安兵火之后,不知光景如何?〔末〕哎呀,列位,好端端一座锦绣长安,自被禄山破陷,光景十分不堪了!听我再唱波!〔弹唱科〕

【八转】自銮舆西巡蜀道,长安内兵戈肆扰。千官无复紫宸朝,把繁华顿消、顿消。六宫中朱户挂蟏蛸,御榻傍白日狐狸啸。叫鸲鹆也么哥,长蓬蒿也么哥!野鹿儿乱跑,苑柳宫花一半儿凋。有谁人去扫、去扫?玳瑁空梁燕泥儿抛,只留得缺月黄昏照。叹萧条也么哥,染腥臊也么哥!染腥臊,玉砌空堆马粪高。

〔净〕呸!听了半日,饿得慌了。大姐,咱和你喝烧刀子、吃蒜包儿去!〔做腰边解钱与末,同丑诨下〕〔外〕天色将晚,我每也去罢。〔送银科〕酒资在此。〔末〕多谢了!〔外〕无端唱出兴亡恨,〔副净〕引得傍人也泪流。〔同外下〕

〔小生〕老丈,我听你这琵琶,非同凡手,得自何人传授,乞道其详。〔末〕

【九转】这琵琶曾供奉开元皇帝,重提起心伤泪滴。

〔小生〕这等说起来,定是梨园部内人了。〔末〕

我也曾在梨园籍上姓名题,亲向那沉香亭花里去承值,华清宫宴上去追随。

〔小生〕莫不是贺老?〔末〕

俺不是贺家的怀智。

〔小生〕敢是黄旛绰?〔末〕

黄旛绰同咱皆老辈。

〔小生〕这等想必是雷海青?〔末〕

我虽是弄琵琶,却不姓雷。他呵,骂逆贼,久已身死名垂。

〔小生〕这等想必是马仙期了?〔末〕

我也不是擅场方响马仙期。那些旧相识,都休话起!

〔小生〕因何来到这里?〔末〕

我只为家亡国破兵戈沸,因此上孤身流落在江南地。

〔小生〕毕竟老丈是谁波?〔末〕

你官人絮叨叨苦问俺为谁,则俺老伶工名唤做龟年身姓李。

〔小生揖科〕呀,原来却是李教师。失瞻了!〔末〕官人尊姓大名,为何知道老汉?〔小生〕小生姓李名谟。〔末〕

莫不是吹铁笛的李官人么？〔小生〕然也。〔末〕幸会，幸会。〔揖科〕〔小生〕请问老丈，那《霓裳全谱》可还记得波？〔末〕也还记得，官人为何问他？〔小生〕不瞒老丈说。小生性好音律，向客西京，老丈在朝元阁演习《霓裳》之时，小生曾傍着宫墙，细细窃听，已将铁笛偷写数段，只是未得全谱。各处访求，无有知音。今日幸遇老丈，不识肯赐教否？〔末〕既遇知音，何惜末技！〔小生〕如此多感！请问尊寓何处？〔末〕穷途流落，尚乏居停。〔小生〕屈到舍下暂住，细细请教如何？〔末〕如此甚好。

【煞尾】俺一似惊乌绕树向空枝外，谁承望做旧燕寻巢入画栋来。今日个知音喜遇知音在。这相逢异哉，恁相投快哉！李官人呵，待我慢慢的传与你这一曲《霓裳》播千载。

〔末〕桃蹊柳陌好经过（张籍），

〔小生〕聊复回车访薜萝（白居易）。

〔末〕今日知音一留听（刘禹锡），

〔小生〕江南无处不闻歌（顾况）。

本次整理征引文献

阮元校刻：《十三经注疏》，中华书局1980年版。

伏胜著，郑康成注，陈寿祺辑校：《尚书大传（附序录辨伪）》，中华书局1985年版。

房玄龄等：《晋书》，中华书局1974年版。

欧阳修撰：《新五代史》，中华书局1974年版。

脱脱等：《金史》，中华书局1975年版。

脱脱等：《宋史》，中华书局1975年版。

计六奇：《明季南略》，中华书局1984年版。

郑樵：《通志》，中华书局1987年版。

傅璇琮主编：《唐才子传校笺》，中华书局2002年版。

钟嗣成：《录鬼簿》，古典文学出版社1957年版。

梁元帝：《金楼子》，中华书局1985年版。

刘勰：《文心雕龙》，中华书局1985年版。

陆德明：《经典释文》，中华书局1983年版。

张炎著，蔡桢疏证：《词源》，中国书店1985年版。

万树：《词律》，光绪二年（1876）吴下刻本。

周德清：《中原音韵》，中华书局1978年影印讷庵本。

吕天成撰，吴书荫校注：《曲品》，中华书局1990年版。

王肯堂：《郁冈斋笔麈》，《续修四库全书》第1130册，上海古籍出版社2002年版。

永瑢等撰：《四库全书总目》，中华书局1965年版。

沈德潜：《古诗源》，浙江古籍出版社1998年版。

逯钦立辑：《先秦汉魏晋南北朝诗》，中华书局1983年版。

王逸：《楚辞章句》，文渊阁《四库全书》本。

朱熹集撰：《楚辞集注》，人民文学出版社1953年影印宋端平刻本。

萧统编，李善注：《文选》，中华书局1977年版。

陈元龙辑：《历代赋汇》，江苏古籍出版社、上海书店1987年版。

郭茂倩：《乐府诗集》，中华书局1979年版。

彭定求等编：《全唐诗》，中华书局1985年版。

曾昭岷等编：《全唐五代词》，中华书局1999年版。

唐圭璋编：《全宋词》，中华书局1980年版。

臧懋循编：《元曲选》，浙江古籍出版社1998年版。

隋树森编：《全元散曲》，中华书局1964年版。

张震泽校注：《扬雄集》，上海古籍出版社1993年版。

元稹：《会真记》，中华书局1991年版。

王实甫：《西厢记》，《暖红室汇刻传奇》，广陵书社1997年版。

王季思集评校注：《西厢记》，开明书店1949年版。

高明：《琵琶记》，中华书局1958年版。

汤显祖著，徐朔方、杨笑梅校注：《牡丹亭》，古典文学出版社1958年版。

黄人著，杨旭辉点校：《中国文学史》，苏州大学出版社2015年版。

吴梅:《顾曲麈谈·中国戏曲概论》,上海古籍出版社2011年版。
吴梅:《吴梅词曲论著四种》,商务印书馆2010年版。
梁实秋:《浪漫的与古典的》,上海新月书店1927年版。
陆侃如、冯沅君:《中国诗史》,作家出版社1957年版。
刘大杰:《中国文学发展史》,中国古典文学出版社1957年版。
萧涤非:《汉魏六朝乐府文学史》,人民文学出版社1984年版。
余毅恒:《词筌》,上海正中书局1944年版。
王易:《词曲史》,中国文化服务社1948年版。
周贻白:《中国戏剧史长编》,上海书店出版社2004年版。
朱乔森编:《朱自清全集》,江苏教育出版社1992年。
夏承焘:《夏承焘集》,浙江古籍出版社、浙江教育出版社1997年版。
龙榆生:《忍寒诗词歌词集》,复旦大学出版社2012年版。
琼荪著,隗芾补辑:《燕乐探微》,上海古籍出版社1989年版。
丘琼荪:《白石道人歌曲通考》,音乐出版社1959年版。

丘琼荪:《乐书订误二则》,朱东润等主编:《中华文史论丛》1980年第1辑。
隗芾:《古艺拾粹》,时代文艺出版社1992年版。
章培恒、骆玉明主编:《中国文学史》,复旦大学出版社1996年版。
陈应时:《中国乐律学探微:陈应时音乐文集》,上海音乐学院出版社2004年版。
《嘉定文史资料》第23辑,上海市嘉定区政协:《嘉定文史资料》,编辑委员会2005年版。
倪所安主编:《嘉定县简志》,方志出版社2008年版。
诸葛忆兵编:《20世纪中国文学研究论文选·宋代卷》,社会科学文献出版社2010年版。

赵逵夫主编:《历代赋评注·唐五代卷》,巴蜀书社2010年版。

何新文、苏瑞隆、彭安湘:《中国赋论史》,人民出版社2012年版。

陈国球、王德威编:《抒情之现代性》,生活·读书·新知三联书店2014年版。

刘世德:《水浒论集》,社会科学文献出版社2014年版。

吴怀东主编:《文学研究的转型与创新:〈安徽大学学报〉文学研究论文精粹》,安徽文艺出版社2014年版。

尼采著:《悲剧的诞生:尼采美学文选》,周国平译,上海人民出版社2009年版。

杜小真编选:《福柯集》,上海远东出版社2002年版。